JOHN CONNOLLY

John Connolly est né à Dublin en 1968. Il a été journaliste à l'*Irish Times*, journal auquel il contribue encore aujourd'hui, avant de se consacrer à plein temps à l'écriture. *Tout ce qui meurt* (Presses de la Cité, 2001), son premier roman, a été un best-seller aux États-Unis et en Grande-Bretagne. Depuis, d'autres titres ont paru, mettant tous en scène le détective Charlie Parker – ... *Laissez toute espérance* (2002), *Le Pouvoir des ténèbres* (2004), *Le Baiser de Caïn* (2003), *La Maison des miroirs* (2013), *L'Ange noir* (2006), *La Proie des ombres* (2008), *Les Anges de la nuit* (2009), *L'Empreinte des amants* (2010), *Les Murmures* (2011), *La Nuit des corbeaux* (2012), *La Colère des anges* (2013) et *Sous l'emprise des ombres* (2015) – à l'exception des *Âmes perdues de Dutch Island* (2014). Plusieurs de ses œuvres sont en cours d'adaptation pour le cinéma. *Le Chant des dunes* (2016) est son dernier roman paru aux Presses de la Cité.

Retrouvez toute l'actualité de l'auteur sur :
www.johnconnollybooks.com

LE CHANT DES DUNES

JOHN CONNOLLY

LE CHANT DES DUNES

Traduit de l'anglais (Irlande)
par Jacques Martinache

PRESSES
DE LA CITÉ

Titre original :
A SONG OF SHADOWS
First published in Great Britain in 2015
by Hodderd & Stonghton, an Hachette UK company

En page 9, extrait du *Maître et Marguerite*, de Mikhaïl Boulgakov.
© The Estate of Mikhail Boulgakov
Traduction française : © Éditions Robert Laffont, S.A. – ALAP, Paris,
1968, 2012
En page 267, extrait des *Sirènes de Titan*, traduit par Jacques Martinache,
avec l'autorisation du Kurt Vonnegut Trust.

© Bad Dog Books Limited, 2015.

The right of John Connolly to be identified as the Author of the Work
has been asserted by him in accordance with the Copyright, Designs and
Patents Acts 1988.

place
des
éditeurs

© Presses de la Cité, un département   , 2016
pour la traduction française
ISBN 978-2-266-27296-4

À Ellen Clair Lamb

I

« À quoi servirait ton bien si le mal n'existait pas, et à quoi ressemblerait la terre si on en effaçait les ombres ? »

Mikhaïl Boulgakov, *Le Maître et Marguerite*
Traduit du russe par Claude Ligny,
éditions Robert Laffont

1

L'hiver était mort, le printemps prenait le même chemin, l'été attendait en coulisse.

Lentement, la ville de Boreas muait : on rouvrait et on nettoyait les locations fermées pour l'hiver, le marchand de glaces se réapprovisionnait, les boutiques et les restaurants se préparaient pour l'arrivée des touristes. Six mois plus tôt, leurs propriétaires comptaient leurs recettes afin d'estimer de combien il faudrait réduire la voilure pour survivre, car chaque année semblait leur laisser un peu moins au fond des poches et ramenait le même débat à la fin de la saison : on continue ou on vend ? Ceux qui restaient se jetteraient à nouveau dans la mêlée, mais l'optimisme, au demeurant fort prudent, des années précédentes ne semblait plus de saison et d'aucuns murmuraient qu'il était enfui à jamais. L'économie se redressait peut-être, mais Boreas demeurait enlisée dans son bourbier : une mort lente, pénible, pour une ville déjà à l'agonie, étouffée dans un écosystème défaillant. Pourtant beaucoup s'obstinaient, parce qu'ils n'avaient nulle part où aller.

Dans Burgess Road, le Sailmaker Inn restait fermé : pour la première fois depuis soixante-dix ans, le prestigieux doyen des hôtels de Boreas n'ouvrirait pas ses portes pour accueillir les touristes estivaux. La décision de le mettre en vente avait été prise une semaine plus tôt seulement. Ses propriétaires – la troisième génération de la famille Tabor dirigeant l'établissement – étaient revenus de leur refuge hivernal en Caroline afin de préparer le Sailmaker pour la clientèle et une partie de leur personnel saisonnier occupait déjà les logements situés derrière l'hôtel. La pelouse avait été tondue, les housses avaient été ôtées des meubles, et là, tout à coup, les Tabor avaient reconsidéré l'affaire, décidé qu'ils ne se sentaient plus de force à supporter la pression, et annoncé qu'ils ne rouvriraient finalement pas. Frank Tabor, bon catholique, avait déclaré que prendre cette décision avait été pour lui comme se rendre à confesse et se décharger de ses péchés. Il pouvait maintenant aller en paix et cesser de se faire du souci.

La fermeture du Sailmaker semblait sonner le glas de la ville et symboliser son déclin. Au fil des ans, les touristes s'étaient faits plus rares et plus âgés – il n'y avait pas grand-chose ici pour amuser les jeunes –, un plus grand nombre de villas avaient été mises en vente à des prix d'abord élevés, avant que le temps et la nécessité ne les fassent lentement descendre à un niveau plus réaliste. Bobby Soames, l'agent immobilier local, pouvait citer au débotté cinq maisons qui étaient à vendre depuis deux ans ou plus. À présent leurs propriétaires les avaient en grande partie abandonnées et elles ne servaient plus ni de maison de vacances ni de résidence principale. Seuls les maintenaient en vie un rien de chauffage en hiver et le trottinement des insectes en été.

La ville avait été fondée au début du XIXe siècle par une famille de Grecs, disparue depuis longtemps à l'orée du XXe. Personne ne savait exactement pourquoi ils avaient débarqué dans cette région du Maine, et le seul indice des origines de la ville était son nom : Boreas, un avant-poste auquel on avait donné le nom du dieu grec de l'Hiver et du vent du nord. Soames se demandait parfois s'il fallait s'étonner que sa survie en tant que station balnéaire ait toujours été aussi précaire. Il aurait mieux valu la baptiser carrément Arctique Sud et tirer l'échelle.

Soames traversait lentement Boreas en cette belle matinée d'avril. Tout le monde roulait lentement à Boreas. Ses rues étaient étroites. Même Bay Street, son artère principale, était difficile à emprunter quand des voitures stationnaient de chaque côté, et quiconque passait en ville plus d'un après-midi pluvieux apprenait à rabattre ses rétroviseurs latéraux s'il voulait les retrouver intacts à son retour. De plus, la police locale n'aimait rien tant qu'atteindre son quota de P.-V. en arrêtant les automobilistes qui roulaient un poil au-dessus de la limite de vitesse.

Cette sage conduite tenait peut-être à l'héritage allemand ultérieur de Boreas, qui encourageait un certain sens de l'ordre et le respect de la loi. Des luthériens allemands s'étaient installés dans le Maine au milieu du XVIIIe siècle, fondant ce qui était maintenant Waldoboro, mais qu'on appelait à l'époque Broad Bay. On leur avait promis des maisons, une église et des vivres, ils n'en avaient jamais vu la couleur et s'étaient retrouvés échoués dans une contrée hostile. Ils avaient dû bâtir des abris provisoires, chasser le gibier local, et les plus faibles d'entre eux n'avaient pas survécu au premier hiver. Plus tard, ils s'étaient battus contre les Français et les Indiens, puis les communautés s'étaient divisées pendant la guerre d'Indépendance entre ceux qui se joignaient aux Américains pour la cause de la liberté et ceux qui répugnaient à briser leur serment d'allégeance à la Couronne britannique.

Les Allemands étaient alors solidement établis dans le Maine. Vers la fin du XIXe siècle, une poignée d'entre eux étaient venus à Boreas, ils avaient évincé les Grecs et ils y vivaient toujours depuis. Les listes électorales de la ville s'enorgueillissaient d'Ackermann, de Baumgartner, de Hueber, de Kuster, de Vogel et de Wexler. Plus bas sur la côte, à Pirna – qui tirait son nom de la petite ville de Saxe d'où provenaient ses nostalgiques fondateurs –, on trouvait encore des Allemands et même un petit nombre de Juifs : un saupoudrage d'Arnstein, de Bingen, de Lewen, de Rossman et de Wachsmann. Soames, d'origine anglaise par son arrière-arrière-grand-père, et galloise par son arrière-arrière-grand-mère (pour quelque obscure raison, personne dans la famille n'aimait évoquer la branche galloise), les considérait tous du même œil : des clients potentiels, même s'il se rappelait l'opinion bien arrêtée de son grand-père sur les Allemands, conséquence de la pénible expérience de son arrière-grand-père pendant la Première Guerre mondiale, et de ses propres souvenirs de la Seconde. Se faire tirer dessus pendant des années par des types d'un même pays n'aide pas à avoir d'eux une vision positive.

Soames laissa Bay Street derrière lui et tourna dans Burgess Road, fit halte devant le Sailmaker. Portes closes, pas un signe de vie. Il avait déjà proposé aux Tabor de s'occuper de la vente et Frank avait promis de le rappeler dans la journée. Le Sailmaker manquerait à l'agent immobilier. Son bar était accueillant et il aimait y discuter le bout de gras avec Donna Burton, qui le tenait le mardi, le mercredi et tous les week-ends. C'était le genre de divorcée enjôleuse qui assurait le retour de la clientèle – enfin, celle des hommes, les femmes étant moins sensibles à ses charmes, et curieusement peu disposées à ce que leur mari ou leur petit ami passent un moment sans elles au Sailmaker en présence de la barmaid.

Soames ignorait ce que Donna ferait maintenant que l'hôtel fermait. Elle vivait à Pirna, où elle travaillait comme secrétaire, et son emploi à temps partiel au Sailmaker pendant l'été faisait la différence entre un hiver bien au chaud et une saison frisquette où il lui aurait fallu régler le thermostat à quelques degrés de moins. Fred Amsel, le patron du Blackbird Bar & Grill, la ferait peut-être travailler quelques heures – si sa femme, Erika, le lui permettait. Donna amènerait ses clients du Sailmaker et Fred pourrait faire concurrence au Brickhouse. Soames en toucherait un mot à Fred pour qu'il aborde la question avec Erika. Mme Amsel avait peut-être la tête de quelqu'un à qui on avait souvent claqué la porte au nez, et le tempérament qui allait de pair, mais elle était loin d'être bête dès lors qu'il s'agissait d'argent.

Qui sait ? rêvassait Soames. Quand Donna apprendrait les efforts qu'il avait déployés pour elle, elle serait peut-être même disposée à l'en récompenser par des délices charnelles… Il avait longuement songé à ce qu'une nuit avec Donna Burton pouvait offrir de délices charnelles. Ces folles pensées l'avaient soutenu pendant les années moribondes de son mariage. Redevenu célibataire, il avait fait le siège de Donna pendant deux étés avec une obstination qui aurait fait honte à l'armée grecque devant Troie. Il n'avait pas encore réussi à briser ses défenses et Fred Amsel était peut-être celui qui lui ouvrirait une brèche dans la muraille. Si ça ne marchait pas, Soames devrait trouver un moyen de se cacher dans un cheval de bois et payer quelqu'un pour qu'il le laisse devant le perron de Donna.

Soames roula jusqu'à ce que les maisons commencent à s'espacer et que les limites deviennent floues entre Boreas et le petit village voisin de Gratton, au nord. Les deux communes partageaient des ressources et des services, entre autres une police, principalement parce que, comparée à Gratton, Boreas faisait figure de métropole et que les lignes tracées sur les cartes n'étaient là que pour information. Boreas prêtait aussi ses policiers à Pirna, au sud, et à Hamble et Tuniss, à l'ouest, guère plus que des hameaux regroupant quelques maisons et des granges délabrées. Presque tous les habitants des alentours se rendaient à Boreas et à Pirna pour leurs affaires, et les cinq communes s'étaient réunies en un seul conseil municipal, où Soames siégeait. Les séances bimensuelles, tenues le premier et le troisième mercredi, tendaient à être fort animées : les impôts fonciers étaient plus élevés à Boreas qu'ailleurs et ceux de ses habitants qui s'offusquaient de voir leurs dollars engloutis dans le réseau d'égouts de Hamble ou la voirie de Tuniss maudissaient à voix basse le socialisme.

Soames tourna à droite dans Toland's Lane, qui descendait en serpentant jusqu'à la Green Heron Bay, la plus obscure des criques de la péninsule. Elle était longue, abritée par de hautes dunes, et quelque chose

16

dans son orientation la rendait particulièrement exposée aux vents de mer, de sorte que ce qui semblait une brise relativement modeste dans une maison de la côte donnait ici l'impression de se tenir à la proue d'un navire en pleine tempête… Il y faisait toujours deux ou trois degrés de moins qu'à Boreas, comme si l'hiver avait choisi cet endroit pour y laisser un rappel de son retour inéluctable. Les touristes s'y risquaient rarement, à l'exception de quelques rares ornithologues amateurs, généralement déçus par l'absence de hérons, verts ou autres.

La petite baie ne comptait que deux habitations, toutes deux d'anciennes maisons de vacances, l'une achetée sur un coup de tête dont le propriétaire se repentait encore, l'autre étant un héritage familial qui n'avait jamais été apprécié ni utilisé après la lecture du testament. Soames avait longtemps désespéré de vendre ou même de louer l'une ou l'autre et il avait été à la fois surpris et soulagé lorsqu'elles avaient toutes deux attiré des occupants à quelques semaines d'intervalle, même si le plaisir de procurer enfin un revenu à ses clients – et un pourcentage mensuel pour lui-même – se trouvait légèrement tempéré par l'identité d'un des locataires.

Naturellement, Soames avait appris par les médias qui était le nommé Charlie Parker, et ce avant même les blessures par balles et la convalescence qui l'avaient finalement conduit à Boreas. L'agent immobilier comptait quelques amis et d'anciens clients tant dans la police de Bangor que dans celle de l'État du Maine, et il avait eu vent de ragots de comptoir que la presse n'avait jamais publiés concernant le passé de cet homme. Si Parker ne créait pas lui-même les ennuis, il semblait à tout le moins les attirer.

Les premières démarches pour louer la maison avaient été faites par une avocate de South Freeport, Aimee Price, qui avait expliqué à Soames qu'un de ses clients avait besoin de tranquillité et de calme afin de se remettre d'un traumatisme récent. Price était venue à Boreas pour voir la maison, elle avait estimé qu'elle correspondait aux besoins de son client et avait signé le bail, le tout en une seule matinée. À côté de la négociation qu'elle lui avait imposée, les réunions du conseil municipal auraient paru somnolentes et Soames en était sorti épuisé et meurtri. Il s'était même tâté le poignet pour vérifier que Price ne lui avait pas en plus volé sa montre. Ce fut seulement après la signature du bail, à l'agence, que Price avait mentionné le nom de son client : Charlie Parker. Soames se rappelait parfaitement la scène :

— Parker... comme le détective privé ? fit l'agent immobilier en regardant l'encre sécher sur le document. Celui qui s'est fait canarder ?

— Oui. Il y a un problème ?

Soames réfléchit. Il n'y aurait un problème que si les types qui avaient tenté de tuer Parker récidivaient. La maison avait déjà été assez difficile à louer comme ça, les propriétaires feraient aussi bien d'y mettre le feu si elle devenait le théâtre d'une exécution. Cela lui coûterait probablement aussi son siège au conseil municipal. Soames verrait s'effondrer sa cote de popularité si ses critères laxistes contribuaient à rendre Boreas célèbre pour autre chose que les crèmes glacées du Forrest's et les crevettes à l'étouffée du Crawley's.

18

(Le slogan peint au-dessus de la porte, « La meilleure Kuisine cajun du nord du Maine », s'il n'avait rien de bien original, en dehors de la faute d'orthographe qui faisait chaque fois grimacer Soames, n'énonçait que la stricte vérité.)

Il estima que la franchise était peut-être la meilleure politique à suivre :

— Écoutez, ce genre d'homme a des ennemis, et personne ne s'est jamais fait tirer dessus à Boreas. Je dis bien *personne*.

— Vous devriez mettre ça dans votre vitrine, lui renvoya Price. « Boreas : 75 000 jours sans fusillade », comme sur les chantiers pour les accidents du travail, vous savez.

Soames se demanda si elle plaisantait, décida que oui, probablement. N'empêche, l'idée lui avait paru bonne, l'espace d'un instant.

— Laissons tomber les suggestions farfelues en matière de publicité, dit-il. Vous ne pensez pas que sa réputation pourrait être un sujet de préoccupation ?

— Il n'y a aucun risque que les événements qui ont causé ses blessures se répètent.

— Vous paraissez sûre de vous.

— Je le suis.

Elle le regardait fixement, comme pour l'inciter à poser la question qui lui brûlait la langue et les lèvres. Soames déglutit, son cabinet lui sembla soudain étouffant. Il songea à ce que lui rapporterait la location.

— Étant donné les circonstances inhabituelles, nous pourrions peut-être…

— Non.

— … reconsidérer…

— Je ne crois pas.

— … le montant…

— Vous gaspillez votre salive.

— Tout de même…

— Cette maison est restée inoccupée pendant près de deux ans.

— Nous avons eu des offres…

— Non.

— Vous n'en savez rien.

— Si, je le sais.

— Bon, d'accord.

— D'autres questions ?

— Il sera armé ?

— Je l'ignore. Vous lui poserez la question quand vous le verrez, si vous voulez.

Soames songea à ce qu'il savait du détective.

— Je suppose qu'il sera armé, murmura-t-il, autant pour lui-même que pour Price. En tout cas, il ferait sans doute bien de l'être.

— À la bonne heure ! Et moins il y aura de gens au courant de sa présence, mieux ce sera. Lorsqu'il vivra ici, ce sera à lui de choisir son comportement avec les gens. Certains pourraient reconnaître son nom ou son visage.

— À Boreas, on ne s'occupe pas des affaires des autres, déclara Soames. En ce qui me concerne, c'est vous qui louez la maison et si on me demande qui l'habitera, je dirai simplement que je n'en sais rien.

Price se leva et tendit la main. Soames la serra.

— Ravi d'avoir fait votre connaissance, assura-t-elle.

— Euh, moi de même. Enfin…

Il la raccompagna à sa voiture.

— Une dernière chose, dit Price.

L'agent immobilier eut un pincement au cœur : il avait horreur des « dernières choses ».

— Deux New-Yorkais viendront jeter un coup d'œil à la maison. Ce sont, disons, des consultants en matière de sécurité. Ils souhaiteront peut-être procéder à quelques petits changements, juste pour veiller à ce que la maison soit au top à tous égards. Ils ne l'abîmeront pas, je crois même qu'ils en augmenteront la valeur.

La promesse d'une valeur accrue arracha un sourire à Soames.

— Pas de problème, dit-il.

— Tant mieux. Ils n'aiment pas les problèmes.

Quelque chose dans le ton de Price lui donna brusquement envie de boire un petit quelque chose, et ce fut exactement ce qu'il fit après le départ de l'avocate. Le voyant un verre à la main, sa secrétaire lui demanda :

— Vous fêtez ça ?

— Je sais pas trop, répondit-il.

2

Soames participa à deux autres réunions avant l'arrivée de Parker à Boreas. Au cours de la première, il fit la connaissance de Gordon Walsh, un inspecteur de la police de l'État du Maine, qui se présenta à son cabinet avec Cory Bloom, le chef de la police de Boreas, dans son sillage. Bloom était une jolie femme d'une trentaine d'années et si elle n'avait pas été mariée et heureuse en ménage, Soames aurait envisagé de lui faire du gringue. Naturellement, il fallait aussi tenir compte des liens d'amitié entre Bloom et l'ex-femme de Soames : Cory serait sans doute plus volontiers sortie avec le dernier des clodos qu'avec lui, mais on pouvait toujours rêver. Pour ce qu'il en savait, à ce jour personne n'avait trouvé le moyen de contrôler les fantasmes.

Walsh ne contribua pas précisément à apaiser les craintes de Soames. Il lui fit clairement comprendre que Parker demeurerait vulnérable et souligna, comme Aimee Price avant lui, que tout le monde gagnerait à ce que la présence du détective à Boreas reste aussi confidentielle que possible. Bloom fit valoir qu'un des avantages de la ville – du moins jusqu'au véritable début de la saison touristique, dans cinq ou six semaines –, c'était la quasi-impossibilité pour quiconque de s'y arrêter plus de cinq minutes sans se faire repérer. Si des inconnus montraient une curiosité inhabituelle pour l'un de ses résidents, quelqu'un le remarquerait obligatoirement. Bobby Soames aurait pu confirmer la vigilance de la population de Boreas puisqu'il en avait fait personnellement l'expérience : son mariage avait sombré parce que Eve Moorer, la fleuriste, l'avait vu sortir d'un motel de la Route 1 en compagnie d'une jeunette qui devait bien avoir vingt ans de moins que lui, une gamine qu'on aurait pu prendre pour sa fille s'il en avait eu une. Il jugea cependant que Walsh n'avait pas besoin d'entendre cette histoire. Quant à Cory Bloom, elle la connaissait déjà.

La patronne de la police de Boreas avança qu'il vaudrait peut-être mieux, même si cela ne semblait pas évident, qu'un petit nombre des habitants les plus importants et les plus sensés de la ville soient discrètement informés de l'installation imminente du détective. Elle cita quelques propriétaires de bars, le pasteur luthérien de la ville, Axel Werner, Kris Beck, qui tenait la seule station-service, et quelques autres. Walsh n'y vit pas d'objection et lui laissa carte blanche. Si l'on excepte deux ou trois autres détails mineurs qui furent abordés, la visite de Walsh se réduisit au genre d'avertissements disséminés dans les gares et les aéroports : si vous remarquez quelque chose, faites-le savoir.

— Ce que je ne comprends pas, confia enfin Soames, c'est pourquoi il a choisi notre ville.

Cette question le tracassait depuis qu'Aimee Price avait signé le bail.

— Vous connaissez Brook House ? demanda Walsh.

Soames connaissait. C'était une clinique privée haut de gamme située à une quinzaine de kilomètres à l'ouest de la ville, et qui ressemblait plus à un hôtel de luxe qu'à un hôpital. Deux acteurs de Hollywood et au moins un ancien président des États-Unis y avaient été soignés, sans que la presse publie le moindre mot sur leur présence à Brook House.

— Parker y a passé quelque temps dans le cadre de sa rééducation et ils se chargeront aussi de sa physiothérapie, poursuivit Walsh.

— Alors, il doit avoir de l'argent, même s'il ne lui restera plus grand-chose une fois qu'ils l'auront essoré, prédit Soames.

Personnellement, il n'était même pas sûr d'avoir les moyens de faire prendre sa température à Brook House.

— J'ai cru comprendre qu'ils lui faisaient un prix d'ami, répondit Walsh.

— Brook House ?! Il paraît qu'ils vous facturent même l'air que vous respirez !

— Pour vous, peut-être. Pas pour lui. Ça vous embête si on visite la maison ?

Soames n'y voyait aucune objection. Bloom les y conduisit dans son Explorer et Soames passa automatiquement en mode agent immobilier, indiquant les sites intéressants du paysage, faisant remarquer la proximité des magasins et des bars, jusqu'à ce que Walsh l'informe qu'il ne resterait pas plus d'une heure dans le coin et qu'il n'avait pas l'intention de déménager. Du coup, Soames la ferma et se mit en mode boudin pendant le reste du trajet.

L'inspecteur fit lentement le tour de la maison avant d'y pénétrer, puis il examina l'intérieur avec soin, ouvrant et fermant portes et fenêtres, vérifiant verrous et serrures.

— Et l'autre maison ? demanda-t-il à Soames alors que, du perron, ils regardaient tous trois les vagues se briser et le sable s'élever en spirales.

— Vide, répondit l'agent immobilier. Depuis un bon bout de temps, comme celle-ci.

— Si quelqu'un pose des questions sur l'autre maison, parle de la louer ou de l'acheter, vous prévenez le chef de la police, d'accord ?

— D'accord.

Walsh contempla les dunes et l'océan, les mains sur les hanches, comme s'il venait de prendre pied dans la baie et cherchait un endroit où planter son drapeau.

Soames toussota. Il toussotait toujours lorsqu'il était nerveux ou indécis. C'était son seul défaut professionnel, comme une sorte de tic trahissant un joueur de poker.

— Euh, l'avocate, Mme Price, a mentionné la venue de consultants en sécurité…

La moustache de Walsh se souleva d'un côté en ce qui pouvait passer pour un sourire.

— Des « consultants en sécurité »… ce sont ses termes ?

— Je crois, oui.

— Ben, vous les reconnaîtrez quand vous les verrez.

Soames imagina des types en uniforme noir bardés d'armes descendant en rappel d'un hélicoptère. Bien qu'il ne fît pas chaud, il tira un mouchoir de la poche de sa veste et s'épongea le front. C'était comme préparer une visite présidentielle.

— Bon, je crois qu'on ne peut pas faire grand-chose de plus pour le moment, estima Walsh.

Il se dirigea vers la voiture de Bloom, laquelle attendait déjà près du véhicule. Soames trottinait près de lui en tâchant de rester à sa hauteur. Les enjambées de l'inspecteur étaient dignes de Paul Bunyan, le légendaire bûcheron géant.

— Vous avez une idée du jour de l'arrivée de Parker ? s'enquit l'agent immobilier.

— Dans une semaine, probablement.

— Ça laissera le temps aux, euh, « consultants en sécurité » de faire leur travail.

— S'ils ont pas fini, il attendra, mais je pense qu'ils auront terminé. Ce sont des pros. Ils vous préoccupent ?

— Un peu.

— Vous avez raison.

Soames essaya de se concentrer sur le montant de sa commission.

De retour à l'agence, sitôt Bloom et Walsh partis, il se versa un verre de la bouteille qu'il gardait dans un tiroir de son bureau. Il résista à l'envie d'en boire un second parce que c'était s'engager sur une pente savonneuse, mais il supposait qu'avant la fin du séjour du détective il achèterait une autre bouteille. Et peut-être même plus d'une.

L'agent immobilier éprouva presque du soulagement lorsque les consultants arrivèrent enfin, bien qu'il eût fait des rêves perturbants dans lesquels ils lui apparaissaient sous les traits de son père et passaient pas mal de temps à lui reprocher sa consommation d'alcool. Il commençait à se sentir comme Ebenezer Scrooge, le personnage de Dickens, quand il attend la venue du troisième spectre, celui qu'il redoute le plus, lorsqu'il reçut un mail succinct d'Aimee Price l'informant que les consultants le retrouveraient à la maison de la baie le vendredi en début de matinée.

Les deux hommes étaient déjà sur place à son arrivée : l'un grand et noir, l'autre plus petit et plus blanc, peut-être latino, ou en partie latino, ou en partie des tas de choses, pour la plupart problématiques. Soames se garda bien de poser la moindre question. Ces deux types le rendaient nerveux, surtout le Noir. Il se présenta – « Louis » – sans lui serrer la main. Vêtu d'un costume sombre bien coupé, il avait le crâne rasé et une ombre de bouc poivre et sel ornait son visage tel le reflet du clair de lune sur un lac à minuit. L'autre, qui lui accorda une poignée de main, se présenta sous le nom d'Angel, ce qui donna à Soames une raison supplémentaire de penser qu'il était latino. Ou en partie latino.

Ou autre chose.

Il n'aurait pas su dire pourquoi, mais ces deux hommes le rendaient nerveux. Peut-être simplement à cause de l'inquiétude contenue que lui avaient inspirée les allusions de Walsh à leur sujet. Peut-être aussi parce que, quand il commença à leur faire visiter la maison, il eut la nette impression qu'ils en connaissaient déjà la disposition. D'accord, ils auraient pu consulter le descriptif posté sur le site web de l'agence, mais on n'y mentionnait pas quelles portes étaient coincées, ni quelles lattes du plancher grinçaient, et ils pointèrent ces défauts *avant* de parvenir aux portes et aux lattes en question.

Ils montrèrent aussi de l'intérêt pour le tableau du vieux système d'alarme.

— Il a pas été branché depuis combien de temps ? demanda Angel.

— Je ne peux pas vous dire. Au moins deux ans, puisque la maison n'a pas été occupée depuis tout ce temps. Pourquoi ?

— Simple curiosité. On le remplacera, de toute façon. Y a des signes de moisissure dans l'encadrement des portes, de devant et de derrière. Faudra les changer. Les fenêtres, ça a l'air d'aller pour le moment. Faudra changer les serrures, naturellement.

— Euh, oui, bien sûr. Du moment que vous me laissez un jeu de clefs.

— Désolé, pas question.

— Je vous demande pardon ?

— Une seule personne aura les clefs de cette maison : son occupant.

— Ah, je ne peux pas accepter ça. Supposez qu'il se passe quelque chose.

— Quoi, par exemple ?

— Un incendie.

— Vous êtes assuré ?

— Oui.

— Alors, vous êtes couvert.

— Ou alors, une inondation, ou – je ne sais pas – un accident quelconque.

Le nommé Louis tourna lentement la tête en direction de Soames et le fixa d'une manière qui lui donna l'impression d'être un lapin pris dans les phares d'une voiture.

— Un incendie, une inondation, un accident – c'est une maison piégée que vous voulez nous louer ?!

— Ce n'est pas ce que j'ai voulu dire…, s'empressa de répondre l'agent immobilier.

— Vaudrait mieux.

— Vous devez comprendre qu'il y a des problèmes

28

de sécurité inhabituels, argua Angel. C'est pour ça qu'on est là...

— J'ai vraiment besoin d'un jeu de clefs, insista Soames, se surprenant lui-même par la détermination de son ton.

— Bon, d'accord.

— Vous... Vraiment ?!

— Ouais, on vous donnera un jeu de clefs.

— Très bien.

— Quel genre de clefs vous irait ?

— Qu'est-ce que vous voulez dire ?

— Je veux dire que vous pouvez avoir toutes les clefs que vous voulez... sauf celles de cette baraque.

Soames sentit sa colère monter. Il n'avait pas l'habitude d'être traité de cette façon, que ce soit pour Parker ou n'importe qui d'autre.

— Écoutez-moi bien, dit-il d'une voix ferme avant qu'une main lourde se pose que son épaule gauche.

Il leva les yeux vers le visage du grand Noir.

— Nous pourrions nous adresser ailleurs..., commença Louis.

— Je pense que ce serait peut-être une bonne idée.

— ... mais ça déplairait à toutes les personnes concernées, poursuivit-il comme si Soames n'avait rien dit. Ce qui serait regrettable.

Il eut un sourire – le genre de sourire dont l'agent immobilier se serait volontiers passé.

— Combien l'avocate vous donne pour la location ? voulut savoir Angel.

Soames indiqua le montant.

— Et combien vous demandiez au départ ?

Il répondit par une somme de trente pour cent plus élevée.

— Vous êtes vraiment dur en affaires, le complimenta Angel d'un ton ironique. Pour un peu, c'était vous qui lui filiez du fric.

Soames reconnut qu'à un certain moment de ses négociations avec Price il avait cru qu'il finirait peut-être par en arriver là.

— Laissez-moi donner un coup de fil, proposa Angel.

Il passa dans la salle de séjour vide et composa un numéro sur son portable. Soames l'entendit parler à voix basse. À son retour, Angel annonça un loyer plus proche du montant original, assorti d'un versement de cent dollars par mois pour « frais de maintenance ».

— De maintenance ?

— De maintenance.

— Ce qui veut dire ?

— Que vous vous maintenez en bonne santé et que nous, en échange, nous maintenons la maison en bon état.

— Je n'aurai peut-être pas besoin des clefs, finalement, murmura Soames.

— Une dernière chose… À votre retour à l'agence, vous trouverez une proposition de bail révisée, ajouta Angel en commençant à pousser Soames, doucement mais fermement, vers la porte d'entrée. Il nous faudra quelques jours pour procéder aux changements nécessaires. Ce sera fait discrètement. Ça vous dérange pas qu'on garde les clefs dès maintenant ?

Il agita le trousseau que Soames avait emporté. L'agent tapota sa veste : il était pourtant presque sûr de l'avoir rempoché après avoir ouvert la porte, mais il se trompait peut-être.

— Vous avez mon numéro, dit Soames. Juste au cas où il y aurait un problème…

— Y en aura pas, mais merci quand même.

— Bon. Ben, je vous laisse les clefs.

— Merci beaucoup.

Soames monta dans sa voiture. Les deux hommes étaient venus dans une Lexus noire LS dernier modèle, un engin qui devait valoir dans les cent vingt mille dollars. Manifestement, le métier de consultant en sécurité payait bien, Soames aurait simplement voulu savoir en quoi cela consistait exactement.

Comme Angel l'avait promis, un bail modifié l'attendait à son bureau. Ce fut seulement quand il en retourna par mail à Aimee Price une copie signée qu'il remarqua que le document lui avait été envoyé à 8 h 15, au moment où il se rendait à son rendez-vous avec les nommés Angel et Louis.

Quatre jours plus tard, Charlie Parker arriva à Boreas.

3

Soames gara sa voiture à l'entrée de Green Heron Road, d'où partaient les deux chemins de terre battue menant aux deux maisons de la baie : d'abord celle de Parker puis, quatre cents mètres plus loin, l'autre habitation, qu'on avait toujours appelée « la maison des Gillette », même si aucun Gillette n'y avait plus mis les pieds depuis les années 1960.

Elle venait tout juste d'être louée par une femme nommée Ruth Winter, qui l'occupait avec sa fille de neuf ans, Amanda. Soames s'était chargé de la location, mais seulement après avoir consulté Walsh et Bloom. Les Winter avaient obtenu un satisfecit. Leur famille était originaire de Pirna, où la mère de Ruth vivait encore. Soames n'avait pas mis le nez dans les affaires de Ruth, ni dans ses raisons de s'installer à Boreas. Il lui semblait qu'elle avait simplement voulu se donner un peu d'air, ainsi qu'à sa fille. Habiter à Boreas permettrait à Amanda de continuer à fréquenter l'école de Pirna, puisque c'était dans le même secteur et que le bus scolaire la prendrait et la déposerait près de la maison.

Soames avait rendu deux ou trois fois visite aux

Winter depuis qu'elles avaient élu résidence à Boreas. S'il devait être tout à fait franc, c'était plus qu'on ne l'aurait jugé nécessaire, et sans doute lié au fait que Ruth ne manquait pas d'attraits. C'était une blonde aux yeux bleus d'une quarantaine d'années. Sa fille lui ressemblait et était déjà grande pour son âge. Ce fut seulement à la troisième visite que Ruth lui avait demandé s'il se montrait toujours aussi attentionné avec ses clients. Elle l'avait fait avec bonne humeur, mais en laissant entendre que Soames l'avait suffisamment charmée par sa présence, ce qui expliquait pourquoi cette fois il s'était arrêté à l'entrée de la route. Pour le moment, il concentrait son attention sur la maison occupée par le détective. Il se plaisait à penser qu'il prenait un intérêt personnel à ce que Parker reste en bonne santé tout en demeurant préoccupé pour la maison elle-même. Cela le contrariait de ne pas y avoir accès et il craignait encore que la présence du détective à Boreas ne cause des ennuis à la ville et, par extension, à Bobby Soames.

Il n'avait rendu qu'une seule fois visite à Parker, le lendemain de son arrivée. Un fait curieux s'était produit lorsque Soames avait tourné dans l'allée de la maison : la réception de la station de radio WALZ, qui émettait de Machias, avait été interrompue par un bourdonnement bas. La diffusion avait aussitôt repris et il n'y avait plus pensé. Quand il était arrivé à la maison, Parker l'attendait dehors et Soames était sûr d'avoir distingué sous l'ample coupe-vent du détective la forme d'une arme de poing.

Au premier abord, Parker semblait aller plutôt mal. Il se déplaçait avec lenteur et souffrait visiblement. Sa chevelure était striée de marques étranges et Soames mit un moment à comprendre que ses cheveux avaient repoussé blancs là où les plombs avaient arraché le cuir chevelu. Les deux assaillants, armés d'automatiques et d'un fusil de chasse, lui avaient tendu une embuscade alors qu'il rentrait chez lui. Ils l'auraient achevé s'il n'avait trouvé la force de riposter. Ce qui l'avait vraiment sauvé, c'était qu'il n'avait pas eu le temps de débrancher son système d'alarme avant qu'ils tirent, et son agence de sécurité avait pour instruction d'alerter les flics de Scarborough si l'alarme se déclenchait. La police estima qu'elle avait failli coincer ses agresseurs à quelques secondes près. Selon la version officielle, ces types n'avaient été ni identifiés ni retrouvés, mais, selon des rumeurs circulant dans les bars, ils n'étaient plus en mesure d'en profiter.

Soames s'était alors rappelé les deux « consultants en sécurité » et s'était senti légèrement mal en se souvenant qu'il avait élevé la voix devant eux.

À de nombreux égards – ses mouvements, sa respiration pénible et même le grain de sa peau –, Parker faisait plus vieux que son âge, à l'exception de ses yeux, extrêmement vifs et perçants. Soames le voyant pour la première fois, il n'aurait su dire s'ils étaient toujours comme ça. En tout cas, ils avaient une clarté et – faute d'un meilleur mot – une pénétration extraordinaires. Soames imaginait que l'un des apôtres du Christ avait sans doute eu ce regard quand il avait compris la vraie nature de l'être auquel il avait voué sa vie. C'était les yeux de quelqu'un qui avait souffert, et de cette souffrance était née la connaissance. Soames pensait que se faire tirer dessus et échapper de peu à la mort pouvait avoir cet effet sur un homme.

Il n'avait pas parlé à Parker longtemps. Il avait

simplement confirmé que tout était en ordre pour la maison et lui avait remis une chemise contenant des informations sur Boreas : une liste des bars, magasins et restaurants, les horaires des divers services religieux et l'emplacement des lieux de culte, les noms de plombiers, mécaniciens et autres artisans susceptibles d'intervenir en urgence en cas de problème. Soames avait également indiqué les numéros des médecins de la région et les avait fait passer de la dernière à la première place dans la chemise, au cas où.

— Ma carte est dans une pochette, au dos. Vous pouvez m'appeler à toute heure si vous avez besoin d'aide.

— Merci, avait répondu Parker.

Le vent soufflant de l'océan n'apportait qu'une légère morsure de froid. Au-dessus de la plage à marée basse, des mouettes s'abattaient en piqué sur les coquillages échoués. Plus loin, Soames avait aperçu l'ellipse gracieuse d'un cou de cormoran juste avant que l'oiseau ne plonge sous une vague.

— J'espère que vous serez heureux ici, avait-il ajouté.

Il ne savait pas d'où ces mots lui étaient venus. Ce n'était pas une simple amabilité d'agent immobilier, il les pensait sincèrement. Peut-être était-ce la vue du cormoran qui les lui avait inspirés.

— Le coin est magnifique.

— En effet.

Ils n'avaient apparemment plus rien trouvé d'autre à se dire. Soames aurait voulu demander à Parker combien de temps durerait son séjour, bien que le loyer eût été réglé d'avance pour trois mois. Malgré les soucis dus à d'éventuelles représailles contre le détective, les rentrées supplémentaires pour « frais de maintenance » étaient les bienvenues et Soames aurait apprécié de les voir perdurer. Il avait cependant décidé de ne pas aborder la question avant qu'un mois ou davantage se soit écoulé.

— Bon, je voulais simplement m'assurer que tout allait bien, avait-il finalement conclu. Je vous laisse. Si vous avez des questions, appelez-moi.

Ils avaient échangé une poignée de main et si Parker semblait fragile, la pression de ses doigts était restée ferme.

— Merci pour votre aide, avait dit le détective.

— On se croisera sans doute en ville.

— Probablement.

Soames était remonté dans sa voiture et avait démarré. Sa radio s'était à nouveau interrompue exactement au même endroit dans l'allée. Il avait jeté un coup d'œil à gauche et aperçu un reflet en passant : un objet métallique, petit et rond, brillant au soleil. Discrètement, comme s'il cherchait quelque chose dans la boîte à gants, il s'était penché vers la droite. Oui, il y avait bien un autre capteur juste en face de celui de gauche. Soames avait continué à rouler et n'avait parlé à personne de ce qu'il avait vu, pas même au chef de la police de la ville.

Pour l'heure, trois semaines après l'arrivée de Parker à Boreas, Soames se protégeait les yeux de la main droite en regardant la plage et la mer au-delà. Le temps devenait plus chaud chaque jour, mais ici, dans la Green Heron Bay, l'agent immobilier se félicitait d'avoir mis une veste. Sur la grève, deux silhouettes marchaient, une femme et une enfant, leurs cheveux blonds soulevés derrière elles par la brise : les Winter, la mère et la fille, sorties pour une promenade le long des hautes dunes.

Soames perçut un mouvement devant la maison, en contrebas : le détective était apparu sur sa véranda. Muni d'une canne, il descendait avec précaution les marches menant à la plage, tourné de côté, s'appuyant de sa main libre à la balustrade. Ce fut seulement quand il parvint au sable qu'il découvrit la femme et l'enfant longeant l'océan. Il se figea, fit demi-tour pour retourner dans la maison. Voyant la voiture garée en haut sur la route, il s'arrêta de nouveau et Soames lui adressa un salut d'une main incertaine. Quelques secondes après, le détective lui rendit son salut et disparut dans la maison.

— Elles sont gentilles, les Winter, murmura Soames. Il aurait quand même pu leur dire bonjour.

Mais qui était-il pour juger ?

Il remonta dans sa voiture, abandonnant le détective à sa solitude.

4

Amanda Winter ne savait pas vraiment pourquoi on l'avait forcée à aller vivre dans cette maison près de la mer. Elle avait seulement compris que sa mère et sa grand-mère avaient eu une dispute, mais elle en ignorait la cause. Elle avait appris à juger de l'humeur de sa mère car elles étaient proches comme seules une mère et une fille peuvent l'être sans un homme dans leurs vies, et Amanda devinait que toute question sur les motifs de la querelle ne serait pas bienvenue.

Son père était mort avant sa naissance, et sa mère parlait rarement de lui. Amanda ne connaissait que son nom, Alex Goyer, et son métier, mécanicien. Sa grand-mère avait un jour utilisé une drôle d'expression pour le qualifier : « propre à rien ». Amanda avait cherché sur l'ordinateur et trouvé que cela signifiait « irresponsable » ou « sans valeur ». Il y avait d'autres mots aussi, mais c'était ceux-là qu'elle comprenait. Elle n'aimait pas penser que son père ne valait rien parce que si une partie d'elle venait de lui il y avait alors aussi en elle quelque chose qui ne valait rien. Sa mère avait tenté de la rassurer sur ce point : son père n'était pas un bon à rien, malgré ce que mamie Isha disait.

En grandissant, Amanda avait mieux saisi les nuances des propos et des comportements des adultes, et elle avait appris d'autres choses – principalement par mamie Isha – sur les relations entre son père et sa mère. Elle savait que sa grand-mère avait été furieuse que sa mère soit tombée enceinte sans être mariée et que son père, en l'apprenant, n'avait pas voulu l'épouser et avait au contraire rompu tout contact avec elle. Que son père ait abandonné sa mère alors qu'elle était encore dans son ventre rendait Amanda triste et semblait confirmer l'opinion que mamie Isha avait de lui.

Plus tard, quelqu'un avait assassiné son père, en lui tirant dessus dans le garage où il travaillait. Cette révélation était récente et provenait de sa grand-mère. Amanda se demandait si cela n'avait pas été l'une des raisons de la dispute. Elle ne savait pas trop quoi penser de la mort de son père. Mamie Isha avait parlé de drogues – est-ce que cela faisait de son père quelqu'un de mauvais ? Amanda espérait que non. Mauvais, c'était pire que propre à rien. Du côté de son père, la famille se réduisait à peu de chose : la mère était morte et le père, toujours d'après mamie Isha, ne valait pas mieux que le fils. Le père de son père – Amanda n'arrivait pas à le voir comme son grand-père – était mort quand elle était encore bébé. Son foie, qui fonctionnait mal, n'avait brusquement plus fonctionné du tout. La mère d'Amanda s'était rendue à l'enterrement, mais comme beaucoup d'autres choses concernant les Goyer, Amanda ne l'avait appris que des années plus tard.

Elle n'avait donc pour grands-parents que mamie Isha, puisque papy Dave, son mari, était mort, lui aussi. Amanda se souvenait à peine de lui. Il avait des cheveux gris et portait de grosses lunettes. D'après sa mère, papy Dave l'avait surnommée « Manne », comme le pain tombé du ciel. Quelquefois sa mère l'appelait aussi comme ça, ce qui rendait Amanda heureuse.

Mamie Isha aimait beaucoup Amanda. Elle l'adorait, elle la gâtait, elle habitait toutes les facettes de sa vie. Amanda et sa mère avaient même vécu dans une maison proche de celle de sa grand-mère, sur un terrain qui lui appartenait. Cette maison manquait à Amanda, sa grand-mère aussi. Elles n'avaient plus de nouvelles d'elle depuis qu'elles s'étaient installées à Boreas. Elle aurait voulu demander à sa mère ce que sa mamie devenait, mais sa mère avait ses propres soucis, et chaque fois qu'elle tentait d'aborder le sujet sa mère se mettait en colère ou devenait triste, et Amanda n'aimait pas la voir dans cet état.

Aussi, quand elle n'allait pas à l'école – ce qui arrivait souvent parce qu'elle avait une maladie que les médecins ne savaient pas soigner –, tuait-elle le temps en sommeillant, en lisant ou en regardant la télé jusqu'à en avoir mal aux yeux et à la tête. Elle avait d'abord détesté Boreas, détesté être séparée de ses amis de Pirna et de sa grand-mère. Puis, lentement et sûrement, la mer avait commencé à l'apaiser par son rythme et sa rumeur, parce que c'était les mêmes que ceux de l'ancienne maison, même si la vue était différente. Elle ne pouvait imaginer s'endormir sans le murmure des vagues, ni s'éveiller sans l'odeur du sel dans l'air et son goût sur sa peau.

L'homme qui habitait la seule autre maison de la baie avait presque tout de suite attiré l'attention d'Amanda. Le premier jour, elle l'avait vu marcher

40

sur la plage alors qu'assise sur son nouveau lit elle contemplait la mer. Il avançait lentement, comme s'il craignait de tomber, même s'il ne se serait pas fait très mal en tombant dans le sable. Il restait près des zones molles, le long des grandes dunes, et s'appuyait sur une canne. Il n'était pas vieux, pourtant. Selon l'expérience limitée d'Amanda, seules les vieilles personnes comme mamie Isha marchaient avec une canne, et elle en avait déduit que cet homme devait être blessé ou infirme.

Du fait de l'absence relative de figures masculines dans sa vie, Amanda était curieuse des hommes. Pas des garçons – elle les comprenait déjà assez bien pour les ignorer presque totalement, les trouvant au mieux amusants quelque temps et agaçants pour la plupart – mais des hommes : adultes, comme sa mère. Elle ne parvenait pas tout à fait à saisir leur réalité ; leurs actes et processus mentaux lui étaient étrangers. Ils semblaient appartenir à une espèce différente de celle des garçons de son école et elle n'arrivait pas à imaginer comment un crétin, un gros nul comme Greg Sykes – qui était assis derrière elle en classe et lui avait une fois craché dans les cheveux –, pourrait en grandissant devenir capable, disons, de conduire une voiture ou de garder un emploi. Greg Sykes sentait le pipi et se baladait la main dans le pantalon quand il croyait que personne ne le regardait. Elle ne pouvait se représenter un Greg Sykes adulte que dans une version agrandie de ce qu'il était maintenant : continuant à cracher, à sentir le pipi et à tripoter son machin parce qu'il était incapable de faire la différence entre « privé » et « public ».

Ce premier jour, désorientée par le bouleversement soudain de sa vie, elle avait donc observé cet homme

41

qui marchait lentement sur la plage, une main sur sa canne, la tête baissée, les lèvres – crut-elle voir – remuant faiblement, comme s'il se parlait ou comptait ses pas. Il s'était arrêté un moment pour regarder leur maison, la voiture garée devant, les valises et les cartons sur la véranda. Puis il avait levé les yeux et, un instant, Amanda avait été sûre qu'il la voyait, bien qu'elle sût déjà qu'on pouvait difficilement la repérer si elle était allongée sur son lit. Elle avait vérifié dès leur arrivée, passant de sa chambre à la plage pour décider si la pièce ferait un bon poste d'observation. Non, il ne pouvait probablement pas la voir, et pourtant elle sentait la force de son regard, comme s'il avait été dans la chambre avec elle.

Il s'était ensuite éloigné et Amanda avait changé de position pour le suivre des yeux. Elle n'était pas du genre à espionner les gens. Alors qu'elle était toute petite, mamie Isha l'avait un jour surprise à fouiller dans son armoire, attirée qu'elle était par les vieilles robes que sa grand-mère conservait mais ne portait jamais, les chaussures qui restaient sans taches et comme neuves, et d'autres trésors inconnus qui y étaient peut-être cachés. Mamie Isha, fâchée, lui avait fait un long sermon sur le droit à la vie privée. Depuis, Amanda s'était toujours efforcée de ne pas fouiner, mais l'homme marchait sur la plage, au vu de tous, alors elle ne faisait rien de mal en l'observant. Sa curiosité se serait peut-être portée ailleurs, son intérêt pour cet homme aurait sans doute décliné jusqu'à ce qu'elle finisse par ne plus le remarquer, s'il n'avait fait ensuite quelque chose d'étrange.

Il s'était arrêté, s'était baissé pour ramasser quelque chose, un objet noir et rouge, avant de continuer à marcher un moment. Finalement, il avait tourné vers la gauche pour gagner le sable blanc et propre, hors de portée de la marée montante, et avait laissé tomber la chose. Puis il avait fait demi-tour et repris le chemin de sa maison en avançant plus lentement encore qu'à l'aller. Son visage avait une expression de grande fatigue et, avait-elle pensé, de souffrance.

Amanda avait attendu d'être sûre qu'il était rentré chez lui pour descendre à la plage. Il ne lui avait pas fallu longtemps pour trouver l'objet car c'était une sorte de petit baluchon dont le vent agitait un bout de tissu rouge.

Ce que l'homme avait laissé tomber dans le sable était un sac fermé par un ruban et rempli de ce qui semblait être des cailloux. Le nœud n'étant pas très serré, elle l'avait défait facilement. Le contenu ne s'était pas révélé palpitant : rien que des vieilles pierres, sans formes particulières ni stries intéressantes. Elle les avait toutes examinées, au cas où une gemme y serait cachée, mais elle n'en avait trouvé aucune. Elle avait remis les pierres dans le sac, l'avait refermé et replacé dans le petit creux où elle l'avait découvert.

Plus tard, il s'était mis à pleuvoir. Sa mère et elle avaient écouté la pluie crépiter sur le toit de leur nouvelle demeure en mangeant de la pizza à la table de la cuisine, entourées de cartons pas encore vidés, et Amanda avait demandé à sa mère si elle savait quelque chose sur l'homme qui habitait l'autre maison.

Elle avait répondu par la négative, mais elle n'écoutait qu'à moitié. Depuis qu'elle avait annoncé qu'elles quittaient Pirna pour Boreas, elle faisait tout distraitement : écouter, parler, regarder.

— Je crois qu'il s'appelle Parker, mais c'est tout. Pourquoi ?

— Pour rien. Je l'ai juste vu marcher sur la plage et je me suis demandé.

— Nous irons peut-être nous présenter une fois que nous serons installées. En attendant, tu sais que tu ne dois pas parler à des inconnus, hein ?

— Oui, maman.

— C'est bien.

L'attention de sa mère s'était à nouveau dispersée. Cela faisait si longtemps qu'elle grignotait la même part de pizza qu'elle devait être froide. Amanda, elle, en avait déjà mangé deux et finissait sa troisième. Après avoir avalé sa dernière bouchée, elle avait demandé la permission de quitter la table.

— Vas-y, ma chérie. On sera bien, ici, tu sais, avait assuré sa mère.

Toutefois, elle ne l'avait pas regardée en parlant et Amanda avait pensé que c'était autant elle-même qu'elle essayait de convaincre.

La pluie continuait à tomber, entraînant du sable, de la poussière et, à proximité de l'endroit où elles étaient assises, un peu de sang…

Cette nuit-là, Amanda avait fait un rêve étrange. Elle se tenait sur la plage en pyjama et, loin devant elle, le ruban rouge claquait comme un drapeau. Une silhouette était agenouillée au-dessus, mais ce n'était pas M. Parker. C'était quelqu'un de plus petit et, en s'approchant, Amanda vit qu'il s'agissait d'une fillette, plus jeune qu'elle. Bien que vêtue d'une simple chemise de nuit, elle ne semblait pas sentir le froid. Ses longs cheveux blonds masquaient son visage, sa main droite jouait avec le tissu rouge.

Amanda cessa d'avancer. Dans son rêve, elle avait l'impression qu'elle ne devait pas s'approcher de la fillette. Elle n'avait pourtant rien d'effrayant. Elle était juste *différente*.

« Bonjour, Amanda, dit-elle.

— Bonjour. Comment tu connais mon nom ?

— Je t'ai observée. Tu as mangé de la pizza, ce soir, je t'ai vue. Ensuite, tu es montée dans ta chambre, et là aussi je t'ai vue.

— Comment ?

— Par la fenêtre.

— Mais elle est en haut.

— Oui. Tu as une belle vue. »

Et même dans son rêve, Amanda frissonna.

« Comment tu t'appelles ?

— Jennifer.

— Tu vis par ici ?

— Je suppose que oui, maintenant. »

Une partie d'Amanda avait envie de voir le visage de Jennifer, une autre partie avait peur de le découvrir.

« Tu l'as vu laisser tomber le sac, n'est-ce pas ? dit Jennifer.

— Oui.

— Et tu l'as ramassé ?

— Oui. J'ai fait quelque chose de mal ? C'était pas exprès.

— Non, tu l'as remis où tu l'avais trouvé, c'est ce qui compte. Tu sais ce que c'est ?

— Non, je crois pas. »

Amanda réfléchit et rectifia :

« Enfin, peut-être.

— Dis.

— C'est un repère, mais je ne sais pas ce qu'il sert à indiquer.

— Ses progrès. Chaque jour il essaie de marcher un peu plus loin. Souvent, il ne gagne que quelques pas. Et il marque l'endroit pour faire au moins un pas de plus le lendemain. »

Quoique Jennifer eût l'air d'une petite fille, Amanda trouvait qu'elle s'exprimait comme quelqu'un de beaucoup plus âgé.

« Pourquoi il fait ça ?

— Il a été blessé. Il a encore mal. Mais il reprend des forces.

— Est-ce que c'est… »

Jennifer se releva, tourna le dos à Amanda et s'éloigna. La conversation était terminée.

« Pourquoi je peux pas voir ta figure ? » cria Amanda, qui le regretta aussitôt que les mots sortirent de sa bouche.

Jennifer s'arrêta.

« Tu veux la voir. Tu le veux vraiment ? »

Elle se retourna lentement, leva la main droite, écarta ses cheveux de son visage.

Amanda se réveilla en hurlant et découvrit du sable dans son lit.

5

Cory Bloom dirigeait la police de Boreas depuis deux ans et restait la personne la plus jeune à avoir occupé ce poste. Au contraire, son prédécesseur, Erik Lange, avait été le chef de la police qui avait accumulé le plus grand nombre d'années de service quand il avait pris sa retraite, et même alors, il avait quasiment fallu lui coller un fusil dans les reins pour le faire partir. Lange était mort peu de temps après, ce que Bloom ne déplorait pas particulièrement, tout en gardant néanmoins de telles pensées pour elle. On disait parmi les admirateurs de Lange – devenus rares vers la fin – que le cœur du vieux chef n'avait pas supporté une vie d'indolence relative, mais Bloom aurait été étonnée si, à l'autopsie, on lui avait découvert un cœur plus gros qu'un gland.

Lange était de bonne souche allemande – fait incroyable, le père du vieux lourdaud vivait encore et frappait à la porte de son centenaire – et il avait dirigé Boreas comme il l'eût fait de son fief personnel. Il était machiste, homophobe, et le mieux qu'on pouvait dire à son sujet, c'était qu'il avait maintenu le taux de criminalité à un niveau plutôt bas. Ce niveau n'avait d'ailleurs pas bougé depuis son départ, ce qui suggérait que Boreas n'avait jamais ressemblé à Detroit ni à La Nouvelle-Orléans. Vers la fin de son règne, les habitants souhaitaient clairement un changement et Bloom avait été nommée chef sans trop de difficultés. Avait joué en sa faveur le fait qu'elle était mariée à un homme originaire de Pirna et – même si on ne le mentionnait jamais – qu'elle n'avait pas d'enfants.

Dans l'ensemble, la transition depuis Bangor – où Bloom avait travaillé avant de poser sa candidature pour le poste de chef – à Boreas s'était faite en douceur, avec en prime l'aide imprévue offerte par le décès soudain de Lange. Vivant, il n'aurait probablement pu s'empêcher de mettre son nez dans les affaires de Bloom et de se comporter comme le chef-en-exil. Si certains grognaient en voyant que la personne incarnant le maintien de l'ordre était relativement jeune et, surtout, de sexe féminin, Bloom savait y faire, et même ceux qui auraient volontiers érigé une statue à Erik Lange au cœur de la ville avaient peu à peu été conquis par la jeune femme. Il restait cependant une poignée d'obstinés, notamment le chef adjoint de Lange, Carl Foster, qui avait balancé ses jouets hors de son parc et démissionné lorsque la ville lui avait préféré une femme. Bon débarras. Cela avait épargné à Bloom la peine de le contraindre à partir.

Bloom gara son Explorer au bord de la plage de Mason Point, défit ses baskets et les remplaça par les bottes noires en caoutchouc qu'elle gardait dans son coffre. Normalement, elle n'était pas de service, mais elle avait rapidement appris que le chef de la police d'une petite ville n'est jamais vraiment de repos. Et ce n'était pas tous les jours qu'un cadavre s'échouait sur les côtes de Boreas.

Deux policiers en uniforme l'attendaient déjà au bord de l'eau en compagnie de Dan Rainey, un homme qui vivait près de la plage et avait découvert le corps flottant dans les vagues. Les policiers étaient deux femmes et elles avaient été embauchées par Bloom. Leur arrivée dans le service avait précédé – et c'était tout sauf une coïncidence – les départs à la retraite de quelques fans vieillissants de Lange et Foster, qui s'étaient empressés de faire valoir leurs droits et de disparaître dans le soleil couchant. Cette hostilité flagrante envers elle avait irrité Bloom, mais elle ne partageait ses sentiments qu'avec son mari. Il était architecte, dessinait aussi des plans de bateau et affichait la sérénité d'un bouddha, avec l'aide occasionnelle d'un petit joint. Elle menaçait parfois de l'arrêter pour usage de stupéfiant, ce qu'il trouvait amusant.

L'élagage du bois mort avait permis de corriger le déséquilibre antérieur (femmes 0 %, hommes 100 %) du service, tout en conservant deux éléments masculins secrètement heureux que Lange porte des talons, ne serait-ce que parce que cela leur assurait de tirer leurs dernières années sans avoir un tyran sur le dos.

Mary Preston, la plus jeune des deux policières, était une femme solide et corpulente qui approchait de la trentaine. Bloom n'était pas sûre qu'elle aurait satisfait aux épreuves physiques pratiquées à Bangor, où on exigeait des postulantes de son âge qu'elles soient capables de faire quinze pompes d'affilée, trente-deux abdos en une minute, et de courir deux kilomètres en moins d'un quart d'heure. Par ailleurs, elle était intelligente, physiquement impressionnante, loyale et très très drôle. Lorsque Bloom avait soulevé la question de son poids pendant l'entretien d'embauche, Preston l'avait informée qu'elle n'avait pas l'intention de laisser un « salopard » – c'était le terme qu'elle avait employé – se débiner assez loin pour qu'elle soit obligée de cavaler un quart d'heure avant de le rattraper. Si nécessaire, elle le courserait en voiture. Si elle n'avait pas de voiture sous la main, elle lui balancerait sa torche électrique dans la tronche.

Si elle le manquait, elle lui tirerait dans les pattes.

Bloom l'avait aussitôt engagée.

L'autre fliquette, Caroline Stynes, avait occupé un poste de sergent à Presque Isle pendant une douzaine d'années. Elle avait dix ans de plus que Preston, et Bloom la formait pour qu'elle devienne chef adjoint dès qu'elle aurait convaincu le service des ressources humaines de la municipalité de lui proposer un salaire adéquat. Pour le moment, Stynes gardait à Boreas son grade de sergent et remplissait de fait les fonctions d'adjoint du chef de la police.

— On a quoi ? s'enquit Bloom.

— Sexe masculin, répondit Stynes. Peut-être la quarantaine, difficile à dire.

Le corps gisait sur le ventre et la marée descendante lui léchait encore les pieds. Il ne semblait pas être resté très longtemps dans l'océan, même si l'eau froide et salée de l'Atlantique Nord avait probablement retardé la putréfaction. Le cadavre avait sans doute commencé à remonter seulement après que les gaz formés à l'intérieur avaient modifié sa flottabilité et l'avaient hissé à la surface. De plus, l'homme portait un pull et un blouson épais qui avaient dû le maintenir un moment sous l'eau, même en tenant compte de l'effet des gaz.

Bloom enfila une paire de gants en latex bleu avant de relever doucement les cheveux masquant le visage du mort. Poissons et crustacés avaient déjà grignoté les parties molles et il manquait un œil. Le crâne semblait touché, mais il faudrait attendre l'autopsie pour savoir s'il l'avait été avant ou après la mort. Les parties visibles du haut du torse étaient sombres et marbrées. Le pied droit avait perdu sa chaussure et portait encore une chaussette rayée, d'où sortait par un trou le reste du gros orteil. Un animal marin l'avait mangé jusqu'à l'os. Le pied gauche avait gardé sa chaussure, à laquelle la droite était attachée par ses lacets. Avant de tomber ou d'être jeté dans l'eau, l'homme avait eu ses lacets de chaussures attachés ensemble…

Avec précaution, Bloom tapota les poches du mort au cas où il aurait sur lui quelque chose permettant de l'identifier. Elle ne trouva rien.

— Vous pensez à un suicide ? lui demanda Stynes.

Bloom se balança sur ses talons. Elle avait entendu parler de cas où des personnes avaient noué leurs lacets ensemble ou s'étaient attaché les jambes avant de se jeter à l'eau, pour être sûres de ne pas pouvoir remonter en battant des pieds une fois que la panique se serait emparée d'elles. Bloom avait même vu des photos de noyés aux poignets liés par du fil électrique, ce qui avait conduit dans un premier temps à supposer que le corps avait été jeté dans l'eau par une autre personne, jusqu'à ce qu'on découvre à l'autopsie des traces indiquant qu'ils avaient tiré sur le fil avec leurs dents pour le tendre.

La jeune femme examina les mains de l'homme. La peau de la pulpe des doigts et du dos des mains avait macéré dans l'eau mais il ne manquait aucun ongle. Lorsque la putréfaction s'installe, les ongles se détachent, les siens étaient tous en place.

— Je m'occupe d'informer le médecin légiste et la police de l'État, dit-elle. On verra si on leur a signalé un véhicule abandonné, un portefeuille ou des papiers d'identité trouvés par quelqu'un. En attendant, il faut le mettre dans une housse et l'évacuer de la plage.

Une fois le corps hors de l'eau, la décomposition commence. Il était essentiel que le corps soit placé le plus vite possible dans un endroit réfrigéré afin de faciliter l'autopsie. En outre, la découverte d'un cadavre attire inévitablement les badauds, surtout dans une petite ville. L'entreprise de pompes funèbres locale Kramer & Fils était chargée de s'occuper des noyés et autres infortunés du même genre dans cette partie du comté. Ce serait du boulot bienvenu. Quoique la population de Boreas fût relativement âgée, personne n'avait daigné mourir depuis déjà deux semaines.

— Mary, je veux que tu montes sur la route et que tu tendes un cordon. Accès interdit aux véhicules et personnes non autorisés, sans exception. Caroline, tu restes avec le corps pour le moment et tu prends la déposition de M. Rainey. J'appelle Mark et Terry pour qu'ils nous aident à ratisser la plage pendant que la marée descend, au cas où on pourrait trouver quoi que ce soit conduisant à une identification. Tout est clair ?

Les deux policières hochèrent la tête puis Preston regarda par-dessus l'épaule de Bloom.

— Voilà le pasteur, annonça-t-elle. Et le père Knowles.

Bloom se retourna, découvrit les deux hommes qui attendaient à distance respectueuse. Elle ne vit cependant qu'une voiture : ils avaient dû faire le trajet ensemble. Martin Luther en aurait eu une attaque.

— Nous pouvons descendre ? cria le pasteur Werner.

Elle leur fit signe d'approcher. Les deux hommes portaient leur col d'ecclésiastique et elle se demanda s'ils l'avaient mis spécialement. Bien que non croyante, elle entretenait de bonnes relations avec le pasteur Werner et le père Knowles, le prêtre de la paroisse. Ce dernier était un petit homme énergique dont l'enthousiasme, à tout propos, épuisait Bloom. Elle s'entendait mieux avec Werner, le luthérien, plus décontracté et laconique. Il mesurait une tête de plus que Knowles, qui s'en remettait généralement à lui pour les questions communautaires, car le père de Werner avait aussi été pasteur, alors que Knowles n'était ici que depuis deux ans.

— Nous avons appris la nouvelle en ville, dit le prêtre. Ce n'est pas quelqu'un d'ici, n'est-ce pas ?

— Je ne pense pas, répondit Bloom.

Les deux hommes d'Église baissèrent les yeux vers le visage du mort et grimacèrent.

— Je ne le connais pas, déclara Knowles. Et toi, Axel ?

Le pasteur secoua la tête.

— Non, je ne pense pas l'avoir déjà vu.

— Vous verriez une objection à ce que je prie pour lui ? demanda le prêtre au chef de la police.

Elle répondit qu'elle n'en voyait aucune : ça ne pouvait faire aucun mal au mort.

— Simplement, vous ne touchez pas le corps, OK ?

Knowles tira un rosaire d'une de ses poches et s'agenouilla. Werner baissa la tête et resta silencieux. Bloom se souvint alors que chez les luthériens on ne priait pas pour les morts. Preston, qui était catholique, joignit les mains et se signa quand Knowles eut terminé.

Bloom raccompagna les deux hommes jusqu'à l'aire de stationnement et les regarda partir. Elle téléphona ensuite aux services de médecine légale d'Augusta, à ceux de la police de l'État du Maine à Bangor, ainsi qu'à ceux du shérif du comté de Washington, à Machias. Enfin, elle se mit d'accord avec Lloyd Kramer pour que le corps soit gardé en chambre froide jusqu'à ce que le médecin légiste puisse se pencher sur son cas.

Elle décida de rentrer chez elle pour se mettre en uniforme : avoir une allure officielle payait toujours dans ce genre de situation. Elle fit faire demi-tour à l'Explorer et se dirigea vers la grand-route. Comme la pente montant de la plage était plutôt faible, les automobilistes qui passaient la découvraient en totalité. Juste avant que Bloom parvienne à la route, une voiture s'approcha, roulant vers le nord, en direction de la ville. Une Mustang, qui ralentit jusqu'à s'arrêter presque. Le chauffeur regarda d'abord Bloom, puis les silhouettes disséminées sur la plage : Rainey et Stynes près du mort, Preston traînant sa masse vers son véhicule. Le chauffeur portait des lunettes de soleil, mais Bloom connaissait sa voiture.

Le privé. Parker.

Elle ne lui avait parlé qu'une seule fois, à l'épicerie-bazar Hayman, où il se trouvait pour acheter du pain et du lait. Elle s'était présentée et lui avait demandé comment se passait son installation, plus en voisine qu'autre chose. Il s'était montré aimable, quoique distant. Elle savait qu'il lisait parfois le journal au Moosebreath Coffee House, mais Bobby Soames lui avait dit qu'il préférait le petit salon installé au fond de la librairie-papeterie Olesens. Soames se faisait beaucoup de soucis à cause de Parker, il imaginait qu'une fusillade pouvait éclater à tout moment dans la Green Heron Bay. Parker fréquentait aussi le Brickhouse, où il dînait plusieurs soirs par semaine et ne buvait rien de plus fort qu'un soda.

D'après ce que Bloom avait entendu, le détective passait le plus clair de son temps à marcher sur la plage près de sa maison et se rendait deux fois par semaine en voiture à la clinique Brook House pour sa physiothérapie.

Elle lui adressa un signe de tête auquel il répondit et, après avoir à nouveau regardé ce qui se passait sur la plage, il poursuivit son chemin. Bloom s'engagea sur la route, suivit Parker jusqu'à ce qu'il se gare devant la librairie. Dans son rétroviseur, elle le vit prendre le *New York Times* sur le présentoir situé près de la porte avant d'entrer. *Alors, c'est vrai*, pensa-t-elle. Parker suscitait sa curiosité, sa présence à Boreas était incongrue, compte tenu de sa réputation. C'était comme voir rouler devant vous une grenade dont on vous a assuré qu'elle était désamorcée, sans que vous ayez pu le vérifier par vous-même.

Bloom avait toutefois d'autres préoccupations ce jour-là. Elle croyait sentir l'odeur du mort sur les gants en latex qu'elle avait jetés sur le plancher de sa voiture, mais ce n'était peut-être qu'un effet de son imagination. Quand elle s'arrêta dans son allée, elle prit un des sachets qu'elle gardait à portée de main pour les crottes de Jodie, son labrador noir, s'en servit pour y fourrer les gants et le ferma. Ron, son mari, n'était pas à la maison. Il travaillait à Eastport sur une cuisine à refaire et ne rentrerait pas avant le soir. Bloom laissa Jodie courir dans le jardin pendant qu'elle se changeait, puis elle rappela la chienne, l'enferma à l'intérieur et retourna à son Explorer. Jody pressa son nez contre la vitre de la porte d'entrée, image même de l'abandon, tandis que sa maîtresse démarrait. Bloom détourna les yeux. Parfois, elle se félicitait de ne pas avoir d'enfant : elle n'était pas sûre qu'elle aurait eu la force de quitter la maison.

6

Olesens – Larraine Olesen avait toujours pensé que l'enseigne aurait normalement dû être « Olesen's », ou même « Les Olesen », puisque son frère Greg et elle en étaient propriétaires – était quasiment une institution à Boreas depuis que les parents de Larraine et de Greg avaient ouvert la librairie dans les années 1950, alors qu'ils n'avaient encore qu'une vingtaine d'années. Ils l'avaient tenue jusqu'au tournant du siècle puis avaient estimé que cinquante ans c'était assez, et qu'il était temps de faire place aux jeunes. Aucun de leurs enfants n'était marié. Greg avait brièvement été fiancé à une habitante de la ville mais leur relation n'avait jamais vraiment abouti. Quant à Larraine... eh bien, si Larraine préférait probablement la compagnie des femmes, elle était trop timide et trop luthérienne pour y faire quoi que ce soit. Elle n'était ni amère ni malheureuse, elle se sentait juste un peu seule, mais elle aimait son frère, et elle aimait les livres, ce qui lui procurait une certaine satisfaction dans la vie.

Comme toutes les librairies indépendantes, Olesens avait lutté pour s'adapter à la nouvelle ère du commerce des livres. Une dispute familiale entre les deux générations avait éclaté lorsque Larraine et Greg avaient commencé à vendre aussi des livres d'occasion, ce que leurs parents considéraient comme un pas dangereux sur la pente de la fermeture. Greg avait toutefois l'œil pour dénicher les bonnes affaires, en particulier les premières éditions rares, et les ventes sur Internet, ainsi qu'un rayon de cartes de vœux, de papier d'emballage cadeau et autres articles générant des marges dont les livres ne peuvent que rêver, assuraient non seulement que la librairie demeure en activité mais aussi qu'elle fasse des bénéfices. C'est Larraine qui avait décidé d'ajouter un salon au fond du magasin. Il donnait sur la Clark, la petite rivière qui traversait la ville, et sur ce qu'on appelait, sans grand effort d'imagination, le pont de la Clark, un bel ouvrage de pierre couvert de mousse qui donnait l'impression d'être là depuis des siècles alors qu'il n'était pas plus vieux que la librairie. Au salon, on pouvait déguster des cookies préparés par Mme Olesen et un café correct. Il apparut qu'un bon nombre de gens, tant habitants que touristes, appréciaient l'ambiance du « recoin », comme on l'appelait, et la marge sur le café ne méritait même pas ce nom. Il y avait eu au début quelque tension entre les Olesen et Rob Hallinan, le patron du Moosebreath Coffee House, plus au nord sur la baie, mais finalement, il était également apparu que Boreas fournissait assez de clients pour les deux commerces, et *a fortiori* plus qu'assez en été.

Charlie Parker avait commencé à fréquenter la librairie peu de temps après son arrivée parce que Olesen se targuait de recevoir assez d'exemplaires des journaux de New York et de Boston pour satisfaire la demande pendant toute l'année. Les Olesen avaient tout de suite su qui il était, bien sûr. La plupart des gens ayant quelque importance à Boreas avaient très vite été au courant de la présence du détective dans la Green Heron Bay et tous, sans exception, avaient adopté envers lui une attitude étrangement protectrice. Bloom elle-même avait été étonnée que sa venue ait suscité aussi peu de grommellements, puisque les habitants de Boreas se plaignaient quand le Brickhouse changeait une de ses bières à la pression et qu'ils avaient débattu pendant des semaines sur l'opportunité de repeindre le panneau de bienvenue dans un blanc un rien moins cru. Cela tenait peut-être au passé de cet homme : il avait perdu une femme et un enfant, il avait été grièvement blessé en exerçant un métier qui, autant qu'on pouvait le savoir, consistait en grande partie à imprimer sa marque sur des individus sans lesquels le monde serait bien meilleur. La fusillade avait fait de Parker l'un des leurs, et la ville serrait discrètement les rangs autour de lui.

Au début, Larraine et Greg avaient tenu leurs distances, le laissant simplement boire son café, lire des journaux, des magazines et des livres achetés chez eux, sans qu'il leur revende un seul bouquin à moitié prix, malgré le grand panneau de la caisse qui invitait les clients à le faire. Et puis, peu à peu, ils avaient tâté l'eau, pour ainsi dire, et avaient découvert qu'il était d'une drôlerie malicieuse, parfaitement conscient de l'étrangeté de sa présence. Greg, en particulier, s'entendait bien avec lui, et Greg était l'archétype du libraire indépendant dysfonctionnel. Il donnait l'impression de désapprouver le choix de livres de la plupart de ses clients – ce qui c'était vrai –, de rechigner à se séparer des bouquins qu'il aimait – vrai, là encore –, soit parce qu'il ne trouvait pas le client digne de l'ouvrage, soit, dans le cas des éditions rares, parce qu'il détestait qu'elles quittent sa boutique. Les habitants de Boreas s'étaient habitués à son comportement et Larraine s'occupait des touristes. De même qu'il existe des présentateurs ayant un physique de radio, il y a des libraires faits pour l'ère d'Internet, qui évite les malentendus qu'un contact personnel peut engendrer.

Ce jour-là, alors que Parker buvait son Americano en feuilletant la section Arts du *New York Times*, Greg s'approcha de lui avec sous le bras trois gros tomes d'un même ouvrage, une analyse psychiatrique de l'humour marital et sexuel, qu'il était sûr de pouvoir vendre avec un gros bénéfice cet été à un psy, à supposer qu'il se résigne à s'en séparer le moment venu.

Parker continua à lire son journal sans même relever la tête.

— Vous m'ignorez ? dit Greg.

— Et ça marche ?

— Non. Vous avez entendu parler d'un groupe britannique appelé les Smiths ?

— Oui, mais vous êtes trop vieux pour les apprécier.

Ignorant à son tour la contribution de Parker à la conversation, Greg reprit :

— Eh bien, leur leader, Morrison...

— Morrissey.

— ... *Morrissey* chante « Plus tu m'ignores, plus je me rapproche ». J'envisage d'en faire ma devise.

— Est-ce que ça veut dire que si je vous parle, ça vous fera partir ?

— Non, ça ne fera que m'encourager.

Faisant passer les livres sous son autre bras, Greg demanda :

— Vous savez qu'on a trouvé un cadavre à Mason Point ?

— Ouais, je suis passé devant la plage en venant ici, dit Parker, levant enfin les yeux vers le libraire. J'ai eu l'impression que Bloom venait juste d'arriver là-bas. Les nouvelles vont vite.

— Dans cette ville ? Plus que vite. Il y a sûrement des gens ici qui savaient que ce type était mort avant qu'il le sache lui-même…

Greg réfléchit à ce qu'il venait d'énoncer et rectifia :

— Bon, je n'ai pas voulu dire, euh, ce que j'ai pu donner l'impression de vouloir dire… À moins que le meurtrier ne soit quelqu'un d'ici, ce qui paraît peu probable.

— Pourquoi ?

— Les courants. Je pense qu'on l'a jeté à l'eau plus au sud.

— Apparemment, Bloom a les choses en main, lâcha Parker en faisant mine de se replonger dans son journal.

— Elle est bien. Nous avons de la chance de l'avoir.

Greg demeurait près de la table, que son ombre couvrait en partie.

— Je peux vous poser une question ?

— Bien sûr, répondit Parker.

— Ça vous manque ? Ce que vous faisiez. Ce que vous faites encore, peut-être.

— Non.

Quelquefois.

Oui.

— Simple curiosité.

— Je comprends.

— Bon, il faut que je retourne travailler.

— OK.

— Je vous ressers un café ?

— Non, merci. J'ai ce qu'il me faut.

Greg regagna le bureau situé entre le recoin et la boutique proprement dite. Larraine abandonna la caisse pour entrer dans la pièce et expédia son pied dans le tibia de son frère.

— Tu ne peux pas le laisser tranquille cinq minutes ?

Greg se frotta la jambe. Parfois, dans ses rapports avec sa sœur aînée, il avait l'impression d'avoir encore huit ans.

— Aie ! Tu m'as cassé le tibia...

— La prochaine fois, je te fracturerai le crâne.

— J'ai failli faire tomber les livres.

— Tu n'es qu'un idiot, tu as de la bouillie à la place du cerveau. Rends-toi plutôt utile en vendant quelque chose.

Greg alla s'asseoir à son bureau en continuant à maugréer. Larraine observa le détective, qui avait délaissé son journal pour contempler la rivière. Le visage de Parker se reflétait dans la vitre et elle songea que si elle était un jour attirée par un homme, ce serait par quelqu'un comme lui. Il n'était pas beau, pas vraiment, mais il avait quelque chose de profond. Ce que cette profondeur abritait, elle n'aurait su le dire.

7

Dans l'après-midi du même jour, dans la Green Heron Bay, Amanda Winter découvrit une enveloppe sur le pas de sa porte en sortant de chez elle. Sa mère avait prévenu l'école qu'elle la garderait à la maison jusqu'à la fin de la semaine. Amanda était asthmatique, en plus de ses autres problèmes. La nuit précédente, elle avait eu beaucoup de mal à respirer et elle ne s'était pas sentie tout à fait bien le matin au réveil. Comme elle semblait aussi couver un rhume, il avait paru plus sage à Ruth de ne pas l'envoyer en classe.

L'air de la mer lui ferait du bien et elle s'était emmitouflée de vêtements chauds avant d'aller marcher sur la plage. L'enveloppe l'arrêta net. Elle portait le nom de sa mère écrit en lettres majuscules noires et semblait lourde. Elle n'était pas timbrée, ce qui signifiait que quelqu'un était venu la déposer en personne.

— Maman, du courrier pour toi !

Ruth Winter sortit de la salle à manger où elle avait installé un petit bureau. Elle était conseillère financière indépendante, ce qui consistait à aider des gens à régler toutes sortes de problèmes : trésorerie, budget, investissements, achats de maison. Étant son propre patron, elle avait pu déménager facilement à Boreas, une décision dont sa fille ne comprenait toujours pas la raison. Avec de la chance, elle ne la connaîtrait jamais.

— Merci, chérie, dit-elle en ramassant l'enveloppe. Ne va pas trop loin.

— Oui, maman.

— Et garde ton manteau boutonné.

— Je sais.

— Tu as ton inhalateur, au cas où ?

Amanda tira l'appareil de sa poche.

— À la bonne heure, approuva Ruth.

Elle regarda sa fille s'éloigner vers les pierres et le sable, les mains dans les poches, la tête levée pour humer l'air, gonflant la poitrine d'une manière exagérée et presque comique pour prendre des inspirations aussi profondes que ses voies respiratoires bloquées le lui permettaient.

Ruth ouvrit l'enveloppe, qui contenait un portefeuille d'homme. Elle en tira un permis de conduire au nom de Bruno Perlman et un Post-it jaune plié en deux. Elle l'ouvrit et lut, écrit avec les mêmes capitales que son nom sur l'enveloppe :

TIENS-TOI TRANQUILLE

Prise d'une violente nausée, elle se précipita dans la salle de bains.

Pendant le reste de la journée, on ne parla à Boreas que du cadavre de la plage. Des dispositions préliminaires furent prises pour le transporter à Augusta afin de l'autopsier, mais les services médico-légaux avaient indiqué qu'il s'écoulerait peut-être quelques jours avant qu'ils puissent s'en occuper, et comme il n'y avait pas urgence, le corps resta chez Kramer & Fils. La police transmit un signalement à la presse et aux chaînes de télévision dans l'espoir que quelqu'un pourrait identifier le mort.

Et celui qui connaissait la vérité se rendit compte qu'il lui faudrait réagir.

8

La maison se trouvait sur la berge sud du Seven Stones Lake, étendue d'eau située au sud-ouest de Machias. C'était une banale habitation familiale, avec une vue sur le lac partiellement occultée par des pins, un garage pour deux voitures à demi envahi par le bric-à-brac accumulé par une famille comptant trois adolescents, le reste de la place étant occupé par un break Mitsubishi Lancer cabossé. On pouvait voir, accrochés à deux des fenêtres du haut, des capteurs de rêves fabriqués par un artisan pentagouet avec des brindilles et des plumes naturelles.

Traverser le jardin au gazon récemment tondu, aux bordures soigneusement taillées. Passer devant les rosiers, le carré d'herbes aromatiques. Monter les marches du perron, remarquer que d'ici un an la peinture ne serait plus présentable. Entrer dans la salle de séjour.

Quatre corps étendus sur le sol, côte à côte : un père, une mère et deux adolescentes de treize et quinze ans. La radio marchait, la table était mise pour le petit déjeuner. Un journal était ouvert près des bols, et si quelqu'un était resté suffisamment longtemps en vie pour le lire il aurait pu tomber sur un article en bas de page parlant d'un cadavre rejeté par l'océan à Boreas.

Les parents avaient été abattus les premiers – leur sang tachait le sol de la cuisine – puis traînés sur le tapis. Au tour ensuite des deux filles, tuées l'une dans l'escalier, l'autre dans la salle de bains, puis portées dans le séjour et allongées à côté de leurs parents.

Il manquait un enfant. Il était dehors, il observait la maison, il s'appelait Oran Wilde. Ses parents et ses professeurs désespéraient parfois de lui. Il avait dix-sept ans et ses camarades de classe au lycée en parlaient entre eux, sans trop se cacher, comme du « gars qui mourrait sûrement puceau ». Il avait peu d'amis, mais ce n'était pas un méchant garçon. Il était juste colérique, paumé et solitaire. Il écoutait de la musique que personne d'autre n'avait jamais entendue, lisait de gros romans de littérature fantastique et aimait à peu près tous les styles de vêtements tant qu'ils étaient noirs. La fenêtre de sa chambre, à la différence de celles de ses sœurs, ne portait pas de capteur de rêves.

Oran aurait dû être au lycée avec ses sœurs, qui faisaient toujours de leur mieux en public pour dissimuler le fait qu'il était leur frère. Son père aurait dû être derrière son bureau à l'entreprise de matériel de plomberie et de salles de bains dont il était le patron. Sa mère aurait dû être en train de faire ce qu'elle faisait quand son mari et ses enfants n'étaient pas là. Oran se demandait parfois ce que c'était mais ne posait jamais la question. Il s'efforçait de montrer le moins d'intérêt possible pour ses parents et leurs activités, dans l'espoir que son manque de curiosité à leur égard deviendrait réciproque. Ce n'était jamais le cas. Ils s'obstinaient à se soucier de lui, ce qui le contrariait beaucoup.

Quelque part dans la maison, un téléphone brisa le silence. La sonnerie s'arrêta, remplacée par les trilles du portable de sa mère. Suivis de la charge de cavalerie de celui de son père. Probablement le bahut, se dit Oran. Mme Prescott, la secrétaire, était chargée de traquer les élèves soupçonnés de sécher les cours. Oran ne séchait jamais, ce n'était pas dans sa nature. En le faisant, il aurait attiré l'attention sur lui et il préférait voler en dessous des radars. Il gardait la tête baissée, tâchait avant tout d'éviter de se faire bastonner. Il détestait le lycée. Il n'arrivait pas à concevoir qu'il y ait des gens qui se rappellent le lycée avec tendresse, comme le meilleur moment de leur vie. Il fallait vraiment avoir une existence de merde pour que les années de lycée en constituent la meilleure partie. Oran avait toujours imaginé que le moment le plus heureux de sa vie serait le jour où il quitterait le lycée, avant peut-être de revenir le faire exploser tout de suite après.

Est-ce que Mme Prescott préviendrait la police si personne ne répondait ? Peut-être. Clare et Briony, les sœurs d'Oran, étaient les stars de leurs classes respectives. Tout le monde les aimait, à part une poignée de connes. Elles vivaient bien cette popularité et faisaient de leur mieux pour ne regarder personne de haut, excepté leur frère. Même Oran les aimait bien, pourtant, et il était convaincu qu'elles l'aimaient bien, elles aussi, en secret. Leurs parents, Michael et Ella, assistaient aux concerts du lycée, aux matchs de basket et de hockey sur gazon. Oran mis à part, ils formaient une famille plutôt normale, et à dire vrai Oran était lui aussi plutôt normal, malgré les apparences. Dans un lycée plus grand, il se serait probablement mieux intégré, il y aurait sûrement trouvé des jeunes comme lui. Le lycée de Tecopee Fields était trop petit pour permettre aux Oran Wilde de ce monde de croître et de prospérer, ou simplement de s'y faire oublier.

Les premières flammes s'élevèrent en vacillant dans le vestibule puis, avec une rapidité étonnante, gagnèrent le séjour et s'attaquèrent à l'escalier. Moins d'une minute plus tard, Oran eut l'impression de sentir sa famille brûler. Sidéré que la maison se soit embrasée si vite, il vit des oiseaux s'enfuir, pris de panique. Le vent tourna, souffla une partie de la fumée vers lui. Ses yeux larmoyèrent. Oran essayait de ne pas inspirer la fumée, ni l'odeur de chair rôtie qu'elle portait. Il sanglotait à présent, il hoquetait et prononçait les noms de son père, de sa mère et de ses sœurs dans une langue incompréhensible, faite de sons étouffés, comme si en mourant ils avaient perdu leurs identités et qu'on ne pouvait plus énoncer leurs noms clairement. Les flammes les volaient, lettre après lettre, en même temps que leur peau et leur chair, les transformant en spirales noires qui montaient dans le ciel de fin de matinée et se dissipaient dans le bleu clair d'une journée de printemps. Oran était désolé, profondément désolé – c'était ce qu'il avait envie de leur dire. Il voulait leur dire qu'il les aimait, qu'il les avait toujours aimés. Même s'il en était incapable maintenant, il y serait parvenu, finalement. Il aurait aussi fait quelque chose de lui. Il écrivait un livre. C'était pas mal, et ce serait devenu meilleur. Il avait prévu de le leur montrer une fois qu'il aurait avancé un peu. Il avait déjà remporté un concours de dissertation – d'accord, sur un sujet religieux, ce qui était un peu gênant, mais ça lui avait rapporté cent dollars, pas des cacahuètes, et il avait vu combien son père et sa mère étaient heureux, même s'il était trop embarrassé et enfermé dans son monde pour savourer leur fierté. Il aurait voulu les rendre plus fiers encore, mais maintenant, ça ne pouvait plus arriver.

Sa maison était devenue un spectre flamboyant d'elle-même, dont les contours n'étaient plus que des dagues de jaune, d'orange et, çà et là, d'écarlate furieux. Il entendit une explosion à l'intérieur, et la charpente parut trembler de stupeur.

Puis le coffre de la voiture se referma sur lui et il n'y eut plus que l'obscurité.

9

Amanda jouait au bord de l'océan. Elle s'exerçait à faire des ricochets, mais toutes les pierres qu'elle lançait coulaient aussitôt. Comme sa mère n'était pas meilleure qu'elle, il n'aurait servi à rien de lui demander conseil. C'était dans ce genre de situation qu'Amanda regrettait son père. En fait, il lui arrivait souvent de souhaiter qu'il soit encore là, ne serait-ce que pour lui demander en face pourquoi il les avait rejetées, sa mère et elle, lui demander s'il était foncièrement mauvais et, s'il ne l'était pas, pourquoi il s'était fait tuer. Elle en aurait profité aussi pour le consulter rapidement sur l'art de faire des ricochets, et sur d'autres sujets pour lesquels un avis masculin pouvait se révéler utile.

Sa mère lui avait montré une photo d'eux ensemble. Amanda trouvait que son père était très beau, avec toutefois une sorte de dureté, comme certains des garçons les plus âgés du lycée. Pressée contre lui, sa mère le tenait par la taille et arborait un joli sourire. Regarder cette photo, c'était comme voir sa mère à côté d'un fantôme.

Amanda ne repéra pas M. Parker avant qu'il passe

derrière elle. Sa présence lui rappela son rêve et le visage de la fillette qu'elle avait presque aperçu, les traces rouges qu'elle était sur le point de découvrir au moment où elle s'était réveillée. Ce n'était qu'un rêve, naturellement, elle en était à peu près sûre. En revanche, elle n'arrivait pas à s'expliquer le sable dans son lit. Peut-être était-il resté coincé entre ses orteils jusqu'à ce qu'elle se couche, mais cela lui semblait peu probable. Autre possibilité, elle avait marché sur la plage en dormant, ce qui l'inquiétait beaucoup. Elle se voyait descendant seule sur la plage dans son sommeil et disparaissant à jamais dans les vagues, ou du moins jusqu'à ce que la marée rejette son corps. L'image de l'empreinte de ses derniers pas dans le sable, de sa mère fondant en larmes en comprenant ce qui était arrivé à sa fille la rendait triste, mais d'une manière palpitante, comme l'héroïne tragique d'un roman ou d'un film.

Cette image lui était peut-être venue à cause du cadavre échoué à Mason Point. La veille, elles avaient pris un petit déjeuner tardif au Muriel's, le vieux *diner* situé à mi-chemin entre Boreas et Pirna. Amanda aimait cet endroit parce que les crêpes y étaient délicieuses et que les petits juke-boxes des tables marchaient encore. En s'y rendant, elles étaient passées devant Mason Point et sa mère s'était arrêtée pour demander à l'un des policiers s'il y avait eu un accident. C'était alors qu'elles avaient appris, pour le mort, et si Amanda avait quand même mangé des crêpes plus tard, elles ne lui avaient pas paru aussi bonnes que d'habitude. Se noyer était vraiment une horrible façon de mourir. Se noyer ou brûler vif. Plus tard, elle avait apporté à sa mère l'enveloppe qu'elle avait trouvée sur le perron et sa mère avait très peu parlé pendant toute la soirée.

M. Parker marchait plus lentement que l'autre jour, quand elle l'avait observé de sa fenêtre. Son visage était blême et Amanda croyait voir des gouttes de sueur luire sur sa peau alors que le vent soufflait et qu'il ne faisait pas très chaud. Elle lui lança un bonjour qu'il n'entendit pas. Il regardait fixement devant lui, avançant lentement un pied devant l'autre. Il n'avait pas sa canne. Soit il l'avait oubliée, ce qui semblait peu probable, soit il essayait de s'en passer. Elle vit le ruban du sac de cailloux s'agiter dans le vent et M. Parker changea de direction pour s'en approcher. Il était presque à portée de sa main quand il s'arrêta, tituba et s'effondra lentement, ses jambes se dérobant sous lui, de sorte qu'il se retrouva à genoux dans le sable comme un homme disant sa prière du soir.

Amanda s'élança vers lui. Un instant, elle crut qu'il allait basculer en avant, mais il réussit à rester droit puis il s'affaissa en arrière, les cuisses contre les mollets, les mains de chaque côté du corps. Parvenue près de lui, Amanda ne le toucha pas, elle ne savait que faire. Devait-elle courir prévenir sa mère ? Mais cela signifierait laisser M. Parker seul. Devait-elle essayer de l'aider ? Oui, c'était sans doute la bonne décision, même si cela l'entraînerait peut-être à enfreindre l'interdiction maternelle de parler à un inconnu. Que pouvait-elle faire d'autre ? Elle demeurait immobile, irrésolue.

— Ça va ? lui demanda-t-elle, alors que de toute évidence ça n'allait pas.

Il tourna la tête vers elle, remarquant alors seulement sa présence.

— J'ai juste besoin de… de reprendre mon souffle.

Il haletait et son visage exprimait une vive souffrance.

— Vous voulez que j'aille chercher ma mère ?

— Non. Ça ira.

Elle s'agenouilla près de lui. Faute d'une autre idée, elle posa une main sur son épaule et la pressa doucement. Elle avait vu des adultes faire ça à quelqu'un qui était triste ou qui avait mal, même si, personnellement, elle préférait un câlin quand elle était triste ou qu'elle avait mal. Faire un câlin à M. Parker ne lui parut pas approprié. Pour le coup, elle aurait *assurément* enfreint la règle maternelle.

— Je vais me relever, maintenant, dit-il enfin.

— Je vais vous aider.

Elle n'était pas certaine d'en être capable, mais elle se devait de le proposer. Elle lui prit le bras droit quand il s'appuya sur le gauche pour se redresser. Sa main se posa sur l'épaule droite d'Amanda et elle soutint une partie de son poids quand il se mit debout. Il vacilla de nouveau, sans toutefois retomber. Elle le vit regarder le ruban rouge dans le sable et su ce qu'il pensait.

— Je peux vous aider à aller jusqu'au sac, si vous voulez.

— Quoi ?

— Je vous ai vu marcher sur la plage, ramasser le sac et le reposer un peu plus loin. C'est un repère, hein ? Pour savoir jusqu'où vous avez réussi à marcher, et essayer d'aller un peu plus loin la fois d'après ?

Il lui sourit. Il avait un gentil sourire et elle fut sûre, bien qu'elle eût maintenant enfreint *toutes* les règles de sa mère concernant les inconnus, que cet homme ne lui ferait jamais aucun mal.

— Tu es drôlement perspicace, dis donc, la complimenta-t-il.

Elle eut envie de lui parler de son rêve, décida finalement de n'en rien faire, pour ne pas risquer de lui paraître bizarre.

— Vous voulez que je marche avec vous ?

— Oui. Si ça ne te dérange pas.

Ils marchèrent ensemble et Amanda se sentit comme une adulte en pensant que sa présence rassurait cet homme. Bien que le petit sac de cailloux ne fût pas très loin, elle avait conscience de l'effort qu'il devait fournir pour s'en approcher. Elle le voyait à son visage grimaçant. Quand ils furent arrivés au sac, elle proposa de le ramasser pour lui et il la remercia. Ils avancèrent encore un peu et au bout d'une dizaine de pas il lui demanda de laisser tomber le sac, ce qu'elle fit.

— Ça compte quand même si tu m'as aidé ?

— J'ai juste marché avec vous, je ne vous ai pas porté.

— Tu sais, j'ai l'impression que si. Et on ne s'est même pas présentés.

— Je m'appelle Amanda.

— Charlie Parker.

— Winter, c'est mon nom de famille. Amanda Winter.

— Merci, Amanda Winter. Tu viens de t'installer ici, hein ?

Il se tourna dans la direction d'où ils venaient et elle fit de même.

— Oui, avec ma mère.

— Qu'est-ce que tu penses du coin ?

— C'est joli, mais mes copines me manquent, et ma grand-mère aussi.

— Pourquoi tu n'es pas à l'école ?

— Je suis malade.

— Je connais ça.

— Qu'est-ce qui vous est arrivé ?

— Toi d'abord.

— Les docteurs savent pas trop. Je me sens très fatiguée et puis je tombe malade, j'ai du mal à bouger.

— Je suis désolé pour toi.

— C'est pas si grave, je manque juste trop l'école. Et vous ? De quoi vous êtes malade ?

— J'ai eu un accident.

— De voiture ?

— Non. J'étais chez moi.

— Dans cette maison ?

Amanda tendit le bras vers le toit au loin, à peine visible au-dessus du toit de sa propre maison parce que la route montait légèrement vers le sud.

— Non, une autre. Je suis ici en convalescence. Ma vraie maison est à Scarborough. Tu sais où c'est ?

— Près de Portland. J'y suis allée. À Portland, je veux dire, pas à Scarborough.

— Ça t'a plu, Portland ?

— C'était pas mal. On a mangé des glaces.

— Au Beal's ?

— Peut-être. C'était près de la mer, à un coin de rue.

— Ouais, c'est le Beal's. Ils font de bonnes glaces, j'y emmène ma fille, quelquefois.

— Vous avez une fille ?

Amanda pensa de nouveau à son rêve. Il y avait chez la petite fille qu'elle avait vue quelque chose de familier...

— Oui. Elle habite dans le Vermont avec sa mère.

— C'est quoi, son nom ?

— Samantha, mais je l'appelle Sam. Je crois que sa mère l'appelle Samantha quand elle a fait une bêtise.

76

— Ma mère m'appelle Amanda Jane quand elle est en colère contre moi.

— Tu devrais prendre ça pour un avertissement, un coup de sirène, et courir aux abris.

Elle gloussa avant de demander :

— Elle a quel âge, votre fille ?

— Elle est plus jeune que toi. Six ans, maintenant.

— Elle a des cheveux blonds ?

Parker s'arrêta et la regarda d'une drôle de façon.

— Pourquoi tu me demandes ça ?

Consciente d'avoir franchi une limite, Amanda décida, même si c'était mal, de mentir :

— Parce que j'aime les cheveux blonds, c'est tout.

Il se remit à marcher.

— Non, elle n'a pas les cheveux blonds.

— Elle vient souvent vous voir ?

— Comme toi, j'ai emménagé récemment, mais elle viendra bientôt passer un moment avec moi. Je te la présenterai, si tu veux.

— D'accord.

Avançant au même rythme, ils parlaient de l'océan, des oiseaux, de Boreas, quand la mère d'Amanda apparut sur la plage et se dirigea vers eux d'un pas rapide.

— Oups ! dit Amanda. J'ai pas le droit de parler à des inconnus.

— Je parie qu'elle va t'appeler Amanda Jane, plaisanta Parker.

Et bien que sa mère semblât traîner derrière elle des nuages d'orage, Amanda ne put s'empêcher de rire. Ruth s'immobilisa à un mètre d'eux, les bras serrés contre sa poitrine pour se protéger du vent.

— Où étais-tu ? J'étais inquiète.

Pas seulement inquiète, pensa Amanda. *Furibarde, aussi.*

— Je me promenais sur la plage et…

— Je suis tombé, intervint Parker. Je suis tombé dans le sable et je n'arrivais pas à me relever. Votre fille m'a aidé. Désolé si je vous ai causé du souci. Vous avez une fille formidable. Toutes les jeunes filles ne se seraient pas arrêtées pour aider un homme en difficulté.

Amanda rayonnait de plaisir d'être qualifiée de « jeune fille » et continuait cependant à appréhender la colère de sa mère. En adressant la parole à M. Parker, elle avait mal agi pour de bonnes raisons – ou n'avait-elle pas plutôt bien agi pour de mauvaises raisons ? Non, aucun doute, c'était la première formule. Elle aurait voulu l'expliquer à sa mère, mais ça se passait maintenant entre adultes.

Sa mère s'était radoucie – pas beaucoup, juste un peu.

— C'est parce que… je l'ai mise en garde contre, euh…

— Les hommes étranges, termina-t-il pour elle.

— Oui, convint-elle en ébauchant un sourire.

Il tendit le bras.

— Charlie Parker. Nous sommes voisins.

Sa main demeura suspendue deux ou trois secondes avant qu'elle la prenne.

— Ruth Winter. Et je crois que vous connaissez déjà ma fille.

— Oui. Je le répète, une gosse formidable.

Amanda se renfrogna un peu d'être ramenée au rang de gamine, mais enfin, M. Parker faisait de son mieux pour mettre sa mère de leur côté.

78

— Quelquefois, nuança Ruth Winter. Allez, Amanda Jane, tu rentres. Je ne veux pas que tu prennes froid.

Amanda obéit tout en adressant un sourire à M. Parker. *Amanda Jane* : il avait vu juste. Il lui rendit son sourire et Ruth Winter se retourna pour savoir ce qui le faisait sourire, mais Amanda courait déjà vers la maison.

— Encore une fois, je suis désolé, assura-t-il. Votre fille m'a vraiment aidé. Sans elle, jé serais peut-être encore allongé sur le sable.

— Vous savez ce que c'est, on n'est jamais trop prudent, se justifia Ruth Winter.

— Je sais. J'ai une fille moi aussi, plus jeune qu'Amanda.

Ils se tinrent un moment l'un en face de l'autre avec embarras, puis elle prit le chemin de sa maison.

— Merci de me l'avoir ramenée, dit-elle.

— Je crois que c'est plutôt elle qui m'a ramené.

— Peu importe. Au revoir.

Il la regarda rentrer chez elle et remarqua la petite *mezuzah* fixée sur un montant de la porte dans un boîtier en étain. Ainsi, elle était juive. Il ne l'avait pas interrogée sur la maladie d'Amanda et l'idée lui vint que ce genre de question n'aurait pas été bien accueilli. Ruth Winter ne voulait manifestement pas avoir quoi que ce soit à faire avec lui et semblait à coup sûr souhaiter qu'il en aille de même pour sa fille. Tant mieux. Il n'était pas d'humeur sociable, lui non plus. Pourtant, il avait pris plaisir à bavarder avec Amanda. Elle lui rappelait Sam, par certains côtés. Il se demanda à nouveau pourquoi elle lui avait demandé si Sam avait les cheveux blonds et ruminait encore la question quand il rentra chez lui. Il défit les lacets des baskets qu'il portait pour ses promenades, s'assit dans un fauteuil tourné vers la cuisine. Le siège avait un coussin mou parce que Parker avait encore mal aux fesses à cause des blessures causées par le fusil de chasse.

Ses pilules étaient sur la table, devant lui, mais il n'avait pas la force de se relever pour les prendre. Il était sur « échelle analgésique » – Tylenol, Tramadol, MS Contin, Gabapentin –, ce qui, en plus de lui flanquer de terribles constipations, lui faisait craindre de devenir accro aux médocs. Alors, il prenait les pilules les plus fortes moins souvent qu'il n'aurait dû et se limitait généralement au Tylenol.

Juste avant de s'endormir, il discerna un mouvement dans l'ombre et les cheveux blonds de sa fille morte captèrent la lumière déclinante de la fin d'après-midi tandis que l'enfant regardait son père fermer les yeux.

Amanda ne savait pas trop à quoi s'attendre une fois rentrée, en tout cas pas à ce que sa mère la prenne dans ses bras et la couvre de baisers, dans le cou, sur les joues.

— Tout va bien, maman. Franchement. M. Parker est quelqu'un de gentil.

Sa mère la lâcha, lui ébouriffa les cheveux. Derrière elle, la télé marchait en sourdine et Amanda vit défiler les images d'une maison brûlée, des policiers, des photos de famille.

— Il est arrivé quelque chose ? demanda-t-elle.

— Oui, mon cœur. Quelque chose d'épouvantable.

10

Amanda Winter rêvait souvent : des visions étranges, fiévreuses, remplies de confusion et d'angoisse. Voilà pourquoi le rêve de la petite fille ne l'avait pas davantage troublée, elle avait connu pire. Si elle avait été plus âgée, elle aurait peut-être associé ces rêves aux maux de tête et aux douleurs musculaires qu'elle éprouvait fréquemment. Sa mère lui donnait parfois un demi-cachet pour l'aider à s'endormir, en particulier quand elle venait d'avoir plusieurs nuits difficiles.

Sa maladie avait un nom – syndrome de fatigue chronique, ou E.M., encéphalomyélite myalgique –, mais l'une des élèves de son ancienne école, Laurie Bryden, avait prétendu que l'E.M. n'était pas vraiment une maladie. Elle avait entendu son père l'affirmer. D'après lui, c'était juste une excuse de flemmard pour ne pas se bouger les fesses et aller au boulot ou, dans le cas d'Amanda, expliquer ses mauvaises notes, parce qu'elle était vraiment bête. Amanda avait dû se retenir de balancer son poing dans la figure de Laurie Bryden, mais à quoi ça aurait servi, de toute façon ?

Amanda détestait être malade. Être fatiguée. Elle détestait se réveiller en se demandant si la journée allait être bonne ou mauvaise. Les bons jours, elle essayait quelquefois d'en faire trop, et les mauvais jours qui suivaient étaient encore pires que d'habitude. Elle détestait les légers maux de tête qui semblaient palpiter en permanence sous son crâne, le temps infini qu'elle mettait à guérir d'une infection ou d'un simple rhume. Elle détestait les sueurs nocturnes, les douleurs bizarres et l'extrême sensibilité de ses aisselles.

Elle détestait la façon dont certains parfums réveillaient sa maladie, elle détestait ne pas pouvoir nager dans les piscines chauffées parce que le chlore lui donnait des vertiges. Connaître la réponse à une question et ne pas pouvoir l'extraire de la bouillie de son cerveau. Se retrouver toujours à l'écart, parce que sa stupide maladie lui faisait rater des tas de choses : les fêtes d'anniversaire, les séances de ciné et jusqu'aux simples échanges quotidiens à l'école. Elle voulait être normale, elle n'avait pas choisi d'être comme ça.

Les médecins assuraient que son état pouvait se prolonger deux ou trois ans et qu'il commencerait ensuite à s'améliorer progressivement, mais elle le subissait déjà depuis deux ans et elle ne voyait aucun signe d'amélioration. Elle était parfois si déprimée qu'elle s'enfermait dans sa chambre pour pleurer, ce qui la rendait encore plus pitoyable à ses yeux.

La fille aux cheveux blonds revint la voir en rêve cette nuit-là, sauf qu'Amanda n'était pas certaine de rêver. Les douleurs dans ses membres semblaient trop réelles, de même que la palpitation de son mal de tête, et le picotement de son oreille droite, parce que la sueur imprégnant son oreiller avait irrité la peau. Elle entendait la mer, elle en sentait l'odeur salée, et pourtant tout cela semblait lointain, parce qu'elle avait de la température, et elle n'arrivait pas à distinguer clairement rêve et réalité.

La petite fille traversa ce paysage nocturne et bien qu'Amanda ne pût toujours pas vraiment voir son visage, elle comprit le signe que la fillette lui adressait en pressant l'index de la main droite contre ses lèvres. Un geste universellement compris comme une invite au silence. Lentement, Amanda tourna la tête sur son oreiller en tentant de faire croire, autant que possible, qu'elle bougeait simplement dans son sommeil. Et elle garda les yeux presque – mais pas tout à fait – clos.

Un escalier extérieur en bois menait de l'arrière de la maison à une porte située au fond de la chambre d'Amanda. De l'encadrement de cette porte, la vue n'était pas aussi bonne que de la fenêtre parce qu'elle ne donnait pas sur l'océan. Cela n'empêchait pas Amanda de s'y asseoir, parfois avec un livre, vêtue de son manteau, et elle y avait contemplé un superbe coucher de soleil. Sa mère insistait pour que cette porte soit tout le temps fermée au verrou et Amanda n'avait d'ailleurs pas besoin de cette recommandation : même un endroit apparemment aussi paisible et sûr que la Green Heron Bay pouvait ne pas être à l'abri des malades mentaux et des voleurs d'enfants. La porte était légèrement en retrait, mais si Amanda s'allongeait tout au bout de son lit, elle pouvait la voir. La partie supérieure était vitrée, avec un store qu'Amanda prenait rarement la peine de baisser.

De ses yeux à peine entrouverts, elle vit qu'un homme se tenait sur la dernière marche et la lorgnait à travers la vitre. Il était torse nu et quelque chose disait à Amanda qu'il ne portait rien non plus en dessous de la taille. Quoique son visage demeurât dans l'ombre, comme celui de la fillette du rêve, Amanda voyait qu'il avait la peau très pâle, mais seulement jusqu'à la base du cou. En dessous, elle était étrangement marbrée – la poitrine, les bras, et sans doute aussi le ventre, sous lequel Amanda savait que son truc pendouillait –, couverte de motifs présentant une certaine régularité. C'était comme si quelqu'un avait assemblé un puzzle représentant un homme et l'avait placé devant la porte – sauf qu'il bougeait. Sous les yeux d'Amanda, la silhouette leva la main gauche.

Et l'agita.

Dans ce rêve qui n'était pas un rêve, Amanda comprit qu'il *voulait* être vu. Il voulait provoquer une réaction chez elle – pourquoi ? elle n'en avait aucune idée – et elle dut faire appel à toute sa volonté pour ne pas bondir hors du lit en appelant sa mère à grands cris. Au lieu de quoi, elle nicha sa figure dans l'oreiller tout en gardant un œil entrouvert sur l'homme planté derrière la porte. La main tressaillit puis se serra. Un moment, elle crut qu'il allait briser la vitre du poing afin de pouvoir ouvrir le verrou intérieur, mais il baissa la tête et s'éloigna. Amanda sentit plutôt qu'elle n'entendit ses pas sur le bois des marches. Elle ne bougea cependant pas avant d'être sûre qu'il ne s'agissait pas d'une ruse. Alors, alors seulement, elle se glissa hors de son lit et rampa jusqu'à la fenêtre. Elle écarta les doubles rideaux, révélant un petit triangle de sable et de vagues de l'autre côté du carreau.

L'homme avançait dans la mer. Son dos, ses fesses et ses jambes étaient couverts des mêmes dessins que son torse et ses bras. Bien que l'eau dût être froide, il s'enfonçait pas à pas dans sa noirceur, et les vagues qui se brisaient sur son corps le faisaient à peine vaciller. On eût dit une statue qui coulait lentement. L'eau atteignit sa taille, puis sa poitrine, son cou, mais il n'essaya pas de nager. La mer finit par le recouvrir entièrement et il disparut.

Ce n'était pas un rêve. Amanda s'était laissé abuser par la présence de la fille, l'enfant aux cheveux blonds. Elle n'était pas de ce monde, elle appartenait à un autre et elle dérivait entre les deux. L'homme, lui, faisait partie du monde d'Amanda.

Ce fut alors seulement qu'elle se mit à crier et elle ne cessa que lorsque sa mère apparut et la prit dans ses bras.

— J'ai vu un homme, dit Amanda en se détournant de l'océan sombre pour sangloter contre la poitrine de sa mère. J'ai vu un Homme Puzzle[1].

1. « L'Homme Puzzle » (« The Jigsaw Man ») est le titre d'une nouvelle de l'auteur américain de S.F. Larry Niven. *(Toutes les notes sont du traducteur.)*

11

Cory Bloom reçut l'appel alors qu'elle rentrait chez elle. De Karen Heller, la standardiste du bureau, qui s'apprêtait elle aussi à quitter le boulot. Bloom aurait préféré que Karen demande à Stynes ou à Preston de s'occuper du problème. En fait, elle ne comprenait même pas pourquoi Karen l'ennuyait avec ça.

— Un homme qui se tient sur la plage, tu dis ? Près de l'endroit où la mer a rejeté le corps ?

— Euh, oui, c'est ça, Cory. Dan Rainey vient de téléphoner.

Dan semblait s'être approprié l'affaire du noyé. D'après ce que Bloom avait entendu, il avait sa cour d'admirateurs au Brickhouse depuis la découverte du corps et n'avait pas eu une seule fois à mettre la main à la poche pour payer son verre.

— Sans vouloir te vexer, Karen, on est en république. En plus, l'accès à la plage n'est pas interdit, et même s'il l'était, on pourrait pas faire grand-chose pour empêcher la marée d'effacer d'éventuels indices.

— Je sais, répondit Karen avec une pointe de contrariété dans la voix.

Manifestement, il y avait quelque chose qui échappait à Bloom, et ça l'aurait beaucoup aidée que Karen se décide à lui expliquer de quoi il s'agissait.

— C'est le détective, dit la standardiste. C'est Charlie Parker qui est à Mason Point.

Bloom se gara au bord de la plage. Elle savait qu'il valait mieux ne pas rouler sur le sable traître, même avec son Explorer. En été, il ne s'écoulait pas une semaine sans qu'un crétin de touriste ayant décidé d'ignorer le panneau d'interdiction de stationner soit forcé d'appeler le service de remorquage de Smalley pour faire ramener son véhicule sur la terre ferme.

Si Parker l'entendit arriver, il n'en montra aucun signe. Il continua à contempler l'océan et Bloom aurait pu croire qu'elle avait devant elle un homme qui cherchait simplement à changer de paysage par une soirée fraîche de fin de printemps s'il ne s'était pas tenu quasiment à l'endroit même où le cadavre avait été rejeté. Il portait un manteau sombre qui lui arrivait aux genoux, le col relevé pour protéger son cou. Le vent soulevait des spectres de sable et Bloom sentait des petits grains lui piqueter les joues.

Ce fut seulement quand elle arriva à moins d'un mètre de lui qu'il se tourna légèrement pour manifester qu'il avait remarqué sa présence. Elle se demanda comment : pas un instant il n'avait quitté la mer des yeux.

— Bonsoir, chef, dit-il.

Ces simples mots suscitèrent en elle une sorte d'inquiétude, le sentiment soudain que le monde était un peu de guingois. Parker donnait une impression de conflits intérieurs, de contradictions fusionnées : douleur et paix, rage et équanimité. Elle remarqua les marques blanches dans ses cheveux, la souffrance gravée dans ses traits.

Et ses yeux... Si elle avait entretenu avec Bobby Soames des rapports plus amicaux, ils auraient peut-être découvert que Parker leur faisait la même impression. Elle se demanda si ses yeux avaient toujours été aussi hantés, et aussi obsédants. C'étaient les yeux de quelqu'un qui avait été témoin d'événements dépassant la compréhension des autres hommes, et peut-être même la sienne propre. Elle savait que son cœur s'était arrêté trois fois après la fusillade et qu'on l'avait chaque fois ranimé. La victime de tels traumatismes perdait peut-être un peu d'elle-même, qu'elle laissait derrière elle dans le noir. Ou peut-être rapportait-elle quelque chose des ténèbres. Oui, c'était plutôt ça. Parker n'avait pas les yeux d'un homme qui était moins que ce qu'il avait été. Il avait les yeux d'un homme qui était beaucoup plus.

— Monsieur Parker, répondit-elle. Je peux vous demander ce que vous faites ici ?

— J'ai manqué l'arrêté municipal qui interdit de profiter de la vue ? répliqua-t-il d'un ton plus amusé qu'irrité.

— On n'a pas encore pris cette décision, même si certains en ville aimeraient bien trouver un moyen de faire payer le panorama... Non, je me demande seulement si c'est une coïncidence que vous veniez vous remplir les poumons à quelques pas de l'endroit où – je suis sûre que vous le savez – un corps a été récemment découvert.

— Vous l'avez identifié ?

Bloom se dit qu'il venait de répondre à sa question, d'une certaine façon.

— Pas exactement, mais on a retrouvé ce qu'on pense être sa voiture.

Il attendit. Elle soupira. Normalement, ça ne se passait pas comme ça, mais, bon Dieu, ce type avait vraiment quelque chose de spécial.

— Bruno Perlman, finit-elle par lâcher. Quarante-cinq ans. Domicilié dans le comté de Duval, en Floride.

— Loin de chez lui, alors. Une voiture de location ?

— Non, la sienne.

— Il a fait tout le trajet depuis le sud-est de la Floride ?

— Apparemment.

— Pour se jeter dans l'océan ?

— C'est un point qui reste à élucider.

— On dirait que vous répétez votre future déclaration à la presse.

— Peut-être. Nous communiquerons son identité une fois que la famille aura été prévenue. Sauf que…

Là encore, il attendit.

— Ben, reprit Bloom, on ne lui a trouvé aucun parent proche. Apparemment, il menait une vie solitaire.

— Et vos collègues de la police de l'État ?

— Ils sont très occupés, en l'occurrence à rechercher le jeune Oran Wilde. Même chose pour la légiste : elle a quatre cadavres calcinés sur les bras. Ils nous aideront quand ils pourront. Ils restent en contact avec nous, mais…

Bloom s'interrompit, il finit pour elle :

— Bref, une voiture sur une plage, un corps sur une autre. Et qui plus est, un corps que personne ne réclame. Vous avez trouvé un mot de la victime ?

— Non.

— Ça manque pas d'eau pour se jeter dedans, entre la Floride et Boreas, et souvent beaucoup plus chaude qu'ici...

— Il y a de la logique dans le suicide, d'après vous ?

Il réfléchit avant de répondre :

— Vous savez, je crois bien que oui. Vous verriez un inconvénient à ce que je jette un œil à sa voiture ?

— Pourquoi vous voulez faire ça ? Pourquoi ça vous intéresse tellement ?

— C'était mon boulot.

— Et maintenant ?

Il la fixa et elle sentit la force de son regard.

— Appelez ça une vocation. Je manque de pratique. Soyez sympa, chef. Après tout, quel mal je pourrais faire ?

Ces cinq derniers mots, Cory Bloom s'en souviendrait plus tard, lorsque tout exploserait, qu'elle sentirait la vie la quitter, et elle aurait alors conscience de les emporter dans sa tombe.

Le véhicule, mis à l'abri dans le garage de la police, derrière le bâtiment administratif de la ville, était une Chevrolet Caprice 1989 d'un gris argenté terni. Son compteur affichait cent quarante-cinq mille kilomètres, mais Bloom suggéra à Parker qu'il avait probablement fait au moins une fois un tour complet, sa carrosserie semblait tenir le coup uniquement grâce à beaucoup de bonne volonté et davantage encore de mastic, et la clim était morte. Bloom l'avait recouverte d'une bâche pour éviter que des empreintes digitales et des marques s'ajoutent à celles qui s'y trouvaient déjà.

Elle tendit à Parker une paire de gants en latex.

— Vous pouvez ouvrir la portière et regarder à l'intérieur, mais ne touchez à rien, même avec les gants, d'accord ?

Elle se sentait ridicule de lui faire cette recommandation. Après tout, il avait trimballé autrefois une plaque d'inspecteur. Renégat, peut-être, mais au moins il connaissait la marche à suivre. Il l'avait aussi agacée avec ses questions, sa demande d'examiner le véhicule. Bloom savait pertinemment qu'il fallait se garder de s'enfermer *a priori* dans une hypothèse – du moins se le serinait-elle – mais elle devait s'avouer que, dans sa tête, elle avait déjà classé l'affaire comme un suicide. C'était peut-être en partie à cause de la réaction de la police de l'État. Ses inspecteurs avaient certes la tête ailleurs – quatre cadavres, la disparition d'un jeune, peut-être perturbé, qui pouvait se révéler responsable des quatre morts –, mais ils ne se montraient *vraiment* pas intéressés par le corps qu'elle gardait au frigo. Qu'ils aient tort ou raison, leur attitude était contagieuse. Et maintenant, la réaction de Parker lui rappelait qu'il ne fallait jamais rien prendre comme allant de soi, et Bloom ne voulait pas qu'on puisse l'accuser d'avoir rendu des éléments de preuve irrecevables par un tribunal s'il apparaissait que Bruno Perlman n'était pas entré dans l'eau de son plein gré.

Parker ne semblait pas souhaiter inspecter l'intérieur de la Honda, du moins pas encore. Il fit le tour de la voiture sous la lumière crue des tubes fluorescents du garage, le front très légèrement plissé. Alors seulement il ouvrit d'abord la portière du conducteur, puis celle du passager avant. Il parcourut des yeux le bazar jonchant le plancher – bouteilles de soda, sachets de chips, papiers de bonbons, un *Boston Globe* datant de deux jours avant la découverte du corps –, se pencha ensuite à l'intérieur et fouilla la boîte à gants sans rien trouver pour retenir son attention. Il feuilleta le *Globe*, puis l'exemplaire du *Yiddish Policemen's Union* abandonné sur la banquette arrière, là encore sans rien trouver. Lui qui devait ne toucher à rien ! pensa Bloom. Il actionna le mécanisme d'ouverture du coffre, alla regarder ce qu'il contenait : un sac de voyage.

— Vous l'avez fouillé ? demanda-t-il.

— Oui. Juste des vêtements et une trousse de toilette.

— Vous permettez ?

— Allez-y, soupira Bloom, résignée.

Il ouvrit avec précaution la fermeture à glissière du sac, inventoria lentement son contenu, passant les doigts à l'intérieur des T-shirts, des sous-vêtements et du jean. Il examina même les bombes de déodorant et de crème à raser. Enfin, il referma le sac, le coffre et les deux portières, s'écarta de la voiture, retira les gants en latex et les rendit à Bloom.

— Merci, dit-elle. Je les garderai précieusement. Vous avez terminé ?

— Oui. Pour le moment. Je vous ai retardée, peut-être ? Quelque chose qui vous attend à la maison ?

— Un mari. Un chien. Un bain. Le dîner.

— Rien d'urgent, alors.

— Sérieux, vous avez des amis ?

— Suffisamment. Je ne recrute plus.

— Je ne posais pas ma candidature. Vous aimeriez me faire part de quelque chose que vous auriez remarqué en examinant le véhicule ?

— Si vous me laissiez la nuit pour y réfléchir ? On en reparlera demain matin. Après tout, vous avez un mari, un chien, un bain et un dîner qui vous attendent. Il n'y a rien ici qu'on ne puisse remettre à plus tard, et Bruno Perlman ne sera pas plus mort demain. Ça fait déjà un moment qu'il ne compte plus sur nous pour élucider ses derniers moments.

Ils sortirent du garage pour retrouver la fraîcheur du soir.

— J'ai encore une requête à vous faire, dit Parker.

Bloom soupira de nouveau. Ron préparait des lasagnes, ce soir-là. Elle lui avait promis de rentrer avant 18 heures et il avait dû s'arranger pour que tout soit prêt à 19 heures. Elle eut une vision de repas brûlé et de mari boudeur.

— Je vous écoute.

— Est-ce que quelqu'un a dressé une liste de ce qu'on a trouvé sur le corps et dans la voiture ?

— Vous nous prenez pour de vrais ploucs ? Oui, j'ai demandé à Stynes de la taper et de l'inclure dans le rapport.

— Je pourrais en avoir une copie ?

— Non, répondit Bloom, qui se rendit compte aussitôt que son ton était plus sec qu'elle ne l'avait voulu. Mais je vous laisserai la lire, si ça ne doit pas vous prendre toute la soirée, ajouta-t-elle, se laissant fléchir avant même d'avoir argumenté.

Il la suivit dans le bâtiment administratif, attendit sur le seuil de son bureau. Le rapport provisoire sur Bruno Perlman se trouvait sur sa table de travail. Elle y pêcha la liste, la lui tendit.

— Vous savez, dit-elle, s'il s'agit d'un meurtre, je viens peut-être de remettre cette liste à un suspect.

— Si je l'avais tué, je me serais renseigné sur les courants et les marées avant de le jeter à l'eau.

Elle essaya de deviner s'il plaisantait, n'y parvint pas. Il parcourut rapidement la liste, la lui rendit.

— Vous seriez libre pour prendre un café demain ?

— Seulement si c'est vous qui payez.

— Olesens, vers 10 heures ?

— Vous avez des actions dans leur boutique ?

Il la regarda en haussant un sourcil mais ne fit aucun commentaire. *Hé, tu t'imaginais quoi ? Que je ne t'avais pas à l'œil ?* pensa Bloom.

— À 10 heures, d'accord.

— Merci, lui dit-il tandis qu'ils ressortaient du bureau.

— De quoi ? De vous avoir laissé regarder la voiture d'un mort ?

— De ne pas m'avoir dit de m'occuper de mes affaires.

— Si vous l'avez assassiné, je serai vraiment en rogne contre vous.

— Si vous me collez ça sur le dos, je serai vraiment en rogne aussi.

Bloom eut soudain envie de retourner dans son bureau pour regarder à nouveau la liste. De retourner dans le garage pour réexaminer la voiture. Elle avait l'impression que quelque chose lui avait échappé, quelque chose que *lui* avait remarqué.

Mais elle avait un mari, un chien et un dîner qui l'attendaient. Et peut-être un bain, aussi. Oui, elle le prendrait, ce bain. C'était souvent dans sa baignoire qu'elle réfléchissait le mieux. Tandis qu'elle regardait Parker s'éloigner, une pensée lui vint :

Qu'est-ce que nous avons laissé entrer dans notre ville ?

12

Le Hurricane Hatch se trouvait au bout d'une langue de terre, à mi-chemin entre Jacksonville et Saint Augustine, sur la côte de la Floride, assez loin des vrais pièges à touristes pour garder une clientèle locale tout en attirant suffisamment de clients de toutes sortes pour subsister. Un nommé Skettle possédait quatre-vingt-dix pour cent du Hatch, mais il s'y rendait rarement car il préférait en laisser la gestion à son chef barman et actionnaire à dix pour cent, Lenny Tedesco. Skettle ne tenait pas à ce qu'on sache qu'il était le propriétaire du bar. D'après ce que Lenny savait de la famille Skettle, elle comprenait un pourcentage élevé de *holy rollers*[1], le genre à se rendre deux fois par an au Holy Land Experience d'Orlando, à considérer le hamburger Goliath de l'Oasis Palms Café de ce parc à thèmes chrétien comme sacrément bon, même si Lenny doutait qu'ils utilisent cet adverbe pour le qualifier. Lui n'était jamais allé au Holy Land Experience et il n'avait aucune intention de le visiter un jour. Il estimait

1. Chrétiens à la foi si fervente qu'il leur arrive de se rouler par terre dans les églises.

qu'un parc à thèmes chrétien n'était pas vraiment le bon endroit pour un Juif, même un Juif non pratiquant comme lui, et il se fichait complètement qu'on y ait reconstitué un marché ancien façon Jérusalem.

D'un autre côté, le Hurricane Hatch était à peu près aussi authentique comme bar floridien que le Holy Land Experience comme reproduction fidèle de l'atmosphère spirituelle de Jérusalem au Ier siècle après J.-C. Si le Hatch possédait bien les caractéristiques principales d'un bar de plage classique de Floride – boiseries, poissons naturalisés, photo de Hemingway –, il avait en fait été construit au début des années 1990, en prévision d'un projet immobilier, la résidence Brise de l'Océan, qui n'était jamais allé plus loin qu'une série de plans d'architecte, un trou dans le sol et quelques déductions fiscales. Le bar avait toutefois survécu, et même prospéré, en grande partie grâce à Lenny et à sa femme, Pegi, une experte en friture à l'ancienne. Elle faisait des huîtres frites à vous tirer des larmes de bonheur, avec pour ingrédients un assaisonnement créole résolument tenu secret, une excellente farine de maïs, et du sel Diamond Crystal casher – *casher*. Skettle ne se souciait pas non plus de faire de gros bénéfices, il lui suffisait que le Hatch ne perde pas d'argent. Lenny supposait que son patron, qui ne buvait pas d'alcool et se nourrissait uniquement, semblait-il, de filets de poulet et de lait chocolaté, se réjouissait en secret de posséder un bar pour faire un doigt d'honneur à sa famille de bigots, dont le principal hobby semblait être de polir les bancs d'église de leurs derrières. La femme de Lenny assurait toutefois que Lesley, la sœur de Skettle, une folle de Jésus de la pire espèce, polissait aussi d'autres choses et qu'elle était capable de donner une description exacte de la moitié des plafonds de chambre de motel de Jacksonville à Miami, ce qui lui avait valu l'exquis surnom de « Baise-Tout Skettle ».

Lenny était seul dans le bar. C'était une des soirées libres de Pegi et il avait renvoyé Fran, sa remplaçante, de bonne heure chez elle parce qu'il savait qu'elle aurait eu plus de chances de vendre des huîtres frites dans un cimetière abandonné qu'au Hurricane Hatch ce soir-là. Le milieu de la semaine était toujours calme, mais plus calme encore ces derniers temps, et même les recettes du week-end avaient baissé. Il n'y avait plus autant d'argent qu'avant, et pourtant le Hatch survivait.

Lenny consulta sa montre : 21 h 30. Il attendrait jusqu'à 22 heures, 22 h 30, puis il fermerait. De toute façon, il n'était pas pressé de rentrer – non qu'il n'aimât pas sa femme, mais il lui arrivait de penser qu'il aimait le Hatch davantage. Il s'y sentait en paix, que la salle fût bondée ou déserte. En fait, des soirs comme celui-là, avec le vent qui soufflait doucement, les planches qui grinçaient et claquaient, le bruit lointain des vagues, dont on n'apercevait que de faibles lueurs phosphorescentes, la télé allumée, un verre d'eau pétillante avec rondelle de citron vert posé devant lui sur le comptoir, il se disait qu'il serait tout à fait content de rester comme ça à jamais. La seule ombre au tableau – si « ombre » était un terme assez fort en l'occurrence, ce dont il doutait – venait du reportage que la télé diffusait. Sur l'écran claudiquaient deux vieillards que des marshals fédéraux conduisaient à un centre de détention de New York : Engel et Fuhrmann, près de deux siècles au compteur à eux deux, Engel à peine capable de marcher sans aide, Fuhrmann plus solide, le regard fixant quelque chose au loin, ne daignant pas remarquer les hommes et les femmes qui l'entouraient, les caméras et les projecteurs, les manifestants avec leurs pancartes, comme si tout cela n'était qu'un spectacle joué pour un autre homme, comme si les accusations portées contre lui ne pouvaient en aucun cas l'atteindre. Ils disparurent de l'écran, remplacés par un procureur de la section Droits de l'homme et Poursuites spéciales, l'organisme du Département de la Justice chargé d'enquêter sur diverses violations de ces droits, en particulier les criminels de guerre nazis. Ce procureur était une femme, jeune, jolie, et Lenny fut surpris par la passion avec laquelle elle parlait. Elle n'avait pas un nom juif – Demers, ça ne sonnait pas juif, selon lui. Ce qui n'était d'ailleurs pas requis pour rendre justice en la circonstance. *C'est peut-être simplement une idéaliste*, pensa Lenny, *et Dieu sait que le monde a grandement besoin de ce genre de personnes*.

À en croire Demers, Engel et Fuhrmann avaient tout fait pour s'opposer à la décision du gouvernement des États-Unis d'annuler leur nationalité américaine, mais tous les recours étaient maintenant épuisés. Le mandat d'arrêt de Fuhrmann émis par le procureur de Munich une semaine plus tôt signifiait qu'on pouvait maintenant procéder à son extradition, et l'expulsion d'Engel suivrait peu après, pour violation de la loi sur l'immigration, qu'il ait été inculpé ou non dans son pays natal. Engel et Fuhrmann seraient bientôt bannis à jamais du territoire américain, conclut-elle.

L'expulsion ne semblait pas une peine très sévère aux yeux de Lenny, dont toute une branche de la famille avait été exterminée à Dachau. Il n'avait pas compris pourquoi on ne pouvait pas juger les deux hommes aux États-Unis avant que Bruno Perlman lui explique que la Constitution américaine ne permet pas de poursuites contre les crimes commis à l'étranger avant et pendant la Seconde Guerre mondiale, et que le mieux que les États-Unis pouvaient faire, c'était de renvoyer les criminels de guerre dans les pays ayant cette capacité, en espérant qu'ils pourraient être poursuivis là-bas. Perlman n'était d'ailleurs pas enchanté lui non plus par cette situation. Il parlait souvent à Lenny, avec admiration, des activités du *Tilhas Tizig Gesheften*, un groupe secret de la Brigade juive de l'armée britannique qui, après la capitulation de l'Allemagne, avait entrepris de traquer et d'exécuter des officiers de la Wehrmacht et des SS soupçonnés d'avoir commis des atrocités contre les Juifs ; des tueurs du Mossad qui avaient capturé le collabo nazi letton Herberts Cukurs, « le Bourreau de Riga », dans une maison de Montevideo en 1965, qui l'avaient battu à mort avec un marteau avant de lui tirer deux balles dans la tête et de laisser son corps pourrir dans une malle jusqu'à ce que la police uruguayenne, alertée par l'odeur, le découvre. La lueur qui brillait dans les yeux de Perlman quand il évoquait ces histoires perturbait Lenny, qui supposait néanmoins que des hommes aussi mauvais méritaient une telle fin. Plus tard, cette lueur dans le regard de Perlman était devenue plus vive et ses propos vengeurs avaient pris un ton personnel. Lenny s'était fait du souci pour lui. Perlman avait peu d'amis – les personnalités obsessionnelles en ont rarement.

— Comment on sait que c'est vraiment eux ? dit une voix. Des vieux comme ça, ça pourrait être n'importe qui.

Un homme était assis au bout du comptoir, près de la porte. Lenny ne l'avait pas entendu entrer, il n'avait pas entendu non plus de voiture se garer dans le parking. L'homme avait la tête légèrement tournée de côté, comme s'il ne supportait pas de regarder la télé. Il portait un chapeau de paille à ruban rouge, trop grand pour lui, qui lui arrivait juste au-dessus des yeux. Sa veste de costume marron recouvrait une chemise polo jaune à laquelle il manquait deux boutons, ce qui laissait voir sur sa poitrine une résille de fines cicatrices blanches qui faisait penser à une toile d'araignée.

— Désolé, je vous ai pas entendu entrer, dit Lenny, sans relever la remarque. Qu'est-ce que je vous sers ?

L'homme ne répondit pas, il semblait avoir des difficultés à respirer. Par-dessus son épaule, Lenny inspecta le parking, n'y vit aucune voiture.

— Vous avez du lait ? demanda enfin le client d'une voix rauque.

— Bien sûr.

— Cognac et lait, alors, dit-il en se massant l'estomac. J'ai des problèmes gastriques.

Lenny prépara le breuvage. Comme le lait froid créait des gouttes de condensation sur le verre, il l'entoura d'une serviette en papier avant de le poser sur le bar. L'inconnu dégageait une odeur âcre due sans doute aux quantités de lait au cognac qu'il avait englouties. Il leva son verre et en avala la moitié.

— Ça me fait mal. Ça me fait un mal de chien.

Il reposa son verre et ôta son chapeau. Lenny décida de ne pas le regarder mais ne détourna pas les yeux assez vite et l'image de la tête du type s'imprima dans son cerveau tel un éclair de lumière vive déchirant soudain l'obscurité.

Son crâne nu était difforme, aussi grêlé que la surface de la lune. Son front massif faisait tellement saillie que ses yeux – minuscules points sombres, semblables à des taches d'huile dans la neige – se perdaient dans son ombre. Son profil laissait penser qu'il avait violemment heurté une poutre verticale dans son enfance et que son crâne mou en avait gardé l'empreinte. Son nez était très fin, ses lèvres réduites à un pâle trait de couleur sur sa peau blême. Il respirait par la bouche avec un léger sifflement liquide.

— C'est quoi, votre nom ?

— Lenny.

— Lenny comment ?

— Tedesco.

— Il est à vous, ce rade ?

— En partie. Skettle possède le reste.

— Connais pas de Skettle. C'est la galère pour trouver votre bar, vous devriez mettre une enseigne.

— Il y en a une.

— Je l'ai pas vue.

— Vous êtes venu par où ?

L'homme agita vaguement la main au-dessus de son épaule – quelle importance ? Ce qui comptait, c'était qu'il était enfin là.

— Tedesco, répéta-t-il. Un nom sépharade, ça. On pourrait croire que c'est italien, mais non. Ça veut dire « allemand » et vous avez sûrement des ancêtres ashkénazes. Je me trompe ?

Lenny aurait préféré que ce type n'entre pas dans son bar, il n'avait aucune envie de se lancer dans une discussion de ce genre. Il aurait voulu que cet homme repoussant débarrasse le plancher avec son âcre puanteur.

— Je sais pas, marmonna-t-il.

— Mais si, vous le savez. J'ai lu quelque part que le mot « nazi » viendrait d'« ashkénaze ». Qu'est-ce que vous en pensez ?

Lenny, qui était en train d'essuyer un verre qui n'en avait pas besoin, le pressa si fort qu'il se cassa. Il le jeta dans la poubelle et passa à un autre.

— J'ai jamais entendu ça, répondit-il malgré lui. D'après ce que j'ai compris, ça viendrait plutôt de « national-socialisme ».

— Ah, vous avez sans doute raison. Tout le reste, c'est de la bave d'ignorants. De négationnistes. D'imbéciles. J'y crois pas du tout. Comme si on pouvait attribuer un tel massacre à la violence de Juifs sur des Juifs !

Lenny sentit les muscles de sa nuque se bloquer. Il serra les dents avec une telle force que quelque chose se détacha au fond de sa bouche. C'était à cause de la façon dont le client avait prononcé le mot « Juif ».

Sur l'écran de la télévision, le reportage avait fait place à un débat sur Engel et Fuhrmann, sur le contexte de l'affaire. Le son était juste assez haut pour qu'on saisisse ce que les participants disaient. Lenny regarda le verre de lait au cognac, découvrit qu'une volute rouge s'était formée à la surface de ce qui restait de liquide. L'homme le vit en même temps que lui, trempa un doigt dans le breuvage, tourna pour faire disparaître le sang et l'avala.

— Comme j'ai dit, des problèmes d'estomac, expliqua-t-il. Des problèmes partout : je chie des clous et je pisse du verre pilé.

— Désolé.

— Oh, ça m'a pas encore tué. Je préfère juste pas penser à quoi l'intérieur de mon corps doit ressembler.

Ça ne peut pas être pire que l'extérieur, se dit Lenny, et les petits yeux sombres se braquèrent sur lui comme si la vanne non prononcée s'était inscrite dans l'air au-dessus de sa tête.

— Vous m'en refaites un ?

— On ferme.

— Ça vous prendra pas plus longtemps qu'il ne m'en faudra pour le boire.

— Nan, c'est l'heure.

Le verre glissa sur le comptoir.

— Rien que du lait, alors. Vous refuseriez pas du lait à quelqu'un, quand même ?

Lenny en avait bien envie, oh oui. Pourtant, il versa trois doigts de lait dans le verre et fut tout content qu'il n'y en ait pas plus dans la brique.

— Merci.

Sans répondre, Lenny jeta le carton vide.

— Comprenez-moi bien, reprit l'homme. J'ai pas de problème avec les Juifs. Quand j'étais gamin, j'avais un copain juif... Bon Dieu, ça faisait une éternité que j'avais pas pensé à lui. Je me rappelle même plus son nom.

Il se prit l'arête du nez entre le pouce et l'index et pressa en fermant les yeux, comme pour extraire ce nom de la fosse de sa mémoire.

— Asher ! s'exclama-t-il enfin. Asher Cherney. Ah, j'ai eu du mal à me souvenir. Je l'appelais Ash. Je crois pas que quelqu'un d'autre l'appelait comme ça, parce qu'il avait pas d'autre copain, en fait. Moi, je traînais avec Ash quand aucun des autres gamins pouvait nous voir. Fallait faire gaffe. Là où j'ai grandi, les gens aimaient pas trop les Juifs. Les nègres non plus. Putain, on pouvait même pas blairer les catholiques. On restait entre soi, c'était mal vu d'avoir des copains d'un autre milieu. Et Ash, en plus, il avait une malformation. C'était encore pire, pour lui. Vous connaissez Kiss ?

Lenny, qui s'était laissé entraîner malgré lui dans cette conversation, fut intrigué. Suivre la pensée de ce type, c'était comme essayer de suivre la trajectoire d'une balle ricochant dans une pièce aux murs d'acier.

— Le groupe ?

— Ouais. Ils sont à chier, mais vous avez dû les entendre.

— Je les connais.

— Eh ben, leur chanteur a le même truc qu'avait Ash. Microtie, ça s'appelle. Une malformation de l'oreille. Le cartilage se forme pas bien, le gosse a juste une sorte de moignon. Et ça rend sourd, en plus. Il paraît que ça touche en général l'oreille droite, mais pour Ash, c'était la gauche, ce qui fait qu'il était bizarre même parmi les malades comme lui. Aujourd'hui, on fait toutes sortes de greffes et d'implants, mais à l'époque, fallait vivre avec. Ash se laissait pousser les cheveux longs pour cacher son oreille, mais tout le monde était au courant. Comme si sa vie n'était pas encore assez pourrie – être juif dans une petite ville où personne n'appréciait ceux qui n'appartenaient pas à une Église en pain blanc –, il devait affronter l'ignorance et la hargne de gosses qui passaient leur temps à chercher une anomalie physique sur laquelle s'acharner.

« Alors, j'étais désolé pour Ash, même si je pouvais

pas le montrer, pas en public. Mais si j'étais seul et que je voyais Ash, et qu'il était seul aussi, je lui parlais, ou je me baladais avec lui et on faisait des ricochets dans la rivière si ça nous prenait. C'était un gars plutôt sympa, Ash, on n'aurait jamais dit qu'il était juif. La microtie, vous croyez que c'est un truc de Juif ?

Lenny répondit qu'il n'en savait rien. Il avait l'impression de voir se dérouler un terrible accident, une collision catastrophique qui ferait des blessés et des morts, et pourtant il n'arrivait pas à détourner les yeux. Il était hypnotisé par la monstruosité de cet homme, dont la profondeur de la dépravation ne se révélait que lentement, par les mots et les intonations.

— Parce qu'il y a des maladies que les Juifs risquent plus d'avoir que les autres races, poursuivit le client. Vous qui êtes d'origine ashkénaze, vous risquez plus la mucoviscidose. Y en a d'autres, c'est juste celle-là qui me vient en tête. Une belle saloperie, la mucoviscidose, faut surtout pas choper ça. Enfin, je sais pas si la microtie, c'est pareil. Ça se pourrait. Peu importe, je suppose. À moins que vous l'ayez et que vous vouliez pas la passer à vos gosses. Vous avez des enfants ?

— Non.

— Si vous envisagez d'en avoir, vous devez vérifier. Vous voulez sûrement pas transmettre cette saleté à vos enfants. Où j'en étais, déjà ? Ah, oui : Ash. Ash et son oreille merdique. On faisait des trucs ensemble lui et moi, et j'avais fini par le trouver sympa. Et puis un jour, un autre môme, ce dégénéré d'Eddie Tyson, nous a vus ensemble et il s'est mis aussi sec à raconter qu'on était pédés, qu'on faisait des saletés sous les ponts et dans la voiture de sa mère. Eddie et une bande de ses copains m'ont sauté dessus un jour que je rentrais chez moi et ils m'ont flanqué une belle rouste, tout ça parce que j'avais copiné avec Ash Cherney. Alors, vous savez ce que j'ai fait ?

Quasi incapable de répondre, Lenny trouva quand même la force de prononcer le mot « Non ».

— Je suis allé chez Ash, je lui ai demandé s'il voulait faire un tour du côté de la rivière avec moi. Je lui ai raconté ce qui s'était passé, parce que j'avais la tête en marmelade après ce que les autres m'avaient fait. Quand on est arrivés à la rivière, j'ai pris une pierre et j'ai frappé Ash avec. En pleine figure, si fort que j'ai cru lui avoir enfoncé le nez dans le cerveau. Il était pas mort, il restait conscient. J'ai jeté la pierre et je me suis servi de mes pieds et de mes poings pour finir le travail et je l'ai laissé dans une mare de son propre sang, crachant ses dents, et je l'ai plus jamais revu, parce qu'il est jamais revenu en classe et que ses parents ont déménagé peu de temps après.

L'homme but une gorgée de lait et conclut :

— Finalement, je crois pas qu'on était si copains que ça, Ash et moi.

La télévision montrait des images en noir et blanc d'hommes et de femmes émaciés derrière des clôtures en barbelés, des fosses remplies d'ossements.

— Vous vous êtes jamais demandé ce qui peut pousser à faire des choses pareilles ?

Comme le type ne regardait pas l'écran, Lenny ne savait pas s'il parlait encore de ce qu'il avait fait à Ash Cherney ou des atrocités commises des années plus tôt. Lenny avait froid. Il avait mal aux extrémités des doigts et des orteils. *Peu importe ce à quoi cet homme se réfère*, pensa-t-il, *cela fait partie d'un seul abîme de cruauté, d'un même sombre cloaque de mal.*

— Non, répondit Lenny.

— Bien sûr que si. On le fait tous. On serait pas humains, sinon. Il y a ceux qui disent qu'on peut imputer tous les crimes à deux mobiles : l'amour ou l'argent. Moi, je dirais pas ça. D'après mon expérience, tout ce qu'on fait est motivé par deux choses : la cupidité ou la peur. Oh, il arrive que ça se mélange, comme le cognac et le lait, mais la plupart du temps on peut faire la distinction. On a envie de ce qu'on a pas, et on a peur de perdre ce qu'on a. Un homme désire la femme d'un autre, il la prend : ça, c'est l'envie. Mais au fond de lui, il a peur que sa propre femme l'apprenne, parce qu'il veut garder ce qui le lie à elle, parce que c'est la sécurité. Vous jouez en Bourse ?

— Non.

— Vous avez bien raison. C'est de l'arnaque. Acheter et vendre, c'est juste deux autres formes de l'envie et de la peur. Quand vous avez saisi ça, vous comprenez tout ce qu'il y a à savoir sur les êtres humains et sur la façon dont le monde tourne.

Après une autre gorgée, l'homme poursuivit :

— Sauf que c'est pas tout. Regardez ces images des camps. On y voit de la peur, et pas seulement sur les visages des mourants et des morts. Regardez les hommes en uniforme, ceux qu'on accuse d'être responsables de ce qui s'est passé, vous y verrez de la peur aussi. Pas la peur de ce qui leur arriverait s'ils n'exécutaient pas les ordres. Je conçois pas ça comme une excuse et, d'après ce que j'ai lu, les Allemands savaient qu'exterminer des êtres humains nus et désarmés, juifs, homos ou gitans, tout le monde n'en était pas capable, et si vous n'en étiez pas capable, ils trouvaient quelqu'un d'autre pour le faire et vous, ils vous envoyaient ailleurs tirer sur des types qui pouvaient riposter.

« Mais il y a de la peur sur leurs visages, même s'ils font tout pour la cacher : la peur de ce qui leur arrivera quand les Russes ou les Américains découvriront ce qu'ils ont fait ; la peur de regarder en eux-mêmes et de voir ce qu'ils sont devenus ; peut-être même de la peur pour leur âme immortelle. Il y a aussi, bien sûr, ceux qui n'éprouvent aucune peur, car il existe des hommes et des femmes qui commettent des actes horribles uniquement pour le plaisir, mais ce sont des exceptions. Les autres, ils ont obéi simplement parce qu'ils ne voyaient aucune raison de pas le faire, ou parce qu'il y avait du fric à gagner avec les dents en or et la graisse humaine. Je suppose que certains ont agi par idéologie, mais je crois pas trop non plus aux idéologies. C'est juste des pavillons de complaisance.

La voix de l'homme, douce et légèrement sifflante, contenait une note de regret : les autres ne voyaient pas la réalité aussi clairement que lui, c'était la croix qu'il devait porter.

— Vous avez entendu cette femme à la télé ? continua-t-il. Elle parle du mal, mais rabâcher le mot « mal » comme s'il avait un sens, ça n'aide personne. Ça sert juste à échapper aux responsabilités. Ça n'explique rien. On peut même dire que ça excuse. Pour voir la vraie terreur, les vraies ténèbres, il faut regarder les actes des hommes, aussi horribles qu'ils puissent paraître, et les qualifier d'humains. Alors, on comprend.

Il toussa, aspergeant le lait de gouttelettes de sang.

— Vous n'avez pas répondu à ma question, tout à l'heure.

— Quelle question ? demanda Lenny.

— Je vois pas comment ils peuvent être sûrs que ces deux vieux bonshommes sont ceux qu'ils recherchent. J'ai vu des photos de ceux à qui ils attribuent ces actes, des photos prises il y a très longtemps, et quand je vois maintenant ces deux vieux birbes, je peux pas jurer que c'est les mêmes soixante ou soixante-dix ans plus tard. Bon Dieu, vous pourriez me montrer une photo de mon père jeune homme et je ne reconnaîtrais pas le squelette qu'il était devenu quand il est mort.

— Je crois que ça repose sur des documents, dit Lenny.

Pour être franc, il ne savait pas comment on avait retrouvé Engel et Fuhrmann. Il s'en fichait, d'ailleurs. On leur avait enfin mis le grappin dessus, c'était tout ce qui comptait. Il aurait voulu que cette conversation prenne fin, mais cela dépendait de l'homme assis au comptoir. Il y avait un dessein dans sa présence, et tout ce que Lenny pouvait faire, c'était attendre qu'il lui soit révélé, et espérer survivre.

— J'ai même jamais entendu parler des camps où ils sont censés avoir commis tous ces massacres, argua l'homme. J'ai entendu parler d'Auschwitz et de Dachau, de Bergen-Belsen. Je pourrais même en citer d'autres si je me concentrais, mais le camp où était Fuhrmann – enfin, celui dont ils disent que c'est Fuhrmann ? Bec Sec ? Ça existe ?

— Belzec, murmura Lenny. C'est son nom.

— Et l'autre ?

— Lubsko.

109

— Je vois que vous vous intéressez à tout ça. Vous aviez de la famille là-bas ?

— Non, pas là-bas.

— Rien de personnel, alors ?

Lenny en avait assez, il éteignit la télé.

— Vous trompez pas sur mon compte, dit l'homme, sans commenter l'interruption soudaine du son et de la lumière provenant du poste. J'ai aucun problème de race ou de religion : Juifs, négros, métèques, Blancs, ils sont tous pareils pour moi. Je crois quand même que chaque race doit rester à sa place. Aucune n'est meilleure qu'une autre, mais le problème vient seulement quand elles se mélangent. Les Sud-Africains, ils avaient raison avec l'apartheid, sauf qu'ils ont pas eu le bon sens, la simple décence, putain, d'accorder à chaque homme les mêmes droits. Ils pensaient que le blanc est supérieur au noir, et c'est pas le cas. Dieu nous a tous faits et il a mis personne au-dessus des autres. Même ceux de votre race, ils sont pas plus élus que n'importe qui d'autre.

Lenny pensa qu'il devait faire un dernier effort pour sauver sa peau, pour chasser cette chose. Un effort sans doute vain, mais il devait essayer.

— J'aimerais bien que vous partiez, maintenant, dit-il. Je ferme. Les consommations sont pour la maison.

L'homme ne bougea pas : ce n'était qu'un prélude, le pire restait à venir. Lenny le sentait. Cette créature avait apporté dans le bar des miasmes d'horreur. Il restait peut-être à Lenny une petite chance, une brèche dans le mur qui se refermait autour de lui et par laquelle il pourrait s'échapper. Il ne devait toutefois montrer aucune faiblesse. Le drame se jouerait et chacun accepterait le rôle qui lui avait été attribué.

110

— J'ai pas encore fini mon lait.

— Vous pouvez l'emporter.

— Nan, je pourrais le renverser. Je préfère le boire ici.

— Alors, excusez-moi, je commence à fermer.

Lenny alla prendre le tiroir de la caisse. D'habitude, il comptait la recette avant de partir, mais en l'occurrence, ça attendrait demain. Il ne fallait fournir à cet homme aucune raison de s'attarder.

— Je demande pas la charité, s'insurgea le visiteur. Je paierai à ma manière, comme j'ai toujours fait.

Il plongea la main dans la poche de sa veste et feignit la surprise :

— Tiens, qu'est-ce que c'est que ça ?

Malgré lui, Lenny dirigea son regard vers ce qui avait suscité la réaction du client. C'était un petit objet blanc, que l'homme venait apparemment de tirer de sa poche.

— Ma parole, c'est une dent ! s'exclama le client.

Il la tint à la lumière, tel un bijoutier estimant une pierre précieuse.

— D'où ça peut venir, d'après vous ? demanda-t-il à Lenny. C'est pas une des miennes, ça c'est sûr.

Comme pour balayer le moindre doute, il poussa avec la langue la rangée supérieure de ses dents et son dentier tomba dans sa main gauche. Sa bouche se ratatina, donnant à son visage une apparence plus étrange encore. Il sourit, adressa un hochement de tête à Lenny et remit sa prothèse en place. Puis il posa sur le comptoir la dent à laquelle adhérait encore un morceau de chair rougeâtre.

— C'est quelque chose, hein ?

Lenny recula en se demandant s'il réussirait à échapper à cet homme assez longtemps pour appeler les flics. Le bureau avait une porte solide et un bon verrou. Il pourrait s'y enfermer et attendre l'arrivée de la police. Mais s'il parvenait à téléphoner, que dirait-il ? Qu'un client avait tiré une dent de sa poche pour l'examiner ? Aux dernières nouvelles, ce n'était pas un crime.

Sauf que, sauf que…

Tel un prestidigitateur, l'homme fit apparaître une deuxième dent, puis une troisième. Finalement, lassé du manège, peut-être, il fouilla une dernière fois sa poche et éparpilla toute une dentition sur le comptoir. Certaines dents n'avaient pas de racine et une au moins s'était brisée à l'extraction. Beaucoup étaient encore tachées de sang ou maculées de lambeaux de tissu.

— Qui êtes-vous ? murmura Lenny. Qu'est-ce que vous voulez de moi ?

Une arme apparut dans la main de l'inconnu. Lenny ne connaissait rien aux flingues, mais celui-là lui parut gros et ancien.

— Reste où t'es, lui ordonna le type. Tu m'entends ?

Lenny acquiesça de la tête, retrouva sa voix :

— Y a presque rien dans la caisse. Ça a été très calme toute la journée.

— J'ai l'air d'un voleur ? répliqua l'homme, l'air sincèrement offensé.

— Je sais pas de quoi vous avez l'air, dit Lenny, regrettant aussitôt ses paroles.

— T'as aucune éducation. Tu le sais, ça, sale youpin ?

— Je… je m'excuse, bredouilla Lenny.

Il n'avait plus aucune fierté, ne ressentait rien que de la peur.

— J'accepte tes excuses. Tu sais ce que c'est ?

demanda l'homme en donnant à l'arme un petit mouvement.

— Non. Je connais pas grand-chose aux revolvers.

— Première erreur : c'est un *pistolet*. Un Mauser C96 de l'armée allemande, calibre 9 mm long, ce qui est rare. Certains l'appellent le Manche à Balai, à cause de la forme de la crosse, ou le 9 Rouge, à cause du chiffre gravé dans l'acier. Tu vois, je fais ton éducation. Éloigne-toi de la porte. Si tu fais attention à ce que je te dis, ça ne se finira peut-être pas trop mal pour toi ce soir.

Lenny savait que ce n'était pas vrai – quelqu'un qui a l'intention de laisser à quelqu'un d'autre la vie sauve ne braque pas une arme sur lui avant d'avoir au préalable dissimulé son visage –, et cependant il se surprit à obéir. L'homme plongea à nouveau la main dans sa poche, la ressortit cette fois avec une paire de menottes. Il la lança à Lenny, lui intima d'en attacher une à son poignet droit, de joindre les mains derrière son dos et de les poser sur le comptoir. Une fois de plus, Lenny s'exécuta, et dès qu'il se retourna, la deuxième menotte se referma autour de son poignet gauche.

— Voilà, dit l'homme. Maintenant, viens ici et assieds-toi par terre.

Lenny passa de l'autre côté du bar. L'idée le traversa de se précipiter vers la porte, mais il savait qu'il ne ferait pas plus de deux pas avant de recevoir une balle dans le dos. Il alla à l'endroit indiqué par le « client » et s'assit. La télé se ralluma quand l'homme appuya sur un bouton de la télécommande. Elle continuait à montrer des images des camps, d'hommes et de femmes descendant de wagons, certains en tenue ordinaire, d'autres portant déjà l'uniforme de déporté. Ils étaient très nombreux, beaucoup plus que les gardiens. Enfant, Lenny s'était demandé pourquoi ils n'essayaient pas de se jeter sur les Allemands, de se battre pour sauver leur vie. Il avait appris plus tard qu'on les affamait avant de les conduire à la mort, afin qu'ils soient trop faibles pour résister. Il savait toutefois maintenant que la faiblesse physique n'était qu'une partie de l'explication. La peur – la vraie terreur, nourrie par la terreur des autres – ronge la volonté.

Adossé au bar, l'inconnu braquait le pistolet sur Lenny.

— Tu m'as demandé qui je suis, tu peux m'appeler Steiger. Enfin, c'est juste un nom que j'ai choisi comme ça. Je peux t'en donner un autre si celui-là te plaît pas.

Lenny sentit une lueur d'espoir réchauffer un peu ses entrailles glacées. Peut-être, *peut-être* que cette soirée ne s'achèverait pas par sa mort. Se pouvait-il que ce monstre, s'il cachait sa véritable identité, ait projeté de retourner dans le trou d'où il était sorti et de laisser Lenny en vie ? Ou n'était-ce qu'une ruse, une façon de plus de tourmenter un homme condamné avant l'inéluctable fin ?

— Tu sais d'où elles viennent, ces quenottes ?

— Non.

— De la bouche de ta femme.

Steiger prit une poignée de dents sur le comptoir et les jeta par terre devant Lenny. L'une d'elles tomba sur son giron.

Pendant un moment, Lenny fut incapable de bouger. Il eut un haut-le-cœur et sentit un goût infect dans sa gorge. Puis il tenta de se mettre debout et une balle frappa le sol à quelques centimètres de ses chaussures. Ce fut autant la détonation que la marque de la balle sur le sol qui le fit renoncer.

— Recommence pas. La prochaine, tu l'auras dans le genou, ou dans les couilles, menaça Steiger.

Lenny se figea, baissa les yeux vers la dent coincée entre les plis de son jean. Il ne voulait pas croire qu'elle avait appartenu à sa femme.

— Je vais te dire un truc, reprit Steiger. M'occuper des crocs de ta femme, ça m'a rempli d'admiration pour les dentistes. Avant, je pensais que c'étaient juste des médecins ratés, parce que, enfin, ça peut pas être si difficile de soigner des dents, mis à part les nerfs, peut-être. Quand j'étais gosse, j'avais horreur d'aller chez le dentiste. Encore maintenant.

« Bref, je pensais qu'arracher une dent, c'était facile. On prend une bonne prise et on tire. Mais prendre une bonne prise sur une dent, c'est plus dur qu'on croit, et pis il faut tourner, et quelquefois, si la dent a un point faible, elle se casse. Tu verras que plusieurs dents de ta femme sont pas sorties en un seul morceau. Disons que ça a été une expérience instructive pour tous les deux.

« Si t'as des doutes, si t'essaies de te convaincre que c'est pas les dents de ta femme, je peux préciser qu'elle portait un jean et un haut jaune, avec des fleurs vertes – non, bleues. Difficile à dire dans l'obscurité. Elle a aussi une marque sur l'avant-bras, comme une grosse tache de rousseur. Moi, ça me gênerait, j'avoue. Elle est plutôt jolie, ta femme, mais j'y penserais tout le temps à cette marque, comme à un rappel de ce qui ne va pas à l'intérieur, parce qu'on a tous quelque chose qui va pas à l'intérieur. Ça ressemble à ta femme ?

Pegi, c'est ça ? Avec un "i". Diminutif de Margaret. Elle me l'a dit quand elle était encore en état de parler. Non, non, te mets pas dans tous tes états. Tu vas bouger, tu vas essayer de me frapper, et ça sera encore pire pour vous deux. Ouais, elle vit encore, je te le jure. Et écoute-moi, maintenant, écoute-moi bien : y a plus grave dans la vie que perdre ses dents. On fait des miracles avec les implants, aujourd'hui. Elle pourrait même avoir de meilleures dents qu'avant. Et si c'est trop cher, ou impossible à cause des dégâts – parce que, je te le rappelle, je suis pas dentiste –, y a toujours les dentiers. Ma mère en portait un, comme moi, et je trouvais que ça la faisait paraître plus jeune, parce que les fausses dents sont blanches et régulières. T'as déjà vu des vieux avec leurs vraies dents ? Ils sont affreux. On peut rien faire contre la vieillesse. Elle est impitoyable. Elle nous ravage tous.

Steiger s'accroupit devant Lenny en s'assurant de rester hors de portée, au cas où la colère du barman prendrait le pas sur sa peur, mais ça ne risquait pas : Lenny pleurait.

— Voilà comment ça va se passer, dit Steiger. Si tu joues le jeu avec moi, si tu réponds à mes questions, je la laisserai vivre. Elle est bourrée d'analgésiques, elle sent pas grand-chose en ce moment. Avant de partir, j'appellerai une ambulance pour ta femme et elle recevra des soins. Je te le promets. Quant à toi, je peux te promettre une chose seulement : si tu mens pas, tu te sentiras pas mourir et tu auras sauvé la vie de ta femme. On est d'accord ?

Lenny sanglotait à présent. Steiger tendit le bras et le gifla durement.

— On est d'accord ?

— Oui, répondit Lenny. On est d'accord.

— Bon. J'ai seulement deux questions à te poser. Qu'est-ce que le Juif Perlman t'a raconté, et qui d'autre est au courant ?

Après avoir obtenu ses réponses et tué Lenny Tedesco, Steiger récupéra les verres dans lesquels il avait bu et les mit dans un sac. Il vida aussi le tiroir-caisse pour faire croire à un braquage. Bien qu'il eût pris garde de toucher le moins de surfaces possible, il les nettoya quand même avec de l'eau de Javel trouvée derrière le comptoir. Il resterait des traces de son passage, mais elles ne seraient utiles aux flics que s'ils avaient un suspect, ou des empreintes auxquelles les comparer, or Steiger était un fantôme. Il chercha sur le disque dur l'enregistrement de la caméra de surveillance du bar et l'effaça. Puis il éteignit les lumières du Hurricane Hatch avant de partir et ferma la porte derrière lui. La voiture de Lenny était garée derrière, personne ne la remarquerait. Steiger marcha cinq minutes pour retourner à la sienne, garée hors de vue du bar et de la route, et prit la direction du gentil foyer bien tenu des Tedesco. Il ouvrit la porte d'entrée avec la clef de Pegi, monta à la grande chambre, où il l'avait laissée attachée au lit. Près d'elle se trouvaient les instruments avec lesquels il lui avait arraché toutes ses dents, et quelques autres pour lesquels il n'avait pas encore trouvé d'utilisation. L'effet des analgésiques se dissipait et Pegi gémissait doucement sous son bâillon. Steiger s'assit à côté d'elle sur le lit, remonta les mèches tombées sur le visage de la femme.

— Voyons, dit-il, on en était où ?

13

Angel et Louis étaient assis près de la fenêtre du Gritty's, un pub de bière artisanale sur Fore Street, à Portland, avec devant eux deux bières conditionnées en fût, et le monde au-delà. Ils observaient une femme et un homme qui se chamaillaient dehors sur le trottoir. L'une et l'autre avaient la trentaine tout au plus, mais un paquet de kilomètres dans la rue au compteur. L'homme, chaussé de baskets, tenait dans sa main droite une boot Timberland en cuir fauve. Il l'agita devant le visage de la femme jusqu'à ce que, fatiguée d'avoir une chaussure suspendue à deux doigts de son nez, elle l'arrache de la main du type et entreprenne de la lui faire rentrer dans le crâne en hurlant entre les coups.

— Tu sais, y a vraiment un tas de débiles dans cette ville, commenta Angel.

Louis ne pouvait qu'approuver. La remarque était lourde de sens quand celui qui l'énonçait venait de New York – une ville qui, pour être honnête, abritait un sérieux contingent de tarés de tous poils.

— En plus, y a des tatouages débiles dans cette

ville, ajouta Angel. T'as vu le mollet de cette femme ?
On dirait qu'elle a eu la peau brûlée dans un incendie.

— Je crois que c'est censé représenter un visage, suggéra Louis.

— Le visage de qui ?

— N'importe qui. Ça pourrait être le mien, je le reconnaîtrais même pas.

Louis considéra la question et estima que le problème, c'était moins les tatoueurs de Portland que les gens qui venaient les voir, peut-être dans l'espoir qu'ils puissent faire quelque chose pour leurs tatouages débiles.

Le couple s'éloigna, ou plus exactement l'homme s'éloigna rapidement, la femme à ses basques continuant à brailler et à le cogner avec la Timberland.

— Un tas de débiles, répéta Angel.

— Mais pittoresques.

— Ça a son charme, c'est sûr.

Ils avaient à nouveau loué un appartement dans la partie est de Portland pour être près de Charlie Parker. La fois d'avant, il semblait sur le point de mourir dans un lit d'hôpital. Il se remettait maintenant à Boreas. Ils avaient envisagé de chercher un logement plus proche, peut-être à Boreas même, mais il leur avait fait clairement comprendre qu'il ne voulait pas les avoir sans cesse autour de lui comme une paire de Florence Nightingale démentes. S'il ne voyait pas d'objection à ce qu'ils viennent le voir, il n'était pas disposé à les accueillir sous son toit. Des types plus médiocres s'en seraient offensés, mais la peine et la souffrance leur étaient familières, ainsi que les diverses façons dont chaque individu les affronte. Ce que Parker endurait pour se rétablir, il ne voulait pas que d'autres en soient témoins. Il acceptait de présenter un visage au monde, mais à ses propres conditions.

Angel et Louis passaient donc de plus en plus de temps à Portland, et Manhattan leur manquait moins qu'ils ne voulaient se l'avouer. Portland était une ville curieuse et originale. D'accord, il leur avait fallu un peu de temps pour digérer la tentative de l'Association américaine d'urbanisme de classer Congress Street parmi les dix plus belles rues du pays. Ils comprenaient difficilement aussi que Portland fasse pousser les hôtels comme des champignons, sans penser à qui viendrait en occuper les chambres en hiver, alors que la plupart des habitants de la ville eux-mêmes n'avaient aucune envie de s'y trouver en décembre et janvier. Chaque fois qu'Angel et Louis soulevaient la question, on leur parlait de « paquebots de croisière », même si, pour faire escale à Portland au cœur de l'hiver, un paquebot devrait d'abord faire appel aux services d'un brise-glace. De plus, quand ils s'étaient renseignés, ils avaient découvert que par définition, dans les croisières, on dort à bord. Le bateau ne vous dépose pas à terre comme un Robinson Crusoé avant de s'éloigner avec tout l'équipage écroulé de rire tandis que vous appelez à l'aide depuis le quai. Portland comptait aussi deux ou trois restaurants qui auraient incité même des New-Yorkais à secouer l'addition en tous sens dans l'espoir d'en faire tomber un zéro.

C'étaient là toutefois de simples sujets de perplexité. Angel et Louis comprenaient aussi que leur destin était désormais attaché à cette ville, à cet homme avec qui ils étaient tous deux unis par la loyauté et l'affection.

Ils étaient allés jeter un coup d'œil à la maison de Parker à Scarborough. Ses portes étaient maintenant parfaitement protégées, le système d'alarme avait été amélioré, et ils avaient fait transporter les biens les plus précieux de leur ami en lieu sûr. Ses ordinateurs et ses fichiers avaient été soigneusement mis en caisse puis déposés dans un entrepôt de Queens sous le nom de « Nemesis SARL ». Louis avait une confiance absolue dans la sécurité de cet entrepôt puisqu'il en était propriétaire (même si un procureur blanchi sous le harnais aurait eu le plus grand mal à le prouver) et qu'il y stockait ses armes.

Bien qu'ils n'aient pas abordé le sujet avec Parker, ils doutaient fort qu'il eût l'intention de retourner à la maison donnant sur les marais de Scarborough. Selon eux, il lui serait difficile de recommencer à vivre dans un endroit où il ne se sentirait probablement plus en sécurité. Les défenses de Parker avaient été percées, physiquement et mentalement. Il ne pouvait plus avoir la même foi qu'auparavant dans la capacité de son ancienne demeure à empêcher toute intrusion, pas même, peut-être, dans sa propre capacité à se défendre, du moins le pensaient-ils.

Sur un plan pratique, cette maison était apparue dans plusieurs reportages télévisés, on l'avait mentionnée dans des articles de presse. Son adresse, son emplacement étaient maintenant connus de beaucoup de gens. Angel et Louis ne se faisaient cependant pas d'illusions : les ennemis de Parker avaient toujours su où le trouver, et qu'ils aient finalement réussi à le blesser gravement n'avait pas été pour les deux hommes une surprise totale. Non, le problème, c'était que désormais l'adresse de leur ami était de notoriété publique. S'il y retournait, il n'y jouirait d'aucune tranquillité, à supposer qu'il surmonte les obstacles psychologiques et affectifs résultant du fait de revenir habiter dans un endroit où il avait failli mourir – où il avait en fait rencontré la mort avant d'être ranimé trois fois de suite.

Se posait aussi la question du genre d'homme qu'il était devenu. Les nerfs de sa main gauche avaient été touchés. On lui avait enlevé un rein. Les chirurgiens avaient extrait assez de grains de plomb de son crâne et de son dos pour remplir deux plats en verre. Quelquefois, quand il parlait, il oubliait un mot, il se trompait sur le nom d'un objet. Un jour, alors qu'ils prenaient un café à Boreas, il avait demandé à Angel de lui passer du « melon ».

— Du melon ?!

— Oui, du melon. Pour mettre dans mon café.

Et à mesure que la confusion d'Angel croissait, la colère de Parker montait. Il avait fini par se lever, passer derrière Angel et prendre un petit pot de lait écrémé.

— Tu vois ? Du melon ! s'était-il exclamé.

Quelques instants plus tard, lorsqu'il avait lu les mots inscrits sur le côté du pot, il s'était rendu compte de ce qu'il avait fait, il avait commencé à s'excuser puis sa voix s'était brisée et ses deux amis n'avaient pu que le regarder retenir des larmes de rage et de honte.

Était-ce la fin pour eux trois ? s'était demandé Angel. Était-ce la lamentable conclusion de leurs aventures partagées ? Un Parker brisé, subsistant sur ce qu'il pourrait tirer de la vente de sa maison et du terrain environnant, s'installant quelque part dans un petit appartement, soutenu – en cas de besoin, et uniquement si cela pouvait se faire dans la discrétion – par ses amis ? Dave Evans lui proposerait naturellement un boulot de barman au Great Lost Bear, mais que se passerait-il si, confondant les mots, voire les concepts, tels lait et melon, il se révélait incapable de faire ce travail ?

Il y avait des moments où Angel et Louis avaient du mal à imaginer qu'il puisse recommencer à traquer comme avant les pires spécimens de l'humanité. Ils avaient cru en sa force, en son savoir, en sa capacité à comprendre des situations qui, pour eux, n'étaient qu'ombres et fumée. Comment pourraient-ils le soutenir s'ils ne pouvaient pas compter sur lui pour protéger leurs arrières, pour leur venir en aide en cas de problèmes ?

À d'autres moments, quand Angel regardait Parker, il voyait encore un feu brûler dans ses yeux et il parvenait à se convaincre que tout n'était pas perdu.

— Qu'est-ce qu'on va faire de lui ? demanda Angel alors que la pluie commençait à tomber doucement.

Louis n'eut pas à lui demander de qui il parlait.

— On attend, répondit-il. Et on verra.

14

Lorsque Cory Bloom arriva chez Olesens – l'absence de cette fichue apostrophe l'agaçait, elle aussi – peu après 10 heures, elle trouva Parker déjà assis à une table près de la fenêtre au fond de la librairie. Il ne l'avait pas entendue entrer et elle vit qu'il tenait quelque chose dans sa main gauche. On aurait dit une de ces balles en caoutchouc rouge que les gens travaillant dans les bureaux utilisent pour évacuer le stress, mais en s'approchant Bloom remarqua que Parker avait passé les doigts dans des boucles sombres. Il lui sembla avoir vu quelque chose de ce genre dans un magasin d'articles de sport du centre commercial de Bangor, quand elle était allée s'acheter de nouvelles baskets. C'était au rayon escalade, avec les cordes, les crampons et les mousquetons : un gripper. L'effort qu'il fournissait pour le comprimer se voyait sur son visage, il grimaçait à chaque pression. Ce fut seulement quand il vit le reflet de Bloom dans la vitre qu'il s'arrêta et qu'il glissa l'appareil dans sa poche.

— C'est efficace ? s'enquit-elle.

— Ça fait mal, alors j'espère que oui.

Elle s'assit en face du privé. Il avait déjà un café devant lui, ainsi qu'un exemplaire du *New York Times* qu'il n'avait cependant pas ouvert.

— C'est en relation avec ce qui vous est arrivé ?

— Les billes de plomb, répondit-il. Elles ont abîmé des nerfs de ma main et fracturé quelques os. On m'a opéré, mais il s'agit maintenant d'améliorer l'amplitude des mouvements et le tonus musculaire. La physio aide. Les massages aussi.

— C'est une demande ?

— C'est une offre ?

— Les gens jaseraient.

— Votre mari, surtout.

— Je suis sûre qu'il comprendrait si c'était pour raisons médicales.

— Je suis sûr que non.

— Vous avez sans doute raison.

Étaient-ils en train de flirter ? Bloom ne se rappelait pas la dernière fois qu'elle avait flirté. Elle ne flirtait même pas avec son mari, et de toute façon, quel intérêt ?

Quand Larraine Olesen vint prendre la commande, Bloom songea que la libraire avait peut-être surpris leur conversation. Larraine se retenait de sourire, mais c'était de justesse. Bloom fut soulagée quand elle repartit lui préparer son café.

— Ça vous embête si je vous demande comment vous allez à part ça ?

Il détourna les yeux.

— Douleurs un peu partout, dit-il. J'ai éprouvé… une *gêne* après qu'on m'a enlevé un rein, mais ça n'a duré qu'une semaine ou deux. J'ai des maux de tête. Fréquents. Les tissus du dos ont souffert, j'ai eu des côtes cassées, une clavicule fracturée, je me suis réveillé avec des trous là où il ne devrait pas y en avoir. On m'a fait des greffes de peau, ça fait un mal atroce, et d'autres sont programmées, mais j'ai mon compte pour le moment.

« Je suis plus faible qu'avant, c'est ça le pire. Je me fatigue vite, j'ai des nausées. Il y a deux jours, j'ai perdu l'équilibre sur la plage et si la petite Winter n'était pas passée par là, j'y aurais peut-être encore été quand la marée est arrivée. Le plus étrange, c'est les problèmes que j'ai parfois avec les mots. Je regarde quelque chose, je sais ce que c'est – une table, une chaise, un livre – mais c'est un autre nom que je prononce. Ça m'arrivait souvent au début, moins maintenant. C'est quand même agaçant. Et embarrassant.

Il se tourna à nouveau vers elle.

— Autre chose que vous voudriez savoir ?

— Non. Et je ne vous ai pas posé de questions. Vous tirez de la main droite ?

— Oui. Mais je n'ai pas tenu d'arme à feu depuis cette nuit-là.

— Vous projetez de vous y remettre ?

— Je n'y ai pas réfléchi.

Bloom perçut quelque chose – un tremblement – et sut qu'il mentait. Un homme a-t-il encore confiance en lui quand il a failli se faire tuer dans sa propre maison, qu'il s'est retrouvé gisant dans son propre sang, le corps lacéré, déchiré par des fragments de métal ? Son rétablissement ne devait pas être seulement physique mais aussi psychologique et affectif. Venir à Mason Point, examiner la voiture de Bruno Perlman pouvait être considéré comme une sorte de gripper mental : un moyen de se tester, de reprendre des forces…

Le cappuccino de Bloom arriva. Larraine avait essayé de faire une œuvre artistique dans la mousse en dessinant un cœur, peut-être, ou un smiley, ou n'importe quoi d'autre. Elle s'éloigna rapidement pour ne pas les entendre. Elle se gardait bien de tenter de surprendre les conversations du chef de la police. En fait, elle n'était pas du tout le genre à ça, ce qui la rendait quasiment unique à Boreas. À sa mort, il faudrait l'empailler et la monter sur un socle afin qu'elle serve de modèle aux autres.

— Alors ? attaqua Bloom après avoir goûté son café.

— Il n'y avait pas de cartes routières dans la voiture, fit observer Parker.

— Non, il n'y en avait pas.

— Ça ne vous titille pas ?

— Pas vraiment. Quelqu'un utilise encore des cartes routières ?

— Oui, moi.

— Sérieusement ?

— J'aime savoir où je suis passé et où je vais, pas seulement où je suis. Et quelquefois, il vaut mieux ne pas laisser de traces de son passage.

— Vous êtes en train de m'avouer un crime ?

— Vous avez un peu de temps devant vous ? Est-ce que vous avez entendu parler d'un nommé Boris Cale ?

— Ça me dit quelque chose, mais je ne vois pas quoi au juste.

— Il a assassiné son ex-mec à Providence, Rhode Island, il y a un an ou deux. Comme il ne connaissait pas la ville, il a tapé l'adresse du type dans son GPS. On l'a retrouvé si vite que le sang n'avait pas encore séché sur le sol quand les flics l'ont arrêté.

— Leçon salutaire. Revenons à Perlman : en principe, il suffit de prendre la 95 jusqu'au bout pour aller de la Floride au Maine.

— Seulement jusqu'à Houlton.

— Et on n'est pas à Houlton.

— C'est plus joli, ici.

— Pas difficile.

— Non, pas vraiment, convint Parker. Vous avez quelque chose, côté téléphone ?

— J'ai demandé aux services du shérif du comté de Duval d'aller dans l'appartement de Perlman pour voir s'ils peuvent trouver des enregistrements, disques ou autres, indiquant qu'il aurait eu un ordinateur. Si nous avons confirmation de son numéro de téléphone, nous pouvons envisager de joindre la compagnie pour savoir qui il a appelé récemment, en particulier des gens d'ici. Il nous faudra probablement une autorisation du tribunal, mais nous sauterons cet obstacle le moment venu.

— Je trouve quand même curieux qu'il n'ait pas eu un atlas routier, ou simplement une carte de l'État, de celles que les centres d'information vous remettent quand vous passez la frontière...

— Il utilisait peut-être une appli GPS de son portable, suggéra Bloom.

— À supposer qu'il en ait eu un.

— Un homme d'une quarantaine d'années ? Il était peut-être une exception, mais je pense qu'on peut raisonnablement présumer qu'il avait un téléphone.

— Qu'il a emporté en entrant dans l'eau ?

— Possible.

— Qui emporte son téléphone pour aller se noyer ? objecta Parker. J'ai aussi remarqué quelque chose sur son pare-brise. Une marque circulaire sur le verre, comme en laissent les attaches ventouses pour fixer l'étui d'un téléphone ou un GPS. Je l'ai repérée uniquement parce qu'elle était plus propre que le reste du pare-brise. Vous avez trouvé autre chose de ce genre dans la voiture ?

— Rien de ce genre. Sinon, ce serait sur la liste.

— Quel suicidaire emporte l'étui de son portable avant de marcher dans l'océan ? Perlman n'avait pas besoin d'un GPS pour savoir où il allait.

Bloom gigota sur son siège. Elle ne tenait pas précisément à ce que la mort de Perlman soit un suicide, mais, dans le cas contraire, la vie à Boreas allait devenir très compliquée. Et il y avait cet autre détail qu'elle n'avait pas révélé à Parker...

— Il avait une série de nombres tatoués sur l'avant-bras gauche, lâcha-t-elle. Lloyd Kramer les a découverts quand il a déshabillé le corps. Je ne vous en ai pas parlé, parce que...

Elle ne savait pas pourquoi elle éprouvait le besoin de s'excuser.

— Pas de problème, la coupa Parker. C'est seulement moi qui ai décidé que ça me regardait. Des nombres, vous dites ?

— De longueurs variables : un de quatre chiffres, un de six, puis encore deux de quatre chiffres, précédés de la lettre *A*. Du travail de pro, apparemment – je veux dire, pas des tatouages faits en prison. J'ai pris une photo...

Bloom tira son téléphone de son sac, fit apparaître la photo et lui tendit l'appareil. Les nombres couraient horizontalement le long du bras, les uns en dessous des autres. Il lui rendit le portable.

— Ce ne sont manifestement pas des tatouages de gang, dit-elle. À moins que les comptables n'aient commencé à former des gangs...

— Ça ressemble à des matricules de camp de concentration, avança Parker. Avec un nom comme Perlman, il devait être juif.

— Mon mari s'appelle Bloom et nous ne sommes juifs ni l'un ni l'autre.

— Si vous vous appeliez Perlman, vous le seriez.

Elle lui concéda ce point mais ajouta :

— Perlman était trop jeune pour avoir connu les camps pendant la Seconde Guerre mondiale. Et pourquoi quatre nombres ?

— Je ne sais pas, reconnut Parker. Un rappel ? Une sorte de mémorial ?

Bloom admit que c'était possible, sans toutefois écarter la possibilité d'autres explications.

— Je pourrais me renseigner, dit-elle. Je crois qu'il y a une synagogue orthodoxe à Bangor, et il doit y en avoir au moins une à Portland. Et je peux toujours aller sur Google...

Elle procéda à une recherche rapide sur son téléphone.

— Houla, y en a des tartines sur les matricules des camps de concentration. Les nazis les tatouaient sur la peau des déportés à Auschwitz, et seulement là. Hé, je savais pas ça. Et ces tatouages pourraient servir à identifier un camp, je crois.

— Je peux les revoir ?

Elle lui redonna le portable et il inscrivit les nombres dans un calepin à couverture de moleskine qu'il avait pris dans une poche de sa veste.

— J'aurais pu vous les envoyer sur votre téléphone, fit remarquer Bloom.

— J'aime bien noter les choses par écrit.

Elle ne releva pas.

— Je connais quelqu'un à New York – un rabbin – qui pourrait peut-être nous aider, poursuivit-il. Si ces tatouages sont des matricules d'Auschwitz, il doit y avoir un moyen de les relier aux déportés qui les ont portés.

— Ça n'a peut-être rien à voir avec la raison pour laquelle Perlman a fini dans l'océan.

— On peut toujours demander.

— D'accord, acquiesça Bloom, mais je pense qu'il faut aussi prévenir une synagogue locale que les restes de Perlman sont ici. Je ne connais pas trop les traditions juives en matière d'enterrement, je crois me souvenir que les Juifs préfèrent enterrer leurs morts dans les vingt-quatre heures – et le délai est déjà dépassé.

— Je me renseignerai aussi là-dessus, promit Parker. De toute façon, vous ne pouvez pas faire grand-chose avant qu'on ait pratiqué l'autopsie.

Ils parlèrent un moment encore tandis que le café de Bloom refroidissait. Elle songea à en commander un autre, décida finalement de n'en rien faire. Diverses choses l'attendaient, notamment communiquer officiellement l'identité de Perlman à la presse, et elle ne jugeait pas avisé de se montrer plus longtemps que nécessaire en compagnie de Parker. D'autres personnes étaient passées dans la librairie depuis son arrivée et les avaient probablement vus ensemble.

— Je peux me tromper, dit-elle en se levant pour partir, mais j'ai l'impression que vous ne tenez pas trop à ce que je parle à quelqu'un de la ville, voire de la région, qui serait juif, ou qui connaîtrait l'histoire et les traditions juives.

Parker fit signe à Larraine de remplir à nouveau sa tasse.

— Et si la mort de Perlman n'était pas un suicide ? argua-t-il. Le fait qu'il soit juif n'a peut-être aucun rapport. Ou peut-être que si. S'il a été assassiné, on l'a jeté à l'eau dans l'espoir qu'il y resterait, mais les courants ont trahi le meurtrier. Je ne connais pas le pourcentage de Juifs dans la population de cet État, ça ne doit pas dépasser 1 %, dont une faible partie seulement dans la partie nord. Si sa mort est liée à sa judéité, nous devons réfléchir avant de révéler à une toute petite communauté que nous nous intéressons aux circonstances de cette mort. Ça peut attendre que nous en apprenions plus sur les tatouages par une source neutre.

— Vous ne croyez pas qu'il s'est tué, hein ?

— Vous savez, je me suis occupé de plusieurs affaires dans lesquelles un suicide apparent s'est révélé être autre chose. J'ai même failli y laisser ma peau. Question de malchance, peut-être, mais ça m'a rendu soupçonneux.

— Si vous avez raison, s'il s'agit bien d'un crime de haine, nous aurons le FBI en plus de la police de l'État.

— Si on y réfléchit, tout meurtre est une sorte de crime de haine.

— Très philosophique, jugea Bloom. Le café, c'est pour vous ?

— Bien sûr.

— Merci.

— Je vous prie.

132

Il ne la regarda pas partir. En s'éloignant, Bloom le vit reflété dans le miroir accroché au mur. Il lisait déjà son journal.

Elle sentit un pincement de déception.

Plus tard dans la journée, alors que le soleil commençait à descendre, Parker se rendit à la maison de Ruth et Amanda Winter. Il portait un sac de chez Olesens contenant une sélection de livres pour la jeunesse, la plupart choisis par Larraine Olesen, notamment une édition illustrée de *La Petite Fille qui aimait Tom Gordon*, de Stephen King, dont il pensait qu'il plairait à Amanda. Il ne craignait pas qu'il soit trop effrayant pour elle. Elle ne lui avait pas donné l'impression de prendre facilement peur. Dans le sac, il y avait aussi la seule bouteille de vin casher de l'épicerie-bazar Chandler's, achetée pour souhaiter la bienvenue à Ruth Winter – à supposer qu'elle bût du vin, casher ou non – et pour s'excuser de l'inquiétude qu'il lui avait causée quand sa fille l'avait aidé.

La voiture de Ruth, une Neon 99, était garée sur le côté, mais Parker n'obtint pas de réponse quand il sonna et la maison était silencieuse. Il retourna sur la plage, crut apercevoir deux silhouettes marchant au loin. Il envisagea de laisser le sac devant la porte, mais il n'avait pas de stylo pour écrire un mot ni envie de retourner chez lui en chercher un. Il décida de s'asseoir plutôt dans le fauteuil à bascule de la véranda et de les attendre. Il n'avait rien de mieux à faire. Il avait laissé à Epstein un message sur Perlman et les tatouages. Il savait que le rabbin lui téléphonerait dès qu'il aurait des réponses.

Penser à Epstein lui rappela Liat, la muette qui assurait la protection du rabbin. En songeant à elle, Parker éprouva une légère sensation de désir, la première depuis très longtemps, lui sembla-t-il. Liat était la dernière femme avec laquelle il avait couché et d'après Angel, alors qu'il gisait inconscient à l'hôpital, elle était restée à son chevet et personne – ni les flics de l'État, ni ceux de Portland, ni même l'agent fédéral qui passait de temps à autre – n'avait pu la persuader de s'en aller. Lorsqu'il avait émergé du coma, elle n'était plus là. Il ne croyait pas qu'il coucherait de nouveau avec Liat. La seule fois où elle lui avait ouvert son lit, elle essayait de découvrir qui il était vraiment. Il avait réussi le test, apparemment, mais il était convaincu qu'elle l'aurait tué dans le cas contraire.

Peut-être devrait-il être plus prudent dans le choix de ses amantes.

Parker prit l'un des livres dans le sac : E.L. Konigsburg, *Les Hurluberlus*, qu'il se souvenait d'avoir lu dans sa jeunesse, bien que ce fût l'un des choix de Larraine Olesen. Il était déjà parvenu à la moitié du premier chapitre quand il cessa de lire et releva la tête.

La petite *mezuzah* dans son boîtier d'étain avait disparu du montant de la porte.

15

Steiger ne s'était pas lavé depuis qu'il en avait terminé avec Pegi Tedesco. Il avait cependant tenu la
promesse faite à son mari en appelant une ambulance
et le corps était probablement encore chaud quand
les secours étaient arrivés. Gavé, étourdi de sang, il
était retourné à son motel dans une sorte de stupeur,
sans songer aux conséquences possibles si les flics
l'arrêtaient, ou si quelqu'un le voyait rentrer dans sa
chambre. Mais il n'avait croisé personne, n'avait attiré
l'attention de personne, et comme sa chambre était au
rez-de-chaussée, il s'était garé devant et y avait pénétré sans être vu. Il avait eu de la chance, il en avait
toujours eu. Il défit ses vêtements souillés, les fourra
dans un sac en plastique, puis lécha le sang collé à
ses doigts et à son visage. Il était sec, maintenant,
mais Steiger en sentait encore l'odeur. Il s'allongea
sur le lit, alluma la télévision et coupa le son. Il resta
ainsi une journée entière, le carton « Ne pas déranger »
accroché à l'extérieur de la porte, le verrou fermé,
la chaîne de sécurité en place. Il n'entendait rien et
ne voyait rien, les programmes de la télé réduits à
une série d'images sans liens entre elles, couleurs et

formes dépourvues de sens. Il revivait simplement les moments passés avec Pegi Tedesco.

Son estomac ne lui faisait plus mal.

Ce fut son téléphone qui le ramena à la réalité. La sonnerie particulière qui annonçait ce correspondant et lui seul le tira de sa torpeur.

— Qu'est-ce que vous avez fait ? demanda la voix.

— Ce que j'étais censé faire, répondit Steiger. Les réduire au silence.

— Vous deviez être discret.

— Je me suis laissé emporter…

— Il y aura des répercussions. Vous avez attiré l'attention.

Il regarda son index gauche, qui gardait un peu de sang sous l'ongle, tenta de le déloger avec sa langue.

— Perlman avait parlé à Tedesco ?

— Oui.

— Et à quelqu'un d'autre ?

— Tedesco pensait que non. Perlman n'avait pas beaucoup d'amis. Juste Tedesco, en fait.

— Partez, ordonna la voix. Allez dans le Nord. Surveiller Ruth Winter.

— Elle a réagi ?

— Non. Elle a été avertie.

— Mais est-ce qu'elle écoutera ?

— Elle le fera, pour son enfant.

— Et vous ?

— J'ai d'autres occupations. Mais que ce soit clair : vous ne faites rien sans m'en parler au préalable. C'est bien compris ?

Steiger s'évertuait à extraire la pellicule de sang avec

l'une de ses canines. Il eut l'impression de pouvoir encore en sentir le goût.

— Compris.

Après un silence, la voix reprit :

— Cette Tedesco, vous l'avez fait beaucoup souffrir ?

— Qu'est-ce que ça peut vous faire ?

— Je désapprouve le sadisme.

— Je manquais de pratique, plaida Steiger. Et j'avais oublié que ça me plaisait autant.

La communication fut coupée et Steiger reposa son portable. Son correspondant lui avait fait honte de sa conduite, sans toutefois insister. Steiger supposait que, vu de l'extérieur, ce qu'il avait infligé à Pegi Tedesco pouvait paraître étrange, mais il en avait au moins tiré une forme de jouissance. L'autre, son complice, n'avait jamais tué auparavant – c'étaient les récents événements qui l'avaient incité à agir, et il l'avait fait sans aucun plaisir. Ni l'un ni l'autre n'éprouvaient néanmoins de regrets. L'autre n'était pas un professionnel comme Steiger. C'était un fanatique. Curieux, la façon dont les choses arrivent : le complice de Steiger avait tué l'amant de Ruth Winter, le père de son enfant. S'il n'avait pas d'autre solution, il devrait peut-être éliminer aussi Ruth.

Steiger se doucha, nettoya ensuite le sol de la cabine avec de l'eau de Javel, s'habilla et quitta le motel. Il mit le sac de vêtements tachés de sang dans un deuxième sac, acheta une bouteille d'allume-feu liquide dans un débit de tabac, et brûla le sac dans une poubelle derrière un centre commercial abandonné au nord de Jacksonville. Il roula vingt-quatre heures d'affilée, s'arrêtant seulement pour boire du café et sommeiller deux fois quelques minutes, conscient de suivre la même route que feu Bruno Perlman. Il se demanda ce qu'on éprouve quand on se noie. Il essaya de l'imaginer, mais ses capacités le prédisposaient peu à habiter la conscience d'autrui. L'empathie n'était pas dans sa nature.

La fatigue finit par avoir raison de lui peu après qu'il eut quitté Boston. Il prit une chambre dans un motel bon marché sur la Route 1, mangea les hamburgers froids qu'il avait achetés en chemin. Il dormit quelques heures seulement, les doubles rideaux bloquant la lumière du jour, avant que ses douleurs d'estomac ne le réveillent.

Il remonta dans sa voiture et prit la direction de Boreas.

16

En rentrant chez elles, Ruth et Amanda Winter trouvèrent le détective qui les attendait sur la véranda, un livre en équilibre sur sa cuisse droite. Impossible de savoir depuis combien de temps il était là, en tout cas il ne semblait pas avoir lu plus de deux ou trois pages. Il regarda Ruth approcher et bien qu'il lui sourît, il y avait quelque chose de sauvage dans son expression et elle se sentit horriblement exposée. Elle ne voulait pas de sa présence. Elle savait qui il était. Le matin même, elle avait entendu quelqu'un parler de lui au Chandler's. Il y était passé pour acheter du vin et une femme que Ruth ne connaissait pas avait trouvé étrange que la mer rejette un cadavre peu après que « ce type » s'était installé à Boreas. Edwyn Weeks, qui tenait le comptoir de l'épicerie-bazar la plupart du temps, lui avait dit de garder pour elle ce genre de bêtise et tout le monde avait ri, même Ruth, mais à la façon de ceux qui s'esclaffent pour nier une vérité qu'ils n'ont pas envie d'entendre.

Voilà un homme, pensa Ruth, *qui renifle les secrets comme les truies reniflent les truffes*.

Amanda fut en revanche enchantée de le voir.

Elle lui demanda comment il allait, il répondit qu'il allait bien. Il lui dit qu'il lui avait apporté quelques livres pour la remercier de sa gentillesse et s'excusa d'en avoir commencé un en attendant leur retour. Puis il donna la bouteille de vin à Ruth pour s'excuser, là encore, de l'inquiétude qu'il lui avait peut-être causée, si bien qu'elle fut obligée de l'inviter à entrer, parce que ne pas le faire aurait été grossier et aurait pu aussi éveiller ses sens de limier. Elle pensait qu'il était bien venu pour les raisons qu'il avait exposées, mais elle ne pouvait en être absolument certaine. Parce que, en faisant ses courses, elle avait aussi appris qu'on avait vu Parker et Bloom discuter chez Olesens, et quelqu'un avait ajouté que Dan Rainey avait reconnu le détective sur la plage où le corps avait été rejeté.

Parker s'assit donc à la table de la cuisine et la regarda préparer le café avec la machine Nespresso qu'elle avait apportée à Boreas. Elle avait découvert qu'elle ne pouvait désormais plus vivre sans.

— Je peux ouvrir la bouteille de vin, si vous préférez, proposa-t-elle.

— Non, elle est pour vous. De toute façon, j'essaie de faire attention, avec l'alcool.

Ruth apporta deux tasses de café à table. Amanda opta pour un bol de lait qu'elle emporta dans la salle de séjour et, allongée sur le canapé, elle se perdit bientôt dans l'un des livres, apparemment oublieuse des adultes qui bavardaient dans la pièce voisine.

— Vous avez beaucoup de chance, souligna Parker en indiquant Amanda.

Ruth ne put s'empêcher d'être ravie du compliment.

— Je sais, répondit-elle. Elle est rarement source de problème, sa maladie mise à part.

— Elle m'a expliqué qu'elle a parfois des crises.

— Elle souffre d'un syndrome de fatigue chronique. Les médecins nous promettent qu'elle ira mieux, et nous prenons patience, mais jusqu'ici, aucune amélioration. Il y a des jours où je dois lutter contre l'envie de l'emmitoufler dans une couverture et de la garder à la maison pour éviter qu'il lui arrive quoi que ce soit au-dehors.

Ruth grimaça et les lacs bleus de ses yeux se troublèrent, comme si quelque chose avait soulevé la vase du fond.

— Je me dis quelquefois que nous ne sommes là que pour veiller sur nos enfants jusqu'à ce qu'ils soient capables de prendre soin d'eux-mêmes, reprit-elle.

— Nous nous faisons tous cette réflexion, un jour ou l'autre, remarqua Parker.

Elle songea aussitôt à ce qu'elle avait lu et entendu à son sujet, à la fille et à la femme qu'il avait perdues. Que dit-on, en pareil cas ?

Rien, décida-t-elle. On ne dit rien.

— Et vous, comment allez-vous ? demanda-t-elle.

— Je me remets.

— On parle de vous en ville.

— On parle de tout le monde.

— Pas de la façon dont on parle de vous.

— Nous traînons tous notre histoire derrière nous.

Elle lui jeta un regard, mais il ne semblait pas faire allusion à elle. Elle s'efforça toutefois de l'amener sur un autre terrain :

— Excusez-moi, je suis vraiment grossière ! s'exclama-t-elle. Je ne vous ai rien offert avec votre café. Nous avons des cookies...

— C'est très bien comme ça, assura-t-il. Le café

est excellent. Je ne voudrais pas le gâcher en y mêlant le goût d'autre chose.

— Si vous êtes sûr...

Ils abordèrent sur la pointe des pieds les détails de la vie de chacun d'eux. Ruth se rendit compte qu'il ne se montrait pas indiscret – aucune question sur le père d'Amanda, par exemple –, puis ils en vinrent finalement à leurs raisons respectives d'avoir choisi Boreas.

— Un changement de décor, justifia Ruth, marchant sur la corde raide de son mensonge. Je me sentais enfermée là où j'étais.

— Amanda m'a raconté que vous habitiez près de chez sa grand-mère.

Ruth plongea le regard dans sa tasse en répondant :

— C'est exact.

— Ça peut être compliqué. Ma fille vit avec sa mère dans une dépendance aménagée de la propriété de ses parents, dans le Vermont. Bien que Rachel aime beaucoup ses parents, il y a encore des moments où elle a envie de courir se réfugier aux Bermudes. Ou même en Sibérie.

— Quel âge a votre fille ?

— Six ans. Et des réflexions d'adulte. Elle s'appelle Sam, elle sera ici demain. J'irai la prendre à Bangor et elle passera deux nuits chez moi. Amanda aimerait peut-être la rencontrer...

Avant que Ruth puisse répondre, sa fille fit irruption dans la conversation :

— Oh, oui, s'il te plaît !

Cette gosse ! songea Ruth. Elle donnait pourtant l'impression d'être perdue dans son bouquin. *Ou bien elle a un radar interne qui capte tout ce qui présente*

un intérêt, ou bien elle nous écoutait depuis le début.
Plutôt la seconde hypothèse, soupçonna Ruth. C'était la raison pour laquelle elle faisait toujours très attention à ce qu'elle disait au téléphone quand Amanda était à proximité.

— Je crois que c'est réglé, dit Ruth.

— Il semblerait.

— Téléphonez-moi ou passez à la maison. Nous n'avons pas grand-chose au programme. Si nous y allons doucement, avec un peu de chance, Amanda pourra reprendre l'école la semaine prochaine.

Un long soupir provenant du living accueillit cette manifestation d'espoir.

— Tu t'ennuies ici, argua Ruth. Ça te fera du bien d'aller à l'école.

— Je ne m'ennuie pas *à ce point*.

Ruth leva les yeux au ciel et raccompagna Parker jusqu'à la porte.

— Merci encore pour le vin et les livres. Vous n'étiez pas obligé, c'est vraiment très gentil.

Il répondit aux remerciements par un hochement de tête, la main droite posée sur l'encadrement de la porte, puis il tapota l'endroit marqué par deux trous de clous où il y avait eu la *mezuzah*.

— Vous n'aviez pas une décoration, là ?

Il la regarda chercher une réponse.

— Euh, oui. Ce truc… Ça ne me plaisait pas trop, je trouverai autre chose pour le remplacer.

— Juif, aussi ?

Leurs regards se rencontrèrent. Ruth croisa les bras sur sa poitrine et répondit :

— Je n'ai pas encore décidé.

Parker hocha de nouveau la tête.

— Au revoir, Ruth.

— Au revoir… Nous vous verrons avec votre fille pendant le week-end.

— Ce sera avec plaisir, répondit-il.

Elle attendit qu'il ait commencé à marcher sur le sable pour refermer la porte.

17

Caché dans les dunes, Steiger observait, dans le jour déclinant, le visiteur qui sortait de chez les Winter. Il y était resté un bon moment et Steiger se demanda s'il se tapait la femme. La présence de la gamine ne constituait pas un empêchement à ses yeux : il avait passé tant de temps avec des individus pour qui la moralité était une notion privée de sens qu'il supposait l'humanité entière semblable à lui dans la bassesse de ses appétits.

Que ce type s'envoie ou non Ruth Winter lui était en soi indifférent. Il l'aurait probablement tronchée lui-même s'il en avait eu l'occasion, mais il n'en était pas là, pas encore. Ce qui l'inquiétait, c'étaient les confidences sur l'oreiller. La Winter avait emmagasiné en elle un tas de souffrance et de confusion mentale, il suffirait peut-être qu'un homme la touche pour faire sauter le couvercle... Si elle se mettait à parler, qui savait où ça pouvait mener ? se demandait Steiger. Bruno Perlman le savait, Lenny Tedesco et sa femme aussi, mais ils n'étaient plus en état d'expliquer à quiconque les conséquences auxquelles on s'expose quand on est trop bavard.

Premièrement, établir l'identité de cet homme, décida Steiger.

Deuxièmement, si nécessaire, le rayer de la carte.

Le 9 novembre 1900, une certaine Mildred Elizabeth Sisk vit le jour à Portland, Maine. Son nom changea en Gillars après le remariage de sa mère et, lorsque Mildred eut seize ans, la famille s'installa dans l'Ohio, où la jeune fille suivit des études d'art dramatique à la Wesleyan University. Elle monta à New York chercher du travail, puis vécut un temps à Paris et à Alger, avant de s'établir enfin en Allemagne, où elle trouva un emploi à la Reich-Rundfunk-Gesellschaft, la Radio-diffusion du Reich.

Lorsque son fiancé allemand fut tué sur le front de l'Est, elle tomba sous la coupe de Max Koischwitz, directeur des programmes de la RRG à destination des troupes américaines, qui diffusait de la propagande antisémite et antibritannique sous le pseudonyme de Dr Anders. Gillars et Koischwitz, marié par ailleurs, devinrent amants et travaillèrent ensemble pour une émission intitulée *Home Sweet Home,* conçue principalement pour susciter le mal du pays parmi les soldats américains combattant les Allemands en Afrique du Nord. Gillars devint ainsi la première Axis Sally. Sous le surnom de « Midge », elle s'employait, à travers une utilisation judicieuse d'airs de musique, à amener les soldats ennemis à douter de leur mission, de leurs officiers, des femmes qu'ils avaient laissées au pays, et de ce qui les attendrait après la guerre. Si cette propagande pleine de lourdeur se révéla le plus souvent inefficace, les GI appréciaient les airs choisis. À défaut d'autre chose, Gillars avait bon goût en matière musicale, avec un penchant pour le swing.

Elle continua à diffuser depuis Berlin jusqu'à la reddition allemande, puis elle disparut dans le chaos de l'après-guerre, mais le Département américain de la Justice était déterminé à la retrouver. Elle avait aussi utilisé le pseudonyme de Barbara Mome, et le filet commença à se resserrer quand un antiquaire vendit une table à une femme de ce nom, ce qui conduisit les enquêteurs militaires à une adresse du secteur britannique de Berlin en mars 1946. Gillars fut arrêtée et, n'emportant qu'une photo de son amant mort, elle fut renvoyée aux États-Unis pour y être jugée. Elle passa douze ans pour trahison à la prison fédérale pour femmes d'Alderson, Virginie-Occidentale, bénéficia d'une libération conditionnelle en 1961, devint enseignante dans une institution religieuse catholique des environs de Columbus, Ohio. Elle mourut en 1988, parfaitement oubliée.

Dans la tranquillité de sa maison, l'Homme Puzzle écoutait un remontage d'une des émissions d'Axis Sally. Il l'avait fait lui-même en intercalant des enregistrements de la voix de Gillars, au léger accent allemand, entre des airs de l'époque qu'il adorait.

« D'une Américaine à un Américain, ronronnait-elle, vous aimez les Britanniques ? La réponse est non, bien sûr. Et les Britanniques nous aiment-ils ? Je dirais que non… »

La voix s'estompa lorsque Count Basie se glissa dans le montage avec « Lullaby of Birdland ». Ce fut seulement lorsque Earl Steiger tapa au carreau que l'Homme Puzzle émergea de sa rêverie et se leva à contrecœur pour le faire entrer.

18

Parker ne s'éveilla pas en douceur, il se redressa brusquement dans son lit, la tête en éruption, la vision piquetée de petites explosions de lumière chauffée à blanc, telles des fusées au phosphore dans la nuit. Il sentit les plombs du fusil lui lacérer le cuir chevelu, s'enfoncer dans son crâne. Il tenta de se mettre à l'abri et tomba par terre, la tête entre les mains, tandis que des balles perçaient son torse, l'une brisant une côte, une autre ébréchant la partie supérieure de son pelvis et projetant des esquilles d'os dans ses intestins. Une troisième fit éclater un rein et tous les récepteurs de douleur de son corps s'embrasèrent.

Il se roula en boule sur le plancher nu, la bouche grande ouverte sur une souffrance à la fois réelle et remémorée, incapable qu'il était à présent de distinguer l'une de l'autre. Ce mal de tête était le pire qu'il ait connu : par son intensité, il ravivait la douleur de blessures à moitié cicatrisées, il ramenait Parker à cette nuit de Scarborough où il avait rampé dans sa maison, laissant derrière lui une traînée de sang, priant pour que ses agresseurs viennent l'achever.

Si incroyable que cela puisse paraître, la douleur se

fit plus atroce encore. La cicatrice de sa laparotomie
– l'incision verticale de l'abdomen pratiquée sur son
corps après la fusillade – se mit à le brûler et il eut
l'impression de sentir les drains de sa poitrine s'étirer
et s'ouvrir. Il lutta en serrant les dents et des larmes se
formèrent aux coins de ses yeux, sans lui apporter le
moindre soulagement. Après tout ce qu'il avait enduré,
il eut la certitude qu'il allait mourir cette nuit.

Une main se posa sur son front, une main à la peau
si froide qu'elle était par endroits couverte de givre.
À travers ses larmes, il la voyait briller au clair de
lune, étincelante comme la lumière d'étoiles mortes.
Une voix dit :

papa

Il sentit le froid d'une haleine, il capta l'odeur d'un
monde situé au-delà du sien. Il se mit à trembler car
la main le brûlait d'un froid glacial, mais la douleur
se calma lentement, ses blessures cessèrent de le torturer, et des lèvres se posèrent sur sa joue, laissant une
marque qu'il verrait dans son miroir les jours suivants.

chut papa chut

Et il demeura étendu sur le sol dans un rêve fiévreux,
tandis que sa fille morte le réconfortait.

19

Le lendemain, la police de l'État du Maine fit sa première avancée dans la recherche d'Oran Wilde.

Oran possédait un smartphone qui n'avait été utilisé qu'une fois depuis le matin de la tuerie, quand il avait envoyé à son meilleur ami, Clyde Marchal, un lien avec un article de Reddit sur les armes utilisées dans le film *Du sang et des larmes*, qu'Oran avait vu la veille sur le câble. Ce lien, anodin en soi – Oran mentionnait seulement les armes dont il avait fait usage dans diverses parties de PS3 –, fut considéré par les policiers comme une preuve de plus de la nature troublée du jeune homme, et sa découverte les conduisit à interroger Clyde Marshal pendant vingt-quatre heures afin d'établir s'il avait eu connaissance à l'avance de ce qui allait se passer chez les Wilde. Marshal fut finalement relâché sans être inculpé, mais son téléphone fut également mis sur écoute et lorsque le portable d'Oran Wilde finit par émettre à nouveau un signal, ils interceptèrent le message suivant :

« Je vais bien, Cly. Il faut juste que je trouve un moyen de me sortir de cette merde. C'est une énorme erreur, je n'ai jamais voulu ça. J'expliquerai tout quand je pourrai. Oran. »

Si le portable fut immédiatement éteint après l'envoi du message, Oran n'enleva pas la batterie, ce qui permit au système de repérage MPS d'entamer une triangulation. La localisation était presque achevée quand Oran se rendit apparemment compte de son oubli, pour la batterie, et le signal fut perdu, pas avant toutefois qu'on ait pu réduire la zone source à un kilomètre carré et demi, en l'occurrence la surface du cimetière des anciens combattants situé à la sortie d'Augusta.

Et ce fut là qu'on découvrit le cadavre du SDF.

Il s'appelait Richie Benoit, c'était un ancien de la première guerre d'Irak, un drogué, père de trois enfants avec deux femmes différentes qu'il ne s'était résolu à épouser ni l'une ni l'autre. Il avait vécu à la dure pendant environ cinq ans et avait succombé à trois blessures à la poitrine portées avec un couteau à lame courte retrouvé près du corps. Bien qu'il n'eût sur lui aucun papier d'identité, Benoit était connu dans le secteur, principalement parce qu'il n'y avait pas une seule supérette de quartier à Augusta dont il ne s'était pas fait éjecter pour tentative de vol. Les empreintes sur le couteau correspondaient à celles relevées dans la chambre d'Oran Wilde, et la police scientifique avait trouvé des traces du sang d'Oran sur les doigts de la main droite de Benoit, ce qui suggérait une lutte au cours de laquelle le SDF aurait griffé ou blessé le garçon. Selon le scénario en cours d'élaboration, Oran aurait tué Benoit pour lui voler le peu d'argent qu'il avait, mais il se pouvait aussi qu'une altercation ait éclaté entre eux, peut-être lorsque Oran était tombé sur Benoit dormant dans la rue, ou l'inverse.

La police installa des barrages sur toutes les routes principales et secondaires partant d'Augusta ou y menant, et commença à ratisser le voisinage du cimetière, inspectant les garages, les caves, les terrains vagues, les bennes à ordures : tous les endroits où un adolescent pourrait se cacher pour échapper à ses poursuivants.

On ne trouva cependant aucune trace d'Oran Wilde.

II

Elle avait été confrontée à Klaus Barbie
au cours de la procédure précédant le procès
– ce que les Français appellent *l'instruction* –
et lorsqu'on avait demandé à Barbie s'il la
reconnaissait, il avait répondu : « Quand on
a passé sept mois en prison, il est toujours
agréable de voir une femme désirable. »
Lorsque Simone Lagrange se déclara insultée
par cette remarque, il répondit : « L'ennui,
avec vous, c'est que vous ne savez pas
plaisanter. »

Klaus Barbie,
surnommé « le Boucher de Lyon »,
face à Simone Lagrange, qu'il avait battue
et interrogée alors qu'elle avait treize ans
au quartier général de la Gestapo à Lyon,
puis envoyée à Auschwitz
(d'après « Voices from the Barbie Trial »,
article de Ted Morgan paru dans
le *New York Times* du 2 août 1987)

20

Alors même qu'Augusta grouillait de policiers, une équipe de télévision retrouva l'une des mères des enfants de Richie Benoit, une femme nommée Muriel Landler, qui vivait dans le plus petit logement que le reporter eût jamais vu, et que la présence de deux enfants et de trois chats rendait plus exigu encore. Si Landler parut sincèrement bouleversée en apprenant la mort de Benoit, elle n'en négocia pas moins le versement de mille dollars en liquide avant de s'adresser à la caméra. C'était, expliqua-t-elle, pour payer le crédit sur sa voiture, qu'un créancier avait rendue inutilisable au moyen du dispositif antidémarrage, alors qu'elle n'avait que quatre jours de retard sur ses traites.

— Et on dit que cette putain de technologie nous rend la vie plus facile ?! lança-t-elle au journaliste en empochant l'argent. Y a dix ans, ils auraient dû envoyer un gros con pour me retrouver...

Le reporter pâlit un peu et fit observer qu'il valait mieux éviter de dire des grossièretés devant la caméra.

— Qui c'est qui dit des grossièretés ?

— Vous, à l'instant.

— Vraiment ? Ben, merde.

Finalement, on ne dut biper ses propos qu'une seule fois, un petit miracle étant donné les circonstances.

Esptein appela alors que Parker avalait son deuxième antidouleur. Le cachet atténua le martèlement dans sa tête mais ne fit pas grand-chose contre sa nausée.

— Où êtes-vous ? demanda le rabbin.

— À Boreas. C'est…

— Je sais où c'est. J'ai pensé que je pourrais vous rendre visite.

— Quand ?

— Dans deux heures, je dirais.

— Vous êtes sérieux ?

— Quand ne le suis-je pas ? Liat me conduira en voiture. Vous vous souvenez de Liat, n'est-ce pas ?

Oui, pensa Parker. *Oh oui.*

— J'ai aussi une faveur à vous demander, enchaîna Epstein. Cela concerne feu Bruno Perlman.

Epstein et Liat arrivèrent à Boreas peu après 13 heures. Parker les attendait chez Kramer & Fils, l'entreprise de pompes funèbres, en compagnie de Cory Bloom. Après avoir serré le détective dans ses bras, le rabbin se présenta puis présenta Liat au chef de la police. La femme garda le silence, ce qui agaça légèrement Bloom jusqu'à ce qu'Epstein lui explique qu'elle était sourde et muette. Ce qui semblait passer entre la nommée Liat et Parker était curieux. Il y avait de la tendresse dans la façon dont elle le regardait et lorsqu'elle le tint contre elle, lorsque ses lèvres effleurèrent sa joue, elle ferma un instant les yeux. Quand elle s'écarta de lui, il porta une main à sa bouche puis l'inclina dans sa direction, comme s'il lui envoyait un baiser. Le visage de Liat s'illumina et Bloom fut sidérée par la beauté de cette femme, jusque-là cachée par son expression sévère.

Il apparut qu'Epstein s'était rendu à Boston pour une réunion et qu'il envisageait déjà, avant le coup de téléphone de Parker, de faire un saut dans le Nord pour venir voir comment allait le détective. Il expliqua à Bloom qu'il considérait ce coup de téléphone au sujet de Bruno Perlman comme un « coup de coude » du Très-Haut.

Erik Kramer, l'un des rejetons désignés par « & Fils », les conduisit dans une pièce située au sous-sol de l'entreprise, et le corps de Perlman fut brièvement sorti de l'unité réfrigérée où on le gardait. C'était la faveur dont Epstein avait parlé à Parker, et Cory Bloom n'y avait vu aucune objection. Comme le rabbin l'avait expliqué à Parker, ce ne sont pas seulement les proches d'un défunt qui sont perturbés par sa disparition mais aussi les morts eux-mêmes. Selon le Talmud et la Kabbale, l'âme ne quitte tout à fait ce monde qu'après l'enterrement. Jusque-là, elle demeure dans un état de transition, de déconnexion, ce qui explique pourquoi il ne faut pas laisser le mort seul entre le décès et l'enterrement. De là vient la tradition juive de la *shemira*, ou veillée du corps.

Erik Kramer expliqua au rabbin que Kramer & Fils était une entreprise à l'ancienne, que son père et sa mère vivaient encore dans les deux étages du bâtiment car ils n'étaient pas troublés par la présence des morts. Ainsi, quoique non juifs, ils effectuaient une sorte de *shemira*. Epstein le remercia de sa gentillesse mais ajouta qu'il connaissait une *chevra kadisha*, une association juive de funérailles, qui trouverait des bénévoles pouvant jouer le rôle de *shomrim* jusqu'à l'enterrement de Perlman. Le rabbin récita ensuite une prière au-dessus du corps avant qu'on le remette dans le froid et l'obscurité. Après quoi Epstein garda le silence jusqu'à ce qu'ils arrivent au Brickhouse, où il commanda une salade et leur parla des tatouages.

Comme Bloom l'avait déjà établi, ces tatouages avaient servi à identifier les déportés dans un seul camp de concentration – Auschwitz, en Haute-Silésie – et uniquement à partir de 1941. Seuls les déportés sélectionnés pour le travail recevaient un matricule, expliqua Epstein. Ceux qui étaient directement envoyés aux chambres à gaz – notamment les vieux, les faibles, les enfants – n'étaient pas tatoués, même si, dans les premiers temps du camp, ceux qui étaient envoyés à l'infirmerie ou destinés à l'exécution étaient eux aussi marqués sur la poitrine avec un tampon métallique fait d'aiguilles interchangeables d'un centimètre de long. Il suffisait de le presser sur la peau et d'appliquer ensuite de l'encre sur la blessure pour obtenir d'un coup un tatouage.

Les chiffres étaient généralement tatoués à l'extérieur de l'avant-bras gauche, exception faite de certains déportés des convois de 1943, dont le matricule fut inscrit à l'intérieur de l'avant-bras. Les suites de chiffres utilisées varièrent avec le temps, selon le nombre et la catégorie des déportés. Une série *AU* désignait un prisonnier soviétique, une série *Z* un Gitan. Les séries *A* et *B* jusqu'à 20 000 furent utilisées pour identifier des hommes et des femmes arrivés au camp après 1944, mais une erreur administrative conduisit à dépasser les 20 000 dans une série *B*. À l'origine, les nazis avaient l'intention d'aller jusqu'à *Z* au besoin.

— Votre hypothèse initiale était donc juste, dit Epstein. Il s'agit bien de matricules d'Auschwitz. Perlman avait perdu quatre membres de sa famille – les Nemiroff – dans les camps : un grand-oncle, une grand-tante, leur fils et leur fille. Chose curieuse, ils ne sont pas morts à Auschwitz. Ils ont été tués dans un autre camp. Ils ont péri à Lubsko.

Epstein n'avait pas connu Bruno Perlman de son vivant – il l'avait vu pour la première fois au sous-sol de Kramer & Fils –, mais il avait entendu parler de lui. Perlman avait eu une jeunesse agitée. Il s'était rendu coupable de crimes mineurs, et s'était drogué à l'héroïne pendant des années. Finalement, il avait redécouvert sa foi avec une ferveur accrue, ce qui l'avait conduit à entamer des recherches sur sa famille. Dans les actes de ceux qui avaient assassiné les Nemiroff, il trouva un exutoire à sa rage contre lui-même et devint obsédé par la Shoah. Il eut aussi des contacts avec plusieurs organisations prenant pour cible des groupes néonazis, bien que par nature et par inclination il fût lui-même un solitaire, et considéré comme un dilettante sur lequel on ne pouvait pas compter. Il était en outre égocentrique et voyait tout à travers le prisme de Lubsko.

Parker avait entendu ce nom récemment, mais à quelle occasion ? La réponse lui vint d'un coup :

— Engel, dit-il. Le criminel de guerre qu'on essaie d'expulser de New York. Il était gardien à Lubsko.

— En effet, confirma Epstein. C'est le premier membre du personnel de ce camp sur lequel la justice américaine a réussi à mettre la main. Lubsko a été une petite note en bas de page, sordide et atroce, à la Shoah, si l'on peut dire.

« Pour comprendre Lubsko, il faut savoir ceci : le nazisme était fondamentalement une entreprise criminelle qui a produit la Shoah. Les nazis étaient des bandits, des gangsters. Ils étaient mus autant par la cupidité que par l'idéologie. Les purs idéologues n'arrachent pas les dents en or des bouches des morts.

« Ne vous méprenez pas, il s'agissait de sommes incroyables, de quantités de biens pillés qui défient l'imagination. Prenons un seul exemple : Ernst Kaltenbrunner, qui devint en 1943 chef de la Reichssicherheitshauptamt, ou RSHA, le Service de sécurité du Reich, chargé de la mise en œuvre de la Solution finale. Il possédait à Altaussee une maison appelée la Villa Kerry, et quand il fut contraint de fuir devant l'avance des troupes américaines, il décida d'enterrer ses richesses dans son jardin. Il avait accumulé cinquante kilos d'or, cinquante caisses de pièces, de vaisselle en or et de bijoux, deux millions de dollars, deux millions de francs suisses, cinq coffrets de pierres précieuses et une collection de timbres évaluée à cinq millions de marks. Comme c'était impossible d'enterrer tout cela, il cacha ce qu'il put et ses proches durent le dissuader d'entreposer le reste dans une grotte et de la dynamiter. Il s'agit là du butin d'un homme, d'*un seul homme*. Vous comprenez ?

Epstein frappa la table du restaurant d'un doigt mince. Jamais Parker ne l'avait vu aussi agité, aussi furieux.

— Il ne s'agissait pas seulement de gazer et de brûler des millions d'hommes, de femmes et d'enfants innocents, de transformer l'Europe en un gigantesque bûcher funéraire. Il s'agissait aussi de les dépouiller, de leur prendre tout ce qu'ils possédaient, jusqu'à leurs lunettes, leurs cheveux, et même les vêtements qu'ils portaient, pour qu'ils soient forcés d'aller nus à la mort.

Epstein retrouva son calme habituel : il s'était fait comprendre.

— Les nazis craignaient quand même que des richesses leur filent entre les doigts, ils voulaient que rien ne leur échappe. Aussi créèrent-ils au sein du RSHA une unité destinée à identifier les Juifs et autres déportés qui seraient parvenus à cacher des biens meubles importants – or, bijoux, œuvres d'art – avant d'être envoyés dans les camps, et de les contraindre à révéler leur emplacement. Cette unité puisa son personnel dans l'Amter II, la section Administration, Droit et Finance, ainsi que dans la Referat IV-B4 d'Adolf Eichmann, mais elle garda le secret sur ses activités, au point que les personnels à Lubsko ne l'avaient même pas sur leur relevé de service. Il fallut des années aux Alliés pour comprendre qu'"Administration spéciale" (Amter II-L) se référait à Lubsko.

« Certains nazis prônaient la torture et la menace d'une exécution immédiate pour faire parler les prisonniers des camps, mais comme la plupart d'entre eux étaient déjà traités de manière inhumaine et au seuil de la mort, les responsables d'Amter II-L estimèrent que de nouvelles menaces seraient sans effet. Ils optèrent pour une approche plus subtile, et c'est pourquoi Lubsko fut créé.

« L'idée de la supercherie vint, rendez-vous compte, du camp de la mort de Treblinka. J'ignore si l'un de vous a visité un jour un abattoir, mais le procédé consiste à cacher aux bêtes l'imminence de leur mort.

161

Cela rend la chose plus facile. Donc, vous cherchez à éviter jusqu'au bout qu'elles sentent le sang et qu'elles s'affolent, qu'elles entendent les cris que leurs congénères poussent à l'intérieur quand ils finissent par comprendre ce qui va leur arriver. La plupart de ceux qui finirent à Treblinka n'y survécurent que quelques minutes avant d'être menés aux chambres à gaz, mais pour que l'opération se déroule dans un minimum de confusion et de panique, les trains arrivaient à ce qui semblait être une gare de village, avec des tableaux horaires et des fleurs, et le chemin menant à la mort traversait un bosquet. Le meilleur abattoir, voyez-vous, est celui qui ne ressemble pas du tout à un abattoir.

« Lubsko était donc un camp d'extermination déguisé en camp de travail, avec des sortes de petits chalets et une présence minimale de gardes. Il y avait une infirmerie pour les déportés, logés à quatre ou six par cabane, un effort étant fait pour donner à chaque famille son propre logement. Les prisonniers étaient tenus de travailler, mais, comparé à Auschwitz, le travail était peu pénible, voire agréable. Ils cultivaient des légumes, nourrissaient des poulets, effectuaient de petits travaux de maintenance – nettoyage, peinture. Un Obersturmbannführer du nom de Lothar Probst prit le commandement du camp. Sa femme Magda, de vingt ans plus jeune que lui, était, selon tous les témoignages, ravissante. C'était quasiment l'épouse rêvée pour un officier SS. Seule ombre au tableau, elle ne lui avait pas donné l'enfant qu'il désirait, mais à qui la faute ? Je n'en sais rien. Magda était une dirigeante locale de la Ligue des jeunes Allemandes avant d'adhérer au Parti et avait reçu une formation d'infirmière au château Grafeneck, près de Stuttgart.

« Vous avez entendu parler de Grafeneck ? Non ? C'était le centre du programme d'euthanasie du Reich. Avant de commencer à nous massacrer, les nazis se sont fait la main sur des Allemands : malades mentaux, handicapés, déficients physiques, individus difformes, ceux qui ne correspondaient pas à l'idéal aryen. Rien qu'en 1940 ils tuèrent plus de dix mille personnes à Grafeneck : d'abord une injection de morphine pour les calmer puis le gaz, mais quand ils en arrivèrent aux Juifs ils se dispensèrent de la morphine. Après Grafeneck, Magda fit le tour des hôpitaux dans le cadre de l'opération Brandt, expansion du programme d'euthanasie aux vieux et aux blessés de guerre, avant d'être affectée en Ukraine pour l'Ostrausch, la Ruée vers l'est, la grande colonisation, et c'est là-bas qu'elle rencontra Lothar Probst. Commandant de région, il était responsable des Aktionen sur la frontière ukraino-polonaise : avec un nommé Wilhem Westerheide, il fit passer la population juive de vingt mille à cinq cents en l'espace de quatorze mois. Ensemble, ils forçaient les Juifs du ghetto local à leur remettre de l'argent et des objets de valeur contre la garantie d'une protection – qui, bien sûr, était pure fiction. Voilà pourquoi Probst fut choisi pour Lubsko : il avait de l'expérience en matière de tromperie.

« Le premier groupe arriva au printemps 1944 : dix-sept personnes, en majorité des Juifs, dont trois enfants. Ils venaient de Belsen et d'Auschwitz et ne parvenaient peut-être pas à croire tout à fait à leur chance. Ils pouvaient se doucher, mettre des vêtements propres, manger une nourriture correcte. Un couple venu de Coblence, les Drescher, se trouvait déjà sur place. Bien que n'étant pas juifs eux-mêmes, ils avaient été emprisonnés pour avoir protégé des Juifs, expliquèrent-ils. Ils étaient à Lubsko depuis un mois, ils avaient participé à l'installation du camp et avaient été bien traités. Avant qu'ils puissent en dire plus, Lothar Probst arriva avec sa femme pour exposer le fonctionnement du camp aux nouveaux venus. C'était très simple : ou ils choisissaient de retourner à leur camp d'origine, et ils seraient immédiatement exécutés, ou ils trouvaient un moyen de payer pour les privilèges et le confort relatifs qu'offrait Lubsko. On leur laissait une semaine pour se décider.

« À l'époque, on commençait naturellement à murmurer parmi les Allemands et les prisonniers que la guerre ne durerait plus très longtemps, que les Alliés allaient débarquer, que ce n'était qu'une question de temps. Il fallait s'arranger pour rester en vie jusque-là et les Probst firent comprendre à leurs déportés que Lubsko ne continuerait à exister que s'il rapportait de l'argent. Qui choisirait la chambre à gaz s'il y avait une autre possibilité ? Les chercheurs du RSHA avaient bien fait leur travail : tous les prisonniers sélectionnés étaient en mesure de procurer aux nazis des biens d'une nature quelconque. Les informations concernant ces biens étaient transmises au Amter II-L, qui envoyait des officiers de confiance les récupérer.

« Or, ce n'était qu'une forme de chantage car, quelques jours plus tard, Probst exigeait de ses prisonniers de nouveaux biens. Ceux qui ne pouvaient pas payer étaient publiquement menacés d'être renvoyés dans leur camp d'origine ; ceux qui pouvaient le faisaient non seulement pour sauver leurs vies mais aussi celles des autres : les nazis avaient compris qu'on pouvait exploiter également la bonté. Et même si les déportés de Lubsko comprirent rapidement qu'ils étaient victimes d'une terrible duplicité, ils n'avaient d'autre choix que de s'y prêter. Pour faire une analogie avec le poker, s'ils se couchaient maintenant, ils perdaient tout.

« Trois semaines après leur arrivée, les premiers prisonniers de Lubsko furent tous assassinés. Les adultes furent abattus dans les bois et jetés dans une fosse commune. Les enfants, séparés de leurs parents, furent emmenés à l'infirmerie par Frau Probst et tués d'une injection létale. Seuls les Drescher furent épargnés, parce qu'ils faisaient partie de la supercherie et qu'ils étaient en fait de loyaux membres du Parti, de leur vrai nom les Kuester. Ils étaient les moutons de Judas, qui menaient tout le troupeau à l'abattoir.

« Une semaine plus tard, un autre groupe arriva et les Drescher étaient maintenant de Zwickau, parce qu'il y avait parmi les déportés deux Juifs venant de Coblence. Et l'opération se poursuivit – la famille de Perlman figurait parmi le dernier groupe, soit dit en passant – jusqu'à ce qu'il devînt clair que les Alliés frapperaient bientôt à la porte. Probst et sa femme conclurent alors, semble-t-il, un pacte de suicide, après quoi une partie des gardes s'en prit apparemment aux autres, peut-être pour le partage du butin. D'après les documents retrouvés, Berlin avait des soupçons sur les renseignements que Lubsko transmettait au RSHA. Les Probst gardaient probablement pour eux des informations sur d'importantes quantités de biens dissimulés. Dans les jours précédant l'ordre de fermer le camp, ils faisaient déjà l'objet d'un mandat d'arrêt, et il est possible que l'exécution de gardiens par leurs camarades n'ait pas été étrangère à ce fait. Si le Reich ne s'était pas écroulé, les Probst auraient sans doute connu le même sort que leurs prisonniers. Les Russes avançant à l'est et les Alliés à l'ouest, les Probst choisirent de se donner la mort.

« À leur arrivée, les Américains découvrirent les morts – notamment les Probst et les Drescher – et une seule survivante, une Juive du nom d'Isha Gorski, qui s'était échappée du camp quand la fusillade avait commencé. C'est par elle que nous avons appris l'existence de Lubsko. Le reste repose sur des recherches et, il faut le reconnaître, sur des suppositions, notamment en ce qui concerne les derniers jours. Je dois avouer que je ne suis pas expert en la matière et que j'ai dû donner des coups de téléphone pour apprendre ce que je viens de vous exposer.

— Et qu'est devenue Isha Gorski ? demanda Bloom.

— Je ne sais pas. Je n'ai pas posé la question. Si elle vit encore, ce doit être une très vieille femme, maintenant.

— Reste à savoir ce que Bruno Perlman est venu faire ici, dit Parker.

— On peut avancer sans trop de risques que sa présence se révélera liée à Lubsko ou au néonazisme, répondit Epstein. D'après ce que j'ai entendu, il ne s'intéressait guère à autre chose.

— Est-ce qu'il était…, commença Bloom.

Elle s'interrompit, chercha une autre façon de poser sa question avant de revenir à sa formulation originale :

— Est-ce qu'il était suicidaire ?

— Les Juifs voient le suicide d'un œil sévère, argua le rabbin. C'est un grave péché. Je ne dis pas que les Juifs ne se suicident pas, mais Perlman, dans sa ferveur religieuse retrouvée, ne pouvait ignorer les conséquences d'un tel acte pour son âme éternelle. Toutefois, qui peut savoir ce qui se passe dans la tête d'un homme dans un moment pareil ? Plutôt que penser aux tourments dans l'au-delà, il cherche à mettre fin à ses souffrances dans ce monde, et Bruno Perlman souffrait beaucoup, je crois.

Il était temps pour Epstein et Liat de partir s'ils voulaient ne pas rater leur vol pour New York. Le rabbin se laissa distancer quand ils allèrent à sa voiture et Parker le rejoignit.

— Vous vous rétablissez, dit Epstein.

C'était une affirmation, pas une question.

— Je l'espère.

— Non, je le vois en vous.

— C'est en partie grâce à vous, je pense.

— Qu'est-ce qui vous fait dire ça ?

— La clinique Brook House. J'ai remarqué que deux membres de son conseil d'administration ont le même nom que vous.

— Ah, ça, dit le rabbin, comme si c'était sans importance, alors que le traitement que Parker avait reçu là-bas lui avait fait gagner des mois de convalescence. Des parents éloignés. C'est un commandement : tout Juif doit avoir un médecin dans sa famille. C'était sur la troisième table, celle que Moïse ne pouvait pas porter avec les deux autres quand il est descendu de la montagne, et qu'il a laissée là-bas quand il a compris que son peuple aurait déjà assez de mal à suivre les dix commandements qu'il lui apportait déjà.

— Je vous en suis quand même reconnaissant.

— Vous ne cesserez jamais de m'étonner. Vous savez, je crois que vous nous survivrez à tous. Liat se fait du souci pour vous. Je pense que si vous étiez juif, elle songerait même à vous épouser, ne serait-ce que pour garder un œil sur vous. Avez-vous jamais envisagé de vous convertir ?

— Vous plaisantez.

— En partie, oui. Mais elle s'inquiète vraiment pour vous, tout comme moi. Guérissez. Retournez à ce que vous faites de mieux. Enquêter sur Bruno Perlman peut vous aider à avancer sur cette voie.

Lorsqu'ils parvinrent à la voiture, Epstein serra de nouveau Parker dans ses bras et murmura :

— Ne laissez pas Perlman plus longtemps ici. Donnez quelques coups de fil. Qu'il soit enterré afin que son âme repose enfin en paix.

— J'essaierai.

— Merci.

Liat ouvrit la portière du rabbin et, quand il fut confortablement installé, elle revint auprès de Parker, articula en silence et avec lenteur pour qu'il puisse la comprendre :

Tout à l'heure, tu as signé « Merci ».

— Oui.

Pour quoi ?

— Pour tout.

Pour avoir couché avec toi ?

— Je ne voulais pas que tu me prennes pour un ingrat.

Elle sourit.

— Et pour avoir veillé sur moi à l'hôpital.

Le sourire s'effaça, remplacé par une expression indéchiffrable.

Tu étais mort.

— Je sais.

Alors j'ai été ta shomeret *pour un temps. Je ne veux pas avoir à recommencer.*

— Je ferai de mon mieux pour t'épargner ça.

Cette fois, ce fut Liat qui signa « Merci ». Elle l'embrassa à nouveau, effleurant cette fois le coin de ses lèvres avec les siennes.

Bloom et Parker regardèrent la voiture s'éloigner. Elle fut sur le point de l'interroger sur Liat, se ravisa. Certaines choses, il vaut parfois mieux ne pas les remarquer, voire les ignorer, elle le savait.

21

Le lendemain, Parker arriva à Bangor plus d'une heure avant son rendez-vous avec Rachel et Sam, juste à temps pour recevoir un message de son ex-compagne disant qu'elles avaient quitté le Vermont plus tard que prévu et qu'elles n'arriveraient pas avant le début de l'après-midi, ce qui lui laissait plus de temps encore à tuer. Il en fut un peu soulagé. Son mal de tête de l'avant-veille – lorsqu'il s'était réveillé allongé sur le tapis au pied de son lit, un oreiller sous la tête – persistait sous la forme d'une sourde palpitation et il avait encore eu la nausée dans sa voiture en se rendant à Bangor. Comment il s'était retrouvé étendu par terre, il n'en avait aucune idée. Il gardait seulement le vague souvenir d'un rêve dans lequel sa fille morte lui murmurait des paroles de réconfort. Il se demandait encore comment il avait réussi, le lendemain, à ne pas vomir en présence d'Epstein et de Liat, ce qui aurait pu être mal interprété. Contempler le cadavre de Bruno Perlman et écouter l'histoire du camp de Lubsko n'avait rien arrangé.

Il se gara au parking de la bibliothèque municipale de Bangor, acheta quelques livres pour Sam au Briar

Patch, le magasin de livres et de jouets de Central – il devenait un expert en ouvrages pour la jeunesse –, puis il téléphona à Gordon Walsh, au cas où il serait libre. Il se disait qu'il avait peut-être la possibilité de rendre service à tout le monde, Perlman compris, et de gratter là où ça le démangeait depuis qu'il avait discuté du cadavre avec Bloom.

L'inspecteur de la police de l'État du Maine décrocha à la seconde sonnerie.

— Ça fait une paie, dit-il quand Parker se fut identifié.

— J'ai reçu les fleurs que vous m'avez envoyées.

— Je vous ai pas envoyé de fleurs.

— Je sais.

— En revanche, je suis venu vous voir à l'hôpital, mais vous dormiez.

— Alors vous étiez là à me regarder ? Pardonnez-moi si ça me met mal à l'aise.

— Je n'ai pas glissé une main sous le drap, si c'est ce que vous voulez savoir. Vous m'appelez d'où ?

— De Bangor.

— Et vous avez pensé que je serais sûrement à Bangor, moi aussi… Mille excuses, mais *moi*, c'est ça qui me met mal à l'aise.

— Oran Wilde, lâcha Parker.

Bien que la Brigade criminelle nord de la police de l'État opérât d'Augusta, Bangor lui servait de base pour l'affaire Wilde. Walsh était, lui, basé à Gray, dans le sud de l'État, mais il faisait partie des inspecteurs les plus expérimentés. Le laisser en dehors de l'affaire Wilde, ç'aurait été comme laisser le père Noël en dehors du business du 25 décembre.

— D'accord. On se retrouve au Java Joe's. Commandez-moi un java mocha.

Walsh arriva deux minutes après que Parker eut posé les cafés sur la table. L'inspecteur but une gorgée sans retirer le couvercle en plastique de son gobelet et se renfrogna.

— C'est pas un mocha, grommela-t-il. C'est juste un café ordinaire.

— Ça me gênait trop de demander un java mocha, expliqua Parker. Et on ne m'aurait pas cru si j'avais prétendu que c'était pour quelqu'un d'autre. On m'aurait soupçonné de cacher quelque chose. De toute façon, c'est sûrement meilleur pour vous.

— Au moins, vous avez mis du lait.

— Écrémé.

— Bon Dieu, j'ai déjà une mère. Et une femme.

Walsh ôta le couvercle du gobelet, retourna au comptoir, ajouta à son café un mélange de crème et de lait puis saupoudra le tout de chocolat. Il goûta, sembla se dérider quelque peu et revint à la table.

— Ça faisait un bout de temps que j'avais rien vu d'aussi écœurant, dit Parker.

— Parce que vous êtes resté un moment hors circuit. À propos, vous avez l'air plutôt bien pour quelqu'un qui est mort. Pas en pleine forme, mais bien. Pour ceux qui ne peuvent pas vous blairer, ça doit être une source de frustration de vous savoir immortel. Vous mourez, mais vous ne restez pas longtemps mort.

— Vous voulez savoir ce qu'il y a de l'autre côté ?

Walsh regarda Parker avec circonspection, comme s'il évaluait la possibilité qu'il parle sérieusement.

— Soixante-douze vierges, comme dans la religion musulmane ? hasarda-t-il.

— Ça, c'est la bonne nouvelle. La mauvaise, c'est que c'est tous des mecs. On a l'impression de se retrouver en pension.

— Je me doutais qu'il y avait un piège.

Walsh but une autre gorgée de café, trouva un autre motif de mécontentement. Il retourna aux distributeurs, ajouta assez de sucre pour tuer un diabétique à dix pas. Enfin, il s'estima tout à fait satisfait.

— Pas d'édulcorant, cette fois ? lui demanda Parker quand il se rassit.

— C'est mauvais, c'est pas naturel.

Walsh se renversa en arrière et se gratta la poitrine, mouvement qui révéla des traces de sueur séchée sous ses bras. Parker devina que cela devait faire au moins deux jours qu'il portait la même chemise et il avait sous les yeux des poches noires, comme s'il avait participé à une rixe et eu le dessous.

— J'ai entendu dire que vous êtes maintenant à Boreas.

— C'est exact.

— Qu'est-ce que vous fabriquez là-bas ?

— Je récupère. Je respire l'air de la mer.

— C'est plein d'Allemands.

— Vous n'aimez pas les Allemands ?

— Mon grand-père a fait la Seconde Guerre mondiale. Il a chopé une balle dans la tête à Arnhem.

— Ah ouais ?

— Ça ne l'a pas tué. Ça ne l'a même pas gêné plus tard, pour ce que j'ai pu en voir. Il a vécu jusqu'à quatre-vingts ans. Ma grand-mère assurait que c'était parce que la balle n'avait rencontré aucune résistance

173

en lui traversant le crâne. Lui, il parlait souvent de certaines gens de Boreas, ceux qui étaient venus d'Europe dans les années 50, quand on laissait entrer quasiment tous ceux qui prétendaient être persécutés par les communistes. Mon grand-père croyait qu'il y avait de bonnes chances pour que vive à Boreas au moins un Allemand qui, à défaut de lui avoir tiré dessus, connaissait probablement le type qui l'avait fait.

— Si ça peut vous consoler, j'ai pas vu une seule croix gammée depuis mon arrivée.

— C'est parce qu'ils les planquent à la cave et qu'ils les époussettent seulement pour l'anniversaire de Hitler.

— Je m'en souviendrai.

— Puisqu'on en parle, vous comptez rester longtemps à Boreas ?

— Je n'ai pas encore pris de décision.

— Vous gardez la maison de Scarborough ?

— Pour le moment.

— Je suis passé devant. Les flingueurs l'ont joliment arrangée.

— Ils m'ont joliment arrangé aussi.

— Comme je disais, tout dépend de l'affection qu'on a pour vous. Vous comptez retourner dans le Sud quand vous serez tout à fait rétabli ?

— Là encore, je n'ai rien décidé. Probablement. Pour la maison, je sais pas trop.

— Vous y êtes retourné depuis... depuis, vous savez...

— Juste pour prendre quelques affaires. Je ne me suis pas attardé.

— Ces boîtes de nettoyage de scènes de crime, après leur passage, on dirait qu'il s'est rien passé.

— Vraiment ? Elles peuvent aussi reboucher les trous qu'on m'a faits ? répliqua Parker sans parvenir à chasser toute nuance de sarcasme de sa voix.

— Vous voyez ce que je veux dire.

— Oui, je crois.

— Ce n'est peut-être pas ce que vous avez envie d'entendre – ce n'est peut-être même pas ce que j'ai *moi* envie d'entendre, et je peux vous garantir que c'est sûrement pas ce que certains membres des forces de l'ordre ont envie d'entendre –, mais si vous êtes fatigué du boulot de privé, on a de la place pour un bon inspecteur.

— Vous plaisantez, hein ?

— La police de l'État est pas assez pro pour vous ?

— Ce n'est pas ça, vous le savez très bien. Je suis resté trop longtemps en dehors du coup. Et personne dans cet État n'est prêt à vous emboîter le pas et à me donner un insigne, de toute façon, pas même si vous présidiez mon fan-club…

— Vous vous trompez. Vous êtes protégé depuis longtemps et n'essayez pas de me dire le contraire, bordel de merde ! Vous auriez dû perdre votre licence dix fois, au lieu d'une seule. Vous devriez même être en taule. Pourquoi vous vous baladez encore dans les rues, d'après vous ? Vous croyez qu'une bonne fée a fait disparaître tous ces corps d'un coup de baguette magique ? Vous avez un tas de gens de votre côté.

Walsh avait haussé la voix et des têtes se tournaient dans leur direction. Parker leva une main pour le calmer.

— Même si vous avez raison – et c'est possible –, je crois pas pouvoir bosser à nouveau sous

175

ces contraintes… à supposer que je sois accepté après la visite médicale. Vous voyez ma main ?

Il leva la main gauche.

— Prenez-la.

— Quoi ?! On sort ensemble, maintenant ?

— Je ne vous savais pas homophobe… Si vous voulez que je vous signe un papier avant que vous me touchiez, c'est d'accord.

— Si quelqu'un que je connais me voit, je raconterai que vous m'avez sauté dessus, maugréa Walsh, qui prit quand même la main tendue.

— Vous la sentez ? demanda Parker.

— Ça devient de plus en plus équivoque.

— Répondez juste à ma question.

— Ouais, je la sens, mais à peine… Vous êtes en train de presser la mienne ?!

— C'est tout ce qu'il me reste de force dans cette main, et ça exige de moi le même effort qu'un développé couché avec un haltère de cent kilos. Sans pilules, je dors deux ou trois heures d'affilée par nuit, pas plus. J'ai mal au ventre, au dos, à la tête, et je n'arrive pas à distinguer la douleur réelle de la douleur fantôme. Tout ce que je sais, c'est qu'elles font aussi mal l'une que l'autre.

Il lâcha les doigts de Walsh, qui parut soulagé de récupérer sa main.

— Mon offre tient toujours.

— Croyez bien que je vous en suis reconnaissant, assura Parker.

Et c'était vrai, même s'il lui sembla y déceler, à tort ou à raison, une once sous-jacente de charité, voire de pitié. Il chassa cette impression. Il n'avait absolument pas l'intention d'accepter la proposition de Walsh, mais tout au fond de lui, à la limite de sa conscience, il venait de faire la première d'une série de connexions qui le conduiraient finalement à New York et à une conversation avec le FBI.

Il y avait sur la table voisine un exemplaire du *Bangor Daily News* abandonné. Les recherches pour retrouver Oran Wilde occupaient encore la majeure partie de la première page, comme des bulletins télévisés.

— Qu'est-ce que vous en pensez ? demanda Walsh.

— Je ne sais que ce que j'ai lu dans la presse.

Walsh lui livra la version intégrale, qui ne comprenait pas grand-chose de plus que ce que Parker avait déjà glané aux infos, à l'exception d'un récent fait nouveau : Clyde Marshal avait reçu un autre message d'Oran l'informant qu'il allait bien et que tout ne s'était pas passé comme les journalistes le présentaient. Oran prétendait aussi dans ce message que Richie Benoit, le SDF, l'avait agressé, le forçant à se défendre, mais qu'il n'avait pas voulu le tuer. Sinon, le jeune homme continuait à rester sous les radars.

— Oran Wilde semble plus intelligent que ne l'est généralement un ado de seize ans, commenta Parker.

— C'est ce qu'on commence à penser aussi.

— Un complice ? Quelqu'un qui le protège ?

— Peut-être, mais ça ne cadrerait plus trop avec les coups de couteau d'Oran à Richie Benoit. Enfin, si, mais à condition que le troisième se tienne à l'écart et le regarde faire. Et si quelqu'un aide Wilde, pourquoi il en est réduit à poignarder et à dépouiller un toxico sans abri ?

— C'est curieux qu'il soit resté dans le Maine,

fit remarquer Parker. Complice ou pas, il aurait dû chercher à mettre des kilomètres entre lui et Augusta.

— Peut-être une question de ressources. Même s'il est plus malin que la moyenne, ça reste un gosse.

Walsh se gratta de nouveau et regarda par la fenêtre, apparemment perdu dans ses pensées. Parker l'observa.

— Vous ne pensez pas que c'est Oran Wilde le coupable, déclara le privé au flic.

Walsh réagit à peine, ne se tourna même pas vers Parker.

— Qu'est-ce qui vous fait dire ça ?

— Je le vois à votre tête.

— Vous vous trompez, ou plutôt vous n'avez qu'à moitié raison. Pour le complice, je suis preneur : si Oran Wilde est le meurtrier, il n'a pas agi seul. Et toutes ces conneries sur le gamin perturbé ! Ça tient pas debout. Il n'est pas plus perturbé que je l'étais à son âge, et l'idée de massacrer toute ma famille ne m'a jamais traversé l'esprit, même si mon vieux était un sale con. Je commence quand même à me demander si Oran n'est pas tombé sous l'influence de quelqu'un, si on ne l'a pas poussé à faire ce qu'il a fait, comme le tireur de Washington, tapi dans le coffre d'une voiture avec un homme plus âgé. Plus j'apprends de choses sur Oran Wilde, moins je lui vois assez de tripes pour trucider quelqu'un, et pourtant on est là à ratisser le Nord-Est pour le retrouver…

— Quelque chose sur Facebook ou autres réseaux sociaux ?

— Rien jusqu'ici. S'il a rencontré quelqu'un, c'est pas sur le Net.

Ils continuèrent à discuter un moment encore, mais Parker ne fut d'aucune aide. Il regardait cette affaire de l'extérieur et, même après ce que Walsh lui avait révélé, il n'avait toujours pas connaissance des menus détails de l'enquête. Une conversation dans un café ne vaut pas un dossier imprimé rassemblant tous les éléments d'une affaire.

— J'ai un service à vous demander, dit-il au moment où Walsh s'apprêtait à partir.

— Et moi qui pensais que vous vouliez juste me tenir la main devant un café !

— Vous avez entendu parler du corps rejeté sur la plage de Boreas ?

— J'ai vu l'info. Pourquoi ?

— Ce serait un suicide ou une noyade accidentelle.

— Laissez-moi deviner : vous n'y croyez pas. Votre expérience vous conduit à avoir un avis différent.

— Cory Bloom, le chef de la police locale, commence à voir la chose comme moi.

— C'est tout petit, Boreas, elle vous a toujours dans les pattes. Vous finirez par la convaincre qu'il fait clair à minuit, d'ici peu.

— Non, écoutez...

Walsh se laissa fléchir.

— Expliquez-moi. Je vous donne une minute.

Et Parker de s'exécuter. Exprimés à voix haute, les éléments l'incitant à douter semblaient se réduire à peu de choses : l'absence de cartes routières ou de GPS, d'ordinateur et de téléphone ; la distance que Perlman avait parcourue de la Floride au Maine pour finir rejeté par la mer sur une plage isolée. Il mentionna aussi la visite d'Epstein, et Lubsko.

— Lubsko, répéta Walsh. Ce pourri d'Engel, on devrait le noyer dans une baignoire. Curieux que le nom de Lubsko revienne si vite. En même temps, on a peut-être sous les yeux la cause et l'effet : Engel se trouve dans le Maine, Perlman le chasseur de nazis amateur décide d'enfoncer un bâton dans le terrier pour voir quel animal en sort...

— Et s'il avait vraiment réussi à effrayer quelqu'un ?

— Vous êtes sérieux, là ? Les lacets de Perlman étaient attachés ensemble, mais il avait les mains libres. Et vous avez vu Engel ? Il doit être centenaire. S'il a des copains dans le coin, ils sont aussi vieux que lui. Ils ont sûrement déjà du mal à enjamber leur baignoire, je les vois mal balancer un type d'âge mûr dans l'océan...

— On a retrouvé sa voiture garée sur le parking d'un belvédère au sud de Boreas. À marée haute, la paroi tombe à pic dans la mer. Il aurait suffi de le pousser.

— Bon, qu'est-ce que vous voulez ?

— Une autopsie, répondit Parker. Bloom a reçu l'ordre de le garder au frais jusqu'à ce que l'affaire Wilde soit réglée, mais ça pourrait prendre des semaines, au rythme auquel ça avance.

— Les services médico-légaux ont pour consigne de laisser de côté pour le moment toutes les affaires secondaires. Vous savez à quel point c'est dur d'autopsier les victimes d'un incendie ?

— Presque aussi dur qu'autopsier un corps qui a mariné des jours dans la mer et passé ensuite des jours au frigo.

— Avec l'affaire Wilde, les services médico-légaux ont déjà dépassé leur budget annuel, et on n'est qu'en avril.

— L'affaire Perlman n'est pas une simple noyade. L'élément Lubsko à lui seul tire le signal d'alarme.

— Bloom a essayé d'obtenir une autopsie rapide ?

— On lui a servi le boniment officiel.

— Merde, je vais voir ce que je peux faire. Au mieux – je dis bien *au mieux* –, on pourrait obtenir un assistant pour le médecin légiste, mais je garantis pas qu'ils seront en mesure de vous donner grand-chose, concernant un cadavre qui a barboté des jours dans la flotte, pas sans une batterie de tests de laboratoire en tout cas, et ça, c'est sûr et certain, vous l'aurez pas.

— Tout peut aider.

Walsh tendit la main, Parker la serra. Et Walsh, pince-sans-rire :

— J'ai été content de vous voir, mentit l'hypocrite.

— Plaisir partagé.

— Pour quelqu'un qui s'est fait cribler de plombs, qui est en convalescence et reconsidère son rôle dans la vie, un macchabée rejeté sur une plage vous rend drôlement curieux.

— Les vieilles habitudes.

— Ouais, ben, les balancez pas toutes. Pas encore.

Walsh dit au revoir et Parker le regarda traverser la rue, poursuivi par l'ombre des nuages.

22

Marcus Baulman se tenait sur le seuil de sa maison tandis que ses deux visiteurs retournaient à leur voiture, la femme vêtue de ce genre de tailleur bleu sombre ajusté qui fait voir des rondeurs là où il n'y en a pas. Il l'avait reconnue dès qu'il avait ouvert la porte parce qu'il avait suivi de près les informations sur Engel et Fuhrmann. C'était Marie Demers, le procureur de la section Droits de l'homme et Poursuites spéciales du Département de la Justice, chargée d'enquêter sur les deux vieillards. Il chercha les mots qui donneraient d'elle une description appropriée. Il ne parlait plus que très rarement allemand, pas même avec d'autres Germano-Américains. Il avait pris cette décision des années plus tôt et avait fait de gros efforts pour éliminer toute trace d'accent guttural teutonique. *Eine dünne Fraulein*, peut-être ? Non, pas tout à fait. Cela ne rendait pas son tranchant, son angulosité, sa dangerosité. L'homme qui accompagnait Demers l'inquiétait moins, bien qu'il ne parût pas tout à fait inoffensif. Elle le lui avait présenté sous le nom de Toller, un historien et chercheur de leur section, et c'était peut-être vrai, mais ce chercheur aurait été capable de percer un trou dans le mur avec son poing. Il ne faisait néanmoins aucun doute que c'était Demers qui menait la barque.

Baulman avait tout nié, bien sûr. C'était la règle numéro un, celle qu'il avait apprise dans l'immédiat après-guerre. Nier, nier, nier. Non, je ne suis pas cet homme, ce Kraus. Je suis Marcus Baulman. Voici l'histoire de ma famille, je peux la remonter sur des générations. Oui, j'ai des documents, bien qu'ils soient malheureusement incomplets. Tant de choses se sont perdues dans le chaos qui a suivi la guerre. Vous ne pouvez pas comprendre, vous êtes jeunes. Les bombardements ont transformé nos villes en ruines. Des papiers ont brûlé, ils ont été réduits en cendres. Oui, je me suis battu. J'étais fier de me battre. Je croyais ce qu'on me disait, au début. Plus tard, ça a changé. Mais j'étais dans la Wehrmacht, je n'ai jamais mis les pieds dans ce camp dont vous parlez, Lubsko. Tenez, voici mon *Wehrpass*. Je l'ai conservé précieusement, avec ma plaque d'identité. Non, je ne sais pas pourquoi il y a une contradiction entre mon *Wehrpass* et les photocopies du *Soldbuch* que vous me montrez. Quelqu'un a dû commettre une erreur. Je vous le répète, tant de choses ont été perdues, brûlées...

Il avait bien vu qu'ils ne le croyaient pas. Ils n'étaient pas venus de Washington sur un coup de tête. Ils s'attendaient peut-être à ce qu'il craque, à ce qu'il avoue, mais il ne l'avait pas fait. En un sens, il se préparait depuis des années à un tel moment. Il s'entraînait à répondre à des questions semblables en s'observant dans un miroir, en se composant des expressions adéquates : surprise, stupeur, vertueuse indignation, voire un peu de peur, parce qu'un innocent aurait peur.

La voiture démarra. La femme ayant mis ses lunettes de soleil, Baulman ne put dire si elle le regardait ou non. Il leva une main en un geste hésitant. C'était, là encore, ce qu'un innocent ferait, pensait-il.

L'extradition était une affaire compliquée. Il fallait d'abord convaincre le gouvernement allemand qu'il était obligé de le recevoir : pour le moment, il n'y avait aucun mandat allemand pour l'arrêter. Les Allemands rechignaient notoirement à permettre à d'anciens nazis de rentrer en Allemagne. S'ils acceptaient de recevoir un individu soupçonné de crimes de guerre provenant des États-Unis et qu'ils ne s'efforçaient pas ensuite d'enquêter et d'engager eux-mêmes des poursuites, ils risquaient d'être accusés de lui offrir asile. Baulman croyait cependant qu'un malaise plus profond, un mal national, sous-tendait cette répugnance des Allemands à agir. Nul ne l'exprimait publiquement et il se pouvait même que ceux qui étaient directement impliqués n'en aient pas conscience ou préfèrent ne pas le reconnaître, mais ils attendaient tout simplement que les derniers vieux nazis meurent et que leurs crimes puissent être tranquillement relégués dans les poubelles de l'Histoire. Tant qu'ils vivraient, ils incarneraient la réalité d'anciens maux attendant d'être évoqués, une gêne pour la nouvelle Allemagne. Personne ne tenait à ce qu'on rappelle leur existence.

À l'opposé, il y avait une prise de conscience qu'il restait peu de temps pour les poursuivre. À chaque semaine, à chaque mois qui passait, les possibilités de traduire en justice des hommes et des femmes très âgés s'amenuisaient et les pressions exercées sur les autorités pour qu'elles agissent lorsque des preuves de crimes étaient découvertes se faisaient plus fortes. Les

Américains se montraient particulièrement diligents dans leurs efforts, quoique dans ce domaine tout fût relatif. En un peu plus de trente ans, ils avaient entamé des poursuites contre environ cent cinquante anciens nazis, pas plus, ce qui avait conduit à l'expulsion de moins de la moitié des individus concernés. Plus de vingt étaient morts pendant l'instruction et il avait été décidé de ne pas maintenir les poursuites contre vingt autres pour cause de mauvais état de santé.

Les Américains étaient cependant compromis eux aussi. Après tout, leurs services de contre-espionnage avaient recruté d'anciens officiers de la Gestapo, d'anciens SS et des collaborationnistes avérés pour renforcer leur propre lutte anticommuniste. Ils avaient aidé Klaus Barbie, le Boucher de Lyon, à se réfugier en Argentine en échange de sa collaboration. Ils avaient laissé Mykola Lebed, l'Ukrainien sadique responsable de l'assassinat d'un nombre inconnu de Juifs et de Polonais, travailler pour les services de renseignements américains en Europe et aux États-Unis jusque dans les années 1980. Sans parler des anciens nazis qui avaient trouvé asile en Amérique sous prétexte qu'ils fuyaient les persécutions communistes en Europe. Non, les Américains n'étaient pas en position de tendre un doigt accusateur vers qui que ce soit.

Baulman se demandait si la jeune femme de la section Droits de l'homme et Poursuites spéciales avait connaissance de tout cela. Lorsqu'il la regardait aux informations, il décelait en elle le fanatisme du vrai zélateur. Elle agissait peut-être par ambition personnelle mais elle était aussi convaincue de la justesse de sa cause : ces individus étaient mauvais, ils méritaient d'être livrés à la justice pour leurs crimes. Baulman savait que cela expliquait en partie la fascination des jeunes pour la Seconde Guerre mondiale. Cette période semblait ne pas avoir de nuances, de zones grises. Il n'y avait que les bons et les méchants. Les méchants étaient même vêtus de noir et décoraient leurs uniformes avec des têtes de mort. Impossible de trouver mieux pour aider les autres à les identifier au mal incarné.

Lorsqu'il avait entendu parler pour la première fois de cette section, Baulman n'avait pas compris de quoi il s'agissait. Il connaissait l'ancien Bureau des enquêtes spéciales, qui avait longtemps traqué des types comme lui jusqu'à ce que leurs morts naturelles conduisent cet organisme à se chercher d'autres cibles – des criminels de guerre de l'ex-Yougoslavie, du Rwanda – pour soulager sa conscience collective. Baulman savait que les chasseurs n'avaient pas disparu, mais il lui avait échappé qu'en 2010 le Bureau avait fusionné avec la Section de sécurité intérieure pour former une nouvelle unité au sein de la Division criminelle du Département de la Justice. Cela montrait, supposait Baulman, que sa vigilance s'était relâchée, sans doute parce qu'il était tellement sûr de leur avoir glissé entre les doigts et de pouvoir vivre ses derniers jours en paix.

Il se fit une tasse de chocolat chaud et alla se poster à la fenêtre de sa cuisine. Les oiseaux picoraient dans la mangeoire du jardin. Il lui arrivait de passer une agréable demi-heure à les observer, pas ce jour-là toutefois. Il se retourna, s'appuya au comptoir. Par la porte ouverte menant au séjour, il pouvait voir le canapé où ses visiteurs s'étaient assis, le vieux coffre qui lui servait de table basse et sur lequel ils avaient posé leurs dossiers, les photocopies de documents qui avaient glissé dessus tandis qu'ils épluchaient son histoire. Aurait-il dû faire venir un avocat ? Il n'était inculpé d'aucun crime, la femme l'avait souligné. Ils étaient simplement venus lui poser des questions. Non, il avait eu raison de ne pas faire appel à un avocat. Un innocent se défend lui-même, un innocent n'a rien à cacher.

Alors pourquoi cette enquête ? Pourquoi maintenant ?

La réponse lui fut donnée aux informations, plus tard dans la soirée. Fuhrmann avait quitté les États-Unis pour l'Allemagne, mais Engel ne l'avait pas accompagné, en raison, expliqua le reporter, « de son état de santé ».

Baulman n'arrivait pas à y croire.

Engel avait parlé.

23

Toller conduisait, Demers s'entretenait au téléphone avec ses supérieurs de Washington.

— Qu'en pensez-vous ? demanda la voix d'un directeur adjoint.

— C'est lui, répondit Demers. Mais je crois qu'il nous attendait. Je crois qu'il nous a toujours attendus.

Bien que cet avis soit peu apprécié dans certains milieux, le meilleur et le pire qui soit arrivé à la traque des nazis, c'est Simon Wiesenthal. Cet homme était à de nombreux égards un fantaisiste : ses divers livres de mémoires se contredisent et il est probable qu'il ait menti sur certains détails de la première partie de sa vie, notamment son diplôme d'architecte, et les nombreuses fois où il aurait frôlé la mort pendant la Shoah. L'un de ses plus célèbres dessins – le meurtre de trois déportés juifs par un peloton d'exécution au camp de concentration de Mauthausen, leurs corps s'affalant contre les poteaux auxquels ils avaient été attachés – s'est avéré un plagiat d'une photo de *Life* montrant l'exécution de trois Allemands par les forces américaines. Il avait aussi exagéré son rôle dans la capture d'Adolf Eichmann, maître d'œuvre de la Solution finale, puisqu'il prétendait s'être battu avec lui dans un fossé à cette occasion, à Buenos Aires en 1960. En fait, Wiesenthal se trouvait en Europe à ce moment-là et il était convaincu qu'Eichmann se cachait au Caire. Alors qu'il ne fit rien pour démentir le nombre de trois mille anciens nazis qu'il aurait contribué à faire arrêter, ses véritables exploits dans ce domaine peuvent se compter sur les doigts d'une main – deux, si l'on est généreux. Ses exagérations et ses incohérences ont fourni de précieuses munitions à ses ennemis, notamment des néonazis et des négationnistes.

Et cependant...

Wiesenthal était un homme déterminé et la justesse de sa cause, au-delà de toute critique. Il était aussi en avance sur son temps lorsqu'il comprit que, pour maintenir l'intérêt sur les crimes de guerre nazis, les médias n'avaient pas seulement besoin d'une histoire mais aussi d'une légende, dans tous les sens du mot : une figure à la fois authentique et au-delà de l'histoire, un être humain capable d'exploits extraordinaires et, dans le jargon des services de renseignements, une légende, avec une identité et un passé trafiqués. En faisant régulièrement apparaître les spectres de Josef Mengele et de Martin Bormann, les croque-mitaines du nazisme, Wiesenthal maintint les crimes du Troisième Reich sous le feu des projecteurs et laissa en même temps un peu de leur lumière l'éclairer. Il fut l'Homme qui ne voulait pas oublier, le Détective aux six millions de clients, le chasseur solitaire ayant pour mission de faire traduire en justice un régime indubitablement criminel. Un telle image ne pouvait qu'attirer irrésistiblement les médias, et en la perpétuant – même en faisant à l'occasion usage d'histoires abracadabrantes – Wiesenthal rendit un service insigne au monde.

La réalité de la chasse aux nazis est plus ordinaire et son histoire souvent honteuse. En 1942, la Commission des Nations unies sur les crimes de guerre fut créée par les Alliés afin de dresser une liste de « meneurs » qui seraient jugés pour massacres lorsque la guerre serait finie. Il fallut deux ans à cette commission pour accomplir cette tâche et parvenir au grandiose total de cent quatre-vingts noms ! Et comme si cela n'était pas suffisamment embarrassant, les auteurs de la liste avaient oublié d'y inscrire Adolf Hitler.

Les Alliés montrèrent par ailleurs peu d'empressement à consacrer des moyens importants à la recherche des criminels de guerre après l'armistice, et de moins en moins à mesure que la fin du conflit s'éloignait. Il n'y a pas une raison unique à cette absence de motivation, même si la paresse et l'inefficacité jouèrent leur rôle, ainsi que plus tard l'opportunisme politique, car dans le combat contre le communisme l'ennemi de mon ennemi devenait automatiquement mon ami. Les opérations allemandes sur le front de l'Est fournirent à l'Occident une précieuse mine d'informations à exploiter, et il est de notoriété publique que des scientifiques allemands furent recrutés pour le programme de missiles des États-Unis.

Finalement, l'Amérique fut incitée – peut-être par la honte – à agir. Des pressions intérieures et extérieures débouchèrent en 1979 sur la création du Bureau des enquêtes spéciales, chargé d'enquêter sur les crimes de l'Allemagne nazie et du Japon impérial, et de faire expulser les auteurs de ces crimes vers les pays en capacité de les juger. Toutefois, les individus qu'ils poursuivaient commençaient déjà à mourir en 1979, et le Bureau, ainsi plus tard que la section diligentée par le Département de la Justice reçurent pour instruction d'agir « aussi vite que possible de manière responsable » afin d'amener leurs proies devant la justice avant que la mort naturelle fasse son œuvre, une tâche que l'on compara à devoir courir le *mile* en quatre minutes une année, puis en trois cinquante-cinq l'année suivante, puis en trois cinquante et ainsi de suite…

C'est un fait curieux, mais les affaires de crimes de guerre se présentent généralement comme une inversion des investigations criminelles classiques. Ces dernières commencent par un crime et se terminent avec un suspect, alors que les enquêtes sur les crimes de guerre commencent généralement avec un suspect et se terminent par la preuve d'une atrocité. Les enquêteurs comparaient les noms d'individus recherchés à ceux des dossiers des services d'immigration en s'appuyant sur les dates de naissance et sur les variantes orthographiques, puisque les transcriptions de noms écrits à l'origine avec l'alphabet cyrillique offrent de nombreuses possibilités d'erreurs ou de dissimulation délibérée. Lorsqu'on obtenait une identification, ou une identification possible, le Bureau établissait si le suspect en question était encore en vie, auquel cas il vérifiait ensuite, le plus souvent au moyen d'un coup de téléphone ne révélant pas l'identité de l'appelant, l'état de santé de la personne en question. Une fois confirmé qu'il ou elle vivait encore et était encore à peu près sain(e) d'esprit, on lui attribuait un numéro d'enquête et une équipe de juristes et d'historiens entreprenait de disséquer les détails de sa vie. On demandait ensuite une vérification dans les archives de Berlin ou du ZS, l'Office central de l'administration judiciaire pour l'investigation des crimes nationaux-socialistes, situé à Ludwigsburg. Cela incluait, lorsqu'ils étaient disponibles – car les nazis avaient fait en sorte de brûler le maximum de dossiers dans les derniers mois de la guerre –, les rapports sur les opérations de diverses unités de l'armée allemande : si les soldats et les officiers n'étaient pas nommément désignés, il était possible de lier un soldat aux crimes de son unité en se fondant sur la présence de cette unité dans un lieu particulier et sur les actes qu'elle y avait commis.

Après justification d'une investigation par le Bureau, les enquêteurs ouvraient un dossier et prenaient alors personnellement contact avec le suspect. À l'origine, ils lui envoyaient une lettre sollicitant un entretien non obligatoire. Au bout de quelques années, on se demanda pourquoi le Bureau prévenait les suspects, et la procédure « On frappe à la porte, on entre, on parle » fut généralisée. Les premiers suspects ainsi visités furent surpris de découvrir sur le pas de leur porte un fonctionnaire du Département de la Justice, parfois accompagné d'un enquêteur discrètement armé, car la création du Bureau, non annoncée dans la presse, était passée inaperçue. Toutefois, son existence devint très rapidement connue et le Bureau fut régulièrement attaqué dans les journaux par les communautés d'origine balte et ukrainienne qui l'accusaient de collaborer avec les Soviétiques. Un journal ukraino-américain publia même une liste de noms d'enquêteurs du Bureau.

Pendant ses trente-cinq années d'existence, le Bureau réussit à faire condamner plus de criminels de guerre nazis que tous les autres pays occidentaux réunis. Cela n'était pas encore suffisant, comme le reconnaissait Marie Demers. Elle était entrée au Bureau comme stagiaire et malgré son apparence relativement jeune elle y avait travaillé plus de quinze ans, intégrant ensuite l'équipe « crimes nazis » après la création de la section Droits de l'homme et Poursuites spéciales. Cette équipe ne comptait que quatre procureurs, deux historiens – dont Toller, malgré son physique qui disait le contraire – et quelques assistants, mais elle avait la possibilité de faire appel à du personnel supplémentaire en cas de besoin.

Ces renforts étaient toutefois de plus en plus rarement nécessaires. Les vieux nazis glissaient entre les doigts des membres de l'équipe comme les derniers grains d'une poignée de sable. L'arrestation d'Engel et de Fuhrmann avait été l'aboutissement de deux années d'enquête méticuleuse. Dans toute l'histoire du BES et de la section Droits de l'homme et Poursuites spéciales du Département de la Justice, une seule affaire avait eu pour origine une dénonciation : celle concernant Jacob Tannenbaum, un *kapo* du camp de concentration de Görlitz coupable de brutalités sur ses coreligionnaires juifs et reconnu par un ancien détenu. La réalité quotidienne du travail des enquêteurs aurait fait un téléfilm peu palpitant.

Cette réalité était aussi extrêmement frustrante. Demers avait été prévenue dès le premier jour : « Ici, il faut un seuil élevé de résistance à la frustration », lui avait-on annoncé, mais elle n'avait pas vraiment compris ce que cela signifiait, pas à l'époque en tout cas. De nombreux criminels leur échappaient, et dans les moments les plus difficiles ils avaient parfois l'impression que les Européens étaient dans une sorte de déni de responsabilité, leur réticence à faire leur devoir frôlant la honte, à tout le moins l'embarras.

Maintenant ils tenaient Engel et Fuhrmann, découverts alors qu'ils vivaient à deux heures de voiture l'un de l'autre, Engel à Augusta et Fuhrmann plus au sud à Durham, New Hampshire. Fuhrmann, ancien gardien à Sachsenhausen, ne livra rien à ceux qui l'interrogèrent. C'était le cas typique, pour lequel on avait le nom, le grade et le matricule. Fuhrmann avait peu de liens familiaux aux États-Unis. Ses deux épouses et son fils étaient morts, ses autres enfants, toutes des filles, n'avaient plus de contacts avec lui. Les preuves retenues étaient solides et les Allemands croyaient au succès des poursuites. Fuhrmann s'était opposé à son extradition plus pour la forme que pour autre chose et avait accepté de jouer son rôle sans se plaindre. Il avait simplement haussé les épaules quand il avait perdu en appel.

Pour Engel, c'était différent. Sa femme vivait encore et il avait de la famille. Il était membre de diverses associations locales et militait pour les droits des seniors. Son inculpation divisa sa communauté et même sa famille, créant des fractures complexes entre ceux qui le croyaient coupable, ceux qui le déclaraient aveuglément innocent, et le groupe étrange, grisâtre, de ceux qui n'arrivaient pas à faire le lien entre le vieil homme jovial et plein d'entrain qu'ils connaissaient et le gardien SS qui aurait mené des hommes et des femmes entièrement nus devant une fosse commune avant de leur tirer une balle dans la nuque. Ils parvenaient plus ou moins à admettre la culpabilité de l'homme jeune tout en semblant considérer que le vieillard était un être totalement différent.

Engel s'était battu à toutes les étapes. Si la dénaturalisation et l'expulsion relevaient du civil, non du pénal, les procureurs devaient cependant atteindre un niveau de preuves dont la Cour suprême exigeait qu'il soit « quasiment identique » à celui de la justice pénale. À chaque bataille gagnée contre Engel, ses défenseurs passaient simplement à l'étape suivante, du tribunal de district au tribunal de juge itinérant, de la commission des appels en matière d'immigration à la cour d'appel fédérale, jusqu'à ce qu'il ne reste plus que la Cour suprême. Engel sembla alors baisser les bras, peut-être parce qu'il avait épuisé ses ressources financières. Son avocat téléphona pour proposer qu'il livre des noms : Engel dénoncerait d'autres criminels de guerre afin de pouvoir rester aux États-Unis.

Le premier nom qu'il donna fut celui de Marcus Baulman. Selon Engel, Baulman n'était pas celui qu'il prétendait être. Non, il était en réalité Reynard Kraus, qui avait appris le métier au cours d'un stage d'un mois comme assistant de Mengele à Auschwitz, avant d'être envoyé à Lubsko. Grâce aux enseignements méticuleux de Mengele, Kraus avait appris à euthanasier des enfants : une piqûre intraveineuse d'Evipal, un barbiturique, dans le bras droit pour endormir l'enfant, puis 10 cc de chloroforme injectés directement dans le ventricule gauche du cœur. Les enfants se contorsionnaient à peine avant de mourir. La section Droits de l'homme et Poursuites spéciales voulait faire condamner Marcus Baulman. Elle le voulait absolument.

Et Demers était déterminée à être celle qui le ferait tomber.

24

Rachel et Sam arrivèrent peu après que Parker eut fini de parler à Walsh. Il passa cette courte attente à marcher, en tentant de contrebalancer la douleur que l'exercice lui causait par son désir d'amener son corps à un rétablissement complet. Il détestait sa lenteur presque autant que les séances de kinésithérapie bihebdomadaires, non pas tant à cause des efforts que celles-ci exigeaient que parce qu'il détestait être entouré de gens comme lui. Il n'avait pas envie de voir sa propre faiblesse reflétée chez d'autres. Il détestait les maux de tête, les médicaments, les cicatrices, les blessures, et transférait une partie de sa rage sur les rues qu'il parcourait maintenant.

Il avait toujours eu du mal à apprécier Bangor. La municipalité avait tenté de redonner de la vie aux rues du centre, mais le Bangor Mall[1] avait sucé leur sang des années plus tôt et les dégâts seraient difficiles à réparer. Si le centre-ville allait maintenant mieux qu'auparavant, il lui manquait les étudiants et les artistes qui avaient soutenu celui de Portland quand

1. Un *mall* est un grand centre commercial.

le Maine Mall avait ravagé de la même façon la partie commerçante de Congress Street.

Parker finit par arriver à l'église Saint John de York Street, construite au milieu du XIXe siècle pour accueillir des hordes d'immigrants irlandais. Il n'avait pas mis les pieds dans une église depuis la fusillade, il n'aurait su dire pourquoi. Il avait été élevé dans la religion catholique, il allait encore parfois à la messe, mais le plus souvent il entrait dans une église quand il éprouvait le besoin de prier pour Rachel et Sam, ou simplement lorsqu'il voulait réfléchir dans le silence. Il se sentit cette fois attiré par le vieil édifice de briques rouges, sa haute flèche et ses vitraux tyroliens, peut-être parce qu'il lui rappelait Saint Dominic, à Portland, l'une des plus anciennes et des plus belles églises du Maine avant que le diocèse ne la ferme, en 1997. Son grand-père l'y emmenait à Pâques et à Noël, quand il estimait que l'occasion justifiait un lieu de culte plus grandiose que Saint Maximilian, à Scarborough, et dans l'esprit de Parker les églises de briques rouges étaient associées à son grand-père, dont le souvenir lui était cher.

Il entra dans Saint John, se signa et s'assit au milieu de la nef. Elle était déserte. Saint John n'était pas un bâtiment austère, pas avec l'onyx, le bronze et le marbre qui l'ornaient, ses murs et ses plafonds peints, ses stations de la Croix sculptées. Non, c'était plutôt un hymne architectural au Tout-Puissant.

Il se demanda ce qu'il espérait : sentir l'immanence de Dieu ? Baigner dans Son éclat ? Il n'avait pas la réponse, ni quelqu'un vers qui se tourner pour exprimer ses préoccupations à voix haute. Pas de père, pas de mère. Derrière lui s'étirait uniquement une colonne de morts.

Parker ferma les yeux et se revit en pensée assis au bord d'un lac, mais cette fois sa fille morte n'était pas auprès de lui, et dans les collines lointaines un loup hurlait, signalant à nouveau la présence d'un homme en ce lieu. Dans la pénombre de Saint John, l'esprit de Parker recréa un monde au-delà de ce monde et essaya de connecter l'un à l'autre. Il n'était pas fou et ses souvenirs n'étaient pas non plus les fruits d'un traumatisme, d'un anesthésique ni d'un traitement postopératoire. Il croyait que, mort ou agonisant, il s'était retrouvé échoué, quoique brièvement, entre deux royaumes. Il le savait à cause de ce qu'il gardait dans une poche de sa veste. Les yeux toujours clos, il cherchait la chose à tâtons, la sentit entre ses doigts. Puis il la tira de sa poche et la tint au creux de sa main droite, suivit du pouce sa texture et ses stries.

C'était une simple pierre noire, ébréchée sur un côté. Il avait tenu une telle pierre quand il était assis sur un banc au bord du lac, tentant de choisir entre sa désintégration physique ou le retour à la douleur de l'existence, et lorsqu'il l'avait finalement jetée, le monde des limbes s'était fracassé. Parker avait cette pierre quand sa fille morte lui tenait la main, et la chaleur de la paume de son enfant était comme une brûlure sur sa peau à lui, glacée, parce que dans ce lieu, c'était elle qui était revenue à la lumière et lui qui s'était estompé. Il la serrait encore dans son poing lorsqu'il avait repris conscience à l'hôpital de Portland, où personne n'avait pu lui expliquer d'où elle venait.

C'était sa preuve, une preuve pour lui seul.

Il ouvrit les yeux. L'église était toujours déserte.

Il se posait encore des questions mais n'avait plus de doutes. Son pouce continuait à effleurer la pierre tandis qu'il priait pour Rachel et Sam, pour ceux qu'il aimait. Finalement, il fit aussi une prière pour Amanda Winter et sa mère, bien qu'il eût été en peine de dire pourquoi, hormis qu'il savait la fillette malade et la mère tourmentée. Quand il eut fini, il remit la pierre dans sa poche, s'agenouilla, se signa de nouveau et sortit.

Il souffrait moins. Ce bref moment de répit lui avait fait du bien.

Si Rachel lui confia Sam avec la rapidité d'une remise d'otage, il eut quand même le temps de se rendre compte qu'elle se faisait du souci pour lui et elle trouva un moment pour lui demander s'il était sûr qu'il saurait se débrouiller avec Sam. (Tacitement, elle lui demandait plutôt si Sam serait bien avec lui.) Il lui assura qu'il n'y aurait aucun problème et parvint même à demander des nouvelles de Jeff, le nouveau mec de Rachel, sans avoir un haut-le-cœur. Elle remarqua l'effort que cela exigeait de lui et commenta :

— Tu as presque l'air sincère, dis donc.

— Je le suis, répliqua-t-il. Enfin, je crois.

Il ne souhaitait aucun mal à Jeff. Ce type était un connard, mais il n'était pas le seul dans ce cas, et s'il fallait condamner tous ceux qui se conduisaient parfois comme des cons, les prisons seraient pleines et les rues désertes. En fait, Parker était à peu près sûr que dans ce meilleur des mondes Jeff aurait droit à une cellule pour lui tout seul.

Sam et lui regardèrent Rachel partir, puis sa fille monta à l'avant de la Mustang à côté de lui.

— Tu sais que ta mère préfère que tu sois à l'arrière.

— Je sais. Tu vas quand même me laisser rester à l'avant. Avec toi.

— Vraiment ?

— Oui.

Supposant la question réglée, il démarra.

Les relations du détective avec sa fille étaient une construction d'une grande complexité, pleine de nuances et d'ombres. Il ne la voyait pas autant qu'il l'aurait voulu et pourtant, curieusement, elle ne lui manquait pas car elle était toujours avec lui. Elle était en cela comme sa première fille, sa fille morte. Il portait Sam dans son cœur et quand il lui parlait sans qu'elle soit là – seul dans sa chambre, la nuit, ou au volant de sa voiture, roulant sur l'I-95, la radio en sourdine –, il entendait ses réponses aussi clairement que si elle avait été assise à côté de lui.

S'il y avait beaucoup de choses qu'il ignorait au sujet de Sam – autant à cause de leur éloignement géographique que du fossé naturel entre un père et une fille en train de grandir –, il sentait aussi qu'il la comprenait à certains égards mieux que sa mère. L'esprit de Sam fonctionnait d'une façon qui sidérait parfois Rachel, jamais Parker. Sam était une enfant du non-dit et, peut-être parce qu'ils étaient séparés pendant de longues périodes, il avait appris à lire les brèches, les silences, à capter autant ce qui n'était pas exprimé que ce qui était prononcé à voix haute. Sam ne disait jamais rien sans avoir réfléchi, ce qui nécessitait de retracer le processus mental qui avait conduit à la déclaration finalement faite. Elle était étrangement dépourvue de peur et même ses préoccupations pour la santé de son père étaient tempérées par l'apparente conviction que tout irait bien, en partie parce qu'elle voulait qu'il en soit ainsi.

Sam était en avance pour son âge – ça, Rachel aussi le voyait – mais cela ne se manifestait pas par une précocité glorificatrice. Elle donnait simplement l'impression de posséder à un degré inhabituel une maîtrise de soi, un calme, une capacité à absorber et à intégrer sans s'impliquer. Toutefois, quand elle le choisissait, elle pouvait se comporter en enfant, même si Parker sentait souvent qu'elle le faisait pour la galerie.

Sur le chemin de Boreas, cependant, elle fut elle-même avec naturel – elle-même en tant que fillette de six ans –, amusant son père par un flot de remarques, de questions, de coq-à-l'âne allant de la hauteur des clôtures par rapport à la taille des vaches à l'odeur épouvantable que tout le monde devait avoir à la fin du premier épisode de *The Hunger Games*, qu'elle avait regardé sur Netflix avec sa baby-sitter, et dont elle avait ensuite prétendu devant sa mère qu'elle ignorait tout afin de protéger la coupable.

Ils s'arrêtèrent en chemin pour faire quelques courses et la nuit tombait quand ils arrivèrent à la maison. Comme Sam aimait faire de la pizza, ils préparèrent ensemble la pâte, divisèrent chaque pizza en quatre et expérimentèrent des garnitures nouvelles. Ils mangèrent dehors, emmitouflés pour se protéger du vent de la mer. La blancheur des vagues se brisant était comme un espoir dans l'obscurité, leur bruit et leurs mouvements semblables à ceux de créatures vivantes. Plus tard, Sam s'endormit sur le canapé tandis que son père lisait et écoutait de la musique. Il la porta dans la chambre qu'il avait préparée pour elle, la déshabilla avec précaution sans qu'elle se réveille. Il laissa une lampe allumée près de la porte, une autre dans le couloir au cas où elle devrait se rendre aux toilettes au cours de la nuit.

Puis il alla se coucher et dormit plus profondément qu'il ne l'avait fait depuis des mois.

Le vent mourut. La nuit était calme. Les vagues n'étaient plus à présent qu'une rumeur lointaine et, dans leur retraite, elles semblaient murmurer une mise en garde.

Sam se réveilla dans le noir. La fille morte se tenait au pied de son lit. Sam se redressa en s'appuyant sur ses coudes, regarda l'être qui se tenait dans l'ombre et bâilla. Elle avait fait un rêve, un joli rêve.

— Tu n'as pas besoin de rester, dit-elle à la fille morte. Je suis là, maintenant. Je veillerai sur lui.

Elle se laissa retomber sur son oreiller et se rendormit instantanément.

La fille morte se retourna et disparut.

Steiger déjeunait dans un box isolé au fond d'un restaurant avec buffet à volonté. Il aimait ce genre d'établissement où il pouvait aisément se fondre dans la clientèle, en particulier aux heures du déjeuner et du dîner, quand il y avait un renouvellement constant aux tables. Avec son chapeau de paille incliné sur le front, il pouvait presque passer pour normal et peu de clients le remarquaient tant ils se concentraient sur leurs assiettes. Quant à la nourriture, Steiger s'en fichait. Il souffrait d'une série de maux et de déficiences, notamment d'hyposmie et d'hypogueusie – affaiblissement de l'odorat et du goût. Pour Steiger, la nourriture était purement fonctionnelle. C'était un carburant nécessaire, qu'il consommait sans joie ni déplaisir.

Adossé au mur, il laissait refroidir devant lui une tasse de café infect. On lui avait apporté l'addition, mais il n'était pas encore prêt à partir. Le brouhaha de la salle et la laideur de son décor lui permettaient de se retirer en lui-même. De réfléchir.

Il connaissait maintenant l'identité de l'homme qui vivait près de Ruth Winter et ce voisinage le perturbait.

Steiger avait pour instructions d'observer sans intervenir, pour le moment, mais ce Parker était potentiellement dangereux. Comment savoir ce que la Winter lui avait peut-être déjà confié ? Pourtant, les efforts de Steiger pour convaincre celui qu'Amanda Winter appelait l'Homme Puzzle qu'il y avait danger à laisser le détective en vie s'étaient révélés vains. Il était trop occupé à jouer à ses petits jeux avec la police : familles exterminées, maisons incendiées. Steiger aurait été contre s'il avait été consulté, mais l'Homme Puzzle était autant un client qu'un complice, ce qui faisait de Steiger un employé compromis. Steiger avait en outre conscience que l'Homme Puzzle cherchait délibérément à l'exclure en rabâchant sa désapprobation pour ce qu'il avait infligé à la femme Tedesco en Floride.

Quelqu'un heurta la table de Steiger en passant, ce qui fit tomber du café dans la soucoupe et sur le Formica. Steiger réagit en se redressant brusquement et en lançant un regard noir à un type d'âge mûr qui portait une assiette remplie de salade. Leurs yeux se croisèrent et l'homme détourna aussitôt la tête. Regarder Steiger dans les yeux, c'était comme plonger le regard dans deux flaques d'huile de vidange. Il était toutefois plus amusé qu'irrité. Pourquoi venir dans un restaurant avec buffet à volonté pour manger de la salade ? De toute façon, les légumes crus et les feuilles vertes semblaient avoir perdu toute valeur nutritive à force d'avoir été lavés. De plus, ils affichaient la régularité artificielle du plastique décoratif.

Steiger revint au problème de Parker. Même si le privé se remettait de graves blessures, il était resté le genre d'individu déterminé à agir au nom des autres. Si Ruth Winter lui révélait la vérité sur son installation à Boreas, il agirait. Si Winter parlait, Parker deviendrait une menace.

Mais parlerait-elle ? L'apparition du corps sur la plage avait été à la fois une chance et une malchance : une malchance parce qu'il aurait mieux valu que Perlman ne refasse jamais surface ; une chance parce qu'il avait fourni l'occasion à l'Homme Puzzle de faire comprendre à Ruth Winter qu'elle avait tout intérêt à garder le silence, pour sa fille comme pour elle-même. Cette femme avait maintenant vraiment peur – là-dessus, Steiger n'avait aucun doute – et cependant la situation actuelle ne pouvait se prolonger. Le problème central – Amanda, la fille – n'avait toujours pas été réglé, ce qui signifiait que finalement soit la mère réagirait, ce qui créerait d'énormes difficultés, soit quelqu'un allait être forcé de s'en prendre à elle avant qu'elle le fasse.

Steiger estimait personnellement qu'il serait mieux pour tout le monde que Ruth Winter cesse d'exister. Le privé, c'était une autre histoire. Si l'occasion se présentait, si cela n'entraînait pas de complications, Steiger le liquiderait aussi, quel que soit l'avis de l'Homme Puzzle. Ce serait néanmoins plus facile si Ruth Winter mourait avant d'avoir confié quoi que ce soit d'important à Parker. Mais cette décision, Steiger ne pouvait pas la prendre sans le consentement d'autres personnes.

Il appela d'une cabine téléphonique située près des toilettes des hommes. Il passait ainsi par-dessus l'Homme Puzzle, mais à sa façon l'Homme Puzzle n'était lui aussi qu'un employé. Steiger détecta une infime hésitation avant que la voix, à l'autre bout du fil, lui dise de faire ce qu'il jugerait nécessaire. À condition toutefois que Ruth Winter ne souffre pas. On le lui signifia clairement : pas question de répéter l'affaire de Floride.

En sortant du restaurant, il passa devant l'homme qui avait heurté sa table. Soit il avait à nouveau rempli son assiette de salade, soit il avait à peine touché à sa portion originelle.

Steiger s'arrêta. Le type leva les yeux, la fourchette immobilisée entre sa bouche et l'assiette. Steiger décida de lui épargner l'effort de manger davantage de cette salade. Il se pencha et cracha sur la laitue, les tomates et les oignons. Un crachat sillonné, remarqua-t-il, de filets de sang.

— T'aurais dû t'excuser d'avoir renversé mon café.

Il n'attendit pas la réaction de l'homme, il savait qu'il n'y en aurait pas. Il l'avait vu dans son expression. Steiger savait qu'il exsudait par ses pores une essence puissante et nocive, semblable au venin sécrété par certains amphibiens pour décourager les prédateurs – sauf qu'il n'avait pas jusqu'ici rencontré de menace pire que lui-même.

Il regagna sa voiture. Le soleil brillait, répandant une chaleur de plus en plus forte sur le parking. Steiger avait mal à l'estomac. Il avait toujours mal après avoir mangé. Il savait qu'il était en train de mourir. Il n'avait pas besoin qu'un médecin le lui dise, il n'avait pas l'intention de soumettre son corps à d'autres souffrances infligées par des piqûres, des traitements. Lorsque la douleur deviendrait insupportable, il y mettrait fin lui-même. Pour le moment, il pouvait continuer.

Il ouvrit la boîte à gants, y prit un flacon non entamé de Mylanta et en but la moitié. Il lui restait aussi quelques cachets de Vicodine et de Percocet, mais il voulait garder les idées claires. Le Mylanta le soulagea un peu, même s'il soupçonnait ses effets d'être plus psychosomatiques que réels. Il repensa à l'homme qui avait renversé son café. Cela n'avait servi à rien de le traiter comme ça, tout comme cela n'avait servi à rien de faire autant souffrir la Tedesco. Peut-être devenait-il méchant avec l'âge, pensa-t-il, ou peut-être soulageait-il ses propres souffrances en en infligeant à d'autres. Peu importe, se dit-il. Tout comme le Mylanta, ça marchait, et cela lui suffisait comme justification.

Il démarra et reprit le chemin de Boreas.

27

Parker emmena Sam chez Olesens pour un brunch tardif. Larraine se mit en quatre pour accueillir la fillette et Greg remonta du sous-sol une caisse de livres d'occasion pour enfants dont Sam n'avait lu que quelques-uns et qu'elle fut heureuse d'accepter une fois qu'il devint clair que Greg les lui offrait. C'était un trait que Parker avait remarqué chez sa fille et qui l'amusait : elle était parcimonieuse. Sans être radine – elle insistait pour offrir des glaces ou des friandises à ses amies et elle aimait le sentiment qui vient du fait de payer pour le plaisir des autres –, elle avait une conscience aiguë de la valeur des choses. Elle n'aurait pas acheté ces livres elle-même et elle était trop jeune pour se sentir obligée de payer pour quelque chose dont elle ne voulait pas, mais quand c'est gratuit, c'est gratuit.

Parker la regarda tandis qu'elle examinait les livres avec soin, les séparant en deux piles : ceux qu'elle lirait dès que possible, ceux qui pouvaient attendre – peut-être indéfiniment pour certains, à en juger par l'expression désapprobatrice qui passa sur son visage.

— Le monsieur et la dame, ils sont mariés ?

demanda-t-elle quand elle fut certaine qu'on ne pouvait pas l'entendre.

— Non, ils sont frère et sœur.

— Oh. On *dirait* qu'ils sont mariés.

— Mais ils ne le sont pas.

— Parce qu'ils sont frère et sœur.

— Oui.

— S'ils n'étaient pas frère et sœur, ils se marieraient ?

— Je ne sais pas. C'est une étrange question.

— Je trouve pas.

— D'accord, peut-être qu'elle ne l'est pas, alors.

Sam parut satisfaite que son père lui eût donné raison.

— Qu'est-ce que tu veux faire, aujourd'hui ? lui demanda-t-il.

— On pourrait aller voir Amanda ?

Il lui avait parlé de sa petite voisine quand Rachel et lui se mettaient d'accord sur l'heure et l'endroit où ils se retrouveraient à Bangor. Parker était sûr que Sam serait contente de venir passer quelques jours à Boreas sans qu'il lui fasse miroiter la présence d'une autre enfant, mais cela ajoutait sans doute un attrait supplémentaire à sa visite.

— Je vais téléphoner à sa mère, à tout hasard. Mais je suis certain que tu seras la bienvenue.

— Bon, dit Sam en prenant un vieux *Peanuts* sur la pile « À lire ». Celui-là, je vais le donner à Amanda.

— Il lui plaira, je pense.

— C'est Snoopy. Tout le monde aime Snoopy. Tu as un stylo ?

Il en tira un de sa poche et le lui tendit. Au revers

de la couverture, elle écrivit « Pour Amanda, de la part de Sam », et ajouta un *X*.

— Je lui dirai que Greg me l'a donné pour rien, conclut-elle quand elle eut terminé.

— Tu n'es pas obligée.

— Si.

— Si tu penses que la franchise est la meilleure politique, d'accord. On y va ?

Elle ramassa les bouquins, ceux à lire d'urgence posés sur les autres. Larraine lui donna un sac en tissu orné de personnages de livres, la remercia de sa visite et exprima l'espoir de la revoir avant son départ. Comme une altesse royale ou le général MacArthur, Sam assura qu'elle reviendrait et sortit au soleil avec son père.

Ils se dirigeaient vers l'endroit où Parker avait garé la Mustang quand une voiture s'écarta du trottoir et passa lentement devant eux, les empêchant de traverser. C'était une Cadillac de Ville avec pneus à flanc blanc et vitres teintées.

Parker ne fit qu'apercevoir le chauffeur, dont le chapeau était rabattu sur son front. Comme la voiture ne roulait pas vite, Parker n'avait aucune raison de se plaindre de l'attitude du conducteur. Il lui semblait simplement qu'il aurait pu s'arrêter pour les laisser traverser. C'était ce que la plupart des gens de Boreas auraient fait. D'ailleurs, la Cadillac était immatriculée en Pennsylvanie. Cela lui rappela un incident survenu à l'aéroport de Philadelphie, alors qu'il attendait d'embarquer. Il y avait la queue au kiosque à journaux et un type était passé devant tout le monde pour payer un magazine et des chewing-gums. Lorsque le premier de la file avait protesté, le resquilleur avait eu cette réponse immortelle : « Hé, bienvenue à Philadelphie ! »

Sam serra plus fort la main de son père, qui baissa les yeux et vit qu'elle grimaçait de dégoût.

— Tu as senti ? dit-elle.

— Senti quoi ?

— Je sais pas. Un truc beurk.

Il renifla, ne détecta rien.

— C'était la voiture, affirma Sam.

— Tu es sûre ?

La Cadillac ne crachait pas plus de fumée qu'on pouvait en attendre d'un véhicule de cet âge. En fait, il lui avait paru bien entretenu.

— Papa, elle sentait mauvais, insista Sam.

Il regarda la voiture tourner au coin de la rue, la silhouette de son chauffeur à peine visible, la tête faisant une tache plus sombre derrière le verre teinté.

— Si tu le dis. De toute façon, elle est loin, maintenant.

Parker inspecta deux fois la rue avant de traverser mais la chaussée était déserte. Parvenus de l'autre côté, ils se dirigeaient vers le parking municipal où il avait laissé sa voiture quand Sam lâcha la main de son père.

— J'ai envie de rendre, dit-elle.

Elle se courba et lâcha sur le trottoir une gerbe de lait et de pain perdu. Tout ce que Parker put faire, ce fut lui tenir les cheveux en arrière et la laisser vomir. Lorsqu'elle eut terminé, il trouva un mouchoir en papier dans sa poche, s'en servit pour lui essuyer la bouche. Sam était très pâle. Même ses lèvres semblaient exsangues.

— Tu veux t'asseoir ? proposa-t-il.

Elle secoua la tête.

— Non, ça va.

— D'où ça peut venir ? Tu ne te sentais pas bien, ce matin ?

— Si.

— Tu crois que c'est le pain perdu ?

— Non.

Parker baissa les yeux vers le trottoir sali. Ils n'étaient pas loin du Blackbird Bar & Grill et la porte était ouverte. Il conduisit Sam à l'intérieur, la fit asseoir dans l'un des box du bar, par ailleurs désert. Fred Amsel sortit d'une arrière-salle, Parker lui expliqua ce qui était arrivé, lui demanda un seau d'eau pour nettoyer le vomi. Fred répondit qu'il s'en occupait. Il servit un Sprite à Sam, sans y ajouter de glaçons.

— Le sucre l'aidera à se remettre, expliqua-t-il. Elle a probablement la tête qui tourne.

Sam but une gorgée de soda. Fred remplit un seau, le vida sur le trottoir et se servit d'un balai pour pousser ce qui restait de vomi dans le caniveau.

Sam avait repris des couleurs et assura à son père qu'elle était en état de monter en voiture pour rentrer à la maison. Parker remercia Fred de sa gentillesse, lui proposa de payer le soda tout en sachant qu'il refuserait son argent. Il regagna la Mustang avec sa fille et garda les vitres baissées pendant le retour à la Green Heron Bay.

Il suggéra de remettre au lendemain la visite à Amanda, mais Sam ne voulut rien entendre.

— Je vais bien, papa, protesta-t-elle. C'est cette odeur qui m'a rendue malade. Cet homme dans la voiture, il sentait mauvais, *tellement* mauvais...

28

Sam semblait totalement remise lorsqu'ils arrivèrent à la maison de la Green Heron Bay, mais Parker insista quand même pour qu'elle se repose une heure avant qu'il l'emmène faire la connaissance d'Amanda Winter. Elle accepta de mauvaise grâce et son humeur ne s'éclaira que lorsqu'elle fut autorisée à regarder Netflix sur l'ordinateur portable de son père.

Laissant sa fille étendue sur le canapé devant un épisode de *Cow and Chicken,* Parker sortit et repensa à la Cadillac, à la réaction qu'elle avait provoquée chez sa fille. Sam avait peut-être vomi à cause des heures passées en voiture et de l'excitation du voyage, supposait-il, bien qu'elle jouît généralement de la constitution robuste d'une jeune pouliche. Lui-même n'avait rien ressenti en voyant la Cadillac, alors qu'il était d'ordinaire très sensible à ce genre de chose. Il devait cependant tenir compte du fait que les récents événements l'avaient affaibli et que ses réactions n'étaient plus aussi sûres qu'avant.

Il appela Gordon Walsh, accéda aussitôt à sa messagerie. Il laissa un message donnant le signalement de la voiture et son numéro d'immatriculation, demanda à l'inspecteur s'il pouvait lui faire la faveur de se renseigner pour lui. Simple curiosité, rien de plus pour le moment. Il rentra voir comment allait Sam puis passa dans sa propre chambre. Il fit des exercices avec son gripper avant de lire le *New York Times* et dut s'endormir car, lorsqu'il se réveilla, il avait sur son portable un message de Cory Bloom le priant de la rappeler et Sam se tenait sur le seuil de la pièce.

— Je suis prête, annonça-t-elle.

Il ne lui demanda pas comment elle se sentait, il savait que ça n'aurait fait que l'agacer. À cet égard, elle tenait de sa mère. Quant à Cory Bloom, il lui téléphonerait dès qu'il aurait laissé Sam avec Ruth Winter et sa fille.

— Alors, allons-y, dit-il.

De la véranda, Parker et Ruth regardaient les fillettes marcher sur le sable en direction des flaques que la marée avait laissées en se retirant. Sam et Amanda portaient d'amples coupe-vent et des bottes en caoutchouc aux couleurs vives. Le ciel était clair, le soleil dispensait un peu de chaleur malgré le vent incessant. D'intrépides petits bécasseaux violets sautillaient là où les vagues se brisaient encore sur les rochers, et leurs pattes avaient presque perdu leur jaune hivernal.

— Elle a vomi, dites-vous ? demanda Ruth.

— Pain perdu.

— Ça peut arriver quand on en mange trop. Je ferai quand même attention à son état. Rassurez-vous, je ne les quitterai pas des yeux…

Elle boutonna son manteau pour aller rejoindre Sam et Amanda.

— Appelez-moi s'il y a un problème, dit Parker. Je ne serai pas loin.

— Vous rentrez chez vous ?

— Non, j'ai quelques courses à faire en ville. Ça ne devrait pas me prendre trop longtemps.

— Alors, vous pourriez peut-être dîner avec nous ? Vers 18 heures ?

— Avec plaisir. J'apporterai le dessert.

— Pas la peine. J'ai assez de crème glacée pour me lancer dans le commerce.

Il éprouva une soudaine envie de l'embrasser sur la joue pour lui dire au revoir. Ce n'était pas une manifestation de désir. Ruth était une jolie femme mais il ne se sentait pas attiré par elle et rien n'indiquait qu'il en allait différemment pour elle. Non, ce baiser aurait été une façon de la rassurer, une invitation à lui confier ce qui la préoccupait. Il la regarda marcher vers les enfants puis tourna les yeux vers le montant droit de la porte, là où il y avait eu une *mezuzah*. La Green Heron Bay et Mason Point se ressemblaient beaucoup par leurs dimensions et leurs caractéristiques géographiques. Parker suivit du regard le littoral. En plissant les yeux, il pouvait presque voir un corps étendu sur le sable, telle une offrande de l'océan.

Rien ne prouvait que Boreas ait été la destination finale de Bruno Perlman. Parker n'avait pas non plus de raison de penser que, si Perlman se rendait bien à Boreas, Ruth Winter était quelqu'un à qui il aurait souhaité se confier. Tout ce qu'il savait, c'était que cette femme était suffisamment croyante pour fixer une *mezuzah* à sa porte, et aussi qu'elle ne l'avait pas enlevée sans raison.

Il s'approcha de la porte, passa l'index là où le

216

petit boîtier s'était trouvé. Epstein lui avait récité la bénédiction requise pour fixer une *mezuzah*, un jour où il lui expliquait l'importance de ce genre de choses. Une brève recherche sur Internet lui en avait rappelé les termes : « Béni sois-Tu, Seigneur Dieu, Roi de l'Univers, Qui nous a sanctifié par Ses *mitzvot* et nous a ordonné de fixer une *mezuzah*. »

Pourquoi Ruth Winter avait-elle consciemment choisi de désobéir à ce qu'elle considérait apparemment comme un *mitzvah*, un commandement ? Une explication banale était possible, voire probable. Si la *mezuzah* était tombée, elle avait pu être abîmée au point que Ruth n'aurait pas su la remettre en place. Parker pouvait presque entendre à nouveau les mots que la jeune femme avait prononcés pour expliquer son absence : « Ça ne me plaisait pas trop... »

Il se dit qu'elle lui mentirait de nouveau s'il lui reposait la question et se rendit compte qu'il s'était déjà convaincu qu'elle dissimulait quelque chose. Non, dissimuler n'était pas le mot, mais elle mentait par omission, par son silence. Elle avait peur, il le sentait. Et c'était cette peur qui lui donnait envie de lui venir en aide, autant pour sa fille que pour elle-même.

Parker sortit de la véranda et descendit vers la plage. Ruth avait rattrapé Sam et Amanda près des rochers, faisant s'envoler les bécasseaux. Les trois silhouettes se dessinaient sur le ciel et il eut soudain envie de les rejoindre, de prendre sa fille par la main, de l'éloigner de cette femme et de son enfant.

Il n'en fit rien, regagna sa voiture. Il avait décidé de ne pas rappeler Cory Bloom et de passer plutôt la voir puisqu'il irait en ville de toute façon. Il ne savait pas encore s'il lui toucherait un mot au sujet de Ruth

Winter. Le temps qu'il parvienne à sa voiture, il avait résolu de garder le silence pour le moment. Il parlerait peut-être à Ruth après le dîner.

Peut-être.

Malgré son message, Cory Bloom ne parut pas ravie de le voir quand il apparut sur le seuil de son bureau, mais il avait l'habitude de susciter ce genre de réaction. C'était quasi automatique et s'il commençait à s'inquiéter pour ça, il ne sortirait plus de chez lui. L'agent Preston sortit d'une petite cuisine, une tasse et un muffin dans les mains. Elle non plus n'eut pas l'air enchantée de le voir, affichant la mine de quelqu'un qui vient de voir passer une famille de blattes.

— Je peux entrer ? sollicita-t-il. Ou je me mets à rôder dans le quartier de manière suspecte ?

Bloom se radoucit. Pas Preston. Dans un cas comme dans l'autre, il s'en fichait.

— Asseyez-vous, le pria Bloom en indiquant une chaise placée devant le bureau. Je suis à vous tout de suite.

Parker s'assit, conscient que Preston était restée en position près de la porte de la cuisine. Bloom la remarqua elle aussi et lui lança un « Ouais, quoi ? » par-dessus l'épaule de Parker en écartant les bras. Histoire de s'amuser un peu, Parker se tourna vers Preston et imita le geste et l'expression du chef de la police. Le regard que lui rendit Preston lui fit prendre mentalement note de ne pas dépasser les cinquante kilomètres-heure en ville pendant toute la durée de son séjour. Lorsqu'il se tourna de nouveau vers Bloom, elle eut une mimique exaspérée.

— Je comprends pourquoi on a cherché à vous descendre...

— Ils n'ont pas seulement essayé. Ils ont *réussi*.

— Ben, si vous avez des noms, je dirais que l'agent Preston adorerait leur serrer la main.

Bloom reporta son attention sur la paperasse posée sur son bureau, apposa sa signature en bas d'un formulaire de réquisition.

— J'espère que ça ne la dérangera pas de creuser d'abord, répondit Parker.

Le stylo s'immobilisa puis reprit son mouvement, une feuille après l'autre. Parker la laissa continuer tout en serrant et desserrant lentement son poing gauche. Il avait noté un léger progrès dans l'après-midi : il avait maintenu le gripper pressé plus longtemps que jamais depuis qu'il avait commencé à l'utiliser.

Quand Bloom eut terminé, elle poussa les papiers sur le côté, se pencha en avant et joignit les mains devant elle.

— Vous voulez un café ?

— C'est l'agent Preston qui le fera ?

— Sûrement.

— Alors, je vais m'en passer, répondit Parker, qui attendit la suite.

— Il semblerait que les faveurs que vous avez demandées ont été accordées, dit enfin Bloom. Le médecin légiste et son assistante sont encore prises par l'affaire Oran Wilde, mais le corps de Bruno Perlman a été transporté hier soir au service médico-légal d'Augusta, et l'autopsie a été pratiquée ce matin par le Dr Robert Drummond, qui est le premier qu'on appelle quand la légiste ou son assistante sont occupées ou en vacances. Je lui ai parlé sur Skype. On dirait un gamin de douze ans, mais il est compétent.

— Vraiment compétent ?

— Oui, si j'en crois ses conférences. Il m'en a fait une sur la noyade. Apparemment, déterminer que quelqu'un est mort par noyade est plus compliqué que je ne l'imaginais, et j'ai eu droit à dix minutes sur les tests à effectuer pour établir, je cite, « avec un degré de fiabilité médico-légale », qu'il y a eu noyade. Après quoi, il m'a perdue au moment des « globules gras intravasculaires », pour être tout à fait franche. Mais j'ai réussi à intégrer le fait que, normalement, nous aurions dû attendre les résultats des tests toxicologiques, des analyses histologiques de tous les organes, et des recherches d'un truc appelé diatomée avant de pouvoir nous prononcer…

— Des algues, dit Parker.

— Quoi ?

— Les diatomées sont des algues. Des plantes unicellulaires microscopiques. On les trouve dans l'eau et leur concentration varie selon, je crois, la température, la minéralité, l'acidité, et tout ce qui affecte la qualité de l'eau. On peut donc relier un corps à une étendue d'eau particulière et à un moment particulier en analysant la concentration de diatomées dans les tissus.

Bloom le fixa longuement. Il haussa les épaules.

— La mémoire des gènes, disons.

— *Donc*…, reprit Bloom après une pause appropriée, normalement, nous aurions dû attendre ces résultats… s'il n'y avait pas eu ça.

Elle extirpa une feuille de papier d'un dossier et la tendit à Parker. Il s'agissait d'une photocopie de la radiographie d'un crâne. Elle était d'assez bonne qualité et Parker aurait remarqué la trace même si elle n'avait pas été entourée au crayon. C'était un petit trait vertical sombre sur la pâleur de l'os, juste au-dessus de l'orbite de l'œil droit.

— Trou sus-orbitaire, précisa Bloom. Vous voyez, je sais des trucs moi aussi.

— C'est le Dr Drummond qui vous l'a dit ?

— Oui, mais à ce moment-là j'écoutais.

— Il en pense quoi ?

— J'ai eu droit à une autre conférence quand j'ai posé la question. Je vous ai dit qu'en plus d'être compétent le Dr Drummond est *extrêmement* prudent ?

— Je ne suis pas surpris de l'apprendre. Laissez-moi deviner : après avoir tergiversé un moment, il a suggéré que ça avait pu être causé par une lame. Mais ça, vous l'aviez sans doute déjà établi par vous-même.

— J'ai pas voulu trop frimer. Il a trouvé d'autres marques à l'intérieur de la fissure orbitale – pas aussi nettes que celle-là, mais quand même visibles.

Parker rendit la feuille à Bloom. Il n'avait pas besoin d'autres photocopies, il n'avait pas besoin que Bloom, Drummond ou n'importe qui d'autre lui explique ce qui était arrivé à Bruno Perlman, probablement avant sa mort.

— Quel genre de lame ?

— Sans doute un instrument chirurgical, d'après Drummond. Un scalpel, peut-être.

— C'est ce qui l'a tué ?

— Non. Drummond pense que Perlman vivait encore quand on l'a jeté à l'eau, mais il ne devait pas rester grand-chose de son œil. Il a envoyé son rapport aux collègues de la police de l'État, ils devraient débarquer ici dans moins d'une heure. Je me suis dit que vous aimeriez que je vous informe avant.

Il la remercia et se leva pour partir. Bloom remit la photocopie dans son dossier et dit :

— Merci de votre aide. C'était…

Lorsqu'elle releva la tête, Parker était déjà sorti du bureau.

29

Parker retourna à la Green Heron Bay, monta dans sa chambre et glissa une main derrière la grande armoire qui faisait face à son lit. Ses doigts trouvèrent la crosse du pistolet scotché contre le bois et l'en détachèrent. L'arme était chargée, mais il n'y avait pas de balle dans le canon. Il l'avait cachée dès son arrivée dans cette maison, il n'aurait su dire pourquoi. Elle était enregistrée et il avait plus de raisons que la plupart des gens de l'estimer nécessaire à sa protection. Ceux qui lui avaient tiré dessus étaient morts, ainsi que ceux qui les avaient envoyés le tuer, mais de tels actes de vengeance laissent derrière des vrilles capables de piquer encore longtemps après.

Cette arme, depuis, il l'avait rarement touchée. Il la tenait maintenant dans sa main droite, et sa crosse, son poids lui semblèrent aussitôt familiers. Il redescendit, dénicha la trousse de nettoyage dans le cagibi situé sous l'escalier, démonta le pistolet, le nettoya, huila ses pièces. En le remontant, il eut l'impression d'assembler de nouveau quelque chose en lui aussi, un élément profondément enfoui dans son être, qui avait été égaré mais pas perdu. Lorsqu'il eut terminé, il fourra le flingue sous la ceinture de son pantalon. Le vêtement était maintenant plus ample pour lui qu'auparavant et Parker fermait sa ceinture deux crans plus loin. Deux, c'était bien, quoique légèrement plus flottant qu'il ne l'aurait souhaité ; trois, c'était trop serré. Avec le pistolet au creux des reins, son pantalon lui allait parfaitement. Il se demanda s'il devait y voir un signe.

Il mit une chemise propre. Comme ses pantalons, ses chemises étaient devenues trop grandes, mais en l'occurrence, cela servirait à cacher le pistolet. Il sortit, ferma la porte à clef derrière lui, s'arrêta un instant pour contempler les vagues. La marée était de nouveau montante et si le ciel restait clair, la mer semblait s'être assombrie. Il avait toujours aimé la mer, d'un amour qui remontait à son premier souvenir, le jour où son père et sa mère l'avaient emmené dans le Nord, à Scarborough, pour qu'il fasse la connaissance de son grand-père. Parker se rappelait les promenades à Ferry Beach avec le vieil homme, parce que son grand-père avait toujours été vieux pour lui, pas aussi vieux toutefois, curieusement, que son épouse, une femme étrange, quasi muette, confite en dépits et regrets. Il n'avait jamais exprimé à voix haute ce qu'il ressentait pour elle, mais il se souvenait de s'être senti secrètement, honteusement content quand elle était morte. Et en grandissant il avait eu l'impression que son grand-père, bien qu'affligé, avait peut-être vu dans la disparition de cette femme une sorte de bénédiction, la fin d'un fardeau pour elle comme pour lui.

Parker sentit le sable sous ses pieds et, un moment, il redevint un jeune garçon qui marchait à côté de son grand-père. Il était si convaincu de la présence du vieil homme qu'il ferma les yeux et tendit la main. Ses doigts ne touchèrent que l'air et il en éprouva un pincement de déception. Pourtant, il se promenait avec lui dans sa mémoire, il l'entendait raconter des histoires sur Scarborough et la violence aux origines de cette ville. Enfant, il avait été fasciné par les cow-boys, le Far West, et il était enchanté de se promener là où Indiens et colons avaient combattu et étaient morts, où leur sang avait imprégné le sol, de sorte que leur mémoire subsistait dans les atomes de la terre. Scarborough pouvait même s'enorgueillir d'un Massacre Pond, où Richard Hunnewell et dix-huit autres hommes avaient été exterminés, en 1703, et d'une Garrison Lane, du nom du fort construit à Prout's Neck au début du XVIIIe siècle. Curieusement, ces lieux paraissaient plus réels pour Parker que l'Old Fort Western d'Augusta, le plus ancien fort en bois subsistant en Nouvelle-Angleterre. Oh, ce fort l'avait ravi autrefois, il avait adoré le visiter – c'était une halte obligatoire pendant les vacances familiales dans le Maine –, et cependant, les images qu'il avait reconstituées dans sa tête de l'ancien Scarborough était plus viscérales, plus saisissantes. L'Old Western Fort, il devait le partager avec d'autres, le Scarborough fantôme n'était qu'à lui seul. Celui-là vivait en lui et tandis qu'il déambulait dans son incarnation présente, Parker baignait dans ce souvenir.

Il rouvrit les yeux. À sa gauche, il y avait la maison des Winter. De la lumière brillait aux fenêtres d'en bas. Il se mit à marcher vers elles. Déjà il ne sentait plus le pistolet dans son dos.

30

Deux inspectrices de la Brigade criminelle de la police de l'État du Maine arrivèrent à Boreas peu après que Parker eut quitté le bureau de Cory Bloom. Elles s'appelaient Tyler et Welbecke, elles dépendaient toutes les deux de Belfast. Elles étaient légèrement plus jeunes que Bloom. Tyler était plutôt bavarde, Welbecke plutôt taciturne, mais aucune d'elles ne fit mauvaise impression à Bloom. Comme c'était devenu quasiment obligatoire quand deux ou trois flics se retrouvaient ensemble ces temps-ci, la conversation dériva sur Oran Wilde. Tyler et Welbecke étaient à peu près les seuls inspecteurs de la Crim à n'avoir pas été affectés aux investigations et aux recherches. Au départ, expliqua Tyler, elles avaient été plutôt fumasses d'être laissées à l'écart, mais les médias commençaient à demander tout haut comment un adolescent soupçonné de cinq meurtres pouvait encore échapper aux forces combinées des policiers du Maine, et Tyler et Welbecke faisaient partie des rares flics hors de portée de cette tempête d'emmerdes.

Ensemble, les trois femmes parcoururent la paperasse accumulée jusque-là – ça ne faisait pas des masses – ensuite Cory Bloom accompagna ses deux collègues quand elles allèrent voir le parking où le véhicule de Perlman avait été retrouvé, puis la plage de Mason Point.

Le jour déclinait. La mer était sombre, plus sombre que Cory Bloom se souvenait de l'avoir vue depuis des mois, et elle semblait lentement contaminer le ciel. Près d'elle, Tyler frissonna.

— Sinistre endroit pour s'échouer, commenta-t-elle.

Bloom regarda la grève, s'efforça de la voir d'un œil neuf. Mason Point n'était sans doute pas la plus jolie plage du Maine, mais en été ça pouvait aller. C'était juste un de ces endroits qui ont besoin de gens pour les animer – des gens vivants, bien sûr. Un cadavre n'arrangeait rien.

— C'est pas si mal, nuança-t-elle. De toute façon, je crois pas que ça ait gêné Bruno Perlman.

— Non, sûrement pas, convint Tyler.

Welbecke se joignit à la conversation. Elle n'avait quasiment pas ouvert la bouche depuis leur arrivée à Boreas, laissant la plupart du temps sa collègue parler et n'intervenant que pour clarifier un point. Elle était plus séduisante que Tyler, mais d'une beauté dure, gâchée par une attitude constamment négative. Elle ne devait pas avoir beaucoup d'amis, les hommes comme les femmes devaient voir en elle une menace.

— Quand est-ce que Parker s'est trouvé mêlé à cette affaire ? demanda-t-elle.

Bloom tenta de qualifier le sentiment qu'elle décelait derrière la question. De l'antipathie ? Non, pas exactement. Il y avait quelque chose de sous-jacent dans son ton, cependant.

— Un jour ou deux après la découverte du corps.

— Qu'est-ce qu'il a dit ?

— Il a posé quelques questions, c'est tout.

— Quoi, par exemple ?

Welbecke était opiniâtre, il fallait le reconnaître. N'ayant rien à cacher, Bloom décrivit ses rapports avec le détective privé aussi fidèlement qu'elle le put.

— Vous l'avez laissé examiner le véhicule ?! fit Welbecke (cette fois, Bloom n'aima *vraiment* pas son ton). Vous l'avez laissé contaminer une possible scène de crime ?!...

— Si je l'avais pas fait, le corps de Perlman serait encore dans le frigo du croque-mort. Personne de la Crim ne s'est remué les fesses avant que Parker s'intéresse à l'affaire.

— Vous avez besoin d'un privé pour vous expliquer comment vous devez faire votre boulot ?

— Moi, non, répliqua Bloom, mais vous oui, c'est clair.

Welbecke eut ce mouvement du cou qui précède la bagarre. Bloom ne l'avait remarqué jusque-là que chez les hommes, le plus souvent chez les gros cons baraqués qui cherchent les ennuis et sont trop bêtes pour comprendre qu'ils préviennent ainsi leurs adversaires, leur laissant le temps de frapper en premier et de les mettre K-O. Du coup, Welbecke baissa sérieusement dans l'estime de Bloom, ce qui ne lui procura aucun plaisir. Elle n'aimait pas voir des femmes se comporter aussi mal que des mecs, surtout des flics. Les forces de l'ordre restaient un milieu profondément sexiste, où l'on exigeait toujours plus des femmes que des hommes, tout en s'attendant à ce qu'elles ne soient pas à la hauteur. Bloom était contente que son prédécesseur ne soit plus dans le coin pour assister à ce jeu du « qui c'est le plus fort ? ». Cela n'aurait fait que confirmer ce qu'Erik Lange et ses copains pensaient des femmes.

Tyler, qui avait assisté à la scène avec un amusement évident, décida qu'il était temps de jouer les conciliateurs :

— Holà, holà, doucement ! Personne n'accuse personne, d'accord ?

S'adressant à Bloom, elle poursuivit :

— Vous devez comprendre qu'il y a des façons de faire les choses, et là, c'était peut-être un peu en dehors des clous. Mais il n'y a rien eu de grave, je pense. OK, Stacey ?

Welbecke semblait au contraire estimer que Bloom avait fait une belle connerie, mais elle se contenta de détourner les yeux avec un haussement d'épaules signifiant au monde entier : « Qu'est-ce que ça peut me foutre ? » *Miaou*, pensa Bloom. *Une soucoupe de lait pour l'inspectrice Welbecke, s'il vous plaît.*

Tournant le dos à sa collègue, Tyler fit quelques pas vers la bande de terre qui avait donné son nom à Mason Point. Bloom la suivit, elle n'avait aucune envie de rester seule avec Welbecke. Tyler observait le mouvement de la marée montante. Même de l'endroit où elle se tenait, on pouvait déceler de forts contre-courants.

— Les gens se baignent, par ici ?

— Il y a des panneaux de mise en garde sur le parking, répondit Bloom. Normalement, il y en a aussi sur la plage même, mais on est en train de les repeindre, avant le début de la saison.

Tyler inspira une longue bouffée d'air marin.

— Vous bossez ensemble depuis combien de temps, Welbecke et vous ? lui demanda Bloom.

— Deux mois. À mon tour : vous avez parlé à Parker des marques sur le crâne de Perlman ?

Bloom se sentit rougir. Elle ne pensait pas avoir commis une faute en le mettant au courant, mais à strictement parler elle n'aurait dû lui livrer aucune information. C'était vrai pour tout ce qui s'était passé, ce qui les ramenait à la case départ : un mort bloqué dans un tiroir réfrigéré tandis que le plus gros des trente inspecteurs du Maine, et quelques flics des États voisins, faisaient la chasse à un adolescent fantôme…

— Oui, reconnut-elle. Je l'ai fait.

— Welbecke est du genre le règlement avant tout, vous comprenez ? Et théoriquement, elle a raison. Vous connaissez Gordon Walsh, un inspecteur de la Crim ?

— Non.

— On peut dire qu'il a été mon mentor. C'est un bon flic. C'est aussi à lui que Parker a parlé de Perlman. Si Welbecke a vraiment un problème avec ce qui s'est passé ici, c'est à Walsh qu'elle devra se plaindre, et il a beaucoup de respect pour Parker. Mais elle ne le fera pas. Elle s'est juste défoulée un peu. Je vous le répète, elle est raide, mais c'est pas toujours une mauvaise chose, d'autant qu'on va ouvrir un dossier d'enquête, maintenant.

— Je comprends, dit Bloom.

Et c'était vrai. Tyler lui faisait savoir qu'elle s'occuperait de Welbecke et elle, en échange, devait fermer les canaux de communication avec Parker.

— Il vit loin d'ici ? voulut savoir Tyler.

— À trois kilomètres environ, de l'autre côté de

la ville. Il habite l'une des deux maisons de la Green Heron Bay.

— Qui habite l'autre ?

— Une nommée Ruth Winter et sa fille.

— Une femme du coin ?

— Presque : elle est de Pirna. Elle s'est installée à peu près en même temps que lui. Pourquoi vous me demandez ça ?

— Simple curiosité.

— Si vous voulez parler à Parker, je peux vous indiquer le chemin. On rate facilement le tournant qu'il faut prendre pour aller à la baie, surtout quand il commence à faire sombre.

— Ça peut attendre demain. Pour le moment, j'aimerais avoir une copie de tous vos rapports. Ensuite j'irai au motel où j'ai réservé, je prendrai une douche et je dînerai quelque part. Vous avez des suggestions à me faire ?

Bloom recommanda quelques restaurants tandis qu'elles rejoignaient Welbecke, puis elles retournèrent à leurs voitures respectives. Bloom passa devant pour le retour à son bureau. Elle avait fait des copies de tous les rapports avant leur arrivée, devançant la demande, et il lui fallut peu de temps pour les leur remettre. Welbecke remercia Bloom en partant et parut sincère.

Entre les lattes de son store, Bloom regarda leur voiture s'éloigner. Preston la rejoignit et s'enquit :

— Elles ont été comment ?

— Plutôt bien.

— Toutes les deux ? La grande a l'air un peu vacharde.

— Non, elle a été bien aussi.

— Hum, fit Preston, d'une manière indiquant que

231

la façon dont tournait le monde ne cesserait jamais de l'étonner.

— À propos, reprit Bloom, si M. Parker appelle, tu lui dis que je ne suis pas disponible et tu prends le message.

— Compris. Il a des ennuis ?

Bloom vit son propre reflet dans la vitre et se surprit à sourire.

— Mary, je dirais qu'avec lui, les ennuis, c'est permanent.

31

Ruth Winter parut surprise et troublée de découvrir Parker sur le pas de sa porte. Vêtue d'un tablier, elle avait de la farine sur les mains.

— Désolée, je suis un peu en retard. Les filles regardent la télé, je viens juste de commencer à faire la pâte. Entrez donc, mais le dîner, ce sera un peu plus tard que...

Elle réussit à sourire bien que, manifestement, elle n'appréciât pas particulièrement la perspective de devoir à la fois s'occuper de lui et préparer le repas. Il ne lui rendit pas son sourire.

— Je peux vous parler ? dit-il. Sans les filles.

Le son de la télévision leur parvenait de la salle de séjour : une femme chantait, un air qu'il n'arrivait pas à identifier, un truc sirupeux, et Parker se dit que c'était peut-être un Disney récent, un de ceux qui lui avaient échappé.

Winter hocha la tête et sortit, tirant la porte derrière elle. Malgré le pull qu'elle portait sous son tablier, elle frissonna quand le vent froid de la mer l'enveloppa.

— Quelque chose qui ne va pas ? demanda-t-elle.

Les yeux de Parker se portèrent sur le petit trou dans le montant de la porte.

— Pourquoi avez-vous enlevé votre *mezuzah* ?

— Quoi ?

— Votre *mezuzah*. Elle était sur le montant de la porte, la première fois où je suis venu, et elle n'y est plus. Elle est passée où ?

Il la sentit se hérisser, la vit tâcher de garder son calme.

— Il y avait une fissure dans le boîtier, j'ai eu peur que de l'eau s'infiltre à l'intérieur.

Elle lui donnait une explication différente de la fois d'avant, un nouveau mensonge, et on avait déjà menti si souvent à Parker qu'il pouvait presque attribuer aux mensonges une couleur et une forme, comme certains musiciens perçoivent par synesthésie les formes et les teintes des notes.

— Vous connaissez Bruno Perlman ?

— Qui ?

— Bru-no Perl-man, répéta-t-il lentement et distinctement. L'homme dont le corps a été rejeté sur la plage de Mason Point.

— Pourquoi je le connaîtrais ?

Mauvaise réponse, pensa-t-il, *ou réponse à une autre question que celle qu'il avait posée.*

— Vous savez qui je suis, madame Winter ? Vous savez comment je gagne ma vie ?

— Écoutez, je n'ai pas de temps à perdre avec ça.

Elle recula vers la porte mais il la bloqua avec son bras.

— Qu'est-ce que vous faites ?! s'insurgea-t-elle.

— Je cherche à vous aider.

— Je n'ai pas besoin de votre aide. Je ne vois même pas ce qui a pu vous donner cette idée.

— Je suis détective privé depuis plus de dix ans. Avant ça, j'étais officier de police, inspecteur.

— Et ?

Elle évitait de croiser son regard. Par la partie vitrée de la porte, elle fixait la cuisine. Elle n'avait qu'une envie : retourner chez elle, s'éloigner de cet homme.

— Je le sens quand les gens ont des ennuis, quand ils sont effrayés, quand ils cachent quelque chose. Et quand ils mentent.

— Enlevez votre bras…, dit-elle d'une voix légèrement tremblante. Vous me faites peur, je veux que vous partiez, tout de suite. Si vous emmenez votre fille, je comprendrai, mais je veux que vous partiez.

Elle passa une main sous le bras de Parker pour saisir la poignée de la porte. Il la laissa faire.

— Bruno Perlman a été assassiné, affirma-t-il. Avant de le balancer dans la mer, quelqu'un lui a enfoncé une lame dans l'œil droit. Ça ne l'a pas tué – apparemment, il est mort dans l'eau –, mais ça a dû lui faire horriblement mal. C'était un acte de torture, probablement destiné à le faire parler. Il faut être quelqu'un de très particulier pour infliger ce genre de souffrance.

La main de Ruth Winter se figea sur la poignée de la porte. Elle refusait toujours de tourner les yeux vers Parker. Il ignorait où son regard s'était posé, il savait seulement qu'il était dirigé ailleurs, plus vers l'intérieur d'elle-même que sur quelque chose d'extérieur.

Il s'adressait à elle sans élever le ton. Il n'essayait pas de la bousculer et il regrettait d'être forcé de l'empêcher de rentrer chez elle, mais il voulait qu'elle l'écoute, et il voulait voir sa tête pendant qu'elle écouterait. Il voulait être sûr.

— Je pense que Perlman est venu ici pour vous voir. Il avait peut-être pris contact avec vous par mail ou par téléphone. Il vous avait peut-être même envoyé une lettre – il paraît qu'il y a encore des gens qui font ça. Quelqu'un l'a intercepté, l'a torturé et l'a flanqué à l'eau, mais son corps n'aurait pas dû être rejeté si tôt sur la plage. Quand vous avez appris qu'on avait découvert un cadavre à Mason Point, vous avez pensé que c'était peut-être celui de Perlman et vous n'avez voulu courir aucun risque. Bien qu'il y ait eu peu de chances pour qu'on établisse un lien entre lui et vous à cause de votre religion commune, vous avez quand même retiré la *mezuzah* de votre porte.

— Je ne sais pas de quoi vous parlez, murmura-t-elle.

Ses mots, aussi légers que du duvet, furent aussitôt emportés par le vent.

— Si je ne me trompe pas, poursuivit-il, ignorant sa remarque, vous avez su avant tout le monde que Perlman avait été assassiné, avant même qu'on découvre la trace d'une lame à l'autopsie. Maintenant, il y a une autre possibilité, bien sûr.

Elle attendit, battant brièvement des paupières avant de fermer les yeux.

— Allez-y, dit-elle. Plus vite vous aurez fini, plus vite je retournerai auprès de ma fille.

— L'autre possibilité, c'est que vous ayez tué Perlman vous-même. Vous lui donnez rendez-vous sur le parking, vous lui enfoncez un couteau dans l'œil, vous le traînez jusqu'au bord de la falaise et vous le jetez dans la mer. Il n'était pas très costaud, et il ne s'attendait peut-être pas à se faire attaquer par une femme. Ou alors, vous aviez un complice, qui s'est chargé du boulot après que vous avez tendu le piège. Mais je n'y crois pas trop, je ne vous sens pas capable d'une chose pareille. Vous avez peur – ça, j'en suis sûr –, mais pas d'être compromise dans un meurtre. Vous avez peur que l'assassin de Perlman s'en prenne maintenant à vous, et à votre fille.

Pour la première fois depuis qu'il avait commencé à parler, elle se tourna pour lui faire face.

— Vous avez fini ? répliqua-t-elle.

Elle avait essayé de mettre dans son ton l'ennui et le mépris qu'elle feignait d'éprouver mais n'y était pas tout à fait parvenue.

— Presque, répondit-il. Si ça ne vous dérange pas, j'emmène Sam, parce que je crois qu'elle est en danger près de vous. Je vous laisse ce soir pour réfléchir : demain, j'irai voir Bloom et je lui dirai ce que je pense. Je fais peut-être complètement fausse route, mais je la laisserai décider elle-même.

Il baissa le bras et ajouta :

— Dès que vous m'aurez amené Sam, je partirai.

Elle ouvrit la porte, ne rentra pas aussitôt.

— Pourquoi vous ne nous laissez pas en paix ?

— Vous n'êtes pas en paix. Et vous ne le serez pas avant d'avoir dit la vérité.

— Allez vous faire foutre, vous et vos conneries moralisatrices !

— Ma fille. S'il vous plaît.

Elle rentra, lui claqua la porte à la figure. Elle réapparut une ou deux minutes plus tard, aidant Sam à enfiler son manteau. Amanda les suivait, l'air bouleversée. Sam semblait simplement perplexe. En sortant de la maison, elle prit la main de son père, dit au revoir

237

à Amanda et à sa mère. Seule Amanda répondit et la porte se referma, la lumière du vestibule s'éteignit. Il ne resta que celle de la véranda pour les éclairer. Parker et Sam sortirent de son cocon lumineux et descendirent les marches menant à la plage.

— Pourquoi on reste pas dîner ? demanda Sam. Tu t'es disputé avec la maman d'Amanda ?

— Nous avons eu une discussion.

— Genre dispute ?

— Un désaccord.

— C'était une dispute, déclara Sam avec conviction.

— Vous regardiez quel film ?

— *Mulan*.

— Désolé que tu aies raté la fin.

— Ça ne fait rien, je l'avais déjà vu.

Ils continuèrent à marcher.

— La maman d'Amanda a fait quelque chose de mal ?

— Pourquoi tu dis ça ?

— Parce que tu te bagarres seulement contre ceux qui ont fait quelque chose de mal.

— Non, elle n'a rien fait de mal. Je crois qu'elle a des ennuis et qu'elle a trop peur pour demander de l'aide.

— Tu vas l'aider quand même ?

— Je vais essayer.

— C'est bien.

Sam trébucha légèrement, et quand Parker regarda par-dessus son épaule pour s'assurer que sa fille n'avait rien, il remarqua qu'elle fixait son dos, là où se trouvait le pistolet. Il était sûr que sa chemise le recouvrait, mais il pensa que le vent avait peut-être plaqué le tissu dessus, révélant sa forme. Sam ne fit aucun commentaire et garda le silence pendant le reste du trajet.

32

À nouveau tapi dans les dunes au-dessus de la maison, Steiger regardait Parker et la gamine partir. Toute la journée, il avait eu des appréhensions, sans savoir au juste pourquoi. Peut-être parce qu'il ne détenait pas encore toutes les informations nécessaires pour prendre la décision qui s'imposait. Certes, il avait reçu l'autorisation de liquider la femme, Winter, mais il restait le problème du privé à régler et il avait maintenant une gosse chez lui. Tuer des enfants ne lui posait pas de problème – il tuait tout ce qu'on voulait –, mais cette affaire devenait vraiment compliquée. C'étaient les autres qui l'avaient compliquée. Steiger aurait agi différemment dès le début : zigouiller Perlman, zigouiller Tedesco, zigouiller Winter et disparaître. Il n'aurait même pas laissé de cadavres derrière lui.

Maintenant, la mer avait rejeté le corps de Perlman et Oran Wilde était devenu un pion sur l'échiquier. Non, Steiger n'aurait pas choisi d'ajouter de la complexité à une situation déjà complexe. Question d'intelligence, pensait-il. Il savait qu'il n'était pas stupide, mais il ne se prenait pas pour plus intelligent qu'il ne l'était. Il avait fini par se rendre compte qu'il y a dans le monde des gens si brillants qu'ils trouvent la simplicité indigne d'eux. S'il leur faut relier deux points, ils en ajoutent invariablement un troisième pour tracer un triangle. L'Homme Puzzle en faisait partie. C'était la raison pour laquelle Steiger avait décidé de ne plus travailler avec lui. Une fois ce boulot terminé, il en informerait Cambion, qui lui servait toujours d'intermédiaire dans ce genre d'affaire.

Il ne voyait plus Parker et sa fille – il présumait que la gamine était sa fille. Ils avaient disparu dans l'obscurité croissante entre les deux maisons, et à mesure qu'ils s'éloignaient de lui, ses appréhensions se dissipaient lentement. Parker était la source de son inquiétude, Steiger en était sûr. L'homme était peu commun, étrange. Il aurait dû être mort. Ce privé était comme un insecte à moitié écrasé qui continue à se traîner sur le sol en attendant le second coup, celui qui mettra fin à ses souffrances. Steiger avait filé Parker toute la journée, il l'avait même suivi jusqu'aux locaux de la police, en ville. Il aurait bien voulu savoir ce qui s'y dirait et ce fut seulement la chance – ou peut-être l'instinct – qui l'avait incité à traîner dans les parages après le départ du détective, de sorte qu'il était encore là quand la voiture des deux femmes était arrivée. Le véhicule n'avait rien de remarquable, mais il avait aussitôt compris qu'elles étaient des flics, et ses préoccupations n'avaient fait que croître quand elles avaient suivi le chef de la police jusqu'à Mason Point.

Steiger n'était pas resté dans le coin. Il avait téléphoné au croque-mort de Boreas en se faisant passer pour un parent de Perlman et il avait appris que le corps avait été transporté à Augusta pour autopsie. Après quoi, il avait facilement fait le lien et conclu que l'examen du corps avait éveillé les soupçons de la police de l'État.

Les chaussures de Steiger s'enfonçaient dans le sable des dunes. Il se dégagea, chercha un terrain plus ferme. Il n'aimait pas la proximité de la mer. Il ne savait pas nager et l'océan avait toujours été pour lui une menace, une masse sombre qui l'attirait, l'invitant à se mesurer à lui, à s'y immerger centimètre après centimètre jusqu'à ce qu'il ne sente plus le sol sous ses pieds… et se noie.

Quelquefois, dans ses rêves, il flottait sur une immensité d'eau noire – curieusement en sécurité tant qu'il ne se débattait pas – et prenait lentement conscience d'une présence venue des profondeurs, qui montait vers la surface pour le dévorer, et il se réveillait juste avant de la voir, juste avant de sentir ses mâchoires se refermer sur lui, et il savait que sa forme, sa matérialité physique importaient peu, parce qu'elle serait toujours essentiellement la même chose : sa propre mort.

Les dunes aussi faisaient partie de cette menace : dessinées par la mer, composées de matières organiques et minérales, de ce qui avait vécu jadis mêlé à ce qui n'avait aucune vie. Vues de loin, elles ressemblaient à des vertèbres cachées, comme si elles dissimulaient sous elles une créature hors du temps et de la mémoire, qui, une fois éveillée, ne voudrait que ce que veulent les bêtes de cette espèce : mordre, déchirer, dévorer.

Steiger était fou, bien sûr.

Cet être de violence et de haine, d'envie et de déréliction, se tenait dans les dunes et regardait Ruth Winter passer devant la fenêtre de la cuisine, en contrebas. Il la vit mettre la table et servir le dîner. Il remarqua qu'elle mangeait peu et se demanda pourquoi elle n'avait pas convié le privé et sa fille à rester dîner. Il y avait peut-être eu un incident, ou alors il s'était simplement trouvé qu'Amanda Winter ne s'entendait pas avec la fille du détective et qu'on avait décidé d'un commun accord d'annuler la soirée de jeux.

Il vit Amanda retourner dans le séjour tandis que sa mère restait dans la cuisine, attablée devant un verre de vin rouge. Elle y demeura sans bouger, sans rien faire, tandis que les minutes et les heures passaient. Steiger était capable de rester longtemps immobile et silencieux : c'était la seule façon pour un homme aussi disgracieux et obtus d'affronter le monde. Finalement, Ruth se leva, rinça le verre, passa dans le living. Le murmure de la télévision cessa, la lumière s'éteignit. Une lampe s'alluma en haut dans la salle de bains. Ruth revint dans la cuisine. Elle alla à la fenêtre et contempla les dunes. Un moment, elle croisa peut-être le regard de l'homme qui était là pour la tuer, une partie primitive de son être décelant sa présence sans que la partie consciente de son esprit réalise. Ruth ressortit de la cuisine et la lumière s'éteignit.

Steiger attendit que tout soit silencieux. Sombre. Puis il descendit.

33

Sam était montée dans sa chambre peu après que son père et elle avaient mangé des sandwichs de pain grillé en guise de dîner. Jetant un coup d'œil dans la pièce, il l'avait vue en train de lire un de ses nouveaux livres. Si elle était triste d'avoir été prématurément privée de la compagnie d'Amanda, elle ne le montrait pas. Lorsqu'il était venu la voir une seconde fois, elle dormait déjà sous sa couverture.

Parker lut distraitement au lit pendant un moment. Il n'avait pas sommeil, il ne cessait de penser à Ruth Winter. Il savait qu'il aurait dû mieux gérer leur confrontation. Il manquait de pratique. Il consulta sa messagerie : Walsh n'avait pas répondu à sa demande de renseignements sur la Cadillac marron. Lorsqu'il éteignit sa lampe, il crut entendre des voix l'appeler par-dessus le bruit blanc de la mer.

Bien qu'elle fût dans son lit et que le réveil de sa table de chevet eût égrené les minutes et les heures, Sam n'avait pas l'impression d'avoir dormi. Il lui semblait qu'elle n'avait fait que se tourner d'un côté puis de l'autre sans parvenir à trouver une position confortable, son corps ayant alternativement trop chaud – elle repoussait alors sa couverture – puis trop froid. Elle avait aussi mal à l'estomac et, quand elle finit par éructer, elle sentit dans sa bouche le goût rance du pain perdu, bien qu'elle eût mangé et bu depuis qu'elle avait vomi.

Elle supposa qu'elle avait quand même dû s'assoupir car la texture de l'obscurité avait changé. Elle s'était faite oppressante, presque palpable. Sam avait l'impression qu'elle pourrait en saisir une poignée et la sentir glisser entre ses doigts.

La fille morte était revenue, elle s'était postée au bout du lit, la tête tournée pour que ses cheveux masquent son visage ravagé. Sam avait pitié d'elle comme elle avait pitié de tous ceux qui souffrent d'être infirmes ou défigurés. Elle comprenait aussi que la fille ne pouvait faire autrement : quand elle revenait dans ce monde, elle prenait la dernière forme qu'elle avait habitée de son vivant. Sa beauté appartenait à un autre lieu.

Sam avait été agacée de la revoir. Elle lui avait pourtant dit qu'elle saurait s'occuper de son père et la fille était quand même revenue. Bien sûr, Sam pouvait lui ordonner de partir, mais elle savait que la fille morte n'aimerait pas ça.

Aucun d'eux n'aimait ça.

— Je t'ai dit…, commença Sam.

La fille morte disparut et il fallut un moment à Sam pour se rendre compte qu'elle était maintenant devant l'une des fenêtres et qu'elle regardait vers le nord. Elle avait changé de place en un clin d'œil, mais Sam avait l'habitude de ses manières étranges. Elle vit que la fille morte était maintenant prise d'un tremblement qui partait de sa tête et descendait jusqu'à ses orteils, comme un ressort tendu mis en mouvement. Sans tourner les yeux, elle étendit le bras gauche et fit signe à Sam.

viens

Il n'y avait eu aucun bruit, le mot n'avait pas été prononcé. Il était simplement tombé dans l'esprit de Sam tel un caillou dans une mare.

Sam se leva et rejoignit la fille morte, prenant garde de ne pas la toucher, ni même l'effleurer. Les morts brûlaient comme de la glace et leur contact laissait sur elle des marques qui lui faisaient parfois mal pendant des jours. Ils jouaient aussi le rôle d'émetteurs, transmettant des émotions avec une intensité douloureuse, et Sam était un récepteur incomparable car cela faisait très longtemps qu'aucun être comme elle n'était venu sur terre. Ces bouffées de sentiments – colère, peine, peur, confusion – suffisaient à lui provoquer des maux de tête et des nausées qui n'étaient pas sans ressembler à ce qu'elle avait éprouvé dans la matinée au passage de la vilaine voiture marron. Juste avant que le pain perdu ne remonte, Sam s'était demandé si elle n'avait pas été sans le vouloir en contact avec les morts, parce qu'elle ressentait quelque chose de semblable. Mais la voiture était bien réelle, son père l'avait vue également.

Il voyait d'autres choses aussi, oh, oui, des choses qui étaient à la fois là et pas là. Il ne comprenait pas pourquoi, pas encore. Sam aurait pu le lui révéler, mais elle savait qu'il fallait qu'elle reste discrète, qu'elle n'attire pas l'attention sur elle…

Sam se tenait maintenant près de la fille morte. Elle pouvait sentir son odeur – pas nauséabonde, juste une odeur de fumée. Elle connaissait son nom – Jennifer – et cependant, elle ne pensait jamais à elle par ce nom.

La fille morte était à la fois plus et moins que la première fille de son père, sa demi-sœur. On ne meurt pas sans être transformé, sans changer totalement. Sous ses dehors de petite fille, elle était beaucoup plus âgée à l'intérieur. Intelligente. Dangereuse, même, quoique pas pour Sam.

Les doubles rideaux masquaient la fenêtre. Cela ne gênait en rien la fille morte, mais Sam, elle, dut les écarter. Elle le fit avec précaution. La fille morte continuait à frissonner et Sam prit son tremblement pour un avertissement. Par la fente qu'elle avait créée, elle distingua à peine les contours de la maison des Winter.

regarde

— Je ne vois rien.

regarde mieux

Sam se concentra, ses yeux s'accommodèrent à l'obscurité. Elle discerna la porte d'entrée donnant sur le sud, la fenêtre de la salle de séjour, l'autre fenêtre, à mi-hauteur de l'escalier...

Là : une forme derrière la vitre, se figeant un instant comme si elle y était contrainte par des forces inconnues, un homme se découpant sur le fond gris. L'estomac de Sam se souleva et elle eut à nouveau un goût de vomi dans la bouche. L'image de la voiture marron surgit dans son esprit et le souvenir de la puanteur de l'homme était si fort qu'elle eut l'impression qu'il se trouvait près d'elle et non dans l'escalier de la maison des Winter.

— Papa, murmura-t-elle, puis, plus fort : Papa !

La fille morte lui saisit le bras et ce contact causa à Sam une douleur si vive qu'elle ne put que pousser un cri, et sa tête s'emplit de mots non prononcés :

attention

il va t'entendre

le méchant homme va t'entendre

34

Steiger montait l'escalier à pas de loup, posant les pieds aussi près du bord que possible pour éviter les grincements. Depuis une heure, le vent avait forci et il giflait la maison, provoquant des bruits qui dissimulaient la progression de Steiger, mais il y avait une différence entre le léger claquement d'une porte contre son chambranle, ou la vibration d'une fenêtre, et le bruit d'un pas sur une marche. Des gens étaient morts pour n'avoir pas fait la distinction.

Il portait une mince combinaison en plastique bleu pour protéger ses vêtements et des gants jetables. Un masque chirurgical couvrait la partie inférieure de son visage, non qu'il craignît d'être vu, mais parce qu'il voulait recevoir le moins de sang possible sur sa peau. Ses chaussures avaient des semelles souples et il se déplaçait avec une grâce qui contredisait sa corpulence et son aspect. Il avait cependant mal à l'estomac et il avait terminé le reste du Mylanta dans l'après-midi. Une fois qu'il aurait accompli ce dernier acte, il s'autoriserait deux Vicodine et jouirait de la paix qu'ils apportaient. Pour le moment, la douleur l'aiguillonnait. Plus vite la femme serait morte, plus vite il pourrait prendre les cachets.

Les murs, peints en crème du sol au plafond, étaient nus à l'exception de quelques photographies de fleurs et de couchers de soleil qui devaient aller avec la maison, supposa-t-il, et de photos plus petites de Ruth Winter et de sa fille, certaines entourées de cadres fabriqués avec des bâtons d'esquimaux et décorés par une main d'enfant. Le chemin d'escalier était en nylon pâle – bon marché mais inusable.

Il s'arrêta quand il atteignit la dernière marche de l'escalier. La porte de la chambre d'Amanda était entrouverte, une veilleuse branchée sur une prise projetait des formes étoilées sur le mur, au-dessus du lit. Un des pieds de l'enfant dépassait de la couette. Elle changea de position dans son sommeil, le rythme de sa respiration un instant perturbé, et il se demanda s'il avait fait intrusion dans son rêve, si le subconscient d'Amanda avait repéré sa présence et le manifestait. Steiger n'avait pas exercé aussi longtemps un métier aussi sombre sans reconnaître l'importance de l'atavisme. La fillette ne se réveilla toutefois pas et son rythme respiratoire redevint normal. Il avait trois autres portes devant lui. Il avait pris soin de se procurer un plan de la maison, encore disponible sur le site Internet de l'agence immobilière. Il savait que la chambre de Ruth Winter était probablement la plus spacieuse et qu'elle se trouvait diagonalement opposée à celle de la fille. À côté, la salle de bains. En face, une chambre d'amis, juste assez grande pour accueillir un lit de deux personnes.

Steiger portait son arme sous l'aisselle, pas le Mauser avec lequel il avait tué Lenny Tedesco – un

engin spectaculaire, qui lui avait semblé adapté aux circonstances – mais un Ruger 38 avec percuteur intégré.
Juste au cas où. Il ne craignait pas de faire du bruit.
S'il se retrouvait dans une situation qui le contraignait
à utiliser le Ruger, les détonations seraient le cadet de
ses soucis, mais il n'envisageait ce scénario que pour
Parker, car lui seul constituait une menace. Si, pour
une raison ou une autre, le détective se pointait, Steiger
devrait l'abattre aussi, et même sans tenir compte des
recommandations qui lui enjoignaient de n'en rien
faire, il n'était pas payé pour l'éliminer. En même
temps, il n'avait pas été payé non plus pour torturer
la femme de Lenny Tedesco. Il se l'était simplement
offerte en prime.

Le Ruger demeurait donc sous son aisselle et il
tenait dans sa main droite un couteau à lame courte.
Il voulait que la mort de Ruth Winter soit aussi rapide
et indolore que possible, et pas seulement à cause de
ses instructions. Un bruit de lutte ou un cri pouvait
réveiller la fille et Steiger tenait à ce qu'elle ne se
doute de rien avant de découvrir le corps de sa mère
le lendemain matin.

Ainsi qu'il l'avait imaginé, la porte de la chambre
de Ruth était entrouverte, tout comme celle d'Amanda.
La mère voulait pouvoir entendre s'il se passait quoi
que ce soit d'anormal. Il perçut un léger ronflement.
La porte grinça un peu quand il la poussa, pas assez
toutefois pour réveiller Ruth. Il entra dans la pièce,
s'approcha du lit. Elle était couchée sur le dos, ce qui
lui faciliterait les choses. Au moment où il changeait
de prise pour que le tranchant de la lame soit dirigé
vers la dormeuse, elle ouvrit les yeux, à demi d'abord,
puis elle les écarquilla. Mais la main gauche de Steiger

lui couvrait déjà la bouche et la droite lui tranchait la gorge d'un geste vif.

Il la maintint sur le lit tandis que le sang jaillissait, détourna la tête pour éviter le plus gros des éclaboussures. Il la sentit se cabrer et la tête de lit heurta le mur avec un bruit sourd – une fois, deux fois – avant qu'elle commence à faiblir. Le jet de sang perdit de sa force, se tarit. Steiger tourna la tête vers elle. Elle avait les yeux encore à demi ouverts, comme si elle était sur le point de se rendormir. Curieusement, il ne voulait pas que la fille voie les yeux morts et voilés de sa mère lorsqu'elle la découvrirait. Il y avait du sang sur le mur, sur les draps. Il en sentait même couler sur son front, mais ça ne le préoccupait pas. Il se félicita à nouveau d'avoir pris des précautions pour se protéger. La combinaison et le masque brûleraient sans problème et il se débarrasserait du couteau en le jetant dans l'océan, plus bas sur la côte. C'était un bon couteau mais facile à remplacer, et personne n'avait encore trouvé un moyen sûr d'éliminer d'une lame toute trace d'ADN. Même la tremper dans l'eau de Javel n'était pas sûr à cent pour cent, et pourquoi se donner cette peine alors qu'il n'y aurait pas de sitôt pénurie de couteaux dans les magasins ?

Ruth Winter s'effaçait déjà de sa mémoire quand il se retourna et se retrouva face à la fille.

35

Parker fut réveillé par le bruit des pas de Sam entrant dans sa chambre.

— Qu'est-ce qui se passe, ma biche ? demanda-t-il.

— Papa, il y a un homme dans la maison d'Amanda.

Il se redressa. Il ne portait qu'un caleçon et il vit le regard de sa fille dériver sur son torse, vers les nouvelles cicatrices venues s'ajouter aux anciennes, plus visibles maintenant qu'il avait tellement maigri.

— Quoi ? Comment tu le sais ?

En se rendant à la chambre de son père, elle avait réfléchi à la façon de répondre à cette question. Elle n'aimait pas mentir, mais parfois, il le fallait.

— Comme j'arrivais pas à dormir, je me suis levée pour regarder la mer et je l'ai vu. Il est dans la maison. Papa, dépêche-toi, il faut que tu appelles la police.

Il était déjà debout quand elle lui tendit son portable, mais il ne fit pas le 911, pas tout de suite. Le numéro de Ruth Winter figurait parmi ses contacts et ce fut elle qu'il appela d'abord, le téléphone coincé entre le menton et l'épaule tandis qu'il enfilait un jean et mettait ses baskets. Pas de réponse.

— Merde, lâcha-t-il.

Sam, qui n'hésitait pas à réprimander son père quand il disait des gros mots, garda le silence.

Parker remonta la fermeture Éclair d'un blouson à capuche, tendit le bras vers le pistolet qui était maintenant scotché au cadre du lit. Il le glissa dans une poche du vêtement avant de saisir Sam par les épaules.

— Tu restes ici, tu as compris ? Tu fermes la porte à clef derrière moi et tu n'ouvres à personne si je ne suis pas présent. C'est clair, Sam ?

— Je ne veux pas que tu partes. S'il te plaît.

— J'appelle la police en allant là-bas, mais je ne sais pas combien de temps elle mettra pour venir. Il faut que j'y aille, maintenant. Viens, suis-moi.

Elle descendit l'escalier derrière lui, traversa le vestibule dans son sillage. Il ouvrit la porte d'entrée, sortit, attendit que Sam eût refermé derrière lui et qu'il eût entendu le pêne dormant se loger dans la gâche. Il adressa un signe de tête à sa fille à travers la vitre de la porte puis la nuit l'enveloppa.

36

Amanda Winter regarda avec stupeur l'homme qui se tenait devant elle puis, par-dessus l'épaule de l'inconnu, le corps de sa mère. Malgré la faible lumière, elle distingua les éclaboussures de sang artériel sur le mur crème, la grande tache sur les draps blancs et l'horrible entaille à la gorge de sa mère – le sombre se détachant à chaque fois sur la pâleur du fond. Elle ouvrit la bouche mais aucun son n'en sortit. Elle aurait voulu crier le nom de sa mère, hurler, elle en était incapable. La terreur et le chagrin la rendaient muette et la paralysaient. Exception faite des larmes qui commençaient à couler de ses yeux, elle aurait pu être une poupée.

Il ne fallut qu'une seconde à Steiger pour surmonter sa surprise. Il referma le couteau, le fit passer dans sa main gauche en s'approchant de l'enfant. Le pas qu'il fit vers elle la tira de sa stupeur et elle se retourna pour s'enfuir en criant, mais il fut trop rapide pour elle. Il la saisit par le bras gauche et la tira en arrière. Elle se débattit contre lui, faisant tomber le couteau. Le pied nu d'Amanda heurta l'arme, qui glissa sur le sol et disparut dans l'obscurité du couloir. Elle tenta de crier à nouveau, mais les doigts de Steiger se refermèrent sur son cou, comprimant la trachée-artère. Amanda enfonça ses ongles dans la main de son agresseur, déchirant le plastique et griffant la peau. Steiger continua quand même à l'étrangler, la tint contre la porte jusqu'à ce qu'elle perde conscience, puis l'allongea doucement par terre pour qu'elle ne se cogne pas la tête. Il lui tâta le pouls, bien qu'il fût à peu près sûr de ne pas avoir exercé sur la gorge de l'enfant une pression excessive. Ce n'était néanmoins pas une science exacte et on ne pouvait jamais avoir de certitude absolue. Sentant un battement sous ses doigts, il fut satisfait.

Il regarda le gant déchiré, les entailles dans sa peau. La fille aurait probablement des traces de son ADN sous ses ongles, mais il n'avait pas le temps de les faire disparaître. En d'autres circonstances, il aurait emmené Amanda, ou lui aurait même coupé les doigts. En l'occurrence, ses instructions étaient claires : il ne devait faire aucun mal à Amanda Winter, il avait même déjà franchi les limites en lui faisant perdre conscience.

Il récupéra son couteau près de la salle de bains. La porte était ouverte et il y avait un bidon de Clorox près de la cuvette des toilettes. Pour nettoyer une lame, ce détergent constituait un compromis peu satisfaisant, mais au moins la fille garderait ses doigts et resterait en vie. Il dévissa le bouchon du bidon et versa le liquide sur la main droite d'Amanda, frotta le dessous des ongles du mieux qu'il put.

Bien que Steiger ne fût dans la maison que depuis quelques minutes, il avait l'impression que des heures s'étaient écoulées. C'était toujours comme ça, et il éprouvait invariablement aussi un sentiment d'abattement après avoir tué. Pas de la tristesse, non, plutôt une sorte de déception que ce ne soit que cela, que supprimer une vie soit aussi facile et que cette disparition reste sans effet sur la marche de l'univers.

En quittant la maison, il n'accorda pas une pensée de plus à Amanda Winter ni à sa mère morte.

37

Parker n'avait pas essayé de courir depuis des mois, depuis la fusillade, et des ondes de douleur parcouraient son dos et son ventre. Conscient que des vies étaient en jeu, il tâchait d'imprimer à sa course un rythme régulier, mais ses jambes regimbaient sous l'effort. Il avait l'impression que d'anciennes blessures se rouvraient, que des organes internes recousus éclataient de nouveau le long du tissu cicatriciel. Il avait un goût de sang dans la bouche. Il en avait craché sur son portable en appelant la police.

Pourtant, il continuait à avancer, en titubant.

Il trouva la porte de la maison des Winter grande ouverte. Il entra, le pistolet à la main, tenu près du corps. Sa vision était trouble et il transpirait abondamment. Il inspecta d'abord les pièces du bas et, quand il se fut assuré qu'elles étaient désertes, il s'attaqua à l'escalier. Gravir les marches accrut sa souffrance : chaque fois qu'il levait un pied, un choc secouait tout son être. Parvenu en haut, il découvrit Amanda gisant contre un mur, mais il ne s'en approcha pas immédiatement. Il jeta d'abord un coup d'œil dans la pièce située derrière lui, qui se trouva être la salle de bains. Personne. Alors seulement, il s'agenouilla près de l'enfant, tâta son pouls. Malgré le manque de lumière, il vit les hématomes qui commençaient à marquer sa peau. Il sentit une odeur d'eau de Javel, qui se transmit à sa propre main après qu'il eut touché la fillette.

Il avisa ensuite la mère, un peu plus loin, sut aussitôt qu'il ne pouvait plus rien pour elle, hormis tout faire pour que sa fille reste en vie. Il prit quand même le temps d'inspecter la chambre de Ruth – sur la table de chevet, il vit un verre d'eau qu'il versa sur les doigts d'Amanda pour diluer l'eau de Javel – et la chambre d'amis. Dans cette dernière pièce, les doubles rideaux n'étaient pas tirés et il aperçut une forme dans les dunes, un homme qui observait la maison. Sa silhouette se découpait sur le globe pâle de la lune telle une tache sur la création. Son manteau soulevé par le vent ondulait derrière lui, et Parker sut que cet homme le défiait d'approcher, de chercher à venger la morte et de provoquer ainsi sa propre destruction.

Malgré sa rage, malgré toutes les souffrances endurées, Parker trouva un exutoire dans cette invite. Il oublia la fillette inconsciente, le cadavre de la mère, le risque de sa propre mort. Il ne songeait plus qu'à se déchaîner, à infliger de la souffrance à un autre, comme si cela pouvait lui permettre de se débarrasser de la sienne, de la regarder s'infiltrer comme une huile dans le sable mort. En cela, il se liait sans le savoir à l'homme campé dans les dunes.

Lorsqu'il entendit des sirènes mugir au loin, Parker était déjà sorti de la maison. Les vagues semblaient déferler sur la plage au rythme du sang qui lui martelait les tempes ; la lune froide et massive argentait la grève et formait un halo derrière celui qui l'attendait, qui lui lançait un défi. Au moment même où cet homme reculait dans les dunes pour l'y attirer, un avertissement résonna à l'oreille de Parker, le mettant en garde non contre de nouvelles blessures, de nouvelles souffrances, non contre la mort, mais contre la perte de soi, contre les changements causés par ses souffrances et qui risquaient de s'installer durablement, à la façon des branches d'un arbre mort. Il était mû non par le sens de la justice, ni par la nécessité de réparer un tort immense, mais par le désir de détruire, d'incendier.

Il monta la première dune en chancelant. Le sable s'enfonçait sous ses pieds, avalait ses chaussures. Le pistolet, dans sa main, était une créature vivante qui demandait à être nourrie, et la balle, la pointe d'une langue qui attendait de sortir de la bouche du canon. Parker était redevenu l'homme qui, des années plus tôt, avait baissé les yeux vers les corps ravagés de sa femme et de sa fille, qui avait mis de côté son humanité, tout à sa détermination à retrouver celui qui les lui avait ravies. Son empathie, sa pitié glissaient hors de lui comme les grains blancs qui roulaient sous ses pas et sifflaient derrière lui dans leur chute, tels des serpents. Il était l'exécuteur, le vengeur. Il était l'ange noir, lié par le sang et la colère à ceux qui avaient massacré les premiers-nés d'Égypte, et il refusait d'entendre la voix d'enfant qui criait *non non* à tout ce qui allait maintenant se passer.

Arrivé en haut de la dune, Parker ne vit aucune trace de celui qu'il cherchait. Il poussa un soupir d'épuisement et un fin brouillard de sang sortit de sa bouche. Les sirènes se rapprochaient. Se tournant vers le sud, il vit les rampes lumineuses de véhicules roulant vers la plage. Soudain, il détecta un mouvement près de lui et il réagit, mais trop lentement. Le coup de poing était puissant et précis. Son flanc gauche blessé explosa et, un instant, il devint aveugle, la lune et les étoiles furent remplacées par un voile rouge qui s'abattit sur lui avec la force d'une vague, le projetant à terre.

Lorsqu'il put voir à nouveau, il avait réussi à se mettre à genoux, mais le pistolet avait disparu. La douleur qu'il avait éprouvée avant n'était qu'un lointain souvenir, elle semblait insignifiante comparée aux dégâts infligés à ses organes internes, à des blessures en voie de guérison et qui maintenant ne guériraient jamais, parce que la mort ne le permettrait pas.

Devant lui se tenait l'homme qui avait pris la vie de Ruth Winter, et qui s'apprêtait à le frapper de son pied droit. Parker réussit à parer de son bras, à se protéger d'un coup qui lui aurait ouvert les entrailles, mais la douleur le paralysa et l'homme s'avançait déjà pour frapper de nouveau. Impuissant, Parker attendit le second coup ; son torse oscillait doucement, le voile rouge s'écartait, les étoiles formaient une tache floue, figée dans le ciel nocturne.

L'homme le regardait. Parker fit un effort pour accommoder sa vision, mais le visage de son bourreau resta déformé, et Parker vit sa profonde bassesse, il sentit l'odeur du poison qui suintait de ses pores. Au-delà, la mer était devenue un lac et il savait qu'il y retournerait, que sa première fille l'y attendrait. Elle lui tendrait la main et il entamerait le Long Voyage.

Ses yeux se tournèrent à nouveau vers le sud. Les véhicules d'intervention s'étaient rapprochés, mais cela ne semblait pas inquiéter celui qui se tenait au-dessus de lui. Parker retrouva sa voix :

— Qui es-tu ?

— Qu'est-ce que ça peut faire ?

— Je veux savoir.

— Ici et maintenant, je suis Steiger. Demain, je serai quelqu'un d'autre. Ça te va ?

— Oui.

— Moi je sais qui t'es.

Steiger tira la main de sa poche. Elle tenait un pistolet.

— Regarde-toi ! Un homme brisé, un corps cassé. J'ai demandé de l'argent pour te tuer, on me l'a refusé. Maintenant, je comprends pourquoi. T'es plus rien et donc ta vie ne vaut plus rien. Mais je vais te tuer quand même, par pitié. Je le ferai rapidement si tu me répètes ce que la femme t'a raconté. Sinon, je te colle une balle dans le ventre et je te laisse crever dans la merde et la douleur. Qu'est-ce que tu choisis ?

— Rien. Elle ne m'a rien dit.

— Alors, ce sera une balle dans le ventre. Au revoir, monsieur Parker.

Quand Steiger braqua l'arme sur lui, Parker ne détourna pas la tête. Cela n'aurait rien changé.

Il entendit la détonation et ferma instinctivement les yeux, mais il ne sentit aucun impact. Un cri de douleur et de surprise s'éleva derrière lui. Une voix de femme. Malgré sa propre souffrance, il réussit à se retourner.

Cory Bloom se tenait parmi des roseaux des sables, agrippée d'une main à un poteau de clôture à demi tombé d'où partait un fil de fer qui s'enfonçait dans le sol. Elle portait un coupe-vent bleu sur un sweat-shirt blanc où s'élargissait un nuage sanglant. Elle fixa un instant Parker puis bascula en arrière et disparut de sa vue.

Au même instant, le sol se mit à trembler, comme si une bête, jusque-là profondément enfouie sous le sable, avait été dérangée dans son sommeil. Steiger ouvrit la bouche. Il regarda ses pieds tandis que la dune commençait à s'effondrer. Elle s'écroula et il disparut, la clôture n'étant plus maintenant qu'à quelques centimètres de l'endroit où Parker était agenouillé. Il baissa les yeux mais il ne restait en bas aucune trace de Steiger, rien qu'un monticule blanc. Les coulées de sable continuaient de descendre la pente en ruisseaux et s'arrêtaient au bord de la plage. Là, les ultimes efforts de l'homme qui suffoquait dessous ne les faisaient plus qu'à peine bouger.

La dernière chose que vit Parker avant de perdre conscience, ce fut une petite silhouette près de la tombe de Steiger encore en mouvement.

— Sam, murmura-t-il.

Elle ne l'entendit pas, ne le regarda pas. Ses yeux demeuraient fixés sur le tertre funéraire, et son regard était aussi impitoyable que celui d'un dieu antique.

38

Comme pour Bruno Perlman, la nécessité d'une autopsie empêchait d'enterrer Ruth Winter le jour même avant la tombée de la nuit, comme le prescrivait le Talmud, et les funérailles n'auraient lieu que quelques jours plus tard. Une fois récupéré, le cadavre fut purifié et enveloppé dans un linceul, placé dans un simple cercueil en bois pour le service funèbre célébré à la Sinai Memorial Chapel de Bangor. Pour y assister, Amanda Winter portait un ruban noir au revers gauche de son nouveau manteau, acheté pour elle par sa grand-mère Isha. La fillette retint ses larmes jusqu'à ce que le cercueil fût mis en terre et le kaddish récité, après quoi elle pleura sans pouvoir s'arrêter et demeura tête baissée quand elle passa entre ses proches pour gagner la voiture funéraire qui l'attendait.

Malgré son grand âge, la grand-mère d'Amanda se tenait droite, comme une femme beaucoup plus jeune. Elle avait des cheveux gris mais son visage n'était sillonné que par un fin réseau de rides semblables aux craquelures d'une porcelaine ancienne. Gordon Walsh était présent et observait tout ce qui se passait. Marie Demers aussi. La police savait maintenant pourquoi

Bruno Perlman était venu dans le Maine : soixante-dix ans plus tôt, Isha Winter, alors appelée Isha Gorski, avait été la seule survivante du camp de Lubsko. Après que la vieille femme eut fait asseoir sa petite-fille dans la voiture, Walsh s'approcha et lui présenta ses condoléances. Elle lui adressa un hochement de tête et répondit :

— Ils ne nous laisseront jamais en paix. Jamais. Ils nous traqueront et nous persécuteront toujours.

Puis elle s'assit à côté d'Amanda et la voiture démarra.

Lorsque la porte du sous-sol s'ouvrit, Oran Wilde tenta de protéger ses yeux de l'irruption soudaine d'un rai de lumière. Il avait les mains menottées devant lui et la jambe gauche attachée par une longue chaîne à un anneau scellé dans le mur. Il avait maigri et il était encore plus pâle qu'avant. Hormis la fois où son ravisseur lui avait prélevé du sang avec une seringue jetable neuve, on ne lui avait fait aucun mal. Il disposait, pour uriner et déféquer, d'un seau que l'homme vidait deux fois par jour et qu'il nettoyait à l'eau de Javel pour qu'il ne sente pas. Tous les matins, il apportait à Oran un autre seau rempli d'eau chaude afin qu'il puisse se laver, ainsi qu'une serviette propre et un de ces petits savons enveloppés de papier que l'on trouvait dans les salles de bains des motels.

Les deux premiers jours, Oran s'était contenté de se laver le visage et les mains parce qu'il pensait que l'homme l'épiait peut-être, et il ne voulait pas se montrer nu devant lui. Une inspection ultérieure du sous-sol ne révéla aucune caméra cachée, pour autant qu'il pouvait en juger, mais il n'était pas expert en ce domaine et il n'était pas vraiment possible de savoir s'il y avait quelque chose de dissimulé entre les briques des murs. Finalement, Oran avait cessé de se soucier de telles choses. Il préférait ne pas avoir à sentir sa propre odeur.

Un poste de télévision était fixé sur un support dans un coin, légèrement trop haut pour qu'Oran puisse le toucher. Il ne captait que les émissions câblées mais c'était mieux que rien et une télécommande permettait de changer de chaîne. On lui avait aussi fourni des livres, des magazines et quelques romans graphiques. Il avait un fauteuil pour s'asseoir, un canapé-lit où dormir. Le sous-sol était dépourvu de fenêtres mais ventilé par des grilles d'aération, chauffé par un radiateur et éclairé par deux lampes.

Oran avait essayé de situer l'endroit où on le retenait prisonnier, mais aucun son ne parvenait au sous-sol, ni du dessus, ni de l'extérieur. La voiture qui l'avait transporté était entrée directement dans un garage et ce qu'Oran avait découvert en premier du monde de son ravisseur, c'était des étagères supportant des pots de peinture, des bocaux de vis et de clous, ainsi qu'une série de panneaux auxquels des outils étaient accrochés. La vue de ces outils l'avait terrifié car il avait pensé que l'homme s'en servirait peut-être pour le torturer, mais son ravisseur l'avait fait sortir du coffre de la voiture et l'avait conduit au sous-sol, où Oran était resté enfermé depuis.

L'homme lui avait peu parlé depuis qu'il l'avait enlevé, il lui avait simplement demandé s'il avait besoin de quelque chose et lui avait enjoint de se tenir tranquille pendant la prise de sang. Il n'élevait jamais la voix, ne menaçait jamais de lui faire mal, mais l'adolescent demeurait terrifié. Il se rappelait le moment où, se réveillant dans sa chambre, il avait vu un homme masqué penché au-dessus de lui ; il se rappelait la main plaquée sur sa bouche et la soudaine apparition du pistolet. Tout s'était ensuite passé très vite : les menottes, le bâillon, le ruban adhésif autour des jambes.

Puis la fusillade avait commencé.

Oran ne savait absolument pas pourquoi sa famille avait été prise pour cible. Pourquoi il était enfermé dans ce sous-sol. Il avait posé la question à son ravisseur, n'avait pas obtenu de réponse. Jusque-là, l'homme avait toujours dissimulé son visage derrière une cagoule, ce qu'Oran considérait comme un bon signe. Cela lui donnait un peu d'espoir. Cela signifiait peut-être que l'homme avait l'intention de le libérer à un moment ou à un autre.

Oran – garçon tranquille, intelligent – pensait avoir toutefois une idée de l'identité de son ravisseur. Sa voix, dont il faisait rarement usage, lui semblait familière. Il l'avait déjà entendue. Le concours, la dissertation…

L'homme descendit l'escalier et se tint devant Oran, les mains sur les hanches. Il portait un gros blouson L.L. Bean kaki, le genre de vêtement que portait le père d'Oran quand il partait en randonnée. Oran se demanda si ce n'était pas celui de son père que l'homme avait pris dans la maison avant que le feu la dévore. Il chassa cette pensée de son esprit. Il s'efforçait de ne pas songer à ses parents ni à ses sœurs. Il regrettait toutes les fois où il s'était disputé avec eux, où il avait traité ses sœurs de connes, ou rejeté les démonstrations d'affection de sa mère, les tentatives maladroites de son père pour établir un lien. Il aurait donné n'importe quoi pour pouvoir remonter le temps, passer simplement une journée de plus avec eux.

— Oran, tu as été un brave garçon, dit l'homme.

La cagoule étouffait un peu sa voix parce que l'ouverture pour la bouche était trop petite. Oran ne répondit pas, il était trop effrayé.

— Je suis désolé pour ce qui est arrivé à tes parents, à tes sœurs, poursuivit l'homme. Je sais que ça t'a fait beaucoup de peine. Ce ne sera plus long, maintenant.

Il leva une main, ôta sa cagoule.

Et Oran se mit à sangloter.

III

« Il n'y a aucune raison pour que le bien
ne triomphe pas du mal.

Tout triomphe est affaire d'organisation.
S'il existe des anges, j'espère qu'ils s'orga-
nisent selon les méthodes de la mafia. »

Kurt Vonnegut, *Les Sirènes de Titan*

39

Le service médico-légal de l'État du Maine était installé à Augusta dans un bâtiment banal sur Hospital Street, commodément situé derrière le laboratoire de police scientifique. Il avait toujours fonctionné sous certaines contraintes financières, en grande partie parce que le parlement du Maine, comme la plupart des corps législatifs élus de ce type, répugnait à approuver d'importantes augmentations budgétaires pour ce type de service au motif, indéniable, que les morts ne votent pas. Ainsi, alors que la moyenne nationale du délai nécessaire pour établir la cause de la mort était de soixante jours pour les cas simples et quatre-vingt-dix pour les homicides, déterminer la cause d'une mort dans le Maine pouvait prendre jusqu'à six mois. Il y avait quantité d'affaires en attente, et le service était contraint de se montrer de plus en plus pointu au moment de choisir celles qu'il se sentait tenu de prendre en charge.

Rien de tout cela n'était la faute de ceux qui s'étaient succédé au poste de médecin légiste au fil des années, ils avaient tous fait de leur mieux pour économiser le moindre *cent* tout en plaidant pour obtenir de l'État des ressources supplémentaires, la plupart du temps en vain. Par chance pour le Maine, les divers titulaires du poste avaient été non seulement d'une grande conscience professionnelle mais aussi habiles et intelligents, capables de ces trouvailles qui permettent à d'importantes institutions de fonctionner même quand l'argent reste dans les bas de laine. Aux yeux d'un profane, certaines de ces trouvailles avaient pu paraître peu orthodoxes. Par exemple, on exige des médecins légistes qu'ils gardent des échantillons d'organes internes – généralement le foie, les poumons, le cœur et les reins – des corps autopsiés, au cas où des questions se poseraient par la suite. Ces échantillons sont le plus souvent traités au formol et conservés dans des bocaux en verre spéciaux. Or ces bocaux à échantillons coûtent cher, alors qu'il suffit d'un simple récipient en verre muni d'un couvercle hermétique pour remplir la fonction demandée. Voilà pourquoi un ancien médecin légiste du Maine, perdu peut-être dans la contemplation d'un pot de mayonnaise ou de confiture, remarqua que ces denrées étaient vendues dans des récipients en verre peu différents de ceux que son service achetait fort cher. C'est ainsi que des bocaux alimentaires – dûment collectés, soigneusement nettoyés et scrupuleusement débarrassés de leurs étiquettes, pour éviter une éventuelle confusion traumatisante – devinrent des bocaux stériles à échantillons, et l'argent économisé fut affecté à la résolution de problèmes plus pressants, à savoir établir la cause de la mort de telle personne, ce qui, dans les cas de meurtres, pouvait incidemment servir à arrêter l'individu responsable.

Le Maine n'était toutefois pas le seul État aux prises avec un faible budget et des installations inappropriées, et il faut porter au crédit de tous les membres du service médico-légal le fait qu'il n'ait pas connu les mêmes scandales que dans le Massachusetts voisin, où des corps n'avaient jamais été réclamés, où des cadavres avaient été égarés, ou, comme en Oklahoma, où, faute de personnel, on avait cessé d'autopsier dans les cas de suicide apparent. L'enquête sur le massacre de la famille d'Oran Wilde, le meurtre corrélé d'un sans-abri et l'autopsie de Bruno Perlman avaient quasiment épuisé les ressources du service. Deux cadavres de plus venaient maintenant de s'ajouter à la liste d'attente, même s'il n'y avait en l'occurrence aucun doute sur la cause de leur mort. La dépouille de Ruth Winter avait déjà été restituée à sa famille, mais il restait l'autre cadavre.

Les trois hommes qui se rendirent au service médico-légal peu après la tombée de la nuit ne se préoccupaient que de ce deuxième corps : celui de l'homme mort étouffé sous le sable de la plage de la Green Heron Bay. Ils entrèrent par la porte de derrière et l'employé de service du bureau principal ne tourna même pas la tête lorsqu'ils se dirigèrent vers la pièce dans laquelle il avait amené le corps pour eux. Ces hommes lui avaient déjà fait comprendre qu'il ne pourrait pas parler de ce qu'il ne connaissait pas : aucun nom n'avait été inscrit sur le registre et il n'avait vu aucun visage. Il poussa un soupir de soulagement uniquement quand il eut entendu la porte de la salle d'autopsie se refermer, après quoi il alla longuement vérifier la serrure de la porte de devant avant de se retirer dans un bureau isolé, où il demeura jusqu'à ce que les trois hommes soient repartis, le laissant à nouveau seul avec ses morts.

La lumière des tubes fluorescents se reflétait sur le verre, le métal, le carrelage, et éclairait le corps allongé sous une toile en plastique sur un chariot. Gordon Walsh enfila une paire de gants d'examen, en tendit d'autres paires neuves aux deux hommes qui se tenaient devant lui avant de soulever la toile pour découvrir le visage et la poitrine du mort. On apercevait le haut de l'incision en Y, grège sur la pâleur gris-bleu de la peau.

— Hé, mais c'est votre mère, dit Angel.

— Putain, vous avez quel âge ? répliqua Walsh. Nom de Dieu !

— Je peux le toucher ? demanda Louis en s'approchant.

— Faites donc, je vous en prie.

Louis fit tourner la tête de l'homme avec précaution, examina la difformité du visage et du crâne, les oreilles dépourvues de lobe. Il releva les lèvres, regarda les dents blanches, régulières.

— Prothèse partielle, commenta l'inspecteur.

— Il croyait peut-être que ça l'aiderait à décrocher des rencards, suggéra Angel.

— Ça, il devait avoir besoin de toute l'aide possible, confirma Walsh.

— On l'a vidé de son sable ? demanda Louis.

— Vous rigolez ? Il a dû avaler au moins la moitié de la plage…

— Une sale mort.

— Si vous voulez prier pour lui, c'est le moment. Il vous rappelle quelqu'un que vous auriez croisé ?

— Votre mère, répondit Angel, revenant à la charge.

— Ah, fermez-la. On m'avait prévenu de pas vous fréquenter.

— Des signes particuliers sur le reste du corps ? demanda Louis.

— Non, rien, répondit Walsh. Sauf qu'il a pas un seul poil. *Alopecia universalis* – je viens d'apprendre ce nom, j'aime bien le répéter. Ah, oui, il avait aussi les tripes couvertes de tumeurs. D'après le légiste, il souffrait le martyre. Il lui restait sans doute moins d'un an à vivre.

Louis recula et ôta ses gants en veillant à ce que ses mains nues ne touchent pas les parties extérieures du plastique qui avaient été en contact avec la peau du mort.

— Comment il s'appelait, déjà ?

— On a trouvé un permis de conduire de Géorgie au nom d'Earl Steiger quand on l'a sorti du sable. C'était le seul document d'identité qu'il portait sur lui, mais pas le seul qu'il possédait.

— Earl Steiger…, répéta Louis. Non, ça ne me dit rien.

— Comme il devait crécher quelque part dans le coin, reprit le policier, on a ratissé la région et on a trouvé un motel à la sortie de Belfast, le Come Awn Inn. Il y a dormi deux nuits, il a réglé en liquide.

— Le Come Awn Inn ? dit Angel. Vous plaisantez, là[1] ?

— Non, non, c'est vrai. Je vous déconseille d'y aller. Quoi qu'il en soit, on a passé la chambre aux rayons UV, je peux vous dire qu'on a trouvé toutes

1. *Come on* : faire du gringue. Et par ailleurs, *to come* : jouir, décharger.

sortes de traces, notamment sur les draps et la couette. J'ai eu envie de jeter mes chaussures dans le feu, en sortant.

— À part ça ? s'enquit Louis.

— On a trouvé quatre autres permis, tous à d'autres noms que Steiger. Tous délivrés par des États du Sud, et tous authentiques – je veux dire par là que ce n'étaient pas des faux. Jusqu'ici, trois des noms nous ont permis de remonter à des enfants morts, dont Earl Steiger. Lui est mort à l'âge de quinze ans, dans un accident de la circulation avec le reste de sa famille, en 1975 dans le comté de Wilkinson, Géorgie.

Pour la première fois, Louis exprima quelque intérêt.

— Des enfants morts ?

— Appel aux fantômes, expliqua Angel. Un vieux truc.

L'appel aux fantômes était une pratique d'une autre époque, avant les ordinateurs et l'échange routinier d'informations entre les agences gouvernementales. Avant l'instauration de l'impôt sur le revenu en 1913 et du système de sécurité sociale en 1935, un Américain ou une Américaine pouvait vivre ouvertement sans détenir aucun document officiel. Même après 1935, il était encore difficile de vérifier si l'identité qu'un individu prétendait sienne l'était bien. Seuls la création de bases de données et les moyens d'action sans cesse accrus de l'administration rendirent ce genre d'imposture plus compliqué à mettre en œuvre – même si, comble d'ironie, Internet, avec sa prolifération de détails personnels intimes, facilite maintenant le vol d'identité. L'appel aux fantômes consistait à trouver un mort ayant à peu près le même âge que vous, à découvrir sa date de naissance – souvent sur sa pierre tombale même – et à utiliser ensuite cette information pour obtenir un certificat de naissance. Avec ce certificat de naissance, il était relativement simple de se faire délivrer un document d'identité officiel.

— Et les autres enfants ? demanda Louis.

Walsh consulta son calepin.

— « Noble C. Griffis, Eureka Springs, Arkansas. Mort noyé en 1962 à l'âge de trois ans alors qu'une institution charitable méthodiste s'occupait de lui... William H. Pruett, Tarboro, Caroline du Nord. Mort à neuf ans dans un incendie avec sa mère, ses deux sœurs, et ses trois frères, en 1971. Père déjà décédé »...

Louis demeura un moment silencieux. Il assimilait les informations de Walsh, les passait au crible de son esprit. Le mort – Earl Steiger, faute d'un vrai nom –, ou quelqu'un agissant pour lui, avait fait preuve d'intelligence dans le choix des fausses identités. Premièrement, les morts avaient vécu dans des régions pauvres du Sud, où les archives étaient moins bien tenues et l'orthographe des noms sujette à des variantes : « Griffis », par exemple, sonnait comme une altération de « Griffin » ou « Griffith ». Ce choix présentait des risques inhérents aux relations étroites entre familles dans les petites communautés rurales, ainsi qu'à l'éventuelle excellente mémoire des responsables des archives, mais ces risques étaient plus que compensés par les avantages induits.

En second lieu, les noms étaient ceux d'enfants orphelins ou dont les parents proches étaient morts en même temps qu'eux, ce qui limitait la possibilité que quelqu'un vienne fourrer son nez dans l'histoire de la famille et découvre que le petit Earl, Noble ou William menait une nouvelle existence au-delà du tom-

275

beau. Enfin, tous les enfants étaient nés entre 1959 et 1962, ce qui correspondait probablement à l'âge de l'homme étendu sur un chariot devant eux.

— Je suppose que vous essayez de savoir quand les certificats de naissance ont été délivrés, dit Louis.

— Au moment même où nous parlons, des vieux et des vieilles épluchent les archives, répondit Walsh.

— Concentrez-vous sur Earl Steiger.

— Pourquoi ?

— C'est le nom qu'il a utilisé pour venir ici, et je parierais qu'il préférait cette identité à toute autre. Quel que soit le nombre de fausses identités dont dispose un individu, il y en a une à laquelle il est attaché, parce que même un fantôme a besoin d'un point d'ancrage. Par ailleurs, quand on n'arrête pas de changer d'identité, on s'y perd et on risque de commettre une erreur. Finalement, on n'a plus de porte de sortie si on a besoin de disparaître.

— Vous m'avez l'air bien informé, ça m'inquiète.

— Vous ne m'avez pas fait venir pour mes beaux yeux, si ?

— Je vous ai pas fait venir du tout.

La suggestion de prendre contact avec Angel et Louis pour le meurtre de Ruth Winter provenait de l'agent spécial Ross, du FBI. Ce gars s'intéressait à tout ce qui concernait Charlie Parker, pour des raisons que lui-même aurait peut-être été en peine d'expliquer.

— Vous découvrirez que la photocopie de certificat de naissance pour le vrai Earl Steiger a été fournie dans l'année qui a suivi sa mort, ou les deux années, au maximum, poursuivit Louis.

— Et pourquoi ça ?

— Parce que le vrai Earl Steiger était le plus âgé

des quatre garçons à sa mort, ce qui signifie que son identité est certainement la première qu'on a procurée à notre ami ici présent. On a dû remarquer très tôt son potentiel, mais pas avant qu'il ait quinze ou seize ans.

— Vous savez qui c'est, affirma Walsh.

— Non et, quand il est mort, il ne savait peut-être pas non plus qui il était vraiment. Mais les enfants du Sud, les âges – ça m'est familier, tout ça.

Louis prit le bord de la toile en plastique et recouvrit le visage du mort.

— Appelez votre copain Ross, conseilla-t-il à Walsh. Dites-lui que c'est peut-être un des gars de Cambion qui vient de crever ici.

40

La femme sentait le chat et les cookies, la pisse et les boules antimites, mais Cambion, dont les capacités sensorielles avaient depuis longtemps été dégradées par la maladie, et qui s'était habitué à l'odeur fétide de sa propre décomposition, le remarquait à peine. Il lui suffisait qu'elle lui fasse à manger, qu'elle l'aide à s'asseoir et à se lever, à se coucher, à sortir du lit et de la baignoire. Tout ça, Edmund pouvait le faire, bien sûr, mais il n'avait pas la délicatesse de cette femme. Il était compatissant, mais il manquait de douceur et, en abordant la dernière étape de sa vie, Cambion s'était mis à apprécier la tendresse, même quand elle était prodiguée davantage par instinct que par inclination.

Cambion avait été un tueur, un tortionnaire, un sadique, un voleur de chair, jusqu'à ce que la maladie de Hansen s'empare de lui et qu'on commence – uniquement hors de sa présence – à l'affubler de surnoms tels que Cambion le Lépreux ou Cambion le Paria. À mesure que la maladie détruisait son corps, le rendant inapte à fonctionner dans son rôle préféré, il était devenu un intermédiaire, un point de contact entre des clients pervers et des hommes ou des femmes assez ignobles pour satisfaire leurs demandes. Il s'était enrichi, mais le plus gros de sa fortune s'était envolé. Il l'avait dilapidé au cours des premières années – car ses goûts n'étaient pas moins dépravés que ceux des individus qu'il représentait, et de tels vices coûtent cher à assouvir –, et puis, après le diagnostic, l'avait dépensé parcimonieusement pour combattre son mal. Cambion était un homme traqué – on ne passe pas sa vie à organiser souffrances et tortures sans se constituer une impressionnante liste d'ennemis – et ne pouvait bénéficier d'une intervention médicale classique : il n'aurait pas survécu une heure après que sa présence dans un hôpital aurait été rendue publique. Il avait aussi eu la malchance, au début de sa maladie, de recevoir un traitement inadapté, conséquence de la nécessité pour lui de faire appel à des médecins véreux, quand ils n'étaient pas tout bonnement des charlatans. Il avait puni l'un d'entre eux en le retenant prisonnier pendant des années et en découpant régulièrement des morceaux de chair dans son corps, mais cela ne lui avait prodigué qu'une maigre consolation.

Une poignée seulement des anciens associés de Cambion avaient continué à travailler avec lui et à lui verser sa part des bénéfices. Les autres l'avaient abandonné depuis longtemps, ce qui l'avait conduit à livrer leurs noms à des chasseurs, flics ou autres, dans l'espoir que cette trahison lui permette de mourir en paix. Cette tactique n'avait pas fonctionné : certains de ces hommes le traquaient encore. Il était réduit à vivre quasiment dans la misère, soigné par une femme qui avait autrefois partagé son lit et qui n'était plus elle-même qu'un cadavre ambulant, mais dont le besoin d'argent était encore plus grand que le sien.

Il fit tinter la cloche accrochée au-dessus de son lit en tirant sur une cordelette. Il ne sentait pas le contact de cette corde sur sa peau car il n'avait plus de sensations dans les mains ni dans les pieds. Ses muscles s'étaient atrophiés et son visage défiguré lui faisait éviter toutes les surfaces réfléchissantes. Ses fonctions rénales étaient affectées par une amylose, pour laquelle le traitement recommandé était l'hémodialyse. Or Cambion ne pouvait se montrer pour la recevoir. Pour que ce traitement lui soit administré discrètement, il aurait fallu des fonds dont il ne disposait plus.

Sa vue était gravement atteinte : il pouvait encore voir l'écran du téléviseur installé près de son lit et lire un texte aux caractères grossis pour lui sur un écran, mais tout ce qui se trouvait à plus d'un mètre était flou. Ce n'était pas plus mal, s'agissant de la pièce où il était couché : il ne voyait plus la moquette sale, le papier décollé des murs, les taches d'humidité au plafond qui, dans ses pires moments, prenaient la forme de visages démoniaques ou semblaient s'élargir comme du sang coulant d'une blessure, à la façon d'un test de Rorschach mesurant sa culpabilité.

La femme ne répondit pas à son coup de sonnette et ce fut Edmund qui apparut. Le géant ne possédait que deux costumes, tous deux d'un jaune pisseux. Celui qu'il ne portait pas se trouvait soit à la blanchisserie, soit au fond d'un placard, attendant son tour. Leur couleur avait passé au fil des ans, pas assez toutefois pour qu'ils soient moins pénibles à regarder, et ils avaient accumulé des souillures dont les frottages les plus énergiques n'avaient pu venir à bout, en particulier des taches de nourriture, de vin et de divers fluides corporels, notamment ceux de Cambion.

— Où tu étais ? demanda ce dernier.

Le colosse était sorti en début d'après-midi et la nuit était tombée depuis. Il remit à son patron plusieurs journaux, tous ouverts sur le même fait divers. Cambion ne put lire que les titres, mais ils suffirent à lui apprendre le meurtre de Ruth Winter et la mort de son assassin. Le lépreux laissa échapper un petit gémissement de chagrin. C'était lui qui avait trouvé Steiger, qui l'avait nourri et formé depuis l'enfance. Il était le dernier de son équipe, l'un des rares qu'il n'avait pas trahis pour tenter de sauver sa peau. Au moins, pensa Cambion en se ressaisissant, ils avaient touché une partie des honoraires avant la mort de Steiger et il avait rempli sa tâche avant de succomber sous le sable, ce qui permettrait à Cambion de toucher le solde de la somme convenue.

Edmund fit apparaître les articles sur l'écran d'un ordinateur portable avec des caractères grossis. Pendant qu'il tapait sur les touches, Cambion songea à sa dernière conversation avec Steiger, au cours de laquelle le tueur l'avait informé de la présence de Charlie Parker près de la maison de Ruth Winter. Curieux que son destin croise à nouveau celui du détective privé. Steiger avait voulu savoir si la tête de Parker était mise à prix, s'il y avait dans l'ombre des gens disposés à payer pour qu'on la leur apporte sur un plateau, mais Cambion l'avait dissuadé de s'en prendre au détective. Ceux qui avaient été à deux doigts de réussir à le descendre quelques mois plus tôt étaient tous morts, et une petite ville avait brûlé en représailles. Si les rumeurs étaient fondées, certains autres qui auraient pu souhaiter la liquidation de Parker avaient apparemment choisi de ne pas s'en prendre à lui pour des raisons que Cambion ignorait, et c'étaient les seuls, selon lui, dont on pouvait raisonnablement supposer qu'ils auraient été prêts à payer pour le faire exécuter.

En lisant entre les lignes des articles, Cambion comprit qu'il y avait eu confrontation entre Parker et Steiger peu avant la mort de ce dernier. Et Steiger avait été enfoui vivant sous le sable. Un accident, disaient les journaux. Il n'était pas rare que des dunes s'effondrent, bien que personne ne se souvînt qu'un tel incident fût déjà survenu dans la Green Heron Bay. Si Cambion avait cru en Dieu – il n'y croyait plus depuis des années, même si son opinion sur le sujet se modifiait rapidement ces derniers temps –, il aurait pensé que celui-ci veillait sur Charlie Parker.

Bien que Cambion fût un être abject et haineux, il n'était pas totalement dépourvu d'humanité, même si elle était presque entièrement liée à ses souffrances. Alors que la mort s'approchait inexorablement, il se retrouvait persécuté par les souvenirs de sa propre cruauté. Il se demandait parfois si Dieu ne l'avait pas châtié en lui infligeant sa maladie. En ce cas, Dieu était en partie responsable des conséquences, puisque la maladie de Cambion n'avait fait qu'attiser son sadisme inné. Dieu avait créé Cambion, tout comme Cambion avait créé Steiger. Chacun était l'instrument, pouvait-on dire, de la volonté d'un être supérieur.

Cambion se surprit à penser à Pascal et à son tristement célèbre pari : tous les êtres humains parient sur l'existence ou la non-existence de Dieu. Ils le font par le simple fait de vivre. Selon le philosophe, une personne rationnelle se comporte comme si Dieu existait, parce que, s'Il existe, la récompense sera infinie, et s'Il n'existe pas les sacrifices consentis dans une vie reposant sur une croyance erronée resteront somme toute limités.

Si Cambion connaissait parfaitement les arguments opposés à Pascal, il devenait, à présent que la mort projetait son ombre sur lui, de plus en plus convaincu de la réalité d'un au-delà de ce monde, et de l'existence d'un Être suprême, au-delà de sa compréhension. Il y voyait un corollaire de sa vilenie et de sa corruption, de même que la conscience du froid peut conduire à reconnaître l'existence de son opposé.

En cherchant plus longuement, Cambion aurait peut-être trouvé quelqu'un prêt à payer pour la mort de Parker – même si les ennemis du détective étaient peu nombreux à avoir survécu –, mais qu'aurait-il acheté avec l'argent ainsi gagné ? Une opération douloureuse, des cathéters, quelques mois, voire une année de plus d'une vie déjà maudite. Non, il n'avait pas besoin de ça. Il aurait même dû refuser le contrat sur cette femme, Winter, mais, une fois les instructions transmises et le paiement effectué, il ne pouvait plus rappeler Steiger. C'était la règle.

Peut-être aussi avait-il peur : Steiger n'était qu'un élément de l'équation, il y avait d'autres personnes impliquées qui échappaient au contrôle de Cambion et pour qui la mort de Ruth Winter était essentielle. Il leur avait fourni les services de Steiger par le passé, sans se faire d'illusions sur l'origine de l'argent versé. Même s'il était un créateur de monstres, Cambion se méfiait de ceux qui louaient les services d'un tueur.

Lorsqu'il eut fini de lire les articles en silence, il réclama le bassin et Edmund l'aida à s'asseoir dessus. Cambion remarqua que le géant se montrait plus attentionné que d'habitude et semblait perturbé par la douleur que l'acte d'uriner causait à son patron. Edmund emporta le bassin, refit le lit et réarrangea les oreillers pour que le malade soit bien installé.

— Nous avons presque fini, dit Cambion, sans savoir s'il était compris ou non.

Edmund sortit de la chambre et dans l'obscurité les lèvres de Cambion marmonnèrent quelque chose qui ressemblait à une prière.

41

Quand ils eurent terminé au service médico-légal, Angel et Louis suivirent la voiture de Walsh jusqu'au Gin Mill de Water Street. Sur le chemin, l'inspecteur appela Ross à New York et lui rapporta ce que Louis lui avait dit de Cambion.

— Ce mec n'en finit pas de crever, dit l'agent du FBI. Il a chopé une sorte de virus.

— Vous le connaissez ?

— Oh ouais : Cambion le Lépreux. Il sert d'intermédiaire maintenant qu'il ne peut plus torturer et tuer lui-même à cause de sa maladie.

— Il a vraiment la lèpre ?

— Lèpre avérée. Il déshonore cette maladie. Cambion n'a pas contracté la lèpre, c'est la lèpre qui a contracté Cambion. Ils sont encore avec vous, les deux autres ?

— Je les emmène au restaurant.

Après une pause notable, Ross demanda :

— Vous souffrez de solitude à ce point ?

— J'ai pensé que j'apprendrais peut-être quelque chose.

— Vous apprendrez à pas recommencer.

— Je peux vous envoyer l'addition ? s'enquit Walsh.

Ross riait encore quand il raccrocha.

Angel et Louis se rendirent tous deux aux toilettes pour se rafraîchir. Malgré leur longue expérience des épisodes pénibles – et Walsh ne se faisait aucune illusion sur ce dont ces types étaient capables –, l'odeur de la salle d'autopsie semblait les avoir affectés. Elle n'avait cependant pas incommodé Walsh, ce qui le préoccupait vaguement.

La serveuse le conduisit à une table et il commanda une Allagash Black. Adossé au mur de brique frais, il téléphona à sa femme. Son fils cadet et elle soignaient un rhume et elle ne l'avait pas envoyé à l'école ce matin-là. Ils semblaient cependant en voie de guérison : le fils, lové sur le canapé devant un chocolat chaud, regardait à la télé une de ces histoires de Transformers complètement nulles qui, pour Walsh, se réduisaient à voir quelqu'un remuer l'intérieur d'un tiroir à couverts ; sa femme avait l'air plus en forme. Lorsqu'il l'avait entendue à son réveil, dans l'obscurité du petit matin, il avait cru être couché à côté de la gamine de *L'Exorciste*. Il l'avait écoutée râler un moment contre les voisins puis lui avait souhaité une bonne journée, suivie d'une bonne nuit : il ne savait pas à quelle heure il rentrerait. Il savait simplement qu'il rentrerait.

Walsh aimait beaucoup sa femme. Il aimait ses gosses. Il était content de sa vie. Il n'était ni perturbé ni obsédé par son travail comme les flics des films ou des romans policiers. Si on rapporte le boulot à la maison comme certains le font, on ne peut pas avoir une famille et une vie normales. Walsh avait appris ça de Miro, son premier sergent. « Trouve-toi une femme, lui avait conseillé Miro. Fais des mômes. Quand t'as fini ta journée, rentre chez toi. Y aura des jours où t'auras envie de boire un verre après ce que t'as enduré, mais c'est peut-être ces jours-là que tu devras rentrer direct retrouver ta famille. Si t'en sens le besoin, va te balader seul avant le dîner, ou avec ton chien comme compagnie. Ça t'aidera. » Miro ne buvait pas. Il ne reprochait à personne de boire un verre et, quand il lui arrivait d'aller dans un bar, il payait sa tournée sans rechigner, mais Miro avait raison. Walsh se disait que si ce n'était pas à sa femme, à qui pourrait-il se confier ? Il ne lui disait pas tout, mais il lui en disait pas mal. Le reste, il le gardait par-devers lui, parce qu'il y a des choses vues et entendues qu'il vaut mieux taire. Il aimait pourtant boire une bière à l'occasion. Pas pour échapper à son existence ni pour noyer sa peine. Simplement parce qu'il aimait la bière.

Là-dessus, sa bière arriva. Il regarda le menu. Bien qu'il aimât sa femme, comme cela vient d'être établi, il appréciait aussi de dîner parfois sans elle, surtout dans des établissements comme le Gin Mill. Si elle avait été avec lui, elle l'aurait regardé d'un œil sévère jusqu'à ce qu'il annonce qu'il se passerait d'amuse-gueule et que, Hé, la salade maison avec le poulet grillé, ça doit être carrément top ! Ce soir il était libre de commander la saucisse fumée, ou les crevettes frites à la cajun, ou – Dieu ait pitié de lui – les nachos, suivis par un hamburger ou par le plateau barbecue. Il ne mentirait pas si elle lui demandait ce qu'il avait mangé, mais il espérait qu'elle ne lui poserait pas la question, estimant qu'il vaut mieux parfois ne pas savoir.

Lorsque Angel et Louis sortirent des toilettes, Walsh remarqua que des clientes lorgnaient le grand Noir en tapotant leurs cheveux ou en suçotant leur paille d'une manière allant de flirteuse à carrément salace. Elles regardaient aussi Angel mais s'empressaient généralement ensuite de vérifier que leur sac à main était en sécurité près d'elle ou qu'elles n'avaient pas laissé traîner d'argent sur le comptoir.

Bon Dieu, pensa Walsh, *ma vie a dû prendre un drôle de tournant, pour que je me retrouve dans un excellent bar-restaurant d'Augusta en compagnie d'un homme qui a autrefois exercé la profession de tueur à gages – et qui, allez savoir, continue peut-être à l'exercer si le prix est assez élevé – et d'un autre qui a été un voleur très habile, selon tous les témoignages – et qui, allez savoir, etc. –, et ne répugne pas lui non plus à se servir d'une arme quand les circonstances l'exigent.* Comment Parker s'était retrouvé lié à ces deux types, Walsh n'en avait aucune idée, mais une partie de lui enviait l'amitié et la loyauté qu'ils prodiguaient au détective privé.

Ils s'installèrent en face de lui dans le box et Walsh se demanda s'ils étaient armés. Probablement. Il se demanda s'ils avaient un permis de port d'arme. Probablement. Là aussi, il valait mieux ne pas savoir.

La serveuse revint. Elle n'était pas elle non plus insensible au charme de Louis et semblait à deux doigts de rouler sur le dos pour se faire chatouiller le ventre. Au moins, on sera bien servis, se dit Walsh. Louis lui demanda conseil pour la bière et décida de goûter une Andrew's English Ale de Lincolnville, et de faire suivre par une bouteille de vin blanc. Angel opta pour une Bar Harbor Blueberry Ale, une bière aux myrtilles.

— Je suis contre les fruits dans la bière, déclara Walsh.

— Vraiment ? Vous êtes *contre*. Vous êtes membre d'une branche loufoque de la Ligue des femmes pour la tempérance ? Eh bien moi, j'aime ça. Mais pas la bière au potiron. Saloperie de potiron ! conclut Angel avec véhémence.

La serveuse apporta les bières et ils commandèrent leurs plats. Angel et Louis s'en tinrent au poisson, Walsh choisit de la saucisse fumée et, entorse à la tradition, un carré entier de travers de porc à la mode de Saint Louis.

— Entier ? s'étonna Angel. Quelqu'un doit vous rejoindre ?

— J'espère bien que non.

— Nom de Dieu, vos artères doivent ressembler au Holland Tunnel à l'heure de pointe...

Walsh ne releva pas. Il était absolument sûr que ses artères ne ressemblaient pas au Holland Tunnel, ou du moins pas toutes.

— Alors, dit-il, s'adressant à Louis, quelque chose vous est revenu au sujet de Steiger en venant ici ?

— J'ai d'abord une question à vous poser. Vous êtes quoi, pour Ross ?

Louis n'aimait pas l'agent du FBI. Il préférait rester à distance de la plupart des agences fédérales, en particulier celles qui avaient un dossier sur lui.

Walsh ne broncha pas. Il s'attendait à ça et il n'avait rien à cacher. Ross l'avait bien briefé : ils avaient besoin de ces deux hommes parce que personne au monde n'était plus proche de Parker, à l'exception peut-être – *peut-être* – de sa fille et de son ex. Et Ross voulait tout savoir sur le privé.

— Je travaille avec lui, répondit l'inspecteur.

— Officiellement ? Officieusement ?

— La distinction est floue, pour Ross. S'il y a eu un jour une frontière entre les deux, elle a disparu avec les années.

— Et vous surveillez Parker pour lui.

— « Surveiller » est peut-être un mot trop fort. La plupart du temps, je fais juste un peu de ménage après, je l'aide à conserver sa licence et à ne pas finir en taule. Vous avez peut-être remarqué qu'il arrive à Parker de franchir outrageusement les bornes de la légalité. Non que vous approuviez, bien sûr, une telle conduite...

— Dieu nous en préserve ! s'exclama Angel.

— Et vous vous intéressez seulement à Parker ou il y en a d'autres ? demanda Louis.

— D'autres comme lui ?

— Il n'y en a pas d'autres comme lui, je ne devrais pas avoir besoin de vous le dire.

— Non, il n'y en pas d'autres – comme lui ou non.

— Et vous le surveillez à quelle fin ?

— Vous savez que vous parlez drôlement bien quand vous vous y mettez ? J'avais entendu dire que vous étiez plutôt du genre à vous exprimer par monosyllabes...

— Je passe mon temps à le lui répéter, intervint Angel. Sauf que j'arrive pas à savoir quelle façon de parler le représente vraiment.

— Je dirais qu'il est tout en profondeurs cachées, suggéra Walsh.

— Sûrement. À propos, vous avez pas répondu à sa question : pourquoi vous surveillez Parker ?

Angel avait un sourire paresseux accroché aux lèvres

et Walsh se dit qu'on devait facilement commettre l'erreur de le sous-estimer.

— J'ai bien peur que ça relève d'un échelon supérieur.

— Parce que vous, vous bossez juste ici, c'est ça ?

— C'est ça.

Walsh finit sa bière et fit signe à la serveuse de lui en apporter une autre.

— Il paraît que vous avez eu avec Ross une conversation pas très différente de la nôtre après que Parker s'est fait tirer dessus, reprit-il. Il vous a expliqué de quoi il s'agissait, d'après lui.

— Ouais, des gens qui croient à des dieux enfouis. Vous croyez à des dieux enfouis, inspecteur Walsh ?

— Je suis épiscopalien, je crois en tout.

La deuxième bière de Walsh arriva, avec les amuse-gueules, fort copieux. Il essaya de faire disparaître l'expression désapprobatrice de sa femme pour pouvoir savourer ce qu'il mangeait et continua à parler tout en mastiquant :

— J'accepte la position de Ross : il y a des individus dont le système de croyances cause du tort aux autres et il faut les arrêter. C'est aussi vrai des imams radicaux qui affirment dans leurs prêches qu'on peut décapiter les apostats que des conseillers municipaux de certaines petites villes du Maine qui s'abaissent à tuer pour protéger leurs avantages[1]...

S'il s'était attendu à une réaction d'Angel et Louis, il aurait été déçu.

— Je sais que vous avez essayé de réduire Prosperous en cendres, ajouta Walsh pour que tout soit clair.

1. Voir *Sous l'emprise des ombres* (chez le même éditeur).

Louis trempa un morceau de galette de crabe dans la mayo habanera ; Angel goûta la saucisse fumée de Walsh. L'inspecteur eut l'impression qu'ils étaient un tantinet dépités qu'il manque autant de subtilité. Il s'en fichait. Il désapprouvait que des types – surtout de New York, mais du Massachusetts c'eût été presque aussi grave – viennent dans son État et foutent le feu à une bourgade. C'était un manque d'éducation et une source d'agitation non désirée.

— De toute façon, continua-t-il, Parker exerce une sorte d'attraction gravitationnelle sur ces individus, ce qui nous permet de nous rapprocher d'eux. Et Ross pense que la fin de partie est en vue et que Parker a un rôle, peut-être important, à y jouer aussi.

— Il y a beaucoup de gens qui partagent votre analyse de la situation ? demanda Louis.

— On s'efforce de pas trop l'ébruiter. Ça nous ferait passer pour des loufdingues.

— Alors, Ross vous a suggéré de nous laisser jeter un coup d'œil au macchabée de la morgue..., commença Angel.

— Parce que c'était clairement celui d'un tueur professionnel.

— Comment vous avez trouvé ça ?

— Notre défunt ami figurait sur l'enregistrement effectué il y a peu par une caméra de surveillance en Floride. Le Hurricane Hatch, un bar des environs de Jacksonville, a fait l'objet d'un braquage au cours duquel le barman, un nommé Lenny Tedesco, a été tué – du moins, c'était ce qu'on pensait jusqu'à ce qu'on découvre sa femme agonisant dans son lit. Elle a eu une mort épouvantable. Son assassin – Steiger, présumons-nous – lui a arraché les dents avant de la laisser pour morte. Curieusement, les flics de Floride pensent que c'est probablement lui qui a appelé l'ambulance, même s'il devait savoir qu'elle ne survivrait pas.

« Le bar était équipé de caméras de surveillance reliées à un disque dur, que le meurtrier a été assez malin pour emporter en partant. Mais le Hurricane Hatch appartient à un certain Skettle. Tedesco n'en détenait qu'une partie – dix pour cent – mais Skettle soupçonnait son barman de porter cette part à quinze, voire vingt pour cent en le truandant. Pour le prouver, il avait installé une autre caméra, derrière un miroir au-dessus de la caisse. Elle ne filmait pas vraiment le reste du bar, juste la caisse, et quand on a visionné l'enregistrement, on a eu un bon plan d'Earl Steiger de profil – un profil très reconnaissable – en train de rafler la recette de la soirée.

« Du coup, on a maintenant Steiger qui trucide un barman et sa femme près de Jacksonville, peut-être pour le plaisir, peut-être parce qu'il avait vraiment besoin des quatre cents dollars et quelques de la caisse, ou les deux, puis qui monte jusqu'ici pour égorger Ruth Winter, sauf qu'il la viole pas, qu'il la charcute pas et qu'il laisse la gamine en vie. Là encore, c'était peut-être un accident – il aura cru avoir suffisamment comprimé la gorge de la gosse pour la tuer et il s'est trompé –, mais j'y crois pas. Je pense qu'il savait exactement ce qu'il faisait d'un bout à l'autre.

— OK, dit Louis. Donc, avant même qu'on déboule pour mater votre gars, vous aviez compris que c'était un pro ? Mais vous supposez qu'il y a un lien entre ce qui est arrivé en Floride et ce qui s'est passé dans la Green Heron Bay ? Ça pourrait être deux boulots séparés.

293

— On a nous aussi considéré cette possibilité, mais vous oubliez une chose : Boreas nous a fourni trois cadavres au total. On a Ruth Winter et Steiger, mais aussi Bruno Perlman, rejeté sur la plage de Mason Point avec dans l'orbite une entaille qui aurait pu avoir été faite par une lame. Il se trouve que Perlman est originaire du comté de Duval, en Floride, et qu'il était domicilié à Arlington, à une demi-heure en voiture du Hurricane Hatch. Nous pensons qu'il y a une bonne chance pour que Perlman ait connu Lenny Tedesco, au moins vaguement.

— Pourquoi ?

— Il avait un T-shirt du Hurricane Hatch dans son armoire. Et puis il y a le fait que Perlman, Tedesco et Winter étaient tous les trois juifs. Enfin, et c'est l'argument décisif, Bruno Perlman a rendu visite à Ruth et Isha Winter le mois dernier dans leur maison de Pirna...

— Attendez, intervint Angel. Comment ça se fait que vous l'ayez découvert seulement maintenant ? Ruth Winter aurait dû en parler quand on a retrouvé le cadavre de Perlman deux plages plus loin que la Green Heron Bay. Sa mère aussi aurait pu y faire allusion.

— Isha Winter ne lit pas les journaux et n'a pas la télé, expliqua Walsh. En plus, elle est aussi vieille que le mont Katahdin[1].

— Ça ne colle pas, qu'elles aient gardé le silence toutes les deux, souligna Louis.

— Non, convint Walsh, ça ne colle pas. Pour la mère, je veux bien, pas pour la fille.

Angel intervint de nouveau :

1. Le plus haut sommet du Maine.

— Et Ruth n'a jamais appelé sa mère pour lui dire « Tu te rappelles le mec qui est venu nous voir l'autre jour ? Tu devineras jamais où il est maintenant… » ?

— D'après Isha Winter, elle ne l'a pas fait. Nous avons aussi interrogé les amis de Ruth à Pirna. Elle en avait pas beaucoup – c'était une solitaire – et ils déclarent tous qu'elle ne leur a jamais parlé de Perlman, ni avant ni après la découverte du corps.

— Pourquoi ?

— Soit elle avait peur, soit elle était impliquée, suggéra Louis.

— Ou les deux, ajouta Walsh.

— Et pourquoi Perlman serait venu voir les Winter, pour commencer ? demanda Angel.

— Parce que Isha Gorski, qui deviendrait plus tard Isha Winter, était la seule survivante de Lubsko, un petit camp de concentration nazi, et Perlman y avait perdu de la famille. Il voulait lui faire évoquer ses souvenirs de là-bas. Isha dit que sa fille est arrivée alors qu'elle était en train de parler à Perlman et que la visite n'a pas duré longtemps. Elle n'aime pas se rappeler ce qui lui est arrivé pendant la guerre et on peut pas lui reprocher ça. Moi, j'avais jamais entendu parler de Lubsko avant cette semaine.

Walsh partagea avec Angel et Louis le peu qu'il savait sur le camp et conclut :

— Parker dit que Cory Bloom et lui ont appris l'histoire de Lubsko par Epstein, quand il est venu à Boreas, mais à ce moment-là personne ne savait encore qu'Isha Winter avait été autrefois Isha Gorski.

— On a maintenant un lien entre la Floride et le Maine, fit observer Louis.

— On a aussi une série de victimes juives, ce qui pourrait en faire une affaire de crimes de haine.

— Et mettre le FBI sur le coup, dit Angel.

— D'où Ross, conclut Louis.

— Ross serait de toute façon intervenu à cause de Parker, argua Walsh, mais, oui, les feds ont manifesté leur intérêt. Le Département de la Justice s'est mis aussi de la partie à cause d'Engel, le criminel de guerre. Il était l'un des gardiens SS du camp, et deux liens avec Lubsko dans le même État ont déclenché le signal d'alarme de la section Droits de l'homme et Poursuites spéciales.

— Et vous aviez déjà pas mal de pain sur la planche, dit Angel.

— Comme le jeune Oran Wilde, que vous n'arrivez pas à trouver, précisa Louis.

— Ouais, merci de me le rappeler.

— Il a carrément disparu, hein ? insista Angel.

— Ouais.

— Drôlement malin pour un ado.

— Ouais.

— C'est même l'ado le plus malin dont j'aie entendu parler. Ce gosse est quasiment un génie du crime.

— Ouais.

— Sauf que c'en est pas un.

— Ouais. Vous avez fini ?

— Ouais.

— Pas trop tôt.

— Alors, vous pensez que Steiger a aussi tué Perlman ? demanda Louis.

Walsh changea de position sur sa banquette.

— On a tapé les diverses identités de Steiger dans le

système informatique de la Sécurité intérieure pour voir si l'un de ses pseudos apparaissait parmi les passagers des lignes aériennes, parce que je vois pas comment il aurait pu faire tout ça sans prendre l'avion. On sait quand Perlman est arrivé dans le Maine grâce aux caméras du péage de l'I-95 et à un ticket du Starbucks de Kennebunk retrouvé dans sa voiture. Steiger aurait pu balancer Perlman dans la flotte, prendre un avion et retourner en Floride à temps pour zigouiller les Tedesco, puis revenir assassiner Ruth Winter, mais pourquoi ne pas s'être débarrassé de Ruth Winter en même temps que de Perlman ? Il y a aussi le fait que Steiger a fait tout le trajet en voiture de la Floride au Maine comme Perlman avant lui, ce qui fait un paquet de kilomètres. Perlman avait peur de prendre l'avion. Steiger préférait probablement ne pas le prendre à cause de sa tête. Une tronche pareille, ça s'oublie pas, et c'est un handicap certain pour un type qui fait ce métier.

Angel revint au problème de base :

— Mais pourquoi les buter tous ?

Walsh était sur le point de lui dire ce qu'il pensait des gens qui débitent des évidences quand il remarqua à nouveau ce sourire paresseux et se retint.

— Ouais, pourquoi ?

— Et dans cet ordre ?

Walsh réfléchit avant de se lancer :

— Perlman est torturé puis liquidé, mais avant de mourir il révèle à Steiger quelque chose sur les Tedesco, qui eux-mêmes avant de mourir lui livrent une info qui le renvoie à Ruth Winter... ?

Il tambourina des doigts sur la table, secoua la tête.

— Non, ça fait encore trop d'allers-retours. Beaucoup trop.

Il décida de repasser en mode interrogatoire. Au début, il était déterminé à ne pas trop se détendre avec ces deux types, vu ce qu'ils avaient fait avant et ce qu'ils pourraient faire à l'avenir. Il était perturbé de s'être mis aussi facilement à converser avec eux. Ils bavardaient comme s'ils avaient tous les trois fait l'école du crime ensemble.

— Bon, maintenant qu'on a tiré les choses au clair et que je vous ai refilé ce que je sais tout en vous conseillant tacitement de plus foutre le feu nulle part dans mon État, pourquoi vous n'apporteriez pas votre écot à mon stock d'infos sur Earl Steiger et les types de son genre ?

À ce moment, la serveuse vint débarrasser les assiettes des hors-d'œuvre et fit une remontrance à Louis :

— Vous avez à peine touché à vos galettes de crabe. Ça ne vous a pas plu ?

— C'était délicieux, assura-t-il. Je dois juste faire attention à ce que je mange pour rester mince et beau. Mon ami, là…

Il indiqua Walsh de son index tendu.

— … il n'a pas ce problème.

Le policier leva son annulaire pour montrer son alliance.

— Je suis marié, je peux bouffer tout ce que je veux. Ma femme est coincée avec moi.

— Je suis sûre que vous étiez un beau parti, dit la serveuse.

— Il a fallu s'y mettre à quatre pour le sortir de la voiture, prétendit Angel.

Walsh lui lança un regard noir, la serveuse lui tapota l'épaule.

— Faites pas attention à ce qu'ils racontent, trésor, reprit-elle. Moi, j'aime pas voir gâcher de la nourriture.

— Ça c'est du pipeau ou j'y connais rien, lâcha Angel quand elle fut partie. Pour elle, vous êtes juste une sorte de poubelle.

— Je vous emmerde, répliqua Walsh avant de reporter son attention sur Louis. Continuez : Steiger.

— Je peux pas vous en dire plus : Cambion lui sert peut-être – *peut-être* – d'intermédiaire, et probablement depuis longtemps, étant donné l'âge des enfants dont il a usurpé l'identité. Se servir d'enfants morts pour fabriquer des fantômes est l'un des signes distinctifs de Cambion.

— Ce Cambion… il serait du genre à répondre à des questions ?

— Uniquement par des demi-vérités. Le problème, c'est de le trouver. Il se terre depuis dix ans et il n'a refait surface qu'une fois, au début de l'année, avant de disparaître à nouveau. C'est un homme traqué. Même si Steiger travaillait bien pour lui et si vous réussissez à retrouver sa trace, il ne vous livrera pas le commanditaire du contrat – en tout cas pas pour une somme dans vos prix.

La serveuse apporta les plats de résistance et l'assiette de Walsh disparaissait presque entièrement sous les travers frottés d'épices. À croire que quelqu'un avait abattu et passé un dinosaure au barbecue.

— Si vous finissez votre plat, je vous file cinq balles, promit Angel. Enfin, j'envoie cinq balles à votre veuve.

— Vous, vous buvez du vin blanc Queen's Ann's

Lace, et en tant qu'hétéro j'ai honte de me montrer en votre compagnie.

— Puisqu'on en est aux déductions subtiles, pourquoi Steiger a laissé la petite Winter en vie ? demanda Louis. Vous avez vu son visage : un homme qui a cette trombine ne peut pas laisser des témoins derrière lui.

Un os rongé dans la main droite, Walsh entreprit d'énumérer les possibilités sur les doigts de sa main gauche.

— Un : il a le cœur tendre.

— Peu probable.

— Deux : il n'a été payé que pour un meurtre, il ne tue pas gratis.

— J'ai connu des gars comme ça. Ils faisaient quand même une exception pour un témoin.

— Trois : on lui a dit de pas toucher à la gamine.

— Je pencherais pour la trois, dit Louis.

— Moi aussi.

Louis but une gorgée de son vin. Il était bon, tout comme son haddock fumé. Ces meurtres, et les mobiles cachés derrière, ne le perturbaient pas sur le plan émotionnel, si ce n'était qu'ils avaient renvoyé Parker à l'hôpital, pour deux ou trois jours seulement, toutefois. En tant que professionnel, il les trouvait curieux, ces meurtres. Il remarqua que Walsh était devenu silencieux et qu'il se concentrait sur son plat. Soit ingurgiter tous ces travers lui demandait un effort, soit il estimait qu'il avait obtenu pour le moment de ses compagnons de table tout ce qui pouvait lui être utile. À la vérité, Louis ne lui avait pas donné grand-chose, sans cependant rien lui cacher.

Il aurait fallu que Parker soit avec eux. Il était capable de ces percées imaginatives qui dépassaient tant de ses anciens collègues, et en tout cas Louis. Parker aurait trouvé la faille dans leurs raisonnements, l'embranchement où ils avaient pris le mauvais chemin. C'était Parker qui, sur son lit d'hôpital, avait parlé à Walsh de la *mezuzah* fixée à la porte de Ruth Winter, ce qui l'avait incité à l'origine à soupçonner un lien entre Perlman et cette femme. C'était encore Parker qui avait déclenché la chaîne d'événements ayant conduit à ce que le corps de Perlman soit autopsié, et tout ça alors qu'il était censé se remettre de graves blessures par balles. Comme Walsh l'avait souligné, il n'y en avait pas d'autres comme Parker.

Sa compagnie manquait à Angel et à Louis. Ils s'étaient tellement habitués à faire partie de son existence et à ce qu'il fasse partie de la leur que les mois écoulés depuis la fusillade leur avaient paru étrangement vides, comme si, suspendus dans le temps, ils attendaient que Parker leur revienne. La seule chose dont Louis était certain, c'était que, en regardant dans les yeux de Parker, il voyait un homme en train de se reconstruire. Il lui venait à l'esprit l'image d'une épée qu'on fondait dans une forge pour en faire un nouvel instrument. Restait à savoir si ce serait une arme.

Soudain Louis n'eut plus envie de son poisson ni de son vin. Il regarda Angel, Angel le regarda et sourit. Si Walsh n'avait pas été là, Louis aurait peut-être bien touché la main de son compagnon.

Dehors, la nuit se pressait avec envie contre la vitre, cherchant à pénétrer dans la salle et à les étouffer tous.

42

À l'Eastern Maine Medical Center de Bangor, Charlie Parker contemplait cette même obscurité et voyait son reflet flotter au milieu, comme s'il était lui-même perdu dans le vide. Sous lui, il y avait la ville, des voitures, des gens, mais il ne remarquait rien de tout ça. Dans sa tête, il marchait au bord d'un lac en tenant la main d'une enfant, suivi par sa femme morte qui lui murmurait des avertissements en se cachant de son dieu.

Une infirmière entra dans sa chambre, le ramenant à la réalité. Il avait quitté son lit et s'était installé dans un fauteuil réglable, à demi allongé. Demeurer assis bien droit lui était pénible, mais rester debout ou allongé ne lui posait pas de problème. L'infirmière remit les coussins en place dans son dos – il cacha la douleur que cela lui causait derrière une grimace déguisée en sourire – et lui demanda s'il avait besoin de quelque chose. Bien qu'il voulût seulement qu'on le laisse tranquille, il réclama un verre d'eau du pichet posé sur sa table de chevet. Il ne voulait pas inquiéter cette femme en se montrant silencieux ou refermé sur lui-même. On lui avait dit qu'il pourrait peut-être sortir le lendemain matin, une fois que le chirurgien l'y aurait autorisé, et Parker entendait mettre toutes les chances de son côté. (La meilleure décision qu'il avait jamais prise, c'était de ne pas laisser son assurance se périmer, sinon il aurait fini par coucher dans sa voiture. L'assurance avait même couvert son traitement à Brook House, après que la clinique avait modéré ses tarifs. Cela dit, il continuait à s'assurer que tout médecin qui lui jetait un vague coup d'œil le faisait dans le cadre de sa couverture.) L'infirmière lui apporta un verre d'eau et il fit semblant de boire avant qu'elle parte.

Il n'était plus alimenté par perfusion, mais l'aiguille restait fichée dans le dos de sa main. Il n'aimait pas la sentir ni la voir. Il aurait voulu qu'on la lui enlève. Cela le gênait plus que les points de suture dans son flanc pour refermer la toute petite ouverture par laquelle le chirurgien était passé pour réparer les dégâts causés par le coup que lui avait porté Earl Steiger. Il avait eu de la chance, lui avait-on dit quand il s'était réveillé de son anesthésie : si Steiger, voulant se venger, lui avait donné d'autres coups de poing ou de pied, il l'aurait sans doute tué. Parker n'avait pas jugé utile de faire remarquer que Steiger s'était arrêté de frapper uniquement parce que lui tirer dessus exigeait moins d'effort et que le résultat final aurait été le même. Le fait que Cory Bloom fût encore en réanimation après extraction de la balle qui avait perforé un de ses poumons en disait long sur les intentions ultimes d'Earl Steiger.

Parker avait beaucoup pensé à Steiger, mais pas de la façon dont la psychologue de l'hôpital l'aurait souhaité. Elle lui avait rendu deux brèves visites plus tôt dans la journée pour lui proposer ses services. Elle était jeune, sérieuse, et si dépassée avec lui que, même s'il avait éprouvé le besoin de se confier à elle, il se serait retenu, par crainte de l'effrayer au point de lui faire renoncer à sa profession.

Avoir été sous la menace de l'arme de Steiger ne le troublait pas. Il s'était déjà trouvé dans ce genre de situation et il avait appris qu'il n'y avait que deux issues possibles : ou le coup ne partait pas, et tout se terminait relativement bien, ou le coup partait, causant sa mort – et là, il n'en saurait pas plus – ou une grave blessure. Il avait survécu à ce dernier cas de figure et il savait qu'il pouvait supporter la douleur. Elle était atroce, mais elle ne l'avait pas tué. Non, l'image qui lui revenait sans cesse, c'était l'expression de surprise du visage de Steiger quand la dune s'était effondrée sous lui : le choc de sentir le sol disparaître sous ses pieds, et aussi une sorte d'étonnement que la Mort ait trouvé le temps, dans son emploi du temps surchargé, de venir enfin le visiter, et sous cette forme pour le moins originale.

Et puis, outre Steiger et sa mort, il y avait Sam, son attitude tandis que l'homme qui avait menacé son père était enseveli sous une avalanche de sable blanc, sa rage implacable et la profondeur de sa concentration, preuve de l'immense effort de volonté qu'elle produisait. À ce moment-là, elle était à la fois sa fille et quelque chose d'autre, quelque chose qu'il se refusait à reconnaître. Il ne voulait pas le dire. Il ne voulait pas prononcer les mots à voix haute, mais il entendit quand même sa propre voix les proférer tandis qu'il fixait l'obscurité, s'adressant au fantôme de lui-même suspendu dans la nuit.

Sam l'a fait. Ma fille a voulu que cet homme meure, et il est mort.

Ma fille. Qui est-elle ? Qu'est-elle ?

43

Ils avaient presque terminé. Louis tâchait de ne pas se formaliser de voir Angel boire du café en même temps que son vin, et cependant une expression de contrariété passant sur son visage à chaque gorgée qu'Angel prenait de l'un ou de l'autre le trahissait. Walsh, ayant atteint sa limite pour la bière, s'en tenait désormais à l'eau.

Alors que le repas s'achevait, la conversation dévia sur d'autres sujets : Parker, brièvement ; l'état de Cory Bloom et, une fois que l'inspecteur eut compris qu'ils n'essayaient pas de marquer des points contre lui ou la police de l'État du Maine, Oran Wilde.

— Donc, vous cherchez un complice ? demanda Angel.

— Comme vous l'avez dit, il est drôlement malin pour un jeunot. Quelqu'un le planque forcément.

— À moins que ce ne soit quelqu'un d'autre qui a massacré la famille, avança Louis.

— Mais alors, pourquoi avoir épargné Oran ?

— Il l'a peut-être pas épargné.

— « Il » ?

— Ça ressemble à un boulot de femme, d'après vous ?

— Non, pas vraiment. On garde quand même l'esprit ouvert – principalement parce qu'on a pas beaucoup de choix – mais l'hypothèse Oran reste la plus probable. C'est comme l'histoire du rasoir d'Occam : la solution la plus simple est généralement la bonne.

— Sauf qu'Occam n'a jamais écrit ça, affirma Louis.

— Ah, ouais ? fit Walsh. Et maintenant vous allez me raconter qu'il avait même pas de rasoir.

— Il était moine, il en avait sans doute un pour se raser le crâne, ou quelqu'un lui en aurait prêté un. Mais la question n'est pas là. Ce qui compte, c'est qu'Occam n'a jamais pensé que la solution la plus simple était souvent la bonne. En fait, il a écrit : « La pluralité ne doit jamais être postulée sans nécessité », et uniquement dans un contexte limité. Il ne pensait pas aux enquêtes policières, à ce qu'on sait. Il ne suggérait pas non plus que la solution la plus simple est la meilleure.

— Il est toujours comme ça ? demanda Walsh à Angel.

— Seulement quand il boit du vin. Non, rectification : il est toujours comme ça. Mais il continue à me surprendre par l'étendue de ses connaissances, même après tant d'années…

Louis attendit, il était doué d'une patience infinie. Sinon, il n'aurait pas pu rester avec Angel. Lorsqu'ils eurent fini de papoter, il reprit comme s'ils n'étaient pas là et qu'il élaborait seul à voix haute la solution d'un problème :

— La famille d'Oran Wilde est assassinée après

306

que le corps de Bruno Perlman a été rejeté par la mer à Boreas. Il existe un certain type d'homme – un certain type de *criminel* – capable de penser que pour détourner l'attention d'un meurtre violent il faut en commettre un autre, en particulier dans une région ou un État où les meurtres violents sont rares. Ça ne marcherait pas à Detroit, Oakland ou Memphis, pas de la même façon. Dans ces villes, il s'agirait de cacher un cadavre parmi d'autres. Dans le Maine, l'objectif serait de contraindre les autorités, par un tour de passe-passe, à se concentrer sur une affaire ou sur une autre, pas sur les deux à la fois, étant donné leurs ressources limitées…

— Vous suggérez un lien entre la famille Wilde et ce qui s'est passé à Boreas ? En vous appuyant sur quelles preuves ?

— Aucune, à part mon intuition. Si j'étais assez impitoyable…

Louis laissa cette clause conditionnelle flotter un moment dans l'air, autant pour se laisser le temps de la considérer que pour la soumettre à son auditoire.

— … et si les enjeux étaient suffisamment élevés, je pourrais estimer avoir intérêt à commettre plusieurs meurtres pour détourner l'attention d'un seul. Ce serait comme mettre le feu dans un coin d'une pièce pour dissimuler qu'on craque une allumette dans un autre.

— J'y crois pas, dit Walsh.

— Bien sûr. Vous venez juste de citer de travers William d'Occam. Un homme assez intelligent pour agir de cette façon saura qu'un service de police débordé, même avec l'aide d'agences fédérales, penchera pour le chemin le plus court, la solution la plus évidente. L'homme ajoute des variables en sachant que vous les rejetterez, ou du moins la plupart d'entre elles. Finalement, c'est un écran de fumée : la solution est simple, pas aussi simple cependant que vous l'avez imaginé. Il n'y a aucun lien entre les Wilde et Boreas, mais c'est ça le lien.

— Vous pourriez pas être flic, déclara Walsh. Vous êtes trop créatif pour ça.

— Mince, soupira Louis. Moi qui comptais sur les trente-cinq mille par an en début de carrière pour acheter mon yacht.

— Et le message laissé par Oran Wilde ?

— D'après mon analyse, il n'a pas *laissé* de message. Un message a été envoyé plus tard. Et qu'est-ce qu'il disait : « Je haïssais ma famille, j'ai mis le feu à la maison, mais je suis un incompris », ou une connerie de ce genre ? Vous y croyez, à un jeune qui tue sa famille et qui attend un jour ou deux pour envoyer à son copain un message qui ne dit quasiment rien, qui ne demande même pas d'aide ?

— C'était pas vraiment ça, le premier message, objecta Walsh, mais je comprends votre argument. Ouais, les textos envoyés sont bizarres. Là encore, ça pourrait être le complice. Supposons que j'accepte votre idée des complications et des variables : les messages, le SDF mort, c'est juste pour rendre les eaux boueuses. Mais je n'ai aucune raison de croire à votre hypothèse centrale d'un lien entre Oran Wilde et Boreas.

— C'est vrai, reconnut Louis. Je ne faisais que réfléchir à voix haute.

— Et Earl Steiger tout seul aurait pas pu buter les Wilde, les Tedesco, Perlman *et* Ruth Winter. C'est juste impossible.

308

— Oui. On en revient à l'existence d'un complice, mais peut-être pas du genre que vous pensez.

Walsh avait envie de rentrer chez lui, en partie parce que sa femme serait couchée et qu'il aimait se glisser entre les draps quand elle y était déjà, pour la sentir se réveiller à demi, pour répondre au baiser de bonne nuit qu'elle lui donnerait et pour l'entendre soupirer d'aise en se rendormant, heureuse de savoir son mari rentré sain et sauf. Ces petits plaisirs font que la vie mérite d'être vécue. Mais il avait également hâte de se retrouver sur la route parce qu'il réfléchissait toujours mieux quand il roulait seul dans sa voiture, et que Louis lui avait donné matière à réflexion.

Walsh demanda l'addition. Lorsqu'elle arriva enfin, elle resta au milieu de la table : personne n'en voulait, personne n'y touchait.

— Hé, dites, pourquoi vous regardez pas ce que c'est ? lança Angel à Walsh.

L'inspecteur sortit de mauvaise grâce son portefeuille.

— Je me doutais que j'allais me faire arnaquer.

— Après tout ce qu'on a fait pour vous ?!

— Ouais, ouais.

Il posa sa carte de crédit sur l'addition et la serveuse emporta prestement l'une et l'autre.

— Une dernière question, dit Walsh. Comment un type avec la tête de Steiger réussit à échapper aussi longtemps aux radars ?

— Quand on a un physique étrange ou différent, on apprend à se cacher, expliqua Louis. On peut aussi choisir de se montrer, si on est assez courageux pour ça, mais ça ne s'applique pas à un tueur comme

Steiger. Il avait besoin de rester dans l'ombre. Et il avait de l'aide.

— Cambion.

— Cambion sait se cacher.

Walsh récupéra sa carte de crédit, laissa un bon pourboire. Il était tout sauf radin.

— Vous avez entendu parler d'un nommé Francis Galton ? demanda-t-il en tendant la main vers son blouson.

Louis et Angel prirent leur temps avant de répondre. Pour Louis, il s'agissait surtout de consulter le Rolodex qu'il avait dans la tête afin de s'assurer qu'il n'avait pas, à un moment donné de sa vie, zigouillé un Francis Galton.

— Pas que je me souvienne, finit-il par dire, Angel faisant la même réponse.

— C'est le fondateur de l'eugénisme – vous savez, la science visant à améliorer la race humaine par la reproduction sélective, ce genre de truc.

— Un nazi ? demanda Angel.

— Un prénazi : fin du XIXe siècle, je crois. Il pensait pouvoir identifier des types de caractère grâce aux traits du visage, et il s'est mis à photographier toutes sortes de gens, y compris des criminels. Je crois qu'il s'intéressait surtout aux assassins. Il alignait les sujets et les prenait tour à tour en photo sur une même plaque pendant un temps très court, de manière à obtenir un portrait composite, des visages superposés...

— Pourquoi ?

— Il essayait de leur trouver un trait commun reflétant l'essence de leur nature criminelle – le mal en eux, si vous voulez. Il croyait qu'il pouvait isoler ce trait, que les hommes ayant commis de terribles crimes en portaient la trace sur leur figure. Ainsi, on pourrait reconnaître un criminel rien qu'en le regardant. Finalement, il n'a obtenu qu'une série de distorsions. Mais les photos sont intéressantes. Troublantes. Toute la soirée je me suis demandé pourquoi, en regardant Steiger, je lui avais trouvé quelque chose de familier. Je viens juste de comprendre : son visage me rappelle l'un des portraits composites de Galton, comme si le mal qu'il avait en lui avait suinté par ses pores et déformé son crâne.

— Votre boulot serait drôlement plus facile si on reconnaissait les mauvais à leur tronche, remarqua Angel. Ou alors, vous finiriez par mettre en zonzon des tas de mecs affreux qui n'ont jamais fait de mal à personne et par laisser se balader dans les rues une palanquée de beaux gosses à l'âme morte.

Ils se levèrent pour partir.

— Galton se trompait, conclut Walsh. Les pires, les vrais mauvais, ils cachent leur méchanceté au fond d'eux-mêmes. Ils ont l'air d'hommes ou de femmes ordinaires, mais sous la surface ils sont pourris jusqu'à la moelle, et quand on s'en aperçoit, il est trop tard.

Ils sortirent du restaurant, regagnèrent ensemble leurs voitures.

— Vous savez, Walsh, vous êtes OK, dit Angel. Pour un flic.

— Vous aussi. Quoi que vous soyez.

Louis se contenta d'un hochement de tête. Il n'y eut pas de poignées de main.

— Oubliez pas ce que je vous ai dit sur foutre le feu aux petites villes, leur rappela le policier. Gardez ces conneries pour les régions situées au sud de la ligne Mason-Dixon.

Il les regarda prendre la direction de Portland. Demain, il le savait, ils retourneraient à Bangor chercher Parker. Il leur souhaita bonne chance.

Walsh roula vers sa maison dans sa voiture silencieuse, éparpillant les kilomètres derrière lui comme de la paperasse inutile, remuant dans son esprit des éléments d'information, essayant d'établir des connexions. Arrivé chez lui, il défit ses chaussures avant d'entrer, utilisa les toilettes du bas, se déshabilla dans le hall et monta se glisser dans le lit à côté de sa femme endormie. Il la sentit bouger. Encore endormie, elle tendit les bras vers lui. Il accepta son baiser et le lui rendit. Il tendit l'oreille, guettant son soupir, l'entendit avec satisfaction et la regarda se pelotonner comme une chatte. Walsh se tourna sur le côté en se disant qu'il n'arriverait pas à dormir, mais quand il rouvrit les yeux sa femme n'était plus dans le lit. Il entendit en bas la radio, les tintements des bols et des assiettes du petit déjeuner et les voix de ses enfants.

C'est suffisant, pensa-t-il. *C'est plus que suffisant.*

44

Marcus Baulman fut soumis à l'interrogatoire – ils appelaient ça un « entretien », mais il ne s'y laissa pas prendre – dans les bureaux du procureur des États-Unis, district du Maine, dans Harlow Street, Bangor, sans la présence d'un avocat. La lettre officielle lui avait été remise le lendemain de la visite de Marie Demers chez lui et l'informait d'irrégularités possibles concernant son admission aux États-Unis conformément à la loi de 1948 sur les personnes déplacées et à la loi de 1952 sur l'immigration et la nationalité. Cette lettre mentionnait qu'il pouvait se faire assister par un avocat s'il le souhaitait.

Baulman avait longuement réfléchi à l'attitude qu'il devait prendre et avait conclu qu'un innocent, un vieux Germano-Américain menant une vie irréprochable, ne viendrait pas en traînant un avocat à la remorque. Il avait mis son meilleur costume, sorti ses chaussures pour enterrement de leur boîte au fond de l'armoire, les avait époussetées avec un chiffon avant de les enfiler. Il se regarda dans le miroir et vit, sous les rides et les taches de vieillesse, le blanc de sa barbe et de ses cheveux clairsemés, le spectre de l'homme qu'il avait été.

Il avait peur, mais pas plus que n'importe quel homme contraint d'avoir affaire aux institutions judiciaires. Il ne paniquerait pas, ce n'était pas dans sa nature. Il aurait voulu avoir encore sa femme auprès de lui, car il n'avait jamais eu honte de compter sur elle pour le réconforter et le rassurer. D'un autre côté, cependant, il était content qu'elle soit morte avant lui. Kathryn avait été, à sa manière, une femme simple : elle aimait son mari et lui faisait confiance. Il s'occupait des factures, de leurs comptes en banque, de leur crédit immobilier, de l'achat de la voiture, de l'organisation des vacances, et elle était heureuse de le laisser s'en charger. En échange, elle prenait soin de lui. C'était un couple à l'ancienne, mais quel mal y avait-il à cela ? Il ne lui avait jamais été infidèle et il était sûr qu'elle ne l'avait jamais trompé. Ils avaient vécu plus de cinquante ans ensemble avant qu'elle meure dans son sommeil, et la seule ombre à leur mariage avait été l'absence d'enfants. Peut-être que c'était finalement mieux, tout comme l'absence de Kathryn à ce moment de son existence. Sa disparition lui avait causé un chagrin immense, qu'il éprouvait encore maintenant, mais la mort avait au moins épargné à Kathryn la peine et l'embarras de cette histoire. Il aurait tout nié, bien sûr, et elle l'aurait cru, parce qu'elle l'aurait voulu, et parce que son amour pour lui reposait sur sa confiance en son honnêteté, mais un doute aurait sûrement germé et poussé telle une mauvaise herbe dans un coin de son esprit.

Marie Demers l'attendait dans la salle de réunion avec l'historien, Toller, et un troisième homme dont ils ne mentionnèrent pas les fonctions ni le service auquel il appartenait, se contentant de se référer à lui comme l'agent Ross, « un collègue ». Baulman le trouva aussitôt antipathique. Il avait le regard d'un homme qui ne serait jamais déçu par l'humanité parce que les espoirs qu'il plaçait en elle étaient d'emblée trop minces. Ils le remercièrent d'être venu et il demanda s'il était en état d'arrestation. Ils répondirent que non, qu'il s'agissait seulement d'une affaire civile. Ils insistèrent sur ce point, ils voulaient simplement lui parler, mais il savait que, tout comme dans les films, ce qu'il dirait pourrait être retenu contre lui. Ils ne l'en informèrent pas, ils n'étaient pas tenus de le faire. Il se demanda comment ils pouvaient le prendre à ce point pour un vieil imbécile, puis il se souvint qu'ils étaient persuadés d'avoir devant eux non pas Marcus Baulman, chauffeur d'autobus en retraite, mais Reynard Kraus, criminel de guerre.

Il était cependant passé maître dans l'art de jouer Baulman et il n'allait pas commettre une bourde maintenant. Il était Baulman depuis plus longtemps qu'il n'avait été Kraus. En ce sens, le premier était plus réel que le second, et, lorsqu'il protestait de son innocence, il le faisait avec conviction car c'était Marcus Baulman qui parlait.

Ils revinrent sur des points déjà abordés et il leur opposa les mêmes démentis. Ils passèrent ensuite à des allégations plus précises, notamment le fait que, sous le nom de Reynard Kraus, il avait été formé à la SS Junkerschule de Bad Tölz, qu'il avait passé un certain temps au siège du Bureau pour la race et le repeuplement de Posen avant d'être affecté au RSHA, qu'il avait exercé les fonctions d'« assistant médical » pendant un mois à Auschwitz, avant d'être envoyé à l'Experimentalkolonie de Lubsko, où il était resté jusqu'à ce que l'avance des Alliés entraîne la fermeture et la liquidation du camp. Il n'était pas Marcus Baulman, affirmèrent-ils, ils avaient maintenant la conviction que cet homme avait été exécuté par les SS pour désertion près du col de Dukla, sur la frontière slovaco-polonaise en septembre 1944, une mort discrètement escamotée sur l'ordre de Berlin, où l'on dressait déjà des plans d'urgence en vue de forger de nouvelles identités avant l'effondrement inéluctable du Reich.

Baulman demanda, comme la fois précédente, d'où ils tenaient ces informations parfaitement erronées et ils alléguèrent des sources diverses, des irrégularités dans certains documents. En les écoutant, il eut l'impression de renifler une odeur de fumée, sans toutefois sentir la chaleur d'un feu. Il était encore possible que des flammes finissent par s'élever, mais, s'ils avaient eu des preuves solides contre lui, ils l'auraient déjà confronté aux faits. Il s'agissait d'*ein Angelausflug*, ils allaient à la pêche. Baulman supposait qu'avec ce procédé ils avaient réussi à faire craquer certains de leurs suspects. Il n'avait pas l'intention d'en faire partie. Et puis, juste au moment où il commençait à se détendre un peu, ils lui posèrent à brûle-pourpoint la question suivante :

— Vous connaissez un certain Bruno Perlman, monsieur Baulman ?

Perlman, Perlman… Il réfléchit. Devait-il nier d'emblée ? Non, il y avait une autre solution :

— Oui, répondit-il. Je crois que oui…

Il les vit se pencher légèrement en avant, y compris

le nommé Ross, et Baulman dut retenir un sourire. C'était comme s'il les avait ferrés : ils n'étaient pas les seuls à aller à la pêche.

— J'ai lu son nom dans le journal, précisa-t-il. C'est l'homme dont on a retrouvé le corps à Boreas.

— Vous avez une bonne mémoire des noms, commenta Toller.

Avait-il commis une erreur ? Non. Un peu de colère, maintenant. Juste assez :

— Je suis vieux mais je ne suis pas sénile ! se récria-t-il. Je lis encore les journaux, je regarde les informations à la télé, et Boreas n'est pas très loin de l'endroit où je vis. Il s'est passé beaucoup de choses là-bas, ces derniers temps. Vous devriez peut-être lire les journaux, vous aussi.

Il se renversa contre le dossier de sa chaise avec une expression signifiant qu'il pensait avoir marqué un point.

— Et Ruth Winter ? enchaîna Demers. Vous avez entendu parler d'elle, n'est-ce pas ?

— Oui. Elle a été assassinée, je l'ai lu dans la presse. C'est horrible.

— Vous l'aviez rencontrée ?

— Non.

— Vous en êtes sûr ?

— Oui. Du moins, je crois.

— Vous ne l'avez jamais rencontrée ou vous *croyez* que vous ne l'avez jamais rencontrée ?

— Je ne sais pas ! s'exclama-t-il en levant les bras en signe d'impuissance. Est-ce que j'aurais pu la croiser dans la rue ? Oui. Est-ce que j'aurais pu la saluer ? Oui. Est-ce que je m'en souviens ? Non.

— Et sa mère, Isha Winter ?

— Elle aussi, je l'ai peut-être croisée, mais je serais bien incapable de mettre un visage sur ce nom.

Demers nota quelque chose sur son bloc. En la regardant, il se demanda ce qu'il avait pu dire d'assez important pour qu'elle le mette par écrit, alors qu'il y avait sur la table devant eux un appareil qui enregistrait leur conversation. Rien, conclut-il. C'était encore une de leurs ruses.

— Perlman, que vous prétendez ne pas connaître…, reprit Demers.

— Je ne le « prétends » pas. C'est vrai !

Demers poursuivit comme s'il ne l'avait pas interrompue :

— … avait quatre séries de chiffres tatoués sur le bras. C'était des matricules d'Auschwitz correspondant à quatre membres de sa famille, les Nemiroff. Ce nom vous dit quelque chose ?

— Non.

— Ils ont été transférés d'Auschwitz à Lubsko à la fin de 1944.

— Je vous le répète, je n'avais jamais entendu parler de cet endroit avant que vous veniez chez moi.

— Je croyais que vous vous teniez au courant des nouvelles, objecta Demers. On a beaucoup parlé de ce camp, ces derniers temps. Thomas Engel y avait été gardien. Vous savez qui est Thomas Engel, non ?

— Je crois me souvenir, maintenant… Je l'ai vu à la télé. On dit que ce serait un criminel de guerre.

— *C'est* un criminel de guerre, monsieur Baulman. Il n'y a aucun doute là-dessus. Avez-vous rencontré Thomas Engel ?

— Non.

— Vous en êtes certain ?

— Oui.

— Il vivait à Augusta. Ça n'est pas très loin de chez vous.

— Des tas de gens vivent à Augusta, je ne les ai jamais rencontrés.

— Mais vous savez des choses à son sujet ?

— Uniquement ce que j'ai appris par la télévision.

— Qui a fait mention de Lubsko.

— Je suppose.

— Juste pour vous rafraîchir la mémoire, alors : Lubsko était une mise en scène cruelle des SS destinée à faire croire aux déportés – aux déportés riches – qu'ils pouvaient échapper à la mort par épuisement au travail ou dans les chambres à gaz, et que leurs familles seraient aussi sauvées. Des petites cabanes proprettes, avec des jardins où cultiver des légumes. Pas de mauvais traitements. Pas de brutalités. Pas de chambres à gaz. Mais il fallait être prêt à payer et pouvoir le faire. Ceux qui étaient envoyés là-bas étaient sélectionnés avec le plus grand soin. On les soupçonnait d'avoir mis en lieu sûr de l'argent et des objets de valeur, dans l'espoir que, même s'ils ne survivaient pas à la guerre, leurs enfants resteraient en vie et qu'on s'occuperait bien d'eux. On les faisait donc venir d'autres camps de concentration, on leur faisait miroiter la possibilité de survivre, ainsi que leurs familles, s'ils en avaient les moyens, tout en leur faisant clairement comprendre que s'ils refusaient de révéler où ils avaient caché leur or, leurs tableaux ou leurs pierres précieuses, ils mourraient dans les jours qui suivraient, ainsi que leurs enfants et toutes les autres personnes qui leur étaient apparentées.

« La plupart payaient, monsieur Baulman. On les

tuait quand même, évidemment, après les avoir détroussés de ce qu'ils avaient réussi à cacher. Lubsko fonctionnait sur la base d'un renouvellement régulier : chaque mois, de nouvelles familles arrivaient, une fois qu'on avait fait disparaître du camp toute trace de leurs prédécesseurs. Pour renforcer l'illusion d'un salut possible, les SS avaient installé dans le camp un couple d'Allemands qui se faisaient passer pour des intellectuels libéraux, envoyés à Lubsko pour des raisons politiques, non à cause de leur religion, parce que les nazis avaient estimé qu'il serait difficile à des Aryens de se faire passer pour des Juifs et que l'imposture risquait alors d'être découverte.

« Une seule personne a survécu au camp : une jeune femme nommée Isha Gorski. Les Russes progressaient, les gardiens avaient reçu l'ordre de liquider les derniers déportés et de mettre le feu au camp. Isha a survécu en se cachant parmi les cadavres. Plus tard, en arrivant dans ce pays, elle a épousé un Juif nommé Isaac Winter et…

— Isha Winter, murmura Baulman, comme s'il venait seulement de faire le lien.

— La mère de Ruth Winter. Vous voulez me faire croire que vous ne connaissiez pas son histoire ?

— Non, je ne savais rien de tout ça. Comment l'aurais-je su ? Nous n'étions pas amis. Je pense que je ne l'ai jamais rencontrée.

— Vous l'évitiez ?

— Non ! Pourquoi je l'aurais évitée ?

— De peur qu'elle vous reconnaisse.

— Mais comment m'aurait-elle reconnu ? Je vous l'ai dit : nous ne nous connaissions pas.

— Vous vivez à... quoi ? Une quinzaine de kilomètres de Pirna ? Vous vous y êtes sûrement rendu.

Baulman ne prit même pas la peine de paraître las.

— Je vous le répète, je vais rarement à Pirna. C'est une petite ville, tout est cher là-bas. Je fais mes courses au grand supermarché situé à la sortie de Boreas, ou alors à Bangor.

— Et vous ne fréquentez personne ?

— Mademoiselle, j'ai plus de quatre-vingt-dix ans. Ma femme est morte. Mes amis sont morts. Qui voulez-vous que je fréquente ?

Il crut voir sourire le nommé Ross. Demers, elle, garda une expression impassible.

— Je ne comprends toujours pas ce que je viens faire là-dedans, poursuivit Baulman. Quelqu'un a dû vous raconter des mensonges.

— Reynard Kraus, l'homme que vous niez être, a été envoyé à Lubsko comme assistant, avec « fonctions spéciales », au début de 1944. Ces fonctions consistaient notamment à assassiner des enfants en leur injectant un produit mortel. Une note de Josef Mengele au RSHA demandant des informations sur les progrès de Kraus nous donne confirmation que Kraus avait assisté aux meurtres par injection de plusieurs groupes d'enfants à Auschwitz et qu'il avait ensuite été autorisé à faire les piqûres lui-même, sous le regard expert de Mengele. Apparemment, Mengele craignait que son élève ne lui fasse honte, mais la réponse du RSHA était tout à fait positive : Kraus donnait entière satisfaction à Lubsko et faisait honneur à son professeur.

« Vous voyez, monsieur Baulman, la difficulté, à Lubsko, c'était que pour maintenir l'illusion d'un salut possible, il fallait affecter au camp des gardiens d'un type très particulier. Il ne pouvait s'agir des brutes habituelles. Ils devaient faire preuve d'une certaine sensibilité. Or, cela posait problème quand venait le moment de se débarrasser des déportés, parce que des individus sensibles sont généralement peu efficaces pour exterminer des hommes, des femmes et des enfants incapables de se défendre. C'est là qu'Engel entrait en scène. Nous pensons qu'il était logé à l'écart du camp avec deux ou trois autres hommes et qu'ils intervenaient uniquement quand il fallait tuer. Mais les enfants – le peu d'entre eux qui avaient survécu aux autres camps – étaient traités séparément : une piqûre discrète semblait moins nuisible au moral de l'exécuteur, même à celui d'un tueur comme Engel. Cette tâche fut confiée à Reynard Kraus...

— Je ne suis pas Reynard Kraus. Je vous l'ai déjà dit.

— Nous nous sommes donné du mal pour trouver des photos de lui, poursuivit Demers comme si elle ne l'avait pas entendu.

Elle feuilleta une pile de papiers posée devant elle, en tira une photocopie.

— C'est bien votre permis de conduire, monsieur Baulman ?

Il examina le document.

— Oui.

— Il a été renouvelé récemment, n'est-ce pas ?

Il lut la date et répéta :

— Oui.

L'État du Maine demandait aux personnes âgées de plus de soixante-cinq ans de faire renouveler leur permis tous les quatre ans. Baulman avait été content qu'on ne le lui retire pas.

— Merci, dit Demers.

Elle remit la photocopie dans la pile, tel un prestidigitateur replaçant une carte dans le paquet.

— Et là ?

Elle lui montra une autre photocopie : une photo
de lui en 1952, quand il avait émigré aux États-Unis.

— C'est encore moi.

Il avait fait apporter quelques modifications à son
visage après la guerre, juste assez pour changer son
apparence au cas où quelqu'un se souviendrait de
Reynard Kraus : un nez plus fin, des paupières moins
tombantes, des lobes auriculaires moins grands – ils
étaient généralement très développés chez les Kraus,
un trait de famille.

— Et là ?

Il reconnut immédiatement la photo de sa carte du
parti, bien qu'elle fût floue et abîmée. Il la regarda,
ôta ses lunettes, les essuya à sa cravate et regarda de
nouveau.

— C'est une très mauvaise photo...

— Et pour cause : elle faisait partie d'un paquet
que quelqu'un a essayé de brûler. Par chance, le feu
a été éteint avant qu'il y ait trop de dégâts.

— Je ne peux pas vous dire qui c'est, mais je ne
pense pas que ce soit moi.

— Vous ne pensez pas que c'est vous, ou vous
savez que ce n'est pas vous ?

Baulman avait conscience d'avancer en terrain glissant. Il était tenté de nier catégoriquement que c'était
lui, mais la photo présentait encore quelque ressem-
blance, supposait-il, avec l'homme qui avait émigré
aux États-Unis en 1952. Il pensait déjà à des tentatives
ultérieures pour l'expulser ou l'extrader, si on devait

en venir là. Un bon avocat pourrait utiliser cette photo en sa faveur.

— Ça me ressemble un peu, mais ce n'est pas moi, conclut-il. C'est là que l'erreur a été commise ?

— Je ne crois pas qu'il y ait eu erreur, monsieur Baulman. Vous reconnaissez votre écriture ? demanda Demers en lui montrant un autre document.

C'était la demande de naturalisation qu'il avait remplie en 1958, après avoir vécu assez longtemps aux États-Unis pour pouvoir y prétendre.

— Oui.

— Et là ?

Le document était cette fois en allemand. C'était un ordre de réquisition rédigé pendant son passage au RSHA et daté de 1942. Là encore, il y avait de légères ressemblances entre l'écriture du formulaire américain et celle de l'ordre de réquisition allemand, mais Baulman s'était entraîné avec persévérance à changer son écriture après la guerre.

— Non.

— Nous avons procédé à une analyse graphologique préliminaire, monsieur Baulman, et nous avons déjà relevé quelques points de similarité.

Baulman ne pensait pas que ces « quelques points » suffiraient. Il reprenait confiance. Ils n'avaient pas grand-chose le concernant, et rien qui puisse être retenu comme preuve. Il était de plus en plus convaincu que tout ce qu'ils avaient contre lui, c'était le témoignage d'Engel, et il se doutait que, devant un tribunal, les déclarations d'un vieux nazi essayant de sauver sa peau n'auraient aucune valeur.

Demers plaça les trois photos de Baulman l'une à côté de l'autre : jeune, plus âgé, vieux.

— Nous avons l'intention de montrer ces photos à la ronde pour voir si elles rafraîchissent la mémoire de quelqu'un, dit-elle, cette fois en souriant. Nous reprendrons contact avec vous quand cela sera fait. Merci du temps que vous nous avez accordé, monsieur Baulman.

Elle se leva et les deux autres l'imitèrent.

— Attendez ! s'écria-t-il. Qu'est-ce que ça veut dire, « à la ronde » ? Vous les montrerez à qui ? Vous n'avez pas le droit ! Ce n'est pas légal. Vous répandez des mensonges sur moi !

Ils sortirent sans répondre et un agent en uniforme apparut dans l'encadrement de la porte pour escorter Baulman hors du bâtiment. Il savait parfaitement ce qu'ils allaient faire.

Ils allaient montrer sa photo à Isha Winter.

45

Le chirurgien autorisa Parker à quitter l'hôpital avec une nouvelle fournée d'antidouleur et de conseils – notamment se détendre, ne pas faire d'efforts excessifs, éviter particulièrement de poursuivre des hommes armés dans les dunes – dont il avait l'intention de ne suivre que quelques-uns. Il téléphona à Angel et Louis puis lut le journal dans sa chambre en attendant qu'ils viennent le chercher. Il n'en sortit qu'une seule fois et ce fut pour observer Cory Bloom à travers une vitre. Un homme assis près du lit, le visage de profil, tenait la main de Bloom et lui parlait, bien qu'elle fût toujours inconsciente.

Parker ne les dérangea pas.

Peu après midi, une infirmière à la mine inquiète apparut sur le seuil de sa chambre, accompagnée d'un aide-soignant qui poussait un fauteuil roulant. Lui aussi avait l'air inquiet.

— Je n'ai pas besoin de fauteuil, assura Parker.

L'hôpital lui avait procuré une béquille, qu'il ne comptait pas utiliser. Avant la rencontre avec Steiger, il venait de décider de se passer de sa canne et il n'allait pas remplacer un étai par un autre.

— Nous avons pensé que ce serait, euh, plus rapide comme ça, se justifia l'infirmière avec un accent écossais.

— Vous êtes si pressée de vous débarrasser de moi ? demanda Parker en passant de sa chaise au fauteuil.

— Non, c'est juste que les personnes venues vous chercher sont...

Elle chercha le mot exact.

— ... plutôt costaudes.

Il ferma les yeux. *Putain, les Fulci*, pensa-t-il. *Je ferais peut-être mieux de rester ici, de barricader les portes...* Il eut alors une vision des frères Fulci forçant le passage tels des monstres déchaînés, projetant de tous côtés des pans de maçonnerie et des morceaux de porte façon petit bois.

— Je suis désolé, dit-il, sans trop savoir de quoi il s'excusait.

— Ils n'ont rien fait de mal, reprit l'infirmière en marchant près du fauteuil poussé par l'aide-soignant. Ils sont seulement... intimidants. Ce sont des amis à vous ?

— Oui. En quelque sorte.

Parker avait l'impression d'avoir neuf ans et d'attendre que des oncles embarrassants viennent le chercher à l'école. Les frères Fulci avaient bon cœur – du moins la plupart du temps, cela dépendait juste des personnes à qui ils avaient affaire –, mais on ne pouvait en dire autant de leur cerveau, qui opposait une résistance aussi farouche que le virus ebola à toute forme de médication.

— Ils ne sont pas responsables de leur look, compatit l'infirmière. J'imagine qu'au fond, ce sont des hommes charmants, ajouta-t-elle avec une pointe d'espoir.

— Ça dépend, nuança Parker alors qu'on faisait rouler son fauteuil dans un ascenseur.

— De quoi ?

— S'ils vous aiment bien ou non.

— Alors, c'est comme pour la plupart des gens, non ?

Parker se rappela l'histoire de l'automobiliste – un agent d'assurances, si sa mémoire était bonne – qui s'obstinait à garer sa voiture sur l'emplacement pour handicapés situé derrière la maison de la mère des Fulci. L'homme avait reçu un premier avertissement, qu'il avait ignoré. C'était déjà en soi surprenant : les gens avertis par les Fulci en tenaient généralement compte. La fois suivante, les deux frères poussèrent la voiture du type dans la mer avec leur 4 × 4. L'agent d'assurances était attaché sur le siège conducteur et, tandis que l'eau montait lentement à hauteur de sa poitrine, il s'était évertué à leur faire savoir qu'il avait l'intention de changer ses habitudes en matière de stationnement, malgré le bâillon de bondage enfoncé dans sa bouche qui rendait ses propos inaudibles.

Plus tard, lorsqu'il commença à sécher, il envisagea peut-être de porter plainte, mais les Fulci lui expliquèrent qu'ils savaient où se trouvait sa maison et qu'ils n'hésiteraient pas, selon les propres termes de Tony Fulci, à « pousser aussi cette putain de baraque dans la flotte »… Depuis, la mère des Fulci n'avait plus de problème de stationnement et la prime d'assurance de sa voiture avait en plus baissé.

— Ils réagissent peut-être de manière plus émotive que la plupart des gens…, avança Parker.

— J'ai toujours pensé que les grands costauds ont des sentiments très profonds, dit l'infirmière.

— Voilà. Vous avez mis le doigt dessus.

Les portes de la cabine s'ouvrirent et l'aide-soignant fit rouler le fauteuil jusqu'à l'entrée principale, où le monster truck des Fulci les attendait. Il était cependant difficile à voir, parce que les deux frères se tenaient devant. S'ils s'étaient tenus devant l'hôpital, il aurait lui aussi disparu en partie à la vue. Ils portaient des T-shirts de golf Izod et des pantalons beiges assortis qui, agrémentés d'une nacelle, auraient pu servir de montgolfières si on les avait remplis de gaz. Alors qu'ils s'approchaient d'un pas lourd, le vigile de l'entrée lâcha un involontaire « Oh, putain ! ».

— Ne courez pas. Ça les énerverait, le prévint Parker.

L'homme jeta un coup d'œil à Parker pour voir s'il plaisantait. Lorsqu'il tourna de nouveau la tête, il ne semblait pas rassuré.

— Comment ça va, monsieur Parker ? s'enquit Paulie.

Les Fulci avaient pour habitude de l'appeler « monsieur Parker ». C'était sans doute un signe de respect, de même que la façon dont Tony, le moins équilibré des deux – là aussi, cela dépendait des circonstances, peut-être même des phases de la lune –, avait un jour déclaré que si quelqu'un « faisait chier M. Parker », *n'importe qui*, il le donnerait à bouffer aux crabes et il demanderait même pas pourquoi.

— J'ai été mieux, répondit Parker.

— Bien sûr, bien sûr. Vous voulez qu'on vous pousse ? demanda Paulie.

Il paraissait prêt à se battre pour arracher le fauteuil des mains de l'aide-soignant, ce qui n'était souhaitable pour personne.

— Non, ce garçon s'en occupe. Ouvre-moi seulement la portière.

— Tout de suite...

Paulie retourna à l'énorme 4 × 4 tandis que Tony restait près du détective, prêt à intervenir et à sauver Parker au cas où un caillou se serait mis sur le chemin du fauteuil. Lorsqu'ils parvinrent au véhicule, Parker commença à se lever pour monter à l'arrière. Il ne put retenir un petit gémissement de douleur, qui incita les Fulci à le soulever et à le propulser quasiment la tête la première sur la banquette.

— On l'a, maintenant, annonça Tony à l'infirmière.

Il avait pris un ton rassurant, comme si savoir son patient entre leurs mains pouvait être pour elle une source d'apaisement. Parker remarqua que par un étrange rebondissement l'infirmière semblait à présent sur le point de tomber amoureuse d'un des frères, voire des deux, à moins que ce n'ait été le résultat du choc visuel. En tout cas, elle ne cessa à aucun moment de les suivre du regard tandis qu'ils repartaient. Parker n'aurait pas été surpris si elle s'était mise à agiter un mouchoir blanc pour leur dire au revoir.

Il ne se rappelait pas être déjà monté dans leur 4 × 4 et n'était pas sûr de vouloir renouveler l'expérience à l'avenir. Paulie conduisait avec ferveur, penché en avant : pas particulièrement vite, pas lentement non plus, mais avec l'implacabilité d'un commandant de char lancé sur les traces d'un ennemi en retraite. Les autres véhicules ne s'attardaient pas sur son chemin, ils préféraient se réfugier sur les voies adjacentes, ou même sur le trottoir. Paulie s'arrêtait bien aux feux rouges, mais il semblait les prendre comme un affront personnel et leur lançait des regards mauvais jusqu'à ce que, terrorisés, ils se décident à changer de couleur.

— On vous a apporté du raisin, dit Tony en indiquant un sac en papier Whole Foods[1] posé sur le plancher à côté de Parker.

— C'est gentil.

Tony attendait, avec un sourire encourageant.

— D'accord, soupira Parker, légèrement inquiet.

Il plongea la main dans le sac, attrapa un grain de raisin, le fourra dans sa bouche, grimaça. Il eut envie de le recracher, parvint quand même à l'avaler.

— Les gars, c'est des olives, ça.

Paulie boxa le bras de son frère.

— Je te l'avais dit, bordel ! éructa-t-il.

— Vous aimez pas les olives ? demanda Tony, qui se frottait le bras tout en essayant de se sortir de ce bourbier.

— C'est juste que je m'attendais à du raisin…

— Tu vois ? T'es vraiment trop con ! asséna Paulie à son frère.

— J'étais jamais allé au Whole Foods avant, argua Tony. Je reconnaissais rien, là-bas.

— Tout va bien, dit Parker. C'est l'intention qui compte.

Impossible de consoler Tony, qui regardait fixement à travers sa vitre sans dire un mot. Paulie mit de la musique – une compilation des Carpenters – et tapota l'épaule de son frère.

— C'est rien. J'aurais pas dû me foutre en rogne contre toi.

1. Grande surface alimentaire haut de gamme de New York.

Lorsque les Carpenters entonnèrent « Only Yesterday », le moral de Tony remonta un peu.

Parker se jura de faire payer Angel et Louis pour le tour qu'ils lui avaient joué.

Lesquels les attendaient au Dysart's, un relais routier situé à la sortie de Bangor. Fondé dans les années 1940, l'établissement était une sorte d'institution dans le Maine. Comme il jouxtait la gare routière des autocars Greyhound, l'endroit était toujours animé, pas au point cependant que l'arrivée des Fulci et de leur truck passe inaperçue. Même si le monde avait été en train de s'écrouler, les gens auraient cessé de hurler pour les regarder.

Angel et Louis étaient assis l'un en face de l'autre dans un box du fond de la salle. Parker s'approcha d'eux en s'appuyant sur sa béquille. Tony avait insisté :

« Juste jusqu'à ce que vous soyez sûr de pouvoir remarcher.

— Je ne suis pas devenu infirme, avait répliqué Parker.

— C'est ce que disent tous les estropiés. Et je crois qu'on a plus le droit de les traiter d'estropiés.

— C'est toi qui parles d'estropiés, pas moi. »

Tony avait haussé les épaules et lancé un regard à son frère comme pour lui dire : « Je sais bien qu'on discute pas avec un malade, mais là… »

— Tu veux bien passer de l'autre côté ? demanda Parker à Angel en arrivant au box. C'est moins pénible pour moi si je peux m'étirer.

Tony et Paulie s'installèrent dans le box d'en face et se mirent à étudier le menu. Angel changea de place, montra la béquille en passant.

— C'est quoi, ça ?

— Ça s'appelle une béquille.

— Je sais comment ça s'appelle. T'en as besoin ?

— Juste pour te la fourrer dans le fion pour avoir envoyé les Frères Hardy me chercher. Si j'avais su, j'en aurais demandé une deuxième pour m'occuper aussi de ton copain.

— Ils voulaient aider, plaida Louis, qui avait peine à garder son sérieux.

— Ils m'ont fait manger une olive déguisée en grain de raisin, marmonna Parker en se glissant dans le box.

— On peut facilement se tromper, fit observer Angel.

— J'ai horreur des olives.

— Dis donc, t'es pas à prendre avec des pincettes, aujourd'hui.

— Ouais, exactement. Ça t'étonne ?

Une serveuse s'approcha. Parker commanda un déca et du pain grillé. Angel et Louis demandèrent qu'on remplisse à nouveau leurs tasses. Les Fulci optèrent pour deux sandwichs à trois étages. Chacun.

— Bon, qu'est-ce que tu veux faire, maintenant ? demanda Louis.

— Je ne peux pas conduire avant deux ou trois jours, j'aimerais que quelqu'un m'amène dans le Vermont. Je veux voir Sam.

— Tu as parlé à Rachel ?

— De l'hôpital. Elle m'a dit que Sam allait bien – un peu secouée, mais c'est tout.

— Tu sais, je suis sûr que Tony et Paulie seraient ravis de te servir de chauffeurs.

— Ne plaisante même pas avec ça. Sérieusement.

— Dans ce cas, on sera heureux de le faire, intervint Angel, dans le rôle du conciliateur.

— Et tu logeras où ? reprit Louis. Tu ne veux pas retourner à Boreas, hein ?

— Boreas reste à l'ordre du jour, répondit Parker. Ensuite, j'irai peut-être chez moi.

— Retour à Scarborough ?!

— Oui.

— T'es sûr ? demanda Angel. Y a un appart à louer en face du nôtre à Portland.

— Pourquoi vous le gardez ?

— On commence à se plaire à Portland. On pourrait s'y installer pour de bon.

— Je vais apprendre la nouvelle aux édiles locaux. Je suis sûr qu'ils seront ravis, une fois qu'ils auront réussi à vendre leurs maisons. Écoutez, vous n'avez pas besoin de rester à Portland pour moi. Je vais à peu près bien. Mieux qu'à peu près bien, en fait.

Et Angel pensa qu'il y avait peut-être du vrai dans ce que disait Parker. La distance qu'il maintenait depuis la fusillade, leur sentiment d'être tenus à l'écart de ce qui se passait autour de lui s'étaient réduits. Il était fatigué, il avait les traits tirés et il ronchonnait, mais il émanait à présent de lui une détermination palpable.

— Scarborough, c'est encore le bazar, souligna Angel.

— Je sais.

Comme il en avait informé Walsh, Parker était passé chez lui prendre des affaires avant de rejoindre Brook House. Un aide-soignant avait poussé son fauteuil roulant à l'intérieur de la maison et Parker lui avait indiqué ce dont il avait besoin, ou il le lui avait crié du bas de l'escalier. Quelqu'un était venu faire disparaître le sang – probablement à l'instigation d'Angel et Louis –, mais il restait les dégâts causés aux portes et aux murs de la cuisine, dans l'entrée et dans son bureau. Il ne s'était pas attardé, il n'était pas prêt à passer dans sa maison plus de temps que nécessaire, pas encore : le sentiment d'intrusion, de violation, était trop fort.

Mais il était prêt, maintenant.

— Tu sais, dit Louis, Paulie et Tony sont plutôt doués de leurs mains. Laisse-les aller là-bas pendant qu'on sera dans le Vermont, pour voir ce qu'ils peuvent faire. Ils t'adorent. Tu es comme un dieu pour eux. Si tu leur donnes assez de temps, ils en feront un palais, de ta maison saccagée.

Parker dut reconnaître que ce n'était pas une mauvaise idée – pas la partie palais, mais le reste. Lorsqu'il en parla aux Fulci, ils réagirent comme s'il leur faisait une immense faveur, et leur joie sincère le mit mal à l'aise. Ils tentèrent même de refuser tout paiement pour les travaux qu'ils effectueraient, mais il n'était pas question pour Parker de se sentir dans la peau d'un pauvre misérable – encore plus misérable qu'il ne se sentait déjà.

— Bon, c'est réglé, conclut Angel. On va dans le Vermont, ils vont à Scarborough.

La serveuse apporta le café et le toast de Parker, ainsi que les sandwichs des Fulci.

— Alors, les gars, comment ça s'est passé, votre dîner avec Walsh ? demanda le détective.

46

Marie Demers était assise à la vieille table en acajou de la salle à manger d'Isha Winter. Le bois, d'un marron profond, était spectaculairement astiqué. Demers n'y décela aucune marque et songea que cette table ne devait pas servir plus d'une ou deux fois par an. Elle pouvait accueillir dix personnes à l'aise, douze si elles se serraient un peu, et la magistrate l'imagina dressée pour Thanksgiving ou Hanukkah. Elle doutait cependant que ces fêtes soient célébrées cette année, pas après ce qui était arrivé à Ruth Winter. Demers avait déjà l'impression de venir troubler le chagrin d'Isha. La mort de Ruth avait déclenché une série de négociations complexes sur l'avenir d'Amanda, toutes les personnes concernées, parents ou autorités administratives, s'accordant cependant sur plusieurs points importants : la grand-mère d'Amanda l'aimait beaucoup mais elle était trop âgée pour s'occuper seule de l'enfant ; il était néanmoins souhaitable qu'Amanda reste proche de sa grand-mère et demeure dans la région où elle avait grandi et où elle était scolarisée ; il fallait lui trouver d'urgence une famille d'accueil convenable.

Cette famille s'était présentée d'elle-même, et Amanda vivait donc pour le moment chez les Froberg, un couple d'une quarantaine d'années ayant deux enfants, un garçon et une fille, respectivement un an de plus et un an de moins qu'Amanda. Ils habitaient à cinq minutes de la maison d'Isha Winter. Argument supplémentaire en leur faveur, ils avaient l'approbation d'Isha, et Amanda s'était déjà liée d'amitié avec les deux enfants à l'école. Bien que la procédure ne fût qu'à son premier stade, les services sociaux du Maine envoyaient des signaux favorables.

Isha sortit de la cuisine avec un plateau supportant une cafetière, des tasses, du lait, du sucre et une pile de trois assiettes, celle du dessus disparaissant sous un énorme gâteau. La vieille dame avait décliné l'offre d'aide de sa visiteuse : c'était son domaine. Demers supposa qu'elle désirait peut-être aussi montrer qu'elle restait vigoureuse et indépendante, comme pour ajouter une raison supplémentaire au maintien de sa petite-fille auprès d'elle – non que Demers ait son mot à dire dans la décision. Si on lui avait demandé son avis, elle n'aurait toutefois pas hésité à souligner la vitalité d'Isha, remarquable pour une femme de quatre-vingt-dix ans.

Elles s'étaient déjà rencontrées à plusieurs reprises, la première fois pendant l'enquête sur Thomas Engel, lorsque Demers s'était rendue chez Isha pour lui demander si elle se souvenait de lui. Elle ne s'en souvenait pas, ce qui n'était pas étonnant : d'après ce que la section Droits de l'homme et Poursuites spéciales avait réussi à reconstituer à partir des éléments de preuve fragmentaires existant sur Lubsko, Engel venait au camp uniquement quand il fallait tuer. Lorsqu'il s'y était rendu pour la dernière fois, le chaos y régnait déjà, les gardiens s'affrontaient entre eux. Alertée par les coups de feu, confirmée dans ses craintes par les cadavres de ses parents gisant devant leur cabane, Isha était déjà à la recherche d'un endroit où se cacher.

Leur seconde rencontre avait eu lieu après qu'Isha eut appris la mort de Bruno Perlman. Elle se rappelait un homme exalté, qui avait insisté pour enregistrer leur conversation, et dont les questions frôlaient l'insensibilité, en particulier pour une vieille femme qui vivait chaque jour dans le souvenir de ce qui s'était passé à Lubsko, et qui, comme toutes les victimes d'un terrible traumatisme, ne parvenait à le supporter qu'en refusant d'en parler, parce que l'évoquer à voix haute l'aurait renvoyée à sa réalité. Isha s'était cependant sentie tenue d'aider cet homme manifestement hanté par le sort de sa famille. Elle ne lui avait toutefois pas dit grand-chose qu'il ne sût déjà car elle ne se trouvait pas à Lubsko quand les parents de Perlman étaient morts. Finalement, Ruth était arrivée et, voyant sa mère bouleversée par l'entretien, elle y avait mis fin, aussi doucement mais fermement que possible.

Demers et Isha Winter s'étaient aussi croisées à l'enterrement de Ruth, et Demers était maintenant assise chez Isha, déterminée à découvrir s'il existait un lien entre le meurtre de Ruth et l'homme qui se faisait appeler Marcus Baulman.

La vieille femme posa le plateau sur la table, protégea soigneusement l'acajou par des sets en liège avant d'y installer tasses et assiettes. Elle versa le café, laissa la visiteuse se servir elle-même en lait et en sucre.

— Vous prendrez du babka ? dit-elle, Demers ayant l'impression que c'était plus un ordre qu'une question.

— Très volontiers.

Isha coupa pour la juriste une part énorme, une autre plus petite pour elle-même. Demers goûta. Bon sang, c'était délicieux ! Elle n'aurait pas su faire la différence entre babkas et *bupkis*[1], mais ce gâteau était succulent – moelleux, fort en chocolat, avec un arrière-goût familier.

— Ça vous plaît ? demanda Isha.

Elle n'avait pas encore touché à sa part, elle concentrait toute son attention sur la visiteuse. Si Demers avait manifesté sa désapprobation, ne fût-ce que par un manque d'enthousiasme, elle était sûre qu'Isha aurait été incapable d'avaler une seule bouchée de son babka et qu'elle n'en aurait peut-être jamais plus préparé. Demers n'avait aucune raison de devoir feindre l'enthousiasme. Elle se demandait si elle n'allait pas au contraire fondre en larmes tant ce gâteau était bon.

— Je le trouve excellent. C'est un goût de noisette que je sens ?

— Vous êtes allergique ?

— Non, pas du tout. Je n'arrive pas à trouver ce que c'est.

Alors seulement, Isha goûta à son gâteau.

— Pas de noisettes, lâcha-t-elle.

— Vraiment ?

— Du mascarpone. D'autres mettent du fromage blanc, mais c'est meilleur avec du mascarpone. C'est ce qui donne ce goût. Il faut que je vous écrive la recette, avant que vous partiez.

Bon courage, Marie, pensa Demers. Elle n'était pas mauvaise cuisinière, mais la pâtisserie ressemblait trop

1. En yiddish : qui n'a aucune valeur, camelote.

pour elle à une science complexe ou à de l'alchimie. Cela exigeait le degré de précision qu'elle appliquait à son travail, mais une fois chez elle, elle n'aurait jamais imaginé se détendre en faisant la cuisine.

— Comment va Amanda ?

Isha finit d'avaler sa bouchée avant de répondre :

— Bien et mal. Elle fait des cauchemars et son état, sa maladie, a encore empiré. Les médecins disent qu'elle devrait peut-être voir un psychothérapeute.

— Ça pourrait l'aider.

— Mais je suis là pour elle. Je suis toujours là pour l'écouter.

— Et c'est bien, approuva Demers. Elle a besoin de cette stabilité. Les circonstances dans lesquelles sa mère est morte ont toutefois été particulièrement horribles. Amanda a vu le cadavre de sa mère puis son meurtrier, qui s'en est pris ensuite à elle. Ce n'est encore qu'une enfant et si elle reçoit l'aide dont elle a besoin maintenant, cela soulagera son fardeau plus tard.

— Vous avez raison, bien sûr. Oui, un thérapeute. J'en parlerai aux Froberg.

De sa fourchette, Isha détacha un autre morceau de sa part de gâteau, puis les deux femmes parlèrent de l'enquête sur la mort de sa fille. Comme la police avant elle, Demers lui demanda si elle voyait une raison pour laquelle Bruno Perlman aurait pu vouloir rencontrer Ruth, et Isha n'en voyait aucune. Finalement, la vieille femme posa sa fourchette sur son assiette et ne toucha plus à son gâteau. Dans le silence qui suivit, elle attendit que Demers lui explique pourquoi elle était venue.

— Madame Winter, est-ce que le nom de Reynard

Kraus vous dit quelque chose ? commença la magistrate.

Isha réagit comme si on lui avait enfoncé la pointe d'un couteau dans le corps. Elle grimaça et leva légèrement sa main droite comme pour parer un second assaut.

— Oui, répondit-elle. Je connais ce nom.

— Il était à Lubsko, n'est-ce pas ?

— Il y tuait les enfants. Je l'ai vu les emmener quand les Russes approchaient. Il avait une petite pièce à lui au fond de l'infirmerie, mais je ne savais pas alors ce qu'il avait l'intention de leur faire, je ne l'ai compris que lorsqu'on a porté leurs corps dehors. À ce moment-là, j'ai entendu les premiers coups de feu. Mon père m'a dit de m'enfuir et j'ai couru.

Demers laissa quelques secondes s'écouler avant de continuer. Elle avait rencontré de nombreux anciens déportés et le sentiment de culpabilité du survivant était un trait commun à beaucoup d'entre eux.

— J'aimerais vous montrer une photo, si vous le permettez.

— Je vous en prie.

Isha mit ses lunettes, qu'elle portait attachées à une chaînette autour du cou, tandis que Demers prenait dans sa serviette une chemise de plastique bleu. Elle en tira la photo de Baulman prise lorsqu'il avait été admis aux États-Unis. Elle la posa devant la vieille femme, qui l'examina attentivement.

— Je ne connais pas cet homme, déclara-t-elle.

— S'il vous plaît, regardez encore. Prenez votre temps.

— Non, je ne le connais pas. Qui est-ce ?

— Est-ce que ce n'est pas... Reynard Kraus ?

— Non, ce n'est pas Kraus.

Demers n'arrivait pas à y croire. Elle s'était peu à peu convaincue qu'elle tenait Kraus, même si elle n'avait que des preuves indirectes – et les déclarations d'Engel, se tortillant pour se détacher de l'hameçon de l'extradition – contre Baulman. Il lui fallut un moment pour retrouver sa voix et elle ne put masquer sa déception.

— Vous êtes sûre ? Absolument sûre ?

— Vous pensez que j'aurais pu oublier son visage ? Non, cet homme n'est pas Reynard Kraus. Qui est-ce ?

Ne sachant pas quoi répondre, Demers tendit à Isha la photo de la carte du parti de Reynard Kraus.

— Et là ?

La grand-mère d'Amanda gonfla les joues, prit la photo, la tourna pour qu'elle reçoive plus de lumière.

— Ça pourrait être lui, répondit-elle enfin. Vous n'avez pas une meilleure photo ?

— C'est tout ce que nous avons.

— Je… j'ai envie de dire oui. C'est peut-être lui, mais je ne pourrais pas le jurer. Pourquoi vous me demandez ça ? Vous pensez l'avoir trouvé ? Vous avez trouvé Kraus ?

— Je le croyais. S'il vous plaît, regardez encore la première photo. Il est possible que Kraus ait subi une opération pour modifier ses traits.

— Je n'ai pas besoin de regarder à nouveau. Les yeux ne sont pas les mêmes.

— Pas la même forme ?

— Non, l'esprit qu'ils révèlent. L'âme. Est-ce qu'un homme peut changer ça ?

— Non. Je suppose que non.

L'attention d'Isha fut alors attirée par la dernière

photo du dossier de Demers, celle du permis de conduire de Baulman. Le visage de la vieille femme refléta d'abord de la confusion, puis elle sembla reconnaître quelque chose :

— J'ai déjà vu cet homme, dit-elle en tapotant la photo.

Demers la vit s'efforcer de se souvenir où et quand elle avait rencontré Baulman. La magistrate était en terrain dangereux : en montrant cette photographie à Isha Winter, elle lui faisait savoir que l'ombre du soupçon avait touché cet homme. Qui savait quelles conséquences cela pouvait avoir dans une succession de petites communautés côtières très unies ? La réputation de Baulman – voire le reste de sa vie – pouvait être entachée ou même totalement détruite si la nouvelle se répandait qu'il faisait l'objet d'une enquête pour crimes de guerre. Isha avait sérieusement sapé le dossier de Demers en n'identifiant pas Kraus grâce à la photo des services d'immigration, même si elle ne lui avait pas porté un coup fatal. Malgré ce que la mère de Ruth Winter affirmait, les souvenirs ne sont pas forcément fiables, surtout s'agissant de personnes âgées. Pour Demers et ses collègues, le problème, c'était qu'ils n'avaient rien de probant : les déclarations d'Engel, quelques incohérences dans des documents allemands qu'un bon avocat pourrait probablement expliquer, et les archives incomplètes de Lubsko indiquant que Reynard Kraus était responsable de la mort d'au moins soixante-dix enfants. Si Isha Winter, seule survivante du camp, confirmait que Baulman et Kraus étaient une seule et même personne, leur dossier serait beaucoup plus solide.

— Il vit dans les environs, dit Demers, prudemment.

— Comment s'appelle-t-il ?

— Je ne peux pas vous le révéler pour le moment. Est-ce que ça pourrait être Kraus ? Pouvez-vous vous représenter Kraus devenu vieux ?

La réponse fut la même :

— Non, désolée : les yeux ne collent pas. Ce n'est pas l'homme qui a tué les enfants.

— Vous en êtes absolument certaine ? Je m'excuse d'insister, mais vous êtes bien placée pour comprendre que c'est important.

— J'aimerais pouvoir vous dire que c'est lui. Je le voudrais plus que tout au monde. Mais je ne peux pas.

Demers sentit sa tempe gauche commencer à palpiter. Soudain la lumière passant par la fenêtre lui parut trop vive, et quand Isha lui versa à nouveau du café, le bruit du bec de la cafetière sur sa tasse résonna si douloureusement dans sa tête qu'elle le sentit jusque dans ses dents. Elle aurait une migraine terrible dans moins d'une heure. La vieille femme perçut le malaise de sa visiteuse.

— Mademoiselle Demers, vous ne vous sentez pas bien ?

— Désolée. Je pense que je vais avoir un de mes maux de tête et je crois que j'ai oublié mes cachets. Vous n'auriez pas quelque chose contre la douleur ? Pas de l'aspirine, je suis allergique. Du paracétamol, peut-être ?

— Je vais voir.

Isha quitta la pièce et Demers l'entendit chercher dans les tiroirs de la cuisine. Elle se prit la tête à deux mains : elle aurait tant voulu qu'Isha Winter reconnaisse Kraus. Ils continueraient à enquêter sur Baulman, bien sûr, mais l'élan était brisé et le temps continuait à passer, implacable. Inexorable. Quoi qu'ils fassent, malgré tous leurs efforts, il continuerait à passer jusqu'à ce que la justice se perde dans le silence final.

Isha n'avait trouvé que de l'Alka-Seltzer contre le rhume, le genre de médicament qui provoque une somnolence, et le mal de tête empirait. Demers décida de prendre un seul des deux cachets solubles. Avec de la chance, cela réduirait sa migraine sans l'empêcher de conduire, du moins pas trop, jusqu'à ce qu'elle retourne à son hôtel et qu'elle se repose. Elle avala le liquide blanchâtre.

— Vous voulez vous étendre ? proposa Isha.

— Non, merci. Il faut que j'y aille.

Demers se leva et rassembla ses affaires.

— Je ne sais pas ce que je peux faire, murmura la vieille femme.

Elle avait l'air désespérée, comme si elle avait trahi Demers en ne lui donnant pas la réponse qu'elle attendait.

— Rien, dit la magistrate. Ce n'est pas votre faute. Nous allons continuer à chercher. Si j'ai du nouveau, je vous appellerai.

Isha la raccompagna mais au milieu du couloir, elle s'arrêta et saisit le bras de Demers.

— La recette. Je voulais vous donner la recette du babka.

— Une autre fois. Ça peut attendre.

La vieille femme avait cependant quelque chose d'autre à dire car elle ne relâcha pas la pression de sa main.

— Je ne veux pas que vous le preniez mal...

— Quoi ? demanda Demers, qui ne comprenait pas.

345

— Je me demande quelquefois pourquoi c'est aussi important pour vous tous.

Demers fut interloquée : comment Isha Winter pouvait-elle se poser cette question ?

— Vous ne voulez pas que ces gens soient retrouvés et punis, Isha ? Ce sont des criminels. Ce qu'ils ont fait est monstrueux, sans précédent dans l'histoire.

— Ça, je le sais. Mais il y a une chose que vous devez comprendre, mademoiselle Demers. J'ai longtemps réfléchi, et je crois que vos supérieurs et vous, vous êtes mus par un sentiment de culpabilité, parce que vous nous avez tous abandonnés, il y a si longtemps.

Demers eut l'impression de recevoir un coup violent.

— Que voulez-vous dire ?

— Vous saviez que les Juifs étaient menacés. Votre gouvernement a même réuni une conférence à Évian en 1938 pour chercher une solution au problème des réfugiés, mais tous les pays participants, à une exception près – la République dominicaine –, ont refusé de modifier leur politique d'immigration. Vous nous avez laissés mourir. Et même quand la vérité sur les camps a été révélée, vous n'avez rien fait.

— Ce n'est pas vrai.

— On vous a demandé de bombarder les voies ferrées, vous ne l'avez pas fait.

— Par crainte de blesser ou de tuer des déportés si on autorisait les raids de bombardement.

— Les nazis les pendaient, les fusillaient, les envoyaient dans les chambres à gaz ! Six mille par jour rien qu'à Auschwitz en été 1944 !

Isha s'esclaffa et Demers eut l'impression de n'avoir jamais entendu autant de désespoir dans un rire.

— Vous pensez que des bombardements auraient pu faire pire ? Vous ne comprenez pas ? Toutes vos enquêtes viennent trop tard. Elles ne feront pas revenir les morts. Elles ne serviront qu'à vous permettre de dormir un peu mieux la nuit dans vos lits.

Demers ne savait pas quoi répondre. Son crâne palpitait, elle avait envie de vomir.

— Je suis désolée que vous pensiez ça, dit-elle enfin.

Ces mots lui parurent aussitôt si inadéquats qu'elle fut submergée par le sentiment d'être ridicule.

Isha lui pressa une dernière fois le bras et dit :

— Parfois, je ne sais pas trop ce que je pense. Pardonnez-moi. Vous êtes une brave jeune femme et je suis une vieille imbécile.

Demers prit congé et retourna à sa voiture. Elle avait connu des échecs par le passé – ils en avaient tous connu – mais celui-là l'affectait plus que les autres, parce qu'elle avait été si sûre d'elle. Engel craignait d'être renvoyé en Allemagne, où il ne connaissait personne et où il mourrait en paria. Il avait voulu se sauver et il avait menti.

Et si Isha Winter avait en partie raison ? Demers et ses collègues étaient certes poussés par un sens aigu de la justice, mais leurs activités étaient aussi une façon de se dédouaner, de se faire pardonner les lâchetés et les erreurs passées : la paresse et l'opportunisme politique ; la parcimonie qui avait longtemps privé de ressources la traque des nazis ; et l'envie effrénée – d'informations, de nouvelles technologies, de connaissances – qui avait conduit les services de renseignements américains à coopérer avec des individus aussi abjects que Klaus Barbie et Friedrich

Buchardt, dont les Einsatzgruppen étaient responsables de dizaines de milliers de morts, ce qui faisait de lui le plus grand boucher recruté par les Alliés après la guerre. Si le Bureau d'enquêtes spéciales avait été créé plus tôt – dans les années 1950, ou au début des années 1960 –, la CIA aurait-elle laissé les prédécesseurs de Demers la purger de ses collaborateurs nazis ? Elle en doutait, et cette pensée la déprimait plus qu'elle ne l'aurait imaginé.

Assez : elle n'avait pas échoué, pas encore. De toute façon, une identification n'aurait pas suffi à elle seule pour mettre Baulman dans un avion pour l'Allemagne. Un obstacle avait été placé sur leur route, ils devaient simplement trouver un moyen de le contourner.

Il n'y avait pas seulement Isha Winter, toutefois. Il y avait aussi sa fille, et Bruno Perlman, et les Tedesco. Perlman restait lié à Isha par Lubsko, et même si certains doutaient maintenant que la marque sur son orbite ait été faite par une lame, Demers demeurait convaincue qu'il avait été assassiné, ne serait-ce que parce que Lenny Tedesco, qui semblait être l'un des rares amis de Perlman, avait été assassiné, ainsi que sa femme, et que Demers ne pouvait croire à autant de coïncidences.

Non, ce n'était pas fini. Il manquait des pièces du puzzle, mais ils les trouveraient.

Tandis qu'elle regagnait Bangor en voiture, le tic-tac de sa montre se mit à résonner si fort dans sa tête qu'elle la détacha de son poignet et la plaça dans la boîte à gants.

Elle avait quand même l'impression de l'entendre encore.

47

Pour aller de Bangor à Burlington, dans le Vermont, il leur faudrait environ six heures, voire plus puisque c'était presque tout le temps Louis qui tenait le volant.

— Tu conduis comme si t'avais Miss Daisy à l'arrière, lui reprocha Angel tandis qu'ils roulaient vers l'ouest à un train de sénateur. Putain, j'ai l'impression d'être dans un convoi funéraire...

— Tu sais pourquoi je conduis comme ça ?

— Parce que tu flippes ? suggéra Angel. Parce qu'on a mis un limiteur de vitesse sur la caisse ?

— Parce que je suis noir. Voilà pourquoi je suis prudent.

— T'es pas prudent, t'es lent. La combustion interne, c'est du gâchis, pour toi. Tu veux que je descende et que je marche devant avec un drapeau rouge ?

— Vas-y, je pourrai t'écraser.

— T'accéléreras jamais assez pour ça. Le temps que tu prennes de la vitesse, je serai mort de vieillesse.

— Pourquoi tu ne compterais pas le nombre de Noirs que tu verras conduire entre ici et le Vermont ? C'est comme un rallye des partisans de la suprématie blanche. Et pendant que tu y es, trouve-moi un policier noir. Dans le coin, quand ils voient un Noir rouler à quatre-vingts, ils n'ont qu'une envie, c'est de vérifier que leurs balles peuvent le rattraper...

— Au moins, si tu te fais coffrer dans le Vermont, tu pourras t'empiffrer de crème glacée au réfectoire[1]...

Parker les écoutait se chamailler, le dos contre la portière, les jambes allongées. Il avait pris un cachet contre la douleur – juste un Tylenol, pas l'analgésique sur ordonnance qu'on lui avait prescrit à sa sortie de l'hôpital. Il voulait garder les idées claires.

Il avait appelé Rachel un peu avant qu'ils quittent Bangor, pour la prévenir qu'il venait voir Sam avec Angel et Louis. Il avait précisé qu'ils ne viendraient pas chez elle avant le lendemain matin : ils n'arriveraient à Burlington que vers 9 heures du soir, au moins, et il ne voulait pas que Sam se couche aussi tard à cause de lui. Rachel n'avait pas semblé ravie qu'il débarque dans le Vermont sans l'avoir prévenue plus tôt, mais il s'en fichait. Leurs relations s'étaient encore tendues depuis le meurtre de Ruth Winter. Rachel était venue de Burlington en voiture dès qu'un coup de téléphone de la police l'avait informée de ce qui s'était passé sur la plage de la Green Heron Bay. En arrivant à l'Eastern Maine Medical Center, elle avait trouvé sa fille en compagnie d'une femme de la police tandis que Parker passait sur la table d'opération pour ses blessures internes. Elle était restée auprès de sa fille pendant que l'enfant faisait sa déclaration à la police et elles étaient toutes les deux présentes quand Parker s'était réveillé de son anesthésie. Il n'avait pas

1. Le Vermont est célèbre pour ses crèmes glacées, notamment la marque Ben & Jerry's.

été capable de leur dire grand-chose et, malgré son état d'hébétude, il avait senti la colère de Rachel. Depuis, il ne lui avait parlé qu'une seule fois, quand il lui avait téléphoné pour savoir comment allait Sam. Rachel s'était montrée plutôt brusque. Il ne pouvait le lui reprocher.

Après deux heures de voiture, Parker commença à avoir mal au côté et ils s'arrêtèrent devant un Dunkin' Donuts pour qu'il puisse étirer ses jambes. Il avait l'impression d'être un chien à qui on fait faire de l'exercice. Ils repartirent et roulèrent un moment avant de décider de faire halte à Saint Johnsbury, où ils prirent des chambres dans un motel d'une grande chaîne et mangèrent au Bailiwicks on Mill. Au café, Louis leur raconta l'histoire de l'Homme Qui Était Mort Deux Fois.

— Tu te rappelles Bart Freed ? demanda-t-il à Angel.

— Non.

— Mais si. Un usurier d'Ocean City. Il avait des parts dans plusieurs salles de jeux électroniques...

— Le culturiste ? On aurait dit qu'on l'avait amputé du cou et qu'on lui avait recollé la tête sur les épaules !

— C'est lui.

— Ouais, je me rappelle, maintenant. Il est mort y a deux ou trois ans, non ?

— Il s'est éclaté un vaisseau sanguin en soulevant une barre de cinquante kilos sur un banc de muscu. La poitrine écrasée. Donc, à l'époque, il y avait un type qu'on appelait Minimum Mike parce qu'il payait seulement les intérêts de sa dette sans jamais rembourser une partie du capital. Et un jour Minimum devient Sous-le-Minimum, ce qui contrarie pas mal de gens qu'il vaut mieux pas contrarier et ils décident qu'il faut faire quelque chose. Ils font venir deux types du Maryland pour s'occuper de lui et Bart Freed lui tend un piège. Minimum Mike se rend chez Bart pour discuter de sa dette, les deux flingueurs du Maryland l'attendent dans la maison, ils le neutralisent et ils l'emmènent. Pas trop loin parce que personne veut se faire arrêter avec un mec qui chiale à l'arrière. Ils ont déjà creusé une fosse pour lui dans les bois, ils le plombent, ils le regardent tomber dans le trou, ils le recouvrent de terre et ils repartent. Ils conduisent leur voiture à une station de lavage ouverte jour et nuit, ils lui font la totale, extérieur et intérieur, et puis ils s'offrent un burger et une bière bien mérités après une bonne nuit de travail. Ils prennent des chambres dans un motel et dorment comme des bébés.

« À 4 heures du matin, coup de téléphone : c'est l'un des types qui paient l'ardoise pour le boulot de la nuit. Il leur annonce qu'il y a un problème chez Freed, qu'ils doivent y aller en vitesse pour le régler, parce que Freed est hystérique et que c'est mauvais d'avoir quelqu'un d'hystérique après coup. Ils retournent à Ocean City, Freed leur ouvre la porte. Il s'est calmé mais il a pas l'air heureux. Il ne les fait pas entrer, pas tout de suite. Il les laisse sur le perron et il leur dit : "Minimum Mike… – Ouais ? – Vous avez fait ce qu'il fallait ?" Les tueurs répondent "Ouais, bien sûr", et ils expliquent : ils effacent Minimum, il tombe dans le trou, ils recouvrent le corps. "Donc, il est canné ? reprend Freed. – Ouais, il est canné de chez canné. – Alors, dans ce cas, qu'est-ce qu'il fout assis à la table de ma cuisine ?"

« Les deux flingueurs regardent Freed comme s'il avait pété un câble et il s'écarte pour les laisser entrer. Ils vont dans la cuisine et, comme le roi de la gonflette l'a dit, Minimum Mike est assis à la table. Il a pas l'air bien, il est couvert de terre, d'un tas de saloperies, et en le regardant de plus près, ils découvrent qu'il a un trou à l'arrière du crâne et un autre près de l'œil droit, mais c'est bien lui. Il a aussi devant lui un verre de lait et un cookie auxquels il a pas touché, et Freed explique qu'il ne savait pas quoi lui donner d'autre.

« Ils devinent ce qui a dû se passer : la balle lui a traversé la tête sans le tuer. Freed a repris connaissance dans sa tombe, il a réussi à gratter la terre pour sortir du trou, et dans son cerveau endommagé il avait gardé un vague souvenir d'être passé chez Freed, et c'est le premier endroit où il est allé.

— Qu'est-ce qu'ils ont fait ? voulut savoir Angel.

— Ils l'ont remis dans le coffre de la voiture, ils sont retournés dans les bois, ils l'ont reflingué et réenterré. La deuxième fois, il n'est pas revenu. Les tueurs non plus. Ils ont pris leur retraite. J'ai entendu dire que l'un des deux a fait une dépression nerveuse.

Angel réfléchit avant de demander :

— C'est vrai ?

— C'est ce que j'ai entendu.

— Waouh.

— Fut un temps où tu aurais réagi plus vigoureusement que par un « Waouh » pour une histoire comme ça, fit remarquer Louis.

— Il en faut sûrement plus pour m'étonner maintenant.

— Ouais, il en faut plus pour nous étonner tous, renchérit Louis. On partage l'addition ?

— Non, c'est pour moi, répondit Parker.

— Waouh, fit Angel. C'est...

— Arrête, le coupa Parker. S'il te plaît.

48

Baulman rentra chez lui après avoir promené sa chienne. Il était trempé et l'animal, un braque de Weimar vieillissant nommé Lotte, tremblait de tous ses membres. Baulman avait toujours eu des braques de Weimar, à qui il accordait le mérite de l'avoir gardé relativement jeune et en forme jusqu'à ces dernières années car il leur fallait beaucoup d'exercice. Il fallait aussi les tenir à l'œil quand on les promenait dans les bois, au cas où ils renifleraient l'odeur d'un chevreuil et où leur instinct de chasseur prendrait le dessus. C'était cependant des bêtes intelligentes, faciles à dresser et très fidèles. Lotte s'éloignait rarement de Baulman, mais son museau était gris maintenant et il craignait moins qu'avant de la voir détaler derrière un chevreuil – clopiner, peut-être, mais pas détaler.

Il lui défit son collier mouillé et chercha dans le panier à chaussures la serviette qu'il utilisait pour sécher la chienne en de telles occasions, mais Lotte avait déjà quitté le vestibule en émettant de petits aboiements d'intérêt. Il y avait de la lumière dans la cuisine alors que Baulman était sûr de n'avoir laissé que l'entrée allumée avant de sortir. Il voyait la chienne agiter la queue de plaisir. Quelqu'un était assis à la table de la cuisine, hors de vue, quelqu'un que Lotte connaissait et qui n'avait eu aucun scrupule à s'introduire chez lui alors qu'il la promenait.

Baulman accrocha son manteau et son écharpe, ôta ses chaussures et avança à pas feutrés vers la cuisine. L'Homme Puzzle était assis sur l'une des chaises en pin, face à la porte. Baulman lui lança un regard mauvais avant de s'approcher de la cuisinière pour faire bouillir du lait et se préparer un chocolat chaud. L'humidité l'avait pénétré jusqu'aux os. Plus tard, il s'autoriserait peut-être un scotch, pour le moment un chocolat chaud suffirait.

— Tu aurais pu faire une entrée moins spectaculaire, reprocha-t-il à l'intrus.

— Tu es repéré, argua l'Homme Puzzle. J'ai préféré être prudent.

— Peuh ! Tu préfères être prudent, maintenant ?! Tu aurais dû l'être quand tu as tué Perlman. Tu aurais dû l'être avant de mettre le feu à une maison et assassiner des enfants…

L'Homme Puzzle souligna qu'il y avait quelque ironie à ce qu'un homme comme Baulman s'offusque qu'on assassine des enfants.

— Là, ce n'était pas nécessaire, rétorqua Baulman.

— Moi, je l'ai estimé nécessaire.

— Pourquoi ? Parce que tu n'as pas réussi à faire disparaître Perlman ? Tu aurais dû te méfier des courants.

Baulman prit le bocal de chocolat en poudre au fond d'un des éléments de la cuisine. Il l'avait acheté au Trader Joe's de Portland la dernière fois qu'il avait visité la ville. C'était un produit bio, issu du commerce équitable – non que cela fût particulièrement important à ses yeux, mais les tests de qualité s'étaient révélés excellents et Baulman était un gourmet en matière de chocolat. Lorsque Kathryn vivait encore, ils préféraient préparer leur chocolat chaud en faisant fondre une plaquette, mais ça ne valait plus le coup de prendre cette peine pour une seule personne.

— Je n'avais pas voulu que ça se passe comme ça, se justifia l'Homme Puzzle. Je croyais que Perlman était inconscient, mais j'avais quand même attaché ses lacets ensemble, à tout hasard. Il était allongé par terre et je m'apprêtais à le mettre dans le coffre de la voiture. Quand je me suis retourné, il était debout. *Debout !* Alors que je lui avais arraché un œil, causant je ne sais quels dégâts, et pourtant il se tenait debout… Je me suis approché de lui, il a reculé et il a disparu, il est tombé dans la mer. J'espérais avoir de la chance avec les courants, ça n'a pas été le cas.

Baulman retira le lait de la cuisinière dès qu'il se mit à bouillir, le versa dans la tasse contenant la poudre et ajouta un peu de lait froid pour que le mélange soit moins chaud. Puis il s'assit en face de l'Homme Puzzle. Lotte, qui savait à qui elle devait sa loyauté, alla rejoindre son maître. Baulman trempa un doigt dans le breuvage, le tendit à la chienne pour qu'elle le lèche.

L'Homme Puzzle était un amateur – un amateur doué, mais un amateur quand même. S'il avait rendu de bons services autrefois, il vieillissait maintenant, comme eux tous. Certes, il avait toujours des dizaines d'années de moins que Baulman, mais il perdait de son mordant, voire de sa santé mentale. Ce massacre de toute une famille dans la maison proche du lac, quel homme sain d'esprit pouvait y voir une réponse appropriée au problème du cadavre de Perlman échoué sur la plage ?

— Tu ne m'offres pas à boire ? demanda l'Homme Puzzle.

— Si tu veux du chocolat chaud, prépare-le toi-même.

— J'aimerais mieux quelque chose de plus fort.

— Tu sais où ça se trouve.

L'Homme Puzzle se leva et Lotte le suivit des yeux. Il revint après s'être servi un verre de cognac, qu'il fit tourner avant de le goûter. Peine perdue, ça resterait de la mauvaise gnôle.

— Parle-moi de Demers, dit-il.

Baulman lui donna les détails de ses deux rencontres avec la magistrate, sans rien laisser de côté, et en résistant à l'envie de mettre en avant sa propre habileté.

— Elle s'est rendue chez Isha Winter, l'informa l'Homme Puzzle.

— Je m'en doutais.

— Qu'est-ce qu'elle va faire, maintenant ?

— Elle n'a rien, assura Baulman. La parole douteuse d'un type qui essaie de sauver sa peau, c'est tout. Sans preuve, elle ne peut rien faire.

— Ils n'ont toujours pas expulsé Engel...

— Ils le feront. Il ne leur sert plus à rien, maintenant.

— Sauf s'il leur donne d'autres noms. Et il y a une ombre sur toi, à présent.

— J'ai toujours eu une ombre sur moi.

— Pas comme celle-là.

— Je te le répète : elle n'a rien pour me lier à Kraus.

— Tu m'as pourtant dit qu'elle a mentionné une incohérence dans les documents.

— Elle bluffait, pour essayer de me faire peur.

— Tu en es sûr ?

— Les documents sont impeccables.

— La situation était délicate, à l'époque, on a pu commettre une erreur, suggéra l'Homme Puzzle. Un détail qui aurait échappé à…

— Non, écoute-moi, le coupa Baulman. Il n'y a pas de problème avec les documents. Et laisse-moi te rappeler que nous les avons tous reçus de la même source. S'il y avait un problème pour l'un de nous, il pourrait y avoir un problème pour les autres, alors pourquoi tu me sers cette *Scheisse* à moi seulement ? Ce n'est pas à cause de moi que Perlman a fini dans la mer ! Ce n'est pas à cause de moi que tu as jugé bon d'exterminer cette famille !

— Non, mais c'est toi que Demers est venue voir. Tu es le seul à qui ils s'intéressent…

— Ah ! s'exclama Baulman en agitant la main pour nier le problème. C'est fini. Elle est retournée à Washington la queue entre les jambes.

L'Homme Puzzle plongea le regard dans les profondeurs de son alcool bon marché, telle une voyante en difficulté.

— Engel pourrait livrer qui d'autre ?

— Quoi ?

— *Qui d'autre il pourrait livrer ?*

Baulman but une gorgée de son chocolat. Malgré son vif désir que toute cette histoire soit terminée, il était trop prudent pour rejeter d'emblée la question de l'Homme Puzzle.

— Hummel est le seul qui soit directement lié à

Lubsko, mais il était proche de Riese. Riese n'était pas à Lubsko, mais Hummel et lui étaient amis, et j'ignore ce que Hummel aurait pu lui confier, et confier ensuite à Engel. Si Engel essaie de balancer quelqu'un d'autre, ce sera d'abord Hummel, ensuite Riese.

— Tu es sûr que ce sont les deux seuls qu'il pourrait donner ?

— Il n'oserait pas dénoncer le dernier.

— Tu en es sûr ?

Baulman était soudain épuisé. Il sentait la force du passé qui cherchait à le submerger, comme l'eau d'un barrage en train de se rompre.

— Non, répondit-il. Je ne peux pas en être sûr, mais même Engel a ses limites. De toute façon, il leur donnera Hummel avant n'importe qui d'autre, et qui sait de combien de temps cela retardera la procédure ? Tu ne pourrais pas quand même le joindre et exercer une pression sur lui pour qu'il garde le silence ?

— Nous l'avons déjà fait par l'intermédiaire de son avocat. Engel est furieux qu'on ne l'ait pas soutenu jusqu'à la Cour suprême.

— Tu ne lui as pas dit que nous ne pouvons pas chier de l'or ?

— Il semble croire que nous avons des fonds cachés.

— Pendant des dizaines d'années, nous avons vécu dans le confort et la sécurité. Comment pense-t-il que nous avons payé pour ça ?

— J'ai proposé de lui verser dix mille euros sur un compte en Allemagne. Son avocat a répondu que ce n'était pas assez. Même cent mille euros ne satisferaient pas Engel. Il veut rester aux États-Unis.

— Si seulement, comme Fuhrmann, il avait eu le

courage d'accepter son châtiment sans se plaindre et sans trahir ses camarades !

— Fuhrmann était un officier.

Baulman s'était douté que l'Homme Puzzle ferait cette remarque. C'était un snob de la pire espèce. Il avait néanmoins raison pour Fuhrmann, qui avait été leur contact à l'extérieur du camp. Il avait gardé le silence, contrairement à Engel.

— Et Engel est une crapule, ajouta l'Homme Puzzle.

— Nous sommes tous des crapules.

— Même toi ?

— Même moi. Je ne me fais pas d'illusions. J'étais là-bas.

L'Homme Puzzle ne le contredit pas, mais Baulman le vit se hérisser : il n'aimait pas ce genre de propos.

— Parle à Hummel et à Riese, dit l'Homme Puzzle. Vois ce que tu peux trouver.

— Moi ?

— Qui d'autre ?

— On me surveille peut-être.

— Tu m'as dit qu'il n'y avait rien contre toi.

— Je sais, mais…

Baulman se mordit la langue. Attention à ne pas se griller lui-même en parlant trop.

— Qu'est-ce qui paraîtrait le plus suspect ? demanda l'Homme Puzzle. Que tu continues à voir tes vieux amis, ou que tu cesses soudain de leur rendre visite de peur d'attirer l'attention sur eux ?

— Cela fait des années que je n'ai pas parlé à Hummel. Il vit dans une maison de retraite. Il paraît qu'il est gâteux.

— Alors je te suggère de renouer avec lui avant qu'il soit trop tard. Et Riese ?

— Nous n'avons jamais été proches, mais je le connais un peu.

— Essaie de savoir si le Département de la Justice a été en contact avec l'un ou l'autre, et informe-les de la nécessité de maintenir les apparences.

L'Homme Puzzle vida d'un trait le reste de son cognac et reposa le verre sur la table.

— Si tu as quoi que ce soit de nouveau sur Demers, préviens-moi, surtout. Et dis-moi comment ça se sera passé avec Hummel et Riese. Rappelle-toi : tu n'es pas le seul qu'il faut protéger.

Il tapota l'épaule de Baulman et renchérit :

— Tu n'es même pas le plus important.

49

Gordon Walsh était assis au fond de la salle de conférences où le lieutenant Driver, récemment nommé chef de la Brigade criminelle nord, informait les reporters assemblés des progrès des recherches pour retrouver Oran Wilde, ce qui se résumait à quasiment rien. Il tentait de dissimuler cet échec de son mieux derrière les platitudes habituelles sur l'existence de plusieurs pistes, mais la demande pressante d'éléments nouveaux le déstabilisait à l'évidence.

Derrière Driver se tenaient, en signe de soutien, le chef de la Brigade criminelle sud, divers officiers en uniforme et membres du Groupe des crimes violents, ainsi que deux agents du FBI venus simplement pour remplir la salle et donner un vernis gouvernemental à la conférence de presse. Tous avaient l'expression d'hommes et de femmes qui auraient préféré être ailleurs, n'importe où mais pas là. Cela rappela à Walsh ces spectaculaires procès chinois où toutes les personnes impliquées dans un fiasco passent devant une haie de caméras avant d'être traînées dehors et exécutées d'une balle dans la tête. Ils lui avaient demandé de prendre place sur l'estrade avec les damnés, mais il leur avait répondu, de la façon la plus diplomatique possible, d'aller se faire mettre.

Lorsque les journalistes se furent épuisés à répéter les questions qu'ils posaient depuis qu'Oran Wilde avait disparu des écrans radar, un type de NBC passa à l'affaire Winter et Driver se livra à une variation sur le même thème : il y avait plusieurs pistes, l'enquête se poursuivait, il fallait rester discret pour ne pas compromettre les sources, toutes les informations seraient les bienvenues, ils rembourseraient même les timbres...

On en vint à Bruno Perlman, à une liaison possible avec l'affaire Tedesco en Floride. Driver fut tout heureux de céder le micro à l'inspectrice Louise Tyler, qui dirigeait l'enquête sur Perlman. *Dieu merci, ils nous ont pas envoyé sa copine Welbecke*, pensa Walsh, *elle aurait sûrement estourbi quelqu'un d'une manchette au larynx.*

Tyler jeta aux médias quelques os sur lesquels il n'y avait pas grand-chose à ronger, puis elle suggéra que la mort de Perlman pouvait encore se révéler être un suicide, ce qui fit naître des expressions franchement incrédules dans l'assistance. La question permit cependant à la police de l'État du Maine de reporter une partie de la pression sur les agents du FBI. L'un d'eux déclara que, les résultats de l'autopsie de Perlman n'étant « pas concluants », une seconde autopsie serait pratiquée au niveau fédéral. Lorsqu'on l'interrogea sur un lien éventuel avec le meurtre de Ruth Winter, il répondit que l'enquête se poursuivait. Il donna la même réponse pour les Tedesco.

Pendant qu'il parlait, quelqu'un s'assit sur la dernière chaise dans la rangée de Walsh. Tournant la tête, celui-ci découvrit Marie Demers, qui était venue fouiner dans le coin après le meurtre de Ruth Winter et qui recevait des photocopies de tous les rapports pertinents. Walsh essaya de se rappeler s'il s'était déjà retrouvé dans un pareil bordel et conclut que non. Une fois l'affaire terminée, on devrait peut-être faire pour tout le monde des T-shirts avec l'inscription : J'AI SURVÉCU AU BORDEL ET TOUT CE QUI ME RESTE, C'EST CE T-SHIRT POURRI ET LES RUINES D'UNE CARRIÈRE.

Le problème, du point de vue de Walsh, c'était que les ressources de la police étaient tragiquement insuffisantes pour mener trois enquêtes en même temps – Wilde, Winter, Perlman – et qu'au lieu d'alléger le fardeau l'implication d'agences extérieures ne faisait que compliquer les choses. C'était comme si on noyait dans un bruit blanc un air de musique, que personne ne pouvait plus entendre.

Demers l'intéressait, toutefois. C'était à cause de lui qu'elle était venue à la conférence de presse. Il avait appris par Ross qu'elle était de retour dans le Maine, qu'elle avait pris une chambre dans un hôtel situé à mi-chemin de Bangor et Boreas. Il avait finalement réussi à la joindre la veille et avait proposé de la rencontrer, mais elle avait prétexté une migraine et suggéré qu'ils se voient plutôt après la conférence de presse.

Heureusement, cette réunion lamentable s'acheminait vers sa fin, au soulagement quasi palpable de tous ceux qui se trouvaient derrière le micro. Walsh se glissa jusqu'à la magistrate. Il l'avait rencontrée brièvement après le meurtre de Ruth Winter et à l'enterrement.

Cette fois, il l'emmena boire un café et elle commanda un déca sans sucre ni lait qui, pour paraphraser la chanson de Tom Waits, ne semblait même pas assez fort pour se défendre. Afin de rester dans le même registre, Walsh résista à l'envie de demander quelque chose de gras et de sucré, et se rabattit sur un café allongé qui tenait plutôt du quadruple espresso.

— Merci d'avoir accepté de me rencontrer, dit-il.

— L'agent spécial Ross m'a assuré que ça en vaudrait la peine.

— Très gentil de sa part.

— Ross ne fait pas dans le gentil.

— Exact. Il aura dit ça pour la forme.

Walsh but une gorgée de son gobelet et la caféine alluma ses synapses comme un feu d'artifice le jour de la fête nationale. Il eut l'impression que ses globes oculaires allaient jaillir de leurs orbites.

— Alors ? fit Demers.

Elle perd pas de temps en bavardage, pensa-t-il. Peut-être à cause des effets secondaires de la migraine, ou bien elle était toujours comme ça. Il s'en foutait. Ce n'était pas comme s'ils envisageaient de se marier.

— Vous enquêtez sur un nommé Marcus Baulman, qui pourrait être coupable de crimes de guerre.

— Oui.

— Ce Baulman aurait sévi dans le camp de concentration de Lubsko, dont la mère de Ruth Winter est la seule survivante.

— Ce n'était pas un camp de concentration. Officiellement, c'était une « colonie expérimentale », mais sinon, c'est exact.

— Des membres de la famille de Bruno Perlman sont morts dans ce camp, ce qui nous donne une ligne de pointillés entre Ruth Winter, Bruno Perlman et Marcus Baulman.

— C'est de notoriété publique.

— J'ai quelque chose qui ne l'est pas.

— Vraiment ?

Demers ne sauta pas sur son siège, mais Walsh put voir qu'il avait piqué sa curiosité pour la première fois.

— L'homme qui a assassiné Ruth Winter – celui que nous appelons Earl Steiger, faute d'un autre nom – était un tueur professionnel, peut-être fourni par un certain Cambion.

Demers était maintenant *très* intéressée. Elle poussa même son café bizarre sur le côté, comme s'il pouvait faire obstacle au flux d'informations.

— D'où tenez-vous ça ?

— Peu importe, et d'ailleurs je n'ai rien de concluant pour le prouver, mais la source est fiable.

— Vous en avez parlé à Ross ?

— Oui.

— Il ne m'en a rien dit.

— Voyez ça avec lui. Pour ce que ça vaut, il m'a demandé de garder l'info pour moi, mais je travaille pas pour lui – pas officiellement, en tout cas, même s'il se comporte parfois comme si j'étais son subordonné. En plus, j'en ai marre de voir toute ma brigade courir après sa queue sans aucun résultat. Alors, je considère tous les éléments de l'affaire, mais je n'arrive pas à les assembler. Là-dessus, vous débarquez en parlant de crimes de guerre et du coup, je vois un tableau se former.

— Continuez.

— Bruno Perlman trouve sur Lubsko et Marcus Baulman quelque chose que personne d'autre ne sait. Il le confie à son copain Lenny Tedesco avant de partir pour le Nord. En chemin, il prévient quelqu'un d'ici de sa venue – peut-être même plus d'une personne. Du fait du lien avec Lubsko, je me dis que l'une d'elles pourrait être Isha Winter ou sa fille...

— J'ai interrogé Isha Winter. Perlman ne lui avait pas parlé d'une seconde visite, et je ne crois pas qu'il aurait été bien accueilli, de toute façon. Isha n'avait pas apprécié son attitude lors de leur première rencontre.

— Alors, c'est Ruth Winter qu'il voulait voir. Il pensait peut-être qu'il valait mieux ne pas révéler directement à une femme très âgée ce qu'il avait découvert et passer plutôt par sa fille. Baulman apprend que Perlman vient, il embauche Earl Steiger pour s'occuper de lui et des Tedesco. Steiger aurait pu les tuer tous, mais j'ai tendance à penser qu'il a sous-traité une partie du boulot.

— Pourquoi ?

— Question de timing : pas suffisamment juste pour empêcher Steiger de tout faire seul, assez serré quand même pour qu'il ait jugé que c'était risqué. Et par ailleurs...

Il prit le temps et le risque de boire une autre gorgée de café. Ce n'était pas là qu'il avait un véritable désaccord avec Louis, mais c'était un bond qu'il hésitait encore à faire.

— ... il est possible, et seulement *possible*, que le massacre de la famille Wilde fasse aussi partie du tableau et ne vise qu'à détourner notre attention...

Demers garda le silence. Il n'aurait su dire si elle trouvait ça débile ou s'il l'avait ferrée.

— Rien ne tient debout dans l'affaire Wilde, reprit Walsh. *Rien*. Le jeune Oran aurait dû être arrêté dans les heures qui ont suivi, il court toujours. Le coffre-fort de la maison était fermé et on a retrouvé des billets à moitié brûlés dans le portefeuille du père, alors, où le gosse aurait trouvé de l'argent ? Et il n'y a pas de mobile. Plus nous apprenons de choses sur Oran, plus il apparaît comme un ado normal – un peu porté sur les fringues noires et les jeux vidéo violents, peut-être, et pas aussi malin qu'il le pense, mais en tout cas pas un meurtrier. Tout le contraire : pour ses copains proches, c'était un gars correct, sensible. « Le moins susceptible de commettre un massacre », voilà ce qu'on aurait dû mettre sous sa photo dans l'annuaire du lycée. Mais pour une raison ou une autre, tous les membres de sa famille ont été tués et on a dû mobiliser une grande partie de nos forces pour le retrouver, et ce sans résultat...

— Vous voulez dire que quelqu'un aurait assassiné quatre personnes et en aurait enlevé une cinquième pour faire diversion ?! Et diversion à quoi ?

— À un cadavre échoué sur une plage. À Bruno Perlman. Celui qui l'a balancé dans l'eau ne connaissait pas les courants marins du coin, qui sont pour le moins bizarres. Perlman n'aurait pas dû s'échouer à Mason Point, mais il l'a fait. Je pense qu'on a délibérément cherché à submerger nos services pour qu'ils se désintéressent de Perlman et classent l'affaire comme une noyade accidentelle ou un suicide, ou qu'ils la gardent simplement au frais en attendant d'avoir réglé tout le reste.

— Et Ruth Winter ? objecta Demers. Elle ne rentre pas dans le même intervalle de temps, elle est morte plus tard. Pourquoi ne pas l'avoir assassinée en même temps que Perlman ?

— Peut-être parce que le meurtrier savait que Perlman n'avait pas encore partagé avec elle ce qu'il avait découvert. Et si c'était quelque chose de matériel, quelque chose qu'il voulait lui montrer ? Il n'y avait pas d'ordinateur portable dans la voiture de Perlman quand on l'a fouillée et nous savons qu'il en possédait un grâce au certificat de garantie retrouvé dans son appartement. À moins que Perlman ne l'ait emporté pour sa dernière baignade, c'est son meurtrier qui l'a récupéré, ainsi que tout ce qui aurait pu nous être utile.

— Dans ce cas, pourquoi tuer Ruth Winter ?

— C'est là que ça commence à foirer, reconnut Walsh.

— Mais vous pensez que Baulman pourrait être le commanditaire du meurtre ?

— Il serait capable de tuer pour cacher son passé ?

— Il a assassiné des dizaines d'enfants à Lubsko et, semble-t-il, sans le moindre scrupule. Alors, oui, je pense qu'il le ferait, ou plutôt, compte tenu de son âge, qu'il paierait quelqu'un d'autre pour le faire.

— Vous avez une preuve que Baulman est bien celui que vous cherchez ?

Demers porta à nouveau son café à ses lèvres et grimaça.

— Pourquoi je bois cette saloperie ?

— J'osais pas vous le demander.

Sans attendre que Walsh propose d'aller lui chercher quelque chose de plus fort, elle alla au comptoir et revint quelques minutes plus tard avec un espresso.

— Merde pour la migraine.

— À la bonne heure.

— Où en étions-nous ?

— Aux preuves que Baulman est un criminel de guerre.

— Nous n'en avons pas.

— Bon Dieu ! Vraiment ?

Demers haussa les épaules et reprit :

— Vous savez que nous sommes sur le point d'expédier Engel en Allemagne. Naturellement, il s'y oppose. Les Allemands ne veulent pas de lui non plus, ils disent qu'ils n'ont pas assez de preuves pour le juger. Ce n'est pas notre problème. Nous préférerions un procès, mais l'expulser nous suffit.

— Attendez. Pour quelle raison on l'envoie là-bas ?

— Nous l'expulsons sur la base d'irrégularités dans sa demande originelle de visa.

— Pas parce qu'il a commis des crimes de guerre...

— Pas parce qu'il est *soupçonné* d'avoir commis des crimes de guerre, corrigea-t-elle. Non.

— Je comprends pas.

— Dénaturalisation et expulsion, c'est tout ce que nous avons, expliqua Demers. Ce n'est pas l'idéal, ce n'est pas suffisant, mais cela vaut mieux que laisser ces types passer paisiblement leurs dernières années au sein de leur pays d'adoption. Parce qu'il y a une faille dans le système, nous pouvons même continuer à leur verser leur retraite de la sécurité sociale s'ils acceptent de partir. En fait, nous leur graissons la patte pour qu'ils foutent le camp des États-Unis. Mais Engel a une famille ici – une femme, des enfants, des petits-enfants, des arrière-petits-enfants – et il souhaite mourir entouré des siens. Sa femme refuse toujours de croire que son mari est un assassin qui a tué d'une balle dans la nuque des hommes et des femmes nus et agenouillés devant lui. Elle le reprendra auprès d'elle s'il peut rester. Alors Engel a proposé de nous livrer un autre nazi qui se cache chez nous si nous mettons fin à la procédure d'expulsion.

— Vous avez accepté ?

— Nous lui avons répondu que cela dépendrait de la qualité de l'information. En réalité, il retournera en Allemagne quoi qu'il arrive. Il pourrait nous prouver que Mengele ne s'est pas noyé au Brésil en 1979, qu'il vit gentiment à Palm Beach, nous l'expulserions quand même. Nous attendons simplement de lui avoir soutiré tout ce que nous pouvons obtenir de lui avant de le renvoyer aux Allemands.

— Et il vous a donné Marcus Baulman ?

— Il nous a dit que Baulman était en fait Reynard Kraus. Que Kraus et lui avaient servi ensemble à Lubsko. Nous avons enquêté sur Baulman et nous avons découvert des incohérences dans les documents qui le concernent – pas assez toutefois pour justifier un procès, et elles peuvent aussi s'expliquer par le chaos engendré par la guerre. Mais à force de traquer ces individus on développe une sorte de flair, et Baulman sent très fort. Ce qui nous aurait aidés, ç'aurait été une identification formelle par Isha Winter, qui connaissait Kraus de vue.

Le conditionnel n'échappa pas à Walsh.

— Mais vous ne l'avez pas obtenue.

— Hier, j'ai montré à Isha Winter une photo de Baulman plus jeune. Elle a déclaré que ce n'était pas Kraus.

— Alors, Engel a menti.

— Je n'ai pas encore eu l'occasion de le lui dire.

— À moins qu'il n'ait raison pour Baulman et qu'il se trompe de nom. Tous ces bonshommes doivent être aussi vieux que Mathusalem, maintenant. J'ai du mal à me souvenir des noms et j'ai que cinquante ans.

— Il se peut aussi qu'Isha Winter fasse erreur, mais c'est peu probable. Elle a gardé une grande vivacité d'esprit. Si elle affirme que Baulman n'est pas Kraus, ça doit être vrai. Je vais quand même poursuivre mon enquête.

— Vous vous retrouvez aussi avec deux problèmes sur les bras. Quelle que soit l'info que détenait Bruno Perlman, ça peut plus être que Baulman est Kraus, sauf si Perlman se trompe comme Engel. Dans les deux cas, pourquoi Baulman aurait pris la peine de faire liquider Perlman et tous ceux qui lui étaient liés s'ils étaient sur une fausse piste ?

Walsh jura de dépit : il avait tellement cru avoir trouvé un moyen de relier entre eux tous les éléments. Il se ressaisit toutefois rapidement et affirma :

— Baulman ne compte pas.

— Vraiment ?

— Tout le reste colle. Il nous faut juste un autre nom, Lubsko est toujours le point commun. Tout ce qui se passe ici renvoie là-bas.

— On reste en contact, on voit ce qui émerge, proposa Demers.

— Et Ross ?

— Je vais tellement l'engueuler pour ne pas m'avoir mise sur le coup que son téléphone fondra.

— C'est un bon plan.

— Ensuite, c'est vous qu'il engueulera.

— J'ai un plan, moi aussi.

— Lequel ?

Walsh renonça à boire le reste de son café. Avec de la chance, il parviendrait à avoir une bonne nuit de sommeil avant Noël.

— Je réponds plus au téléphone.

50

Rachel et Sam vivaient dans une grange aménagée, une dépendance de la maison que possédaient
les parents de Rachel et qu'une véranda meublée de
canapés et de fauteuils rembourrés reliait maintenant
au bâtiment principal. Frank, le père de Rachel, avait
récemment pris sa retraite tout en continuant à travailler comme consultant dans des domaines commerciaux
pour lesquels Parker n'avait jamais eu le moindre intérêt, bien que Frank se fût donné la peine de tenter de
les lui expliquer. Parker ne s'était jamais bien entendu
avec Frank Wolfe. Dès le début, ce dernier s'était
méfié du détective privé, et tout ce qui avait suivi
n'avait fait que renforcer sa conviction que ce type
était néfaste pour sa fille, à presque tous les égards.
Il faisait seulement une exception pour Sam – que sa
femme et lui adoraient –, mais Parker était certain
qu'il avait réussi à chasser de son esprit le fait que
l'enfant portait des gènes hérités de l'ancien compagnon de sa fille.

Par chance, le père de Rachel était absent quand
Parker, escorté par Angel et Louis, arriva là-bas. Frank
était parti la veille pour une réunion à Seattle et ne

rentrerait pas avant le week-end. C'était doublement heureux pour toutes les personnes concernées, car l'antipathie que Frank nourrissait pour Parker était encore plus forte pour Angel et Louis. S'il n'avait tenu qu'à lui, les deux hommes n'auraient pas été autorisés à pénétrer dans le Vermont, encore moins dans sa propriété.

Un coupé blanc Mercedes CLS était garé dans l'allée devant la maison, à côté de la Prius d'occasion que Rachel avait achetée récemment.

— Un coupé blanc, commenta Angel. C'est bien une caisse de connard, ça, tiens.

Là-dessus, le connard en personne apparut. Jeff, l'homme avec qui Rachel sortait, avait dix ans de moins qu'elle et pensait que si ça vaut la peine d'être riche, ça vaut la peine de le montrer. Il était tout en dents blanches et cheveux prématurément blancs. Si les lumières s'éteignaient dans une mine, il suffisait d'envoyer Jeff : il ramènerait tout le monde sain et sauf avec son sourire pour seul guide. Parker était assez lucide pour se rendre compte qu'il était lui-même encore plus qu'un peu amoureux de Rachel, et que si le Christ en personne descendait du ciel pour sortir avec elle, il n'approuverait toujours pas. L'idée que Rachel et Jeff puissent partager une quelconque intimité – physique ou affective – lui retournait l'estomac. Il s'efforçait d'être aimable avec Jeff dans l'intérêt de tout le monde, mais cet effort portait ses facultés diplomatiques à leur point de rupture. Quant à Angel et Louis, les rares fois où ils avaient été contraints de passer un moment en compagnie de Jeff, ils avaient clairement fait comprendre que s'ils avaient la certitude de pouvoir l'occire et jeter son corps dans un marais sans avoir d'ennuis, ils n'hésiteraient pas une seconde.

— Qu'est-ce qu'il fout là ? grommela Louis.

— Il a pas l'air jouasse, fit observer Angel. Du coup, ça me rend jouasse.

Angel avait raison : Jeff était cramoisi de rage malgré son bronzage permanent. Il portait un pull jaune à col en V sur une chemise rose et un pantalon bleu, et tenait dans sa main gauche un blazer bleu marine.

— On dirait le père du marié à un mariage gay décontract, ajouta Angel.

Jeff s'arrêta quand Parker descendit de voiture. Il devait passer devant le détective pour regagner son coupé et semblait rechigner à le faire, comme s'il espérait que Parker allait s'évanouir en fumée, ne laissant que des mauvais souvenirs.

— Jeff, dit Parker en guise de salutation.

Le nouveau mec de Rachel parvint à arborer un sourire qui le faisait ressembler à une créature de Frankenstein, entièrement composée d'émotions disparates, de celles qui ne vivent qu'un instant avant de s'effondrer et de mourir.

— Je savais que tu devais venir, dit Jeff.

— Tu n'étais pas obligé d'être là pour m'accueillir personnellement.

Jeff leva son index droit et le pointa vers la maison. Les clefs de la Mercedes pendant dans son poing étincelèrent au soleil matinal.

— Elles méritent mieux. Cette enfant mérite mieux.

— Mieux que quoi ?

— Tu le sais parfaitement.

Le regard de Jeff quitta Parker pour passer à Angel et Louis, restés dans la voiture. Angel lui adressa un petit geste de la main et un sourire, puis articula silencieusement « Trou du cul ».

— Et tu as ramené ces types, ces…

— Attention, prévint Parker. Ils se vexent facilement.

Rachel apparut sur le pas de la porte avant que Jeff ait pu répondre quoi que ce soit. Les bras croisés sur la poitrine, elle pleurait.

— Jeff, dit-elle. Va-t'en. S'il te plaît.

Parker se sentit presque désolé pour Jeff – très brièvement, toutefois. Ce qui s'était passé avant leur arrivée semblait grave, voire rédhibitoire. Jeff subissait maintenant l'humiliation supplémentaire de battre en retraite devant les trois hommes qu'il détestait le plus au monde.

Il frôla Parker en passant, monta dans sa voiture neuve étincelante et démarra. Parker le regarda s'éloigner, et quand il se tourna de nouveau vers la maison Rachel n'était plus sur le seuil.

— Vous nous accordez une minute ? demanda-t-il à Angel et Louis.

— Bien sûr, répondit Louis.

— C'est trop tôt pour commencer à fêter ça ? s'enquit Angel.

Parker lui lança un regard suggérant qu'il serait bien avisé, dans l'immédiat, de garder pour lui les vannes de ce genre.

— OK, je fêterai ça dans mon for intérieur, fit Angel.

Parker frappa à la porte et appela Rachel. Il ne commettrait pas l'erreur d'entrer sans demander la permission dans une maison qui n'était pas la sienne – surtout celle-là. Rachel l'appela de la cuisine et il la trouva adossée à l'évier, la tête baissée et les épaules tremblantes. Il s'approcha d'elle mais ne la toucha pas : il la connaissait assez pour ne pas s'y risquer.

— Je peux faire quelque chose ? demanda-t-il.

— En plus de tout ce que tu as déjà fait ?! Tu pourrais me tirer dessus, qu'est-ce que tu en penses ?

— J'ai pas pris mon flingue.

Elle eut un rire bref et se remit à pleurer de plus belle.

— Pourquoi tu ne ressors pas leur en emprunter un ? Ils doivent avoir un putain d'arsenal, dans cette voiture.

— Je crois pas qu'ils me laisseraient te descendre. Ils t'aiment trop. Mais si tu veux faire disparaître quelqu'un d'autre, je suis sûr qu'ils seraient ravis de t'obliger.

— Ils te descendraient *toi* si je le leur demandais ?

— C'est bien possible. Tu as envie de me parler de ce qui se passe ?

Rachel s'essuya le nez avec le dos de la main, fut dégoûtée par ce qu'elle venait de faire et tendit le bras vers un rouleau d'essuie-tout.

— Tu sais à quel point je suis en colère contre toi ?

— Je m'en doute. Je l'ai vu à ta tête, à l'hôpital.

— Elle aurait pu être tuée, Charlie ! Cet homme sur la plage, elle l'a vu mourir. Elle l'a vu abattre un officier de police, et si la dune ne s'était pas effondrée, il vous aurait probablement tués aussi, elle et toi.

— Je sais.

Elle lui donna un coup de poing sur le bras.

— Qu'est-ce qui t'a pris de mettre Sam en danger – et toi aussi ?

— Je…

— Tu quoi ? Tu n'as pas pu rester sans rien faire ?

Tu devais absolument sauver quelqu'un ? Bon Dieu, je le sais, tout ça. Mais Sam était là. C'est à *elle* que tu aurais dû penser en premier !

Il n'aurait servi à rien de répondre à Rachel qu'il avait ordonné à Sam de ne pas quitter la maison. Il aurait dû deviner qu'elle n'y resterait pas. Il connaissait assez le caractère de sa fille, maintenant : il ressemblait beaucoup au sien. Donc, il se contenta de dire :

— Tu as raison.

Elle cessa de pleurer, le corps cependant encore secoué par moments de petits sanglots.

— J'ai le droit de faire ces reproches, reprit-elle, mais pas Jeff – pas à moi, pas à toi et sûrement pas à Sam. Si quelqu'un doit te traîner sur des charbons ardents, ce sera moi.

— Je t'en suis reconnaissant. D'une certaine façon.

Rachel se moucha, poussa un long soupir.

— Vas-y, dit-elle. Je sais que tu as envie de me poser la question.

— Quelle question ? dit-il du ton le plus innocent qu'il put prendre.

— Crétin. Si c'est fini entre Jeff et moi.

— C'est fini entre Jeff et toi ?

— Je crois. Et je suis sûre que ça te fait plaisir.

— Mince, moi qui commençais à le trouver sympa...

Elle lui boxa à nouveau le bras.

— Je te déteste. Tu as gâché ma vie.

— Ouais, je suis désolé. Tu veux un café ?

— Un thé, plutôt. Et tu peux faire entrer les deux autres idiots, si tu veux. Mais si je les prends à jubiler, je leur enfonce leurs sourires au fond de la gorge.

— Je ne manquerai pas de les prévenir. Où est Sam ?

— Ma mère l'a emmenée acheter des gâteaux quand Jeff est arrivé et que ça s'est mis à chauffer. Je vais l'appeler pour lui dire qu'elles peuvent rentrer, maintenant.

Parker fit chauffer de l'eau pour le thé, mit des grains d'arabica dans la machine à café haut de gamme et alla prévenir Angel et Louis que la voie était libre.

— Alors, c'est fini entre elle et lui ? demanda Angel.

— Il semblerait.

— Je commençais juste à l'apprécier.

— Exactement ce que j'ai dit, moi aussi.

— On a le droit de se réjouir ?

— Tu peux essayer, mais Rachel a parlé de vous renfoncer vos sourires dans le gosier.

— C'est non, alors ?

— Moi, je le prendrais comme ça.

Un SUV Volvo gris métallisé franchit la grille d'entrée et remonta l'allée. Joan, la mère de Rachel, était au volant et Walter, le labrador – qui avait été leur chien, à Rachel et lui, mais qui était maintenant quasiment devenu un chien du Vermont –, occupait le siège passager. Lorsque le 4 x 4 fut plus près, Parker découvrit Sam assise à l'arrière, maintenue par sa ceinture de sécurité. Comme toujours, il éprouva une joie intense en la voyant, pas aussi forte cependant que les autres fois. Il n'était pas pressé de parler avec elle de ce qui était arrivé dans la Green Heron Bay.

51

La mère de Rachel était plus indulgente que son mari à l'égard de Parker – enfin, relativement. Elle se montra polie, presque courtoise, mais de toute évidence la présence de Louis et Angel constituait une mise à l'épreuve supplémentaire pour ses bonnes manières naturelles. Ils eurent un comportement irréprochable, dans la mesure où l'on peut le dire d'une bombe qui n'explose pas. Sam, elle, les adorait, et même Louis avait tendance à fondre devant elle. Elle leur parlait de l'école et de la télé, elle les grondait sans trop de conviction parce qu'ils donnaient des petits morceaux de gâteau à Walter sous la table. Vu de loin, tout semblait normal, mais Parker remarqua que Sam ne lui parlait pas beaucoup. Elle l'avait pris dans ses bras en descendant de la voiture, lui avait demandé s'il allait bien, et puis elle avait concentré son attention sur Angel et Louis, encore plus que d'habitude. Comme si elle espérait se cacher de son père en faisant comme s'il n'était pas là.

Finalement, quand elle eut bu son lait et mangé ses doughnuts, Parker lui proposa d'aller faire une promenade avec Walter. Si le chien se montra plus emballé que Sam, elle ne refusa pas et ils partirent tous les trois se dégourdir les jambes dans le grand jardin des Wolfe.

— Comment tu vas ? lui demanda-t-il.

— Bien, répondit-elle sans le regarder.

— Je veux dire, après ce qui est arrivé sur la plage. Après ce que tu as vu là-bas.

— Bien, répéta-t-elle.

Je devrais peut-être essayer de lui enfoncer des pointes de bambou sous les ongles, pensa-t-il, *ou menacer de saboter la box de la télé*. Il s'arrêta, s'agenouilla devant elle. Elle le regarda par-dessous sa frange.

— Sam, tu penses que je suis en colère contre toi ?

— Non, répondit-elle. Enfin, peut-être.

— Pourquoi je serais en colère contre toi ?

— Parce que je t'ai suivi alors que je devais pas.

— Je ne suis pas en colère pour ça.

— C'est vrai ?

— Eh bien, je ne veux pas que tu recommences, mais tu vas bien, je vais bien. Ça aurait pu mal se terminer, cependant. Tu aurais pu être blessée, ou pire. Tu le sais, ça, hein ?

— Oui.

— Alors, peut-être qu'à l'avenir, quand je te dirai de faire quelque chose, tu envisageras de le faire ?

— D'accord, répondit-elle avec un petit sourire embarrassé.

— J'ai autre chose à te demander, à propos de cette nuit-là.

Ils en venaient au cœur du problème. Parker avançait avec précaution mais il la sentait déjà battre en retraite, comme si elle savait ce qui troublait son père.

— De quoi tu te souviens ? À partir du moment où tu es arrivée dans les dunes. De quoi tu te souviens ?

Sam avala sa salive avant de répondre :

— Je t'ai vu tomber à genoux et j'ai compris que tu étais blessé. J'ai vu l'homme avec le pistolet, et puis la policière s'est levée et l'homme a tiré sur elle.

— Et ensuite ?

— Il allait tirer sur toi.

— Et tu avais peur ?

Elle hocha la tête.

— Tu étais… furieuse ?

Nouveau hochement.

Parker revit le visage de sa fille éclairé par la lune, il entendit à nouveau un bruit semblable à une expiration qui accompagnait l'effondrement de la dune.

— Tu as peut-être imaginé qu'il pouvait lui arriver quelque chose, quelque chose qui l'empêcherait de me faire du mal ?

Elle le regarda droit dans les yeux.

— Non.

— Sam, il faut que tu saches que je ne suis vraiment pas fâché contre toi. J'essaie seulement de comprendre tout ce qui s'est passé. C'est important.

— Non, répéta-t-elle avec plus de vigueur. J'ai rien fait ! Je sais pas de quoi tu parles. Laisse-moi tranquille !

Elle se retourna et partit en courant, Walter sur ses talons.

Parker la laissa s'éloigner – il aurait été incapable de la poursuivre, de toute façon. Il n'avait pas assez de force pour ça. Il se releva péniblement – c'était vraiment malin de s'accroupir ! –, le flanc douloureux, et regagna la maison en boitant. Il aurait dû prendre la béquille dans la voiture, finalement, mais il avait horreur de ce truc. Il l'avait cachée dans le coffre, il ne voulait pas que Sam le voie s'en servir.

Rachel sortit par la porte de derrière de la maison et se dirigea vers lui.

— Tu es tout pâle, lui dit-elle. Viens t'asseoir.

— J'ai horreur de m'asseoir, ça me fait mal. Je me sens mieux debout. Tu as vu Sam ?

— Oui. Elle est montée dans sa chambre.

— Je ne voulais pas la bouleverser.

— Elle ne pleurait pas, si c'est de ça que tu parles. Elle avait l'air furieuse, mais pas de larmes. Je peux te demander de quoi vous avez parlé ?

— De la nuit où Earl Steiger est mort.

— Ça ne l'avait apparemment pas perturbée : pas de cauchemars, pas de bouderies – enfin, pas plus que d'habitude.

— Ça te tracasse ?

— Un peu. J'ai essayé moi aussi d'en discuter avec elle, elle ne veut pas en parler. Cela finira par sortir, je ne veux pas la forcer.

Parker était bien conscient qu'ils avaient deux conversations différentes sur le même sujet : Rachel parlait des conséquences, lui s'intéressait à l'événement en soi. *Est-ce qu'elle a seulement remarqué l'étrangeté de notre fille ?* se demanda-t-il.

Peut-être qu'il imaginait tout ça, qu'il projetait sur Sam sa propre malédiction. C'était lui qui était perturbé. C'était à lui qu'une enfant morte écrivait des messages sur des vitres poussiéreuses, une enfant qui passait d'un monde à l'autre, entre ce qui était maintenant et ce qui avait été. C'était lui qui était tourmenté par des souvenirs de sa propre agonie, de sa fille morte qui lui tenait la main alors qu'il était assis au bord d'un lac de verre, et de sa femme disparue qui lui murmurait à l'oreille des mots qu'il ne pouvait se rappeler.

Il arrivait que des dunes s'effondrent. Chaque année, des gens mouraient de la même façon qu'Earl Steiger. Le fait que cela ne se soit jamais produit dans la Green Heron Bay ne signifiait rien. La mort de Steiger n'était pas inexplicable. Elle n'était même pas regrettable. Sam en avait été témoin et c'était tout.

Mais son visage, son visage...

Rachel interrompit le fil de ses pensées :

— Tu repars aujourd'hui ?

— Je n'en ai pas discuté avec Angel et Louis, mais je pense que oui.

— Pourquoi ne pas rester ? proposa-t-elle. Ils trouveront bien de quoi passer une soirée à Burlington et je peux leur obtenir une réduction à l'hôtel de Willard Street. Sam dort chez une copine et ma mère a prévu d'aller au cinéma. Je te ferai à dîner. Nous pourrons parler.

— Et je coucherai où ?

— Il y a de la place, répondit-elle en posant sa main droite sur la joue de Parker. Ça te fera du bien.

Angel et Louis partirent, Parker resta. Sam descendit de sa chambre et, après avoir tourné un moment prudemment autour de son père, elle s'assit près de lui pour regarder un film des Marx Brothers sur TCM. Ils jouèrent ensuite aux dames et il s'endormit sur le canapé. Lorsqu'il se réveilla, Sam et sa grand-mère – qui n'avait fait aucun commentaire sur le fait qu'il était resté et s'était contentée d'imprimer à ses lèvres un pli douloureux – étaient parties et Rachel préparait du poulet à la crème. Il se doucha dans la salle de bains des invités, s'autorisa ensuite un verre de vin et ils dînèrent aux chandelles avec 1st Wave[1] en fond sonore. Lorsqu'ils eurent terminé, Parker aida Rachel à faire la vaisselle puis ce fut elle qui s'endormit à côté de lui sur le canapé. Il la réveilla un peu avant 23 heures pour l'embrasser et lui souhaiter bonne nuit.

Couché dans le lit de la chambre d'amis, il n'arrivait pas à dormir. Il avait mal au côté. Il envisagea de prendre deux des cachets sur ordonnance qu'on lui avait prescrits, mais il n'aimait pas leur arrière-goût ni le brouillard qui lui restait dans la tête des heures après son réveil. Une demi-heure, se dit-il. Je me donne une demi-heure. Si je ne dors toujours pas, je prends les cachets. Il entendit la mère de Rachel rentrer et aller dans sa chambre. Après quoi, la maison redevint silencieuse.

Un quart d'heure. Encore un quart d'heure.

La porte de la chambre s'ouvrit lentement, se referma. Rachel s'approcha du lit. Elle portait une nuisette qu'elle fit passer par-dessus sa tête et laissa tomber sur le sol.

— Ça te fait très mal ? demanda-t-elle.

— Non, pas très.

— Ne t'inquiète pas, murmura-t-elle.

Elle se glissa dans le lit, s'assit à califourchon sur lui.

— Ne bouge pas. J'irai doucement.

Il se laissa faire et elle fut pleine de douceur.

1. Radio alternative du Net.

52

Rachel était partie lorsqu'il se réveilla. Il se rappela vaguement l'avoir sentie se lever et quitter la chambre au milieu de la nuit, mais ce souvenir était aussi nébuleux que celui de sa présence endormie à côté de lui. Il se doucha et se changea : il avait juste assez de vêtements propres dans son sac pour demeurer présentable une journée de plus. Le reste de sa garde-robe se répartissait entre Scarborough et Boreas. Bien que sa période de résidence dans cette ville du Nord touchât à sa fin, il avait décidé d'y passer encore quelques jours au moins. Il y avait laissé du travail inachevé.

Quand il descendit prendre le petit déjeuner, il sentit Mme Wolfe lui envoyer de mauvaises ondes. Elle eut cependant la décence de gratifier aussi sa fille de ses regards désapprobateurs. Parker supposa qu'elle avait dû entendre Rachel regagner sa chambre dans la grange aménagée. Au moins, Frank n'était pas à la maison. S'il avait soupçonné sa fille d'avoir couché sous son toit avec son ancien compagnon, il serait allé prendre son fusil de chasse.

Rachel lui servit du café en évitant de le regarder, de peur de confirmer les soupçons de sa mère.

Parker avait l'impression d'être redevenu ado et ce n'était pas désagréable. Sam était allée directement de chez sa copine à l'école, et comme elle rentrait à midi, il décida d'attendre son retour. Angel et Louis se pointèrent peu après Sam. Pour ne pas abuser plus longtemps de la patience de Mme Wolfe, ils prirent tous congé. Avant le départ de Parker, Sam le prit dans ses bras et lui dit :

— Papa, tu aurais dû te servir de la béquille qu'on t'a donnée.

Il tomba d'accord avec elle, oui, il aurait dû, mais il se sentait mieux, maintenant, et il n'en aurait peut-être plus besoin.

Rachel l'embrassa sur la joue et ce geste d'affection emplit Parker d'une tendre tristesse. Il fallait oublier ce qui s'était passé la nuit précédente : c'était une petite consécration, une révélation mineure, pas davantage, mais de tels moments sont parfois tout ce qui nous est accordé, et ils suffisent à nous revigorer, à faire vivre en nous l'espoir qu'un jour nous en connaîtrons d'autres.

Devinant son humeur, Angel et Louis s'abstinrent de toute plaisanterie dans la voiture, de toute question insidieuse sur la façon dont la nuit s'était passée. Le soleil brillait, la radio diffusait un air de musique classique que Parker croyait connaître mais qu'il n'arrivait pas à identifier. Il n'en demanda pas le nom, se contentant de laisser ses vagues se briser sur lui.

Alors seulement, il se rendit compte qu'il n'avait pas parlé à Sam de la béquille. Elle était restée dans le coffre, Sam n'avait pas pu la voir. Il n'en dit rien à Angel et Louis et ajouta simplement ce détail à ses préoccupations au sujet de sa fille.

— Qu'est-ce qu'on fait maintenant ? demanda Louis après qu'ils eurent roulé près d'une heure en silence.

— J'aimerais que vous me rameniez à Boreas, répondit Parker. Et que vous m'aidiez à faire mes valises. Ça ne prendra pas longtemps : deux heures, tout au plus.

— Et ensuite ?

Il avait lu sur le site web du *Portland Press Herald* un compte rendu de la conférence de presse et avait aussitôt appelé Gordon Walsh, avant de descendre prendre son petit déjeuner. Manifestement, l'enquête sur le meurtre de Ruth Winter progressait très lentement. Steiger constituait l'un des problèmes : le recours à un tueur à gages rompait la connexion entre le mobile et l'acte, difficulté à laquelle on ne pouvait remédier qu'en forçant l'assassin à livrer le nom de la personne qui l'avait embauché – impossible, dans le cas de feu Earl Steiger. D'ailleurs, comme Louis l'avait souligné, il fallait aussi admettre que Steiger, recruté par un tiers – Cambion, en l'occurrence –, ne connaissait peut-être même pas le nom du commanditaire du contrat. Si Parker, Angel et Louis parvenaient à mettre la main sur Cambion et à le faire parler, ils apprendraient peut-être quelque chose d'utile, mais Cambion était introuvable. La solution consistait donc à remonter à la source.

— Je dois trouver qui a ordonné le meurtre de Ruth Winter, déclara Parker.

Angel le regarda dans le rétroviseur. Il n'y avait eu aucun doute dans la voix de Parker et, bien qu'il regardât par la vitre, il semblait ne rien voir de ce qui défilait devant eux.

Angel et Louis avaient parlé de lui la veille. *Oui*, pensa Angel, *Louis a raison : il est différent. Il y a maintenant en lui une certitude qui n'était pas là auparavant. Il devrait être mort et pourtant il est plus vivant et plus dangereux que jamais.*

Malheur à celui qui se dresserait contre lui.

Malheur à tous ceux qui s'y risqueraient.

53

Bernhard Hummel résidait à présent dans l'unité prothétique du centre pour personnes âgées des Golden Hills, à la sortie d'Ellsworth, dans le Maine.

De toutes les nombreuses fins qu'il pouvait connaître, c'était la démence sénile que Baulman avait toujours redoutée le plus. L'idée de se perdre lentement le terrifiait et il avait tout fait pour échapper à un tel sort : il faisait régulièrement de l'exercice, il mangeait sainement et avait toujours avec lui un journal ou un livre. Il pratiquait des jeux de mémoire – réciter la liste des capitales des cinquante États, retrouver les noms et les numéros de symphonies qu'il aimait, ou la composition d'équipes de football allemandes de telle ou telle année – et bien que droitier, il se forçait à effectuer de nombreuses tâches avec sa main gauche. Son arthrite, il la supportait. Sa vessie ne pouvait contenir plus que l'équivalent d'un dé à coudre, mais il était capable d'estimer, à la minute près, le moment où il devrait se rendre aux toilettes. S'il ne se rappelait pas la dernière fois où il avait bénéficié d'une bonne nuit de sommeil, il avait appris à faire un petit somme chaque fois que l'occasion s'en présentait et, de toute façon, l'insomnie lui laissait plus de temps pour lire.

Il était quand même préoccupé quand il oubliait le nom d'une connaissance, vivante ou morte, ou qu'il n'arrivait pas à retrouver rapidement le titre d'un film ou d'un roman qu'il aimait. À la différence du pauvre vieux Bernhard Hummel, il n'avait personne autour de lui pour noter une détérioration quelconque de ses facultés mentales. Il lui fallait être son propre tuteur, son propre surveillant. Il ne pouvait qu'espérer reconnaître lui-même les symptômes, si cela lui arrivait, avant qu'il soit trop tard, et avoir ainsi le temps de se tuer.

Le centre médical des Golden Hills n'était pas le pire établissement que Baulman avait visité. L'endroit était effectivement entouré de collines[1] et les bâtiments comme les jardins étaient bien entretenus. Une moitié de la propriété était occupée par des appartements et des petits cottages réservés aux patients, seuls ou en couple, qui avaient besoin d'une légère aide dans leurs activités quotidiennes, sans toutefois nécessiter une assistance vingt-quatre heures sur vingt-quatre, mais Hummel se trouvait dans une annexe sécurisée située au fond du bâtiment principal. Baulman put y accéder sans problème. Il n'eut pas même à montrer un document d'identité, et il envisagea un instant de signer le registre sous un faux nom. Mais qu'arriverait-il si les gens du Département de la Justice le filaient ? Il ne ferait qu'attirer des soupçons sur lui s'ils vérifiaient le registre et découvraient qu'il avait utilisé un faux nom.

Cette éventuelle surveillance le rendait paranoïaque

1. *The Golden Hills* : les collines dorées.

– non sans raison – et il se surprenait à chercher sur des visages inconnus des signes d'intérêt excessif, à observer les véhicules qui le suivaient, à la fois sur les routes secondaires et sur l'autoroute. Il incorporait cette vigilance dans ses exercices de mémorisation, enregistrant dans son esprit des numéros d'immatriculation, des modèles, des marques et des couleurs de carrosserie. S'ils surveillaient ses déplacements, il ne leur avait donné jusqu'ici aucune raison de le soupçonner et il n'allait pas commencer maintenant. Il avait le droit de rendre visite à son vieux copain Bernhard. Quel homme faut-il être pour ne pas aller voir ses amis à l'hôpital ? Il enverrait paître Demers et les autres s'ils l'interrogeaient là-dessus.

Il n'avait pas vu Hummel depuis qu'il avait été admis aux Golden Hills, deux ans plus tôt, à l'instigation de sa fille, Theodora. Elle ne lui avait jamais plu, Theodora. La femme de Hummel pas davantage, mais elle avait eu le bon goût de cesser d'embêter les gens en lâchant la rampe. Theodora, elle, semblait trop égoïste pour ça. Elle leur survivrait à tous, comme un cafard. Dès le premier signe de dégradation chez son père, elle l'avait expédié aux Golden Hills sans la moindre hésitation, du moins c'est ce qu'il avait semblé à Baulman. Il se félicitait de ne pas avoir d'héritiers.

La réceptionniste lui communiqua un code à quatre chiffres pour franchir la première porte, puis il dut attendre et presser un bouton pour être admis de l'autre côté de la seconde. L'endroit sentait la cuisine de réfectoire, les excréments et le désinfectant. Aussi bien gérés soient-ils, ces établissements avaient toujours la même odeur. Baulman s'efforça de ne pas entendre

392

les plaintes d'une vieille femme quelque part sur sa gauche – « Non ! Je ne veux pas ! Non, non, non, non, non… » – et jeta à peine un coup d'œil au foyer où un assortiment de résidents plus jeunes étaient affalés dans des fauteuils tels des zombies. Le seul fait d'être entre ces murs le mettait mal à l'aise, comme si l'un des membres du personnel – un médecin de passage, un aide-soignant – pouvait le prendre pour un patient et refuser de le laisser sortir. Il avait toujours détesté être enfermé. C'était la raison pour laquelle il se battrait jusqu'au bout contre Demers et son engeance.

Il trouva la chambre de Hummel, fit halte sur le seuil. Il avait longuement hésité sur ce qu'il apporterait. Il avait écarté les bonbons durs ou le caramel au beurre salé – lui-même n'aimait pas trop mâcher ces friandises à son âge – et opté pour de la guimauve et du raisin sans pépins. Après avoir pris une profonde inspiration, il entra.

Confortablement assis près de la fenêtre dans un fauteuil, Hummel arborait un sourire béat. Dehors, une ligne d'arbres masquait le mur d'enceinte de la propriété. Ou il aimait les arbres, ou il communiait avec les oiseaux. Il avait terriblement vieilli depuis la dernière fois que Baulman l'avait vu. Ses vêtements flottaient autour de son corps et sa petite tête chauve dépassait du col de sa chemise comme un crâne de tortue centenaire.

Baulman toussota, Hummel ne réagit pas.

— Bernhard ?

Hummel tourna lentement la tête, son sourire s'effaça. Il avait l'air perdu. Baulman se demanda s'il savait même qui il était : il aurait peut-être pu l'appeler par le prénom de sa femme et obtenir la même réaction.

Il s'avança sans toutefois s'approcher trop de Hummel, de peur de l'effrayer. Cela lui faisait de la peine de voir son ancien collègue et ami dans cet état. À Lubsko, Baulman l'avait vu se battre à mort avec un Juif nommé Oppert, un ancien catcheur, uniquement pour prouver qu'il était plus fort que lui. Oppert avait vu les cadavres de sa femme et de ses enfants, et bien qu'on lui eût promis la vie sauve s'il gagnait, il ne se faisait pas d'illusions. Il avait néanmoins accepté le défi dans l'espoir de briser le cou de Hummel avant de mourir d'une balle dans la nuque. Espoir vain. Les semaines passées à Lubsko avaient redonné à Oppert une partie de sa force, mais il n'était pas de taille à affronter Hummel, qui avait plus tard été sérieusement réprimandé pour infraction grave au règlement. *Et voilà ce qu'il est devenu*, pensa Baulman. On avait peine à croire qu'il s'agissait du même homme.

Une lueur s'alluma dans le regard de Hummel, qui continuait néanmoins à garder le silence.

— Bernhard, c'est moi, Marcus. Marcus Baulman.

Le sourire de Hummel revint.

— Kraus ! s'exclama-t-il. Mon ami, comme je suis content de te voir !

Tu viens de te condamner, se dit Baulman. *Tu es mort.*

54

Il ne leur fallut pas longtemps pour emballer les
affaires de Parker. Il n'emporterait qu'une trousse
de toilette, un sac en toile plein de vêtements, de
la nourriture, des livres et son arme. Angel et Louis
retournèrent à Portland avec le reste, le laissant seul.
C'était ce qu'il avait souhaité. Ils reviendraient s'il
avait besoin d'eux.

La nuit était déjà tombée quand ils partirent. Parker
prit la torche électrique sous l'évier de la cuisine et
glissa le pistolet dans la poche de son blouson. Il
marcha vers le nord jusqu'à ce qu'il arrive à la maison
où Ruth Winter était morte. Des rubans jaunes de scène
de crime barraient l'accès aux portes et aux marches
de la véranda. Un avis imprimé avertissait toute personne qui ne respecterait pas cette interdiction qu'elle
risquait de se faire arrêter.

Parker n'entra pas, il se tint simplement un moment
sous la fenêtre de la chambre de Ruth. Il avait inspecté
trop de maisons comme celle-là, trop de scènes de
crime, pour ne pas sentir que le bâtiment lui-même
avait subi une sorte de choc, que le meurtre commis
sous ce toit avait marqué l'espace environnant : du

sang s'était infiltré dans le bois, dans la poussière, affectant l'endroit d'une manière palpable. Parker était prêt à parier qu'il s'écoulerait plusieurs années avant que quiconque puisse de nouveau s'installer à son aise dans cette demeure.

S'il avait encore des doutes sur la justesse de cette observation, il lui suffisait de se rappeler la maison où sa femme et leur enfant étaient mortes, et ce qu'il y avait vu quand il y était retourné, des années plus tard. Certains auraient parlé de fantômes ou de spectres, mais il n'approuvait pas ces désignations. Elles suggéraient une incorporalité et ce qu'il avait vu dans les chambres – et ailleurs aussi – possédait une matérialité, une force létale.

Des êtres éthérés seraient incapables d'écrire des avertissements aux vivants ou de faire couler le sang des tueurs.

Parker se représenta le corps de Ruth Winter sur le lit, la grande éclaboussure de sang artériel sur le mur, au-dessus. Il ne se sentait pas coupable de ce qui lui était arrivé, il avait fait tout son possible pour la sauver. Il n'aurait pu faire plus. Sa mort était une tache sur l'âme d'autres hommes. L'un d'eux était déjà mort. Il trouverait les autres.

Il repartit, alla jusqu'aux dunes. L'endroit où la dune de sable s'était affaissée pour ensevelir Earl Steiger était encore visible, bien que le monticule sous lequel il avait succombé eût été creusé pour retrouver le corps. Parker se rendit compte qu'il se tenait presque à l'endroit que sa fille avait occupé cette nuit-là. Il repensa à leur conversation dans le Vermont. Là-bas, avec pour toile de fond la superbe vieille bâtisse des Wolfe, dans une chaude lumière rendue brumeuse par

396

l'arrivée de l'été, il avait réussi à se persuader que le point culminant des événements était un acte bizarre de la nature qui avait épargné sa vie en supprimant celle d'un autre. Mais sur cette plage obscure, le souvenir de ce moment lui revint avec force et il sut que ses soupçons au sujet de sa fille n'étaient pas sans fondement. Cette nuit-là, il avait entraperçu sur le visage de Sam quelque chose qui n'était pas entièrement humain, quelque chose qu'il n'avait encore jamais vu avant...

Non, ce n'était pas vrai. Il en avait vu des traces chez d'autres, chez des hommes et des femmes habités – cela aussi était plus facile à nier en plein jour que dans l'obscurité – par des êtres, des puissances surnaturelles. Ils avaient une étrangeté, et Parker avait aperçu un reflet de cette même essence chez sa propre fille quand elle avait causé la mort de Steiger. Voilà : c'était dit. C'était ce qu'il croyait. Sa fille n'était pas ce qu'elle semblait être. Elle portait en elle quelque chose dont elle n'avait peut-être même pas conscience.

Cette découverte le plongea dans une sorte de torpeur, mais il sentait déjà ses émotions prêtes à rompre les digues. Qu'est-ce que c'était ? Était-ce le mal ? Un esprit perverti précipité sur terre et brûlant tout dans sa chute, qui se serait blotti dans la roche et la lave pour attendre l'arrivée des hommes et trouver un hôte parmi eux ? Ou cela venait-il de lui ? Avait-il contaminé son enfant par un polluant de sa propre nature, que lui-même n'avait pas encore été capable d'identifier ? Parker était tellement perdu dans sa peur et sa souffrance qu'il lui fallut un moment avant de pouvoir envisager la possibilité d'une explication plus réaliste de ce à quoi il avait assisté.

Une forme bougea alors dans les dunes, dansant

au-delà du faisceau de sa lampe électrique. Il sentit la présence de sa fille morte, crut l'entendre chanter pour lui dans l'obscurité. Son hébétude se dissipa, faisant place non à la colère et au chagrin mais à une sorte d'apaisement qui le ramena sur ce banc, au bord d'un lac, où elle lui avait tenu la main et promis que tout cela n'était pas en vain, et que s'il retournait à la vie elle trouverait un moyen de rester près de lui.

— Dis-moi ce qu'elle est, demanda-t-il aux ténèbres.

Le chant cessa, sans pour autant être suivi d'une réponse. Parker balaya les alentours de sa torche pour voir à nouveau sa fille, mais les dunes étaient maintenant désertes et on n'entendait plus que le fracas des vagues.

La torche se mit à flamboyer, sa lumière se fit plus vive, au point qu'il crut sentir la chaleur de l'ampoule, et elle éclairait moins la nuit qu'elle ne la brûlait, y forant une colonne de clarté. L'ampoule explosa, il entrevit sa fille à la limite du faisceau lumineux, et sa frayeur et ses doutes furent bannis comme si elle les avait emportés dans le noir.

Parker fit demi-tour et retourna à sa maison sans plus craindre les ombres.

IV

« Étais-je devenu une personne sans âme, un homme mauvais, un assassin ? J'accablais ma conscience de questions. Avais-je fait autre chose pendant la guerre que remplir mon devoir et mes obligations ? Avais-je fait autre chose que rester fidèle à mon serment et obéir aux ordres ? Et ma conscience me donnait cette réponse rassurante : non, rien d'autre. Avais-je tué des gens sans défense ou ordonné leur exécution ? Non, non, non. Alors, que diable voulait-on de moi ? »

Extrait des mémoires
d'Adolf Eichmann, maître d'œuvre
de la Solution finale,
publié dans le journal *The People*, en 1961

55

Même selon ses critères peu exigeants, Baulman passait une nuit pénible. Il ressassait dans son esprit sa conversation avec Hummel, qui déployait à nouveau toute son horreur. Baulman n'avait supporté qu'un quart d'heure la compagnie de Hummel, mais pendant tout ce temps le vieillard ne l'avait jamais appelé autrement que « Reynard » ou parfois « mon cher Kraus ». Un pur cauchemar, et quand Baulman avait enfin pu s'échapper, il s'était senti physiquement affaibli.

Assis dans sa voiture, il se demandait comment mettre fin aux souffrances de Hummel et aux siennes. Alors qu'il était encore dans la chambre, il avait fouillé rapidement les affaires de son ancien ami pour voir s'il avait reçu une lettre du Département de la Justice, et n'avait rien trouvé. Baulman avait pensé que la foutue fille de Hummel avait probablement demandé que tout le courrier de son père soit réexpédié chez elle. Et si les enquêteurs prenaient contact avec elle ? Si cette garce de Demers se pointait là-bas ? Baulman ne pouvait qu'espérer que Theodora soit assez intelligente pour ne pas laisser la magistrate approcher à moins de dix mètres de son père.

Il se ressaisit, essaya de considérer le problème logiquement. Toute désagréable qu'elle fût, Theodora n'était pas stupide. Comment savoir ce que Hummel, dans son gâtisme, avait laissé échapper sur son passé en sa présence ? Un seul quart d'heure de conversation avec lui avait suffi à Baulman pour constater que Hummel avait régressé jusqu'à la période de la guerre. Chaque mot qui franchissait ses lèvres concernait ses années sous l'uniforme et plus particulièrement, du fait de la présence de son vieux camarade, le temps passé avec lui à Lubsko, même si Hummel n'avait évoqué que les massifs de fleurs, la bonne nourriture et le régime peu sévère, ayant apparemment entièrement expurgé de sa mémoire les cadavres ambulants qui justifiaient l'existence du camp. Parfois il oubliait même qu'il était maintenant Bernhard Hummel et il corrigeait Baulman quand il l'appelait par ce nom…

Lentement, Baulman s'était convaincu que Theodora savait sans doute ce que son père avait vraiment fait pendant la guerre. Il avait prétendu avoir été persécuté pour ses activités syndicales et contraint de porter le triangle rouge des prisonniers politiques. Il avait raconté qu'on l'avait incarcéré, d'abord à Kuhberg et à Flossenbürg, enfin à Dachau. Cette histoire lui avait initialement causé quelques difficultés avec les Américains, pour qui le syndicalisme avait inévitablement des connotations communistes, mais les lettres de recommandation de divers membres du clergé ainsi que de ses soutiens aux États-Unis avaient clairement établi que Bernhard Hummel était aussi anticommuniste qu'on peut l'être et qu'il avait en fait participé à la lutte pour les droits des ouvriers pour combattre autant l'influence néfaste marxiste que le nazisme. Theodora devait maintenant savoir que c'était un mensonge, mais elle avait gardé le silence, comme toute bonne fille l'aurait fait.

Et si Demers réussissait à interroger Hummel ? Les divagations d'un vieux fou n'auraient aucune valeur devant un tribunal. Mais était-il nécessaire qu'elles en aient une ? On en revenait à la charge de la preuve exigée pour une expulsion. Peut-être que des divagations suffiraient pour sceller le sort de Baulman. Si, comme il le croyait, Engel l'avait trahi, Hummel livrerait à Demers la confirmation dont elle avait besoin pour poursuivre ses investigations. Une fois que le Département de la Justice aurait commencé à tirer sur le fil, l'écheveau se déviderait inéluctablement.

Étendu dans son lit sans pouvoir trouver le sommeil, Baulman repensait à tout cela tandis que Lotte ronflait paisiblement sur son coussin sous la fenêtre. Il finit par conclure que l'instinct de conservation de Theodora et son désir de préserver son statut social – elle était directrice adjointe d'une école primaire – l'inciteraient à taire tout ce qu'elle avait pu apprendre sur la véritable identité de son père. Il pouvait prendre contact avec elle, bien sûr, et la sonder pour en avoir confirmation, mais il valait mieux éviter de le faire, au cas où elle ne saurait pas la vérité sur son père, et aussi parce qu'elle n'avait pas plus de sympathie pour Baulman qu'il n'en avait pour elle. Il y avait cependant une autre solution, une autre personne à qui il pouvait parler de Hummel, quelqu'un qui était plus proche du vieux fou que lui-même : Riese. Oui, comme il en avait reçu l'instruction, Baulman consulterait Riese et, sur la base de ce qu'il apprendrait, il déterminerait la meilleure façon de se comporter avec Theodora. Là-dessus, l'esprit et le corps de Baulman se détendirent enfin et il s'endormit.

Il se réveilla un peu avant 7 heures. Il donna à manger à Lotte, se fit des œufs pochés sur des toasts, puis promena rapidement la chienne avant de se rendre en voiture à Harrington pour voir Ambros Riese. Il se présenta à la belle-fille de Riese comme une vieille connaissance et demanda s'il pouvait lui parler. Elle parut ravie et il en déduisit que Riese recevait peu de visiteurs. Aucun d'eux n'en avait beaucoup. La plupart de ceux qui auraient pu venir voir Riese étaient morts.

Son fils et sa belle-fille avaient transformé leur garage pour deux voitures en un logement pour le vieil homme. Il avait une chambre, une salle de bains rien que pour lui et une cuisine-séjour. Assis dans un fauteuil, il regardait CNN quand Baulman fut introduit. À la différence de Hummel, Riese n'avait pas dépéri. Il était resté corpulent et ses yeux bleus demeuraient vifs et clairs. Une canule en plastique apportait à ses narines l'oxygène d'une bouteille placée derrière le siège. À sa droite, un déambulateur et, dans un coin près de la porte, un scooter pour personne à mobilité réduite.

Si Riese ne parut pas surpris de voir Baulman, il sembla moins ravi que sa bru. Baulman éprouva immédiatement un mélange de déférence et de ressentiment en sa présence. Riese n'était pas comme lui, même s'ils étaient tous deux arrivés aux États-Unis, *via* l'Argentine, à peu près au même moment, et que des fonds provenant d'une même source les avaient aidés à s'échapper et à s'établir dans ce nouveau pays. Bien que Baulman sût relativement peu de chose sur le passé de Riese, le contraste entre leurs méthodes respectives pour fuir l'Europe laissait penser que ce dernier avait été un personnage important.

Baulman avait fui l'Allemagne par la « filière ibérique ». Grâce aux services de l'évêque autrichien Alois Hudal, sympathisant nazi, recteur du séminaire austro-allemand de Rome, Baulman avait pu prendre à Gênes un bateau pour Barcelone, le bras gauche encore douloureux après l'intervention pour effacer le tatouage de son groupe sanguin. Il avait ensuite gagné Madrid, où il avait attendu deux mois avant de pouvoir se rendre en Argentine. Il gardait de Madrid un bon souvenir, même s'il y était resté cloîtré dans une pièce obscure de l'appartement encombré d'un phalangiste à demi aveugle qui dormait tout habillé et empestait la pisse et le vin. Il se rappelait la traversée avec moins de plaisir, car il avait terriblement souffert du mal de mer et était resté presque tout le temps allongé sur une couchette de cabine.

C'était à bord de ce paquebot qu'il avait vu pour la première fois Riese, qui disposait d'une cabine individuelle en première classe et qui aimait fumer des cigares sur le pont supérieur en contemplant l'océan. Par des rumeurs, Baulman avait appris qu'on l'avait discrètement fait sortir d'Allemagne par la « filière romaine », la voie d'évasion royale pour les hauts dignitaires nazis, et que monseigneur Draganovic lui-même l'avait fait passer par le séminaire San Girolamo de Rome, qui servait de quartier général pour l'exfiltration des élites nazies.

Baulman n'avait vu Krunoslav Draganovic qu'une

fois, et de loin, mais il avait conçu une antipathie immédiate pour l'ecclésiastique croate, et rien de ce qu'il avait appris sur lui par la suite ne l'avait amené à modifier son opinion, fût-ce légèrement. Ancien d'Auschwitz et de Lubsko, Baulman ne se faisait aucune illusion sur le régime nazi, mais les excès des oustachis, les nationalistes catholiques croates qui avaient formé un État indépendant après l'invasion des forces de l'Axe en 1941, le rendaient malade. Baulman ne pouvait laisser un animal souffrir inutilement, ni même un enfant juif ou gitan, mais les oustachis prenaient plaisir aux actes sadiques, et leur camp de Jasenovac était connu pour la cruauté de ses méthodes d'exécution : les déportés étaient taillés en pièces, étouffés, enterrés vivants, et la liste des tortures endurées était interminable. C'est de Jasenovac que le dictateur oustachi Ante Pavelic avait un jour reçu un panier d'yeux humains, hommage de ses admirateurs. Et qui était l'aumônier de ce camp ? Monseigneur Krunoslav Draganovic, qui semblait avoir trouvé dans le mystérieux Riese une sorte d'âme sœur.

Pourtant, le sort de Baulman s'était lié à celui de Riese et de Hummel, qui se trouvait aussi sur le même bateau, au propre et au figuré. Chacun d'eux avait reçu une carte d'identité, signée par Alois Hudal, ce qui leur avait permis de faire une demande de passeport de la Croix-Rouge. Cette organisation était trop débordée pour vérifier les identités des demandeurs et ce passeport constituait un pas important dans l'établissement d'une nouvelle identité. Une fois ce document obtenu, les fugitifs étaient envoyés à Gênes et, de là, vers des pâturages plus verts.

Baulman et Hummel étaient montés à bord du

paquebot ensemble à Barcelone. Hudal avait fait sortir Hummel du camp d'internement de Miranda de Ebro, situé au sud de Bilbao, après que l'Allemand eut promis de se convertir au catholicisme, promesse qu'il n'avait jamais tenue. Riese se trouvait déjà à bord quand le bâtiment avait appareillé pour l'Argentine.

Une fois installé à Salta, Riese avait fait venir sa jeune épouse, puis il était entré avec elle aux États-Unis en se présentant comme un Germano-Argentin de vieille ascendance. Ils étaient ensuite devenus citoyens américains et avaient élevé une famille dans le Maine. Baulman et Hummel avaient suivi le même chemin peu de temps après, leur admission aux États-Unis ayant été retardée quand les services de l'immigration avaient voulu savoir pourquoi ils n'avaient pas demandé à être directement admis dans ce pays comme personnes déplacées au lieu de se rendre d'abord en Argentine et de faire leur demande de là-bas. C'est Hummel qui avait trouvé la réponse parfaite : ils ne s'attendaient pas, expliqua-t-il aux Américains, à trouver un tel nombre d'anciens nazis en Argentine.

Engel était arrivé un an plus tard. Son refus de changer de nom avait préoccupé les autres – Riese, surtout –, mais il était bientôt apparu que personne ne s'intéressait à eux. Ils n'étaient pas pourchassés, pas encore. La traque n'avait commencé que plus tard.

Baulman ne connaissait toujours pas la véritable identité de Riese, et tous les autres l'ignoraient aussi, autant qu'il pouvait en juger. Riese l'avait peut-être révélée à Hummel, avec qui il était lié par une amitié que Baulman avait toujours trouvée curieuse, et même peu avisée. Baulman avait gardé ses distances, ne rencontrant les autres qu'une ou deux fois par an

– moins, même, s'il le pouvait, en particulier dans le cas d'Engel. Baulman était par nature un solitaire, il n'avait pas besoin de leur compagnie. En outre, si l'un d'eux venait à attirer les soupçons des Américains, les autres risqueraient moins d'être démasqués si l'on ne pouvait pas découvrir entre eux de solides relations d'amitié. Il regrettait encore de s'être lié à Hummel pendant leur immigration vers les États-Unis, mais il s'était retrouvé loin de chez lui et ne s'était jamais plu en Argentine.

Sheila, la belle-fille de Riese, proposa de leur faire du café et les deux hommes échangèrent des propos anodins jusqu'à ce qu'elle revienne avec une cafetière et des cookies et annonce qu'elle les laissait pour qu'ils puissent bavarder tranquillement. Elle leur adressa en quittant la pièce le sourire approbateur d'une mère à des enfants en train de jouer. Baulman servit le café tandis que le sifflement de la bouteille d'oxygène semblait être une manifestation sonore du mécontentement de Riese. Celui-ci coupa cependant le son du téléviseur pour qu'ils puissent parler. Il murmurait, et son visiteur aussi. Vieille habitude.

— Pourquoi êtes-vous ici, Baulman ?

— Il y a un problème. *Die Kacke ist am Dampfen.*

La merde commence à bouillonner : l'expression populaire allemande lui était venue aux lèvres sans qu'il se rende compte de ce qu'il disait. Cela lui arrivait lorsque son cerveau savait avant lui que la langue anglaise ne suffirait pas.

— J'ai besoin de vos conseils.

Les manières glacées de Riese ne disparurent pas, mais il y eut l'amorce d'un dégel.

— Poursuivez.

Baulman expliqua rapidement ce qui était arrivé à Perlman, aux Tedesco et à Ruth Winter. Il omit délibérément de mentionner la famille Wilde : il y avait un lien avec les autres, mais il n'était pas utile d'en faire état dans la situation présente.

Finalement, il avoua qu'il faisait l'objet d'une enquête de la section Droits de l'homme et Poursuites spéciales du Département de la Justice.

— Le Bureau des enquêtes spéciales ? dit Riese.

Pour leur génération, c'était toujours cet organisme qui était chargé de les traquer.

— Et vous venez ici ? Chez moi ?

— Je n'avais pas le choix. Nous sommes peu nombreux, maintenant. Mais j'ai été prudent, j'ai brouillé ma piste.

Les yeux vifs de Riese fixaient Baulman comme ceux d'une chouette s'apprêtant à capturer et à dévorer une souris.

— Comment vous ont-ils trouvé ?

— Nous pensons qu'Engel a parlé pour se tirer d'affaire.

— Ce sale con d'Engel. Je ne lui ai jamais fait confiance. Jamais je ne le laisserais mettre un pied chez moi.

Baulman n'avait pas beaucoup de sympathie non plus pour Engel. Malheureusement, ils étaient liés par une histoire commune.

Il but une gorgée de café. Il était fort mais de mauvaise qualité. Il reposa sa tasse : ça ne valait pas le coup d'avoir des problèmes de vessie pour une telle lavasse.

— Je suis allé voir Hummel hier.

— Comment va Bernhard ?

— Il n'a plus sa tête.

— Dommage. La dernière fois que je l'ai vu, il avait seulement un problème de mémoire. Sa *Fotze* de fille lui a à peine laissé le temps de préparer ses valises avant de le faire interner.

— Hummel n'a pas tout oublié, corrigea Baulman avec précaution.

— Que voulez-vous dire ?

— Quand je lui ai rendu visite, il s'est obstiné à m'appeler Kraus et n'a parlé que de la guerre…

— Nom de Dieu !

— Si son esprit en est à ce stade de dégradation, je ne suis peut-être pas le seul qu'il pourrait…

— Je ne suis pas un imbécile, Baulman. J'ai compris.

Riese grignota un cookie, plus avec ses gencives qu'avec le peu de dents qui lui restait, en faisant tomber des miettes sur son giron.

— Quant à sa fille…, reprit Baulman.

— Oui ?

— Est-ce qu'elle sait ?

Riese regardait fixement ses mains et Baulman remarqua que la droite était agitée d'un tremblement léger mais persistant.

— Je crois que oui. Avant d'expédier Bernhard là-bas, elle m'a dit : « Ça vaut mieux pour nous tous. » Puis elle a ajouté : « Pour vous tous. » Alors, oui, je crois qu'elle sait.

— Si Engel coopère avec le Département de la Justice, il livrera aussi Hummel, ce n'est qu'une question de temps, argua Baulman. Et même si Engel ne prononce pas votre nom, Hummel pourrait le faire par inadvertance, au cas où les Américains iraient le voir. Mes rapports avec sa fille n'ont jamais été bons.

410

Le mieux, ce serait que quelqu'un lui parle et découvre si elle ou son père ont été approchés. Si ce n'est pas le cas, il faut la prévenir.

— Elle devra peut-être les affronter devant un tribunal, dit Riese. Je ne suis pas expert en droit, mais je suis sûr qu'ils peuvent interroger un suspect, même s'il est atteint de démence sénile.

— Et s'il commence à donner des noms...

— Oui, ce serait regrettable, convint Riese. Vous ne buvez pas votre café ?

— Non.

— Je vous comprends. Elle achète de la camelote à prix discount. Elle a un bon cœur mais mauvais goût.

Riese se mit à tripoter sa canule, qui s'était détachée de derrière son oreille gauche. Baulman demanda la permission d'aider et, en la remettant en place, il découvrit que derrière les oreilles de Riese la chair était presque à vif à force de frottements. Les narines aussi étaient sèches et irritées. *Seigneur, j'ai de la chance*, pensa Baulman.

— Hummel m'a parlé de vous, reprit Riese tandis que son invité se rasseyait.

— Vraiment ? Il a toujours été discret à votre sujet.

— Ah. Tant mieux. Il m'a raconté que vous avez tué un homme avant la guerre.

Cela faisait très longtemps que Baulman n'avait pas pensé à cette histoire. Pendant des années, il n'avait pas parlé de sa jeunesse, et il y avait eu tant d'autres meurtres après. Mais c'était le premier qui avait tout déclenché, supposait-il. Le premier est toujours le plus dur.

— C'est exact, reconnut-il.

— Qui était-ce ?

— Un criminel. Un cambrioleur. Mon père tenait un magasin de vêtements et gardait parfois de l'argent dans son bureau. Il n'avait pas de coffre-fort. Il disait que s'il en achetait un, les gens commenceraient à se demander pourquoi il en avait besoin, alors il valait mieux s'en passer.

« C'était un peu avant Noël. Les affaires avaient été bonnes et il y avait plus d'argent que d'habitude dans le tiroir du bureau. Ma mère et lui participaient à une soirée, j'étais seul à la maison – enfin, seul avec Britta pour compagnie. Une petite bâtarde, mais une bonne chienne. Entendant du bruit dans la cuisine, elle va voir. Quelques secondes plus tard, je l'entends aboyer et quand je vais moi aussi voir ce qui se passe, je découvre un homme qui la tient suspendue par son collier. Il a un foulard sur le bas du visage et une casquette inclinée sur ses yeux. Il approche un couteau du cou de Britta et l'égorge, là, devant moi, et il me prévient que je serai le suivant si je ne lui montre pas où est l'argent.

« Alors je le conduis dans le bureau de mon père. Je suis en larmes à cause de ce qu'il a fait à ma chienne, et aussi rempli d'une rage froide, je m'en souviens parfaitement.

« L'homme commence à fouiller le bureau, mais mon père garde son argent dans un tiroir secret, qu'on ne peut ouvrir qu'en actionnant un levier placé sous le meuble. J'explique au voleur que je peux le faire pour lui et il s'écarte. Il n'a pas peur de moi, je n'ai que treize ans et je suis petit pour mon âge.

« Je cherche le levier à tâtons de la main droite, j'ouvre le tiroir. Je sais que mon père y garde un petit automatique, un 6,35 Mauser. Il l'a depuis le début de

412

la guerre. Je m'en saisis avant que l'homme puisse se rendre compte de ce que je fais. Je le braque sur lui et mes mains ne tremblent même pas, comme je l'aurais cru. Il écarte les bras en riant, il me dit que je suis un garçon courageux, mais que je devrais lui donner le pistolet avant de me blesser, et qu'il est difficile de tuer, malgré ce que j'imagine ou ai entendu dire. »

Baulman déglutit, la bouche sèche. C'était comme raconter une histoire arrivée à un autre. Ce n'était pas l'histoire de Baulman, c'était celle de Reynard Kraus. Seul le souvenir de la mort de Britta la rendait réelle à ses yeux.

— Et je lui réponds : « Plus difficile que tuer un chien ? » Je presse la détente, la balle l'atteint à la poitrine et il s'affale contre le mur. Il parvient à se redresser, à s'asseoir sur une chaise. Il plaque une main sur sa blessure, ses doigts deviennent rouges. Il me demande d'appeler un médecin et je tire à nouveau, je tire jusqu'à ce que l'arme soit vide. J'appelle mon père à sa soirée, je lui raconte ce que j'ai fait...

« Quand la police est arrivée, j'ai tout expliqué, je n'ai pas menti. On a vaguement parlé de m'accuser de meurtre parce que j'avais tiré plusieurs fois sur le cambrioleur, mais il n'y a jamais eu de suites. Finalement, je me suis engagé dans les SS et, comme on me trouvait brillant, excellent avec les chiffres, j'ai été affecté au Service central économie et administration lorsque l'Inspection des camps de concentration y a été incorporée, en 1942. Voilà comment je me suis retrouvé à Lubsko...

Riese hocha la tête, comme s'il comprenait maintenant Baulman.

— Moi, j'étais à Mittelbau-Dora, dit-il. D'abord

sous le commandement de Förschner puis sous celui de Baer.

« Mittelbau-Dora, qu'on appelait parfois simplement Nordhausen, était une annexe du camp de Buchenwald, où les déportés durent creuser des galeries dans lesquelles furent ensuite fabriquées les fusées V1 et V2. C'était un labeur d'esclave de la pire espèce : vingt mille déportés y moururent d'épuisement, de maladie, d'accidents, ou au bout d'une corde. En 1947, les Américains traduirent en justice dix-neuf anciens gardiens de Nordhausen et *kapos* de Dachau, dont quinze furent condamnés et un exécuté. Les États-Unis firent cependant preuve d'une grossière hypocrisie quand, dans le cadre de l'opération Paperclip, ils recrutèrent Arthur Rudolph, l'un des experts en fusées du camp, qui fit ensuite une remarquable carrière à la NASA avant d'être expulsé dans les années 1980.

Riese n'en dit pas plus et Baulman n'insista pas. Il se demandait qui Riese était en réalité. Comme il avait exercé le métier d'ingénieur en Amérique, c'était peut-être un scientifique. Aucune importance. De même que Baulman, il avait vécu plus longtemps sous une fausse identité que sous son vrai nom. Il était plus Ambros Riese que qui que ce soit d'autre. Des pressions avaient été exercées sur Baulman et les autres pour qu'ils financent l'évasion de Riese. Hudal et Draganovic avaient ensemble réclamé des fonds et Baulman et les autres n'avaient pas pu refuser, parce que c'étaient les deux ecclésiastiques qui fournissaient les papiers. L'argent ne servait à rien sans des papiers.

— Vous regrettez quoi que ce soit, Baulman ?

La question le prit au dépourvu, non qu'il ne l'eût

jamais considérée, mais plutôt parce qu'il ne l'avait jamais entendue formulée à voix haute.

— Je ne peux me relier à rien de tout ça. Lorsque je me rappelle ce qui s'est passé, j'ai l'impression que c'est l'œuvre d'un autre.

— C'est si vieux, soupira Riese. Pour moi, c'est comme un mauvais rêve.

À la télévision, les informations étaient passées à une région perdue du Moyen-Orient où des corps gisaient dans la poussière – des civils, pensa Baulman, bien que ce fût difficile à dire dans ce genre de conflits.

— Pourquoi continuent-ils à nous pourchasser ? demanda Riese. Pourquoi tant d'efforts pour des vieillards qui ne peuvent plus faire de mal à personne, alors qu'il leur suffit d'allumer leur téléviseur pour trouver d'autres exutoires plus pertinents à leur indignation ostentatoire ? Le monde d'aujourd'hui ne manque pas de criminels de guerre ni de massacres, et pourtant c'est toujours sur nous qu'ils s'acharnent.

— Ils ne perçoivent en nous aucune complexité morale, avança Baulman, aucune nuance de bien et de mal. Ils peuvent montrer nos photos aux écoliers et leur dire : « Vous voyez ? C'est à ça que le mal ressemble. » Mais montrez-leur des hommes et des femmes qui se battent à la machette en Afrique, montrez-leur des Syriens qui luttent contre une dictature puis arborent le drapeau d'Al-Qaïda, montrez-leur des chars israéliens et des terroristes du Hamas, ils ne verront que confusion. Il est plus facile de nous accabler que d'essayer de démêler l'écheveau de comportements abjects dont ils sont tous les jours témoins. C'est ce que je crois.

Baulman ne s'était jamais pensé en mal incarné.

Il avait fait ce qu'il avait à faire. S'il avait refusé, d'autres auraient pris sa place. Il s'était efforcé de ne pas faire souffrir les enfants. Il leur avait fait une piqûre comme les vétérinaires pour ses braques de Weimar successifs. Il avait voulu que les enfants n'éprouvent ni souffrance ni frayeur au dernier moment, comme il avait voulu que ses chiens meurent paisiblement.

— Que comptez-vous faire pour Hummel ? voulut savoir Riese.

— Notre ami s'occupera de lui. Ce sera un acte charitable.

— Il sera discret ?

— Oui.

— Si Engel a parlé de Hummel, les Américains enquêteront sur sa mort.

— Qu'ils le fassent. Les vieillards meurent, c'est leur sort.

— C'est le nôtre, corrigea Riese.

— Non, pas nous. Pas encore.

Riese tendit le bras et posa sa main gauche sur la jambe de Baulman.

— Vous savez comment est mort Harry Houdini ?

— Hein ? fit Baulman.

— Le prestidigitateur, le roi de l'évasion... Vous savez comment il est mort ?

— Non, répondit Baulman, perplexe.

— Il prétendait qu'aucun coup de poing ne pouvait lui faire de mal. Un étudiant – un certain Whitehead, si je me souviens bien – est venu un jour le voir dans sa loge d'un music-hall de Montréal et lui a demandé si c'était vrai. Houdini a assuré que oui. Alors, White-head a sollicité la permission de le frapper au ventre, et quand Houdini a accepté, il lui a décoché plusieurs coups puissants, juste sous la ceinture. Le roi de l'évasion a eu l'appendice éclaté. Voyez-vous, Houdini était alors allongé sur un sofa parce qu'il s'était foulé la cheville et il ne pouvait pas contracter correctement ses muscles pour recevoir les coups. Il est mort de péritonite. D'après vous, Baulman, quelle est la leçon de cette histoire ?

— Qu'il faut toujours être sur ses gardes ?

Riese enfonça douloureusement ses doigts dans la cuisse de Baulman.

— Non. La leçon, c'est que, finalement, personne ne réussit à s'échapper.

Il prit la télécommande et augmenta le volume du son du téléviseur.

— Partez, maintenant, et ne revenez plus jamais.

56

Amanda Winter jouait avec un petit chien blanc dans le jardin de sa grand-mère lorsque Parker arriva. Comme celle du détective à Boreas, la maison d'Isha Winter donnait sur la mer, mais elle était séparée de la plage par une route. De l'autre côté, un trou dans la clôture permettait d'accéder à un sentier menant aux dunes. La demeure d'Isha Winter était blanche avec des volets bleus. La peinture était récente et le jardin bien entretenu. Amanda parut d'abord ne pas reconnaître Parker et il trouva qu'elle avait maigri depuis la dernière fois qu'il l'avait vue, bien que peu de temps se fût écoulé. Le chien aboya mais pas de façon menaçante. Pour l'animal, l'inconnu n'était qu'un autre compagnon de jeu potentiel. La grille était fermée et il pressait son museau entre les barreaux en remuant la queue.

Amanda regarda Parker en clignant des yeux : elle avait le soleil dans la figure.

— Bonjour, dit-elle.

— Salut. Tu te souviens de moi ?

Elle hocha la tête.

— Vous êtes le papa de Sam.

— C'est ça.

Il n'entra pas, s'appuya à l'un des montants de la grille.

— Comment tu vas, Amanda ?

— Ça va, répondit-elle.

Incapable de soutenir son regard, elle s'agenouilla et caressa le chien. Parker ne voulait pas lui dire des banalités qui, de toute façon, n'auraient rien signifié pour elle. Il se rabattit sur cette question :

— Comment il s'appelle, ce chien ?

— Milou.

— Il est à toi ?

Elle haussa les épaules.

— Pas vraiment. Il est aux Froberg, ils l'ont depuis hier seulement.

— Qui lui a donné ce nom ?

— C'est moi qui y ai pensé, mais il fallait que tout le monde soit d'accord.

— C'est un bon choix. Il a tout à fait l'air d'un Milou.

Une vieille femme apparut devant la porte de la maison, flanquée d'un jeune couple. L'homme passa devant les deux femmes et descendit l'allée. Âgé d'une quarantaine d'années, il avait déjà une petite bedaine qui tendait le tissu de sa chemise polo. Il portait un short cargo malgré la température encore un peu fraîche.

— Je peux vous aider ? demanda-t-il.

— Je suis venu voir Mme Winter. Je m'appelle Charlie Parker.

— Entrez, je vous en prie, dit-il en ouvrant la grille. Je suis Christian Froberg, Amanda vit maintenant chez nous.

Ils se serrèrent la main. Amanda retint Milou pour l'empêcher de sauter ou de se sauver. Froberg présenta Parker à sa femme, Cara, puis à Isha Winter. Apparemment, le couple était sur le point de partir – chaque jour, ils emmenaient Amanda observer le deuil rituel juif de sept jours avec sa grand-mère – mais il se sentit obligé d'échanger avec le détective quelques platitudes pleines de raideur, et d'autant plus embarrassées que Mme Winter semblait incapable de lui adresser un mot. Elle le regardait fixement en se tordant les mains.

— Qui a eu l'idée du chien ? demanda Parker.

Christian Froberg adressa un sourire à sa femme.

— Depuis un an, nos enfants nous harcelaient pour en avoir un, mais nous résistions. Et puis, quand nous avons pris Amanda chez nous, nous avons pensé que ce serait bon pour elle.

— J'avais entendu dire qu'elle vivrait dans une famille d'adoption.

— Nous sommes en contact avec les Services de l'enfance et de la famille, expliqua Cara. Nous espérons entamer la procédure d'adoption le mois prochain.

— Nous ne voulons rien précipiter, ajouta Christian. Pour le bien d'Amanda.

Là encore, Parker évita les banalités. Ces gens ne semblaient pas stupides, ils savaient que ce serait dur pour Amanda – et pour eux. Ce qui était arrivé à sa mère la marquerait à jamais et il y aurait des moments difficiles. Aussi Parker se contenta-t-il de répondre :

— Je vous souhaite bonne chance.

Les Froberg dirent au revoir, emmenèrent la fillette et le chien et se dirigèrent vers leur break, garé dans l'allée. Amanda mit une laisse à Milou, qui trotta docilement derrière elle. Parker eut le cœur serré en la regardant s'éloigner. C'était à cause de la façon dont elle marchait, dont elle tenait sa tête, tel un boxeur qui vient de recevoir un coup violent et fait tout pour ne pas tomber. Il regrettait maintenant de ne pas avoir trouvé les mots justes pour lui prodiguer un peu de réconfort. Les certitudes qu'il avait eues dans la Green Heron Bay s'écroulaient. Si seulement il avait été capable de courir plus vite, si seulement il n'avait pas été blessé...

Derrière lui, Isha Winter parla pour la première fois depuis son arrivée :

— Bonjour. Merci pour ce que vous avez essayé de faire.

Et elle se mit à pleurer.

Ils étaient tous deux assis à la table de la cuisine, encore encombrée des reliefs du repas qu'elle avait partagé avec les Froberg. Il accepta le verre d'eau qu'elle lui offrit, déclina tout le reste. Elle l'invita à l'appeler Isha, sans pour autant parvenir à s'adresser à lui autrement qu'en disant « monsieur Parker ». Il avait l'impression d'être avec la mère des Fulci.

— J'avais l'intention de venir vous voir à l'hôpital, dit-elle, mais il y avait tant à faire – s'occuper de l'enterrement, prendre soin d'Amanda. Je suis désolée, je...

— Ce n'était pas nécessaire, répondit-il. Vraiment.

— Si, insista-t-elle. Vous avez risqué votre vie pour ma fille et ma petite-fille, vous avez été blessé. Je tiens à vous en remercier. Et je suis contente que vous soyez venu.

Elle prit la main droite de Parker dans la sienne et la pressa brièvement avant de la lâcher.

— Je sais que vous avez parlé à la police, reprit-il.

— Les inspecteurs ont été très gentils. Ils m'ont posé beaucoup de questions, auxquelles je n'ai pas toujours pu répondre.

— Par exemple ?

— Par exemple, je n'ai pas pu leur dire pourquoi ma fille a été assassinée.

La vieille femme semblait à nouveau au bord des larmes, mais elle se contint et poursuivit :

— Tout ce que j'ai pu leur expliquer, c'est qu'il y a toujours eu des gens pour nous haïr et qu'il y en aura toujours.

— « Nous » ? Les Juifs ?

— Oui. Je l'ai dit aux inspecteurs – je le leur ai dit au cimetière et je le leur ai répété ici, à cette table –, qu'ils ne nous laisseront jamais en paix.

— Vous pensez à des faits précis ? demanda Parker.

Il se rendit aussitôt compte de l'absurdité de sa question, et ajouter « En dehors du génocide » n'aurait rien arrangé. Isha dut deviner ses pensées car il la vit sourire.

— Vous voulez dire récemment ? Vous voulez dire ici ?

— Oui, répondit-il.

— Il y en a eu assez peu. Quelqu'un a bombé une croix gammée sur le mur, mais c'était il y a plusieurs années. On trouve aussi de temps en temps de la littérature abjecte dans le courrier – des lettres, des brochures. Mais ceux qui font ça sont des lâches. Ils n'ont même pas le courage de regarder en face une vieille femme en plein jour. Ils viennent furtivement la nuit pour répandre leur haine.

— Le meurtrier de votre fille était un professionnel, dit Parker. Je ne crois pas qu'il était du genre à peindre des croix gammées sur les murs et à déguerpir.

— Je le sais. L'inspecteur me l'a dit.

— Walsh ?

— Oui.

— C'est un type bien.

— Il a dit la même chose de vous.

— Il a dû se forcer...

— Non, pas du tout ! se récria Isha en tapant doucement sur la main de Parker. Il le pensait vraiment.

— Est-ce qu'il vous a aussi expliqué qu'il pourrait y avoir un lien entre la mort de votre fille et Lubsko ?

— Oui, mais je n'ai rien pu lui dire à ce sujet.

— Pas même sur cet homme sur lequel le Département de la Justice enquête – Kraus ?

— J'ai regardé la photo, ce n'était pas lui. Ils voulaient que je dise que c'était Reynard Kraus, mais ce n'était pas lui !

Parker n'insista pas. Il abordait peut-être cette histoire par le mauvais angle. Se pouvait-il que Ruth Winter ait découvert autre chose, sans rapport avec le passé de sa mère, qui l'aurait ensuite amenée à entrer en contact avec Bruno Perlman ? Cela semblait peu probable.

Il interrogea Isha sur Perlman et elle décrivit à nouveau sa seule rencontre avec cet homme, à cette même table de cuisine. D'après elle, il était fasciné, et même obsédé, par Lubsko, par la traque des derniers criminels de guerre nazis cachés aux États-Unis.

— Il m'a raconté qu'il avait aidé à capturer des nazis, qu'il avait fourni des informations aux autorités.

Parker soupçonna que c'était faux. Epstein ne lui avait rien dit à ce sujet, et Walsh non plus.

— Il m'a montré les tatouages sur son bras, ajouta Isha Winter.

— Les matricules d'Auschwitz ?

— Oui. Je crois qu'il n'a pas compris pourquoi je trouvais bizarre qu'il ait fait ça, dit-elle en secouant la tête. Il savait si peu de chose sur ces membres de sa famille, il connaissait juste leurs noms. Il ne l'a pas fait pour préserver leur souvenir, je crois plutôt qu'il cherchait un motif d'être en colère.

Elle se tapota la tempe droite de l'index et continua :

— Dans sa tête, il s'était presque convaincu d'avoir été avec eux à Auschwitz et à Lubsko...

— Il a rencontré votre fille quand il est venu ici ?

— Oui, mais il l'a juste croisée.

— Ruth et Amanda ont vécu ici avec vous, non ? demanda Parker.

— Pendant plusieurs années, oui. Mon mari était propriétaire de tout ce terrain.

D'un geste, elle désigna à travers les murs des champs invisibles.

— Il avait construit un petit cottage pour que des amis puissent venir passer quelque temps chez nous et profiter de la mer, mais nous n'en avons pas eu beaucoup, des amis. Finalement, nous l'avons loué, et après la mort de mon mari j'ai arrêté de le faire, c'était trop de soucis pour pas grand-chose. Le cottage est resté vide, mais quand Ruth est revenue ici avec Amanda, c'était un bon endroit pour elles.

— Et le père d'Amanda ?

— Ils n'étaient pas mariés, dit Isha, répondant à une question que Parker n'avait pas posée, mais qui était apparemment importante pour elle.

— Qu'est-ce qu'il faisait ?

— Il la battait.

— Non, je veux dire, son métier.

— Oh, il travaillait dans un *garage*, dit-elle en mettant tout le mépris qu'elle put dans ce dernier mot. En fait, c'était un voyou, Ruth me l'avait avoué. Voitures volées, drogue. C'était un *Kriecher*. Vous comprenez ce mot ? Une crapule. Ruth a même failli perdre le bébé tant il l'avait cognée. La mort de ce type a été une bénédiction.

— Si j'ai bien compris, il n'a pas eu une mort ordinaire, il a été assassiné…

— La police a dit que c'était pour une histoire de drogue. Plusieurs balles dans le corps.

Le ton de la vieille femme suggérait que c'était tout ce qu'il avait mérité.

— Et votre fille est venue vivre avec vous ?

— Pas tout de suite. Mais c'était dur pour elle avec le bébé, et l'argent posait problème. Pourquoi rester dans un appartement sordide alors qu'il y avait le cottage ici ? C'était une question de bon sens.

— Et pourquoi est-elle ensuite allée vivre à Boreas ?

Isha se tordit à nouveau les mains.

— Parce que je suis une vieille femme exigeante qui se mêle de tout. Parce que, même avec des logements séparés, il n'y avait pas assez d'espace pour nous trois. Elle devait pensait que j'étais tout le temps à la surveiller, à la critiquer…

— C'était vrai ?

Cette fois, les larmes coulèrent.

— Je crois que oui. Et maintenant, elle n'est plus là.

Ils restèrent encore un moment à parler dans la cuisine. Isha Winter évoqua Lubsko, le jour où ses parents et elle avaient vu le camp pour la première fois – « Les petites cabanes ! Les jardins ! Il y avait même des baignoires ! » Ils étaient arrivés avec quatre autres familles et personne n'en croyait ses yeux. Quelques jours plus tard, les nazis avaient commencé à exercer des pressions sur eux, de manière contenue d'abord, puis avec plus d'insistance. Lubsko n'était pas gratuit. Il fallait payer pour y vivre.

— Mon père ne leur faisait pas confiance. Mais il a payé, comme les autres. Il était marchand de tableaux à Aix-la-Chapelle avant la guerre, il avait caché des toiles dans deux caveaux de Düren, au vieux cimetière. Notamment une madone de Bellini, un nu de Rubens. Je ne me souviens que de ces deux-là. Les autres familles ont proposé de l'argent, des bijoux, des diamants, tout ce qu'elles avaient caché dans l'espoir de pouvoir venir les récupérer après la guerre.

« Je sais maintenant que la plupart d'entre elles ont survécu un mois là-bas. Nous, nous n'avons eu droit qu'à deux semaines. Avant nous, les nazis prenaient leur temps pour être sûrs qu'aucun trésor caché ne leur échapperait. Nous, nous sommes arrivés à Lubsko en 1945, et ils savaient que la fin était proche. Lubsko allait disparaître, ils devaient se presser de nous saigner à blanc et de disparaître. Ils sont restés un peu trop longtemps à cause de leur cupidité, parce que, finalement, *die Russen* étaient presque aux portes du camp.

Bien qu'Isha Winter fût toujours physiquement

présente dans la pièce, une partie d'elle se trouvait maintenant ailleurs, allongée dans une fosse sous une couche de terre.

— J'ai d'abord vu Kraus emmener les enfants, puis la fusillade a commencé. Ils passaient de cabane en cabane. Mon père m'a dit de fuir et de me cacher. Je n'ai même pas eu le temps de dire adieu à mes parents. Quand je les ai revus, ils étaient morts.

« Je crois avoir entendu les coups de feu qui ont causé la mort du commandant du camp et de sa femme. J'étais près de chez eux, j'ai entendu deux détonations. Plus tard, j'ai senti la fumée de leur maison incendiée.

« Et puis j'ai trouvé la fosse. On avait dû la rouvrir dans la matinée, ou la veille, pour gagner du temps et nous enterrer rapidement. Je me souviens de la puanteur des corps que les coups de pelle avaient mis au jour. Je me suis déshabillée pour être nue comme les autres. Je me suis jetée dans le trou, j'ai recouvert mon corps de terre et j'ai attendu.

« Au bout d'un moment, le silence s'est fait mais je suis restée dans la fosse jusqu'à la nuit. C'est là que j'ai vu tous les cadavres : pas seulement des prisonniers, des gardiens aussi. Ils s'étaient entretués. Les Russes m'ont découverte deux jours plus tard, assise près des corps de mon père et de ma mère. Il paraît que j'étais en train de manger une pomme, je ne m'en souviens pas. J'étais la seule survivante. La seule. J'étais couverte de terre, et en état de choc. Je faisais plus jeune que mon âge, c'est sans doute pour ça que je n'ai pas été violée. L'un des officiers est venu et m'a fait raconter mon histoire. Il devait penser que mon témoignage aurait une valeur de propagande et il a assuré ma protection jusqu'à ce que je rencontre ses

427

supérieurs. Finalement, j'ai été envoyée de Pologne en Allemagne. J'ai répété mon histoire aux Américains et ils m'ont laissée venir ici.

— Quand êtes-vous arrivée ?

— En 1951.

— Je peux vous demander comment vous vous êtes retrouvée dans le Maine ?

— La Juive que je suis a été aidée par un luthérien : le pasteur Otto Werner, de Boreas, s'est occupé de moi. Il m'a trouvé un emploi, un logement. Il m'a même présenté à l'homme qui allait devenir mon mari. David travaillait à l'époque sur la maison du pasteur, il repeignait l'intérieur et la façade. Finalement, j'ai trouvé un peu de paix, monsieur Parker. Je l'ai trouvée ici.

Il n'y avait plus rien à dire. Parker se leva, remercia la vieille dame et se dirigea vers le vestibule. En passant devant la salle à manger, il vit des cartes de visite empilées sur la table, des enveloppes cachetées et un stylo-plume.

— Je peux faire quelque chose pour vous ? demanda-t-il.

— Vous pourriez poster ces lettres, si ça ne vous dérange pas. J'ai reçu beaucoup de témoignages de sympathie et je m'efforce d'y répondre. Il faudra des timbres.

Elle compta avec soin les enveloppes cachetées, calcula mentalement, alla prendre son sac à main et lui donna la somme exacte nécessaire pour l'affranchissement en billets et en pièces. Ce fut seulement alors qu'il s'apprêtait à partir qu'elle remarqua qu'il restait une enveloppe dont elle n'avait pas fini d'écrire l'adresse. Elle prit le stylo et acheva de le faire. Il remarqua qu'elle tenait le stylo curieusement parce

428

qu'elle était gauchère et voulait éviter d'étaler l'encre avec sa main. Elle retourna à son sac afin d'y prendre un peu de monnaie pour le dernier timbre. Parker lui dit que ce n'était pas la peine, mais elle ne voulut rien entendre. En l'accompagnant jusqu'à la porte, elle lui dit :

— L'inspecteur, M. Walsh, m'avait prévenue que vous viendriez. Il m'a expliqué que vous chercheriez peut-être à retrouver ceux qui ont tué ma Ruth. C'est vrai ?

— Oui, c'est vrai.

Elle hocha la tête.

— Alors *auf Wiedersehen, Herr* Parker. *Und machs gut.* Prenez soin de vous.

Il acheta des timbres au bureau de poste de Boreas. Il ne reconnut aucun des noms inscrits sur les enveloppes, même si la plupart des adresses étaient locales. Avant de les poster, il nota chacune d'elles puis alla voir Bobby Soames.

57

Soames pâlit lorsque Parker apparut sur le seuil de son bureau. La réceptionniste prenant un déjeuner tardif, Soames était seul pour tenir l'agence. Les affaires ne semblaient pas marcher fort, de toute façon. Rien ne ruine davantage la croissance hésitante d'un marché immobilier local qu'un meurtre. Soames se disait qu'il s'écoulerait peut-être des années avant qu'il loue ou vende l'une des maisons de la Green Heron Bay. Google peut être un véritable fléau.

— Vous venez renouveler votre bail ? demanda-t-il au détective.

Il ne savait pas trop quelle réponse il souhaitait entendre : un « oui » garantirait au propriétaire – et par voie de conséquence à Bobby Soames – une rentrée d'argent. Un « non » signifierait qu'il verrait enfin les talons de ce type, qui le rendait particulièrement nerveux et qu'il tenait secrètement pour responsable de la mauvaise passe où se débattait Boreas.

— Non, j'espère partir avant la fin du mois.

Au soulagement qu'il éprouva, Soames sut qu'il préférait finalement la paix de l'esprit à l'argent.

— J'ai une question à vous poser, poursuivit Parker.

Je voudrais mieux connaître la région. À qui je dois m'adresser pour une leçon d'histoire ?

L'agent immobilier se renversa dans son fauteuil et croisa les mains sur son ventre. Maintenant que le détective avait signifié son intention de partir, Soames éprouvait pour lui une certaine sympathie.

— Eh bien, on ne manque pas de vieux raseurs qui vous feraient regretter de vous être adressé à eux, mais si vous voulez de la concision et de la pertinence, voyez donc le pasteur Werner, à l'église luthérienne du Christ rédempteur. Son père était pasteur avant lui, c'est une affaire familiale, si je puis dire.

— Comment il est ?

— Entre nous ?

— Bien sûr.

— Il ne s'est jamais marié. Il est peut-être homo. Personne ne demande, tout le monde s'en fiche.

— Vous êtes luthérien ?

— Non, je suis catholique, mais ça ne me dérange pas.

— Qu'on soit catholique ?

— Qu'on soit gay. Ou même catholique, maintenant que vous le dites. Je suis le genre de catholique qui va à la messe une fois par an à Noël. Je crois que je suis en désaccord avec pas mal de règles.

— Vous êtes un schisme à vous tout seul, en quelque sorte.

— Ouais, mais ne le dites à personne, je ne cherche pas à faire des disciples. Aux dernières nouvelles, vous étiez à l'hôpital, non ?

— Je vais mieux, maintenant.

— Vous m'excuserez, mais vous n'en avez pas franchement l'air.

Parker s'était jeté un coup d'œil dans le miroir fixé à l'extérieur de l'agence. Il avait plus ou moins ignoré les conseils du chirurgien lui recommandant d'y aller doucement, et cela se voyait sur son visage.

— C'est comme ça que vous vous attirez les bonnes grâces de vos clients ?

— Encore une fois, vous m'excuserez, mais je suis plutôt content de savoir que vous nous quittez. J'admire beaucoup ce que vous avez essayé de faire pour cette femme et sa fille, mais plus vite vous partirez, plus vite on vous oubliera ici, et plus vite je pourrai trouver quelqu'un pour me débarrasser de ces maisons.

— Vous avez du sens pratique, monsieur Soames.

— Comme vous. La police a progressé dans son enquête ?

— Je n'en sais rien.

— Et vous ?

— Je continue à chercher.

— Si je peux vous aider, vous avez mon numéro.

— Parce que si vous m'aidez, je partirai plus vite ?

— C'est en partie pour ça, reconnut Soames. Et aussi parce que j'étais présent quand l'équipe de nettoyage a effacé les éclaboussures de sang sur les murs. Ça ne m'a pas trop plu.

— Il n'y a pas grand-chose de plaisant dans cette histoire, répondit Parker en se dirigeant vers la porte.

Après avoir quitté Soames, il passa au poste de police de Boreas et arriva juste à temps pour entendre la fin d'une altercation entre le sergent Stynes, qui faisait fonction de chef pendant que Cory Bloom se remettait de ses blessures, et un homme aux cheveux gris qui devait mesurer pas loin de deux mètres. Il portait un blouson bleu frappé dans le dos des mots BOREAS PD en lettres blanches, un pantalon beige et des chaussures noires.

La scène se déroulait dans le bureau vitré du chef de la police, dont la porte était ouverte. Toute activité avait cessé autour d'eux puisque les deux agents en uniforme présents – Mary Preston et un autre policier, un jeunot – ainsi que la femme assurant l'accueil écoutaient religieusement la prise de bec.

— Vous n'avez pas à expliquer à mon équipe comment elle doit faire son boulot, monsieur Foster, disait Stynes. Dois-je vous rappeler que vous êtes à la retraite ?

Alors, voilà donc Carl Foster, pensa Parker. Il avait beaucoup entendu parler de lui par les gens du coin. L'ancien chef adjoint avait l'air d'un homme dur et Parker se félicitait d'avoir eu affaire à Cory Bloom plutôt qu'à lui.

— On aurait dû me reprendre ! brailla Foster. Je connais cette ville, bon Dieu ! Je la connais mieux que vous la connaîtrez jamais !

Il souligna ses propos en abattant la paume de sa main droite sur le bureau.

— Et je peux vous dire que vos rigolos, là...

Il tendait maintenant le bras derrière lui pour désigner l'auditoire sans même daigner lui accorder un regard.

— ... ils valent pas un clou !

— Sortez de ce bureau, répliqua Stynes.

À la différence de Foster, elle ne criait pas, ne jurait pas. Elle avait assez d'autorité pour que sa voix porte. Elle se débrouillait bien.

— C'est pas fini, la prévint l'ancien chef adjoint.

— Si, répondit Stynes. Et je vous serais reconnaissante de laisser ce blouson ici en partant. Il appartient au service.

— Putain, si tu veux l'avoir, faudra me l'enlever du dos toi-même…

D'un pas lourd, il sortit de la pièce vitrée, traversa la salle commune, franchit la porte située à côté du bureau d'accueil et ne s'arrêta que lorsqu'il se retrouva nez à nez avec Parker. Il recula d'un pas quand il le reconnut, lui lança un regard renfrogné puis proféra quelques épithètes des plus viles pour qualifier Stynes en agitant le pouce dans sa direction afin que Parker ne puisse avoir aucun doute sur la personne à qui il se référait. Il cherchait apparemment un allié, mais Parker se contenta de détourner la tête.

— Je t'emmerde, toi aussi, grommela Foster.

Il bouscula Parker en passant, suffisamment pour le faire reculer, pas assez cependant pour qu'il perde l'équilibre. Après son départ, Parker s'approcha du bureau d'accueil et s'enquit :

— Je dois m'inscrire pour pouvoir engueuler quelqu'un, ou j'y vais directement ?

Preston apparut derrière la policière de l'accueil avant que celle-ci puisse répondre. Elle avait fait partie de l'équipe venue prendre la déposition de Parker à l'hôpital après les morts de la Green Heron Bay et la discussion avait été des plus aimables.

— Je crois que vous pouvez vous mettre en tête de file, dit-elle.

Elle le conduisit au bureau du sergent. Quand Stynes invita Parker à s'asseoir, il répondit qu'il aimait mieux pas. Sa blessure au côté lui faisait un mal de chien, il n'en pouvait plus.

— Sans vouloir vous vexer, c'est plus facile pour moi de rester debout. Si je m'assieds, je n'arriverai peut-être plus à me relever, argua-t-il.

— Comment vous sentez-vous ?

— Vivant. Et Cory Bloom, ça va ?

— Ils la sortent de réa demain.

— J'en suis heureux.

Stynes se tourna pour regarder par la fenêtre la Jeep de Foster quitter le parking.

— Désolée que vous ayez dû entendre ça.

— J'ai entendu pire.

— Il vous a dit quelque chose en partant ?

— Il a utilisé un mot grossier. J'ai dû me faire violence pour ne pas paraître choqué.

— C'est un con.

— Il le fait bien, en tout cas.

— Je me demandais si vous reviendriez.

— Je vais traîner dans le coin encore quelques jours.

— Pour récupérer ?

— Pour poser des questions.

— Bangor dirige l'enquête, maintenant.

— Ce qui veut dire que vous voyez une objection à ce que je fouine de mon côté ?

— Ça change quelque chose si j'en vois ?

— Oui, assura Parker.

— Je suis pas sûre de vous croire.

— J'ai l'impression qu'il y a déjà assez de gens comme ça qui vous rendent la vie difficile. Je ne veux pas vous créer un problème de plus.

— Je manquerai pas de vous le rappeler, répondit Stynes. Je me suis mis dans la tête que vous pourriez prendre personnellement ce qui est arrivé.

— Tout comme vous.

— Cory n'est pas seulement ma supérieure, c'est aussi mon amie. Vous avez l'intention d'interroger qui ?

— Tous ceux que je pourrai. J'ai déjà parlé à la mère de Ruth Winter. J'ai aussi informé Bobby Soames que je resterais quelques jours de plus. Je suis sûr de pouvoir en trouver quelques autres.

— Bobby se répand en commérages comme une nappe de fuel après le naufrage d'un pétrolier...

— Vraiment ? Un agent immobilier bavard ? Incroyable !

Stynes se mordilla la lèvre inférieure.

— Si j'avais affaire à quelqu'un d'autre, je lui conseillerais de remonter dans sa voiture et de rouler jusqu'à Portland. Mais je vais faire une exception pour vous, ne serait-ce que parce que j'ai conscience que mes objections ne serviraient à rien. Alors, premièrement, si vous découvrez quelque chose, vous le partagez avec Bangor... et avec moi.

— D'accord.

— Ensuite, vous avez encore votre arme ?

— Oui.

— Vous n'y touchez pas.

— Quoi d'autre ?

— Juste une chose. J'ai des fédéraux dans tous les coins de mon territoire et notre service est quasiment devenu un poste avancé de la Criminelle. Si ça pète et qu'on me pose la question, on n'a jamais eu cette conversation.

— J'ai souvent droit à ça.

— Ça m'étonne pas. Prenez soin de vous, monsieur Parker.

— Vous savez que vous êtes la deuxième à me le dire aujourd'hui ?

— La deuxième seulement ? J'en reviens pas. Assurez-vous que je ne sois pas la dernière.

Mary Preston rejoignit Stynes dans son bureau après le départ de Parker.

— Je commence à le trouver sympa, dit Preston. Je peux quand même ajouter qu'il me rend nerveuse ?

— Il a du sang sur les mains, rappela Stynes. Et je crois qu'il n'a quasiment peur de rien.

— Pourquoi vous dites ça ?

— Tu comprends pas ce qu'il est en train de faire ? Il annonce à tout le monde qu'il reste ici, il confie à une pipelette comme Bobby Soames qu'il s'intéresse en professionnel à ce qui est arrivé à Ruth Winter, et par extension à Bruno Perlman et aux Tedesco, en Floride. Celui qui a ordonné leur mort va l'apprendre et il saura forcément que Charlie Parker n'est pas comme les flics, ni même comme les feds. Il s'acharne, il suit une affaire jusqu'à sa conclusion, il ne renonce jamais…

Preston semblait encore ne pas saisir.

— Il se transforme en appât, Mary, expliqua Stynes. Il va attirer sur lui tous ceux qui sont impliqués dans ces meurtres.

— Et ensuite ?

— Il va les découper en morceaux.

58

Dans toute situation, le plus difficile est de parvenir à une décision. Une fois la décision prise, on peut garder la main. Baulman et Riese étaient de vieux soldats, ils savaient qu'en temps de guerre une décision – quelle qu'elle soit – vaut mieux que pas de décision du tout. Laisser Hummel en vie et attendre la suite n'aurait eu aucun sens pour eux. Ç'aurait été comme abandonner le contrôle de la situation à d'autres : à Marie Demers, au Département de la Justice, et à tous ceux qui voulaient les empêcher de mourir en paix.

Voilà pourquoi l'Homme Puzzle se rendit aux Golden Hills. Il y était déjà venu souvent, il connaissait toujours les noms d'une demi-douzaine de patients au moins, mais il n'y était jamais allé dans l'intention de mettre fin à une vie.

À la réception, il déclara qu'il venait voir Beate Seidel, qui résidait aux Golden Hills depuis plus de quatre ans et était maintenant entrée dans une phase de déclin terminal. L'Homme Puzzle doutait qu'elle fût encore capable de la moindre cohérence dans ses propos, ses actes ou ses souvenirs. Ses pensées n'étaient plus qu'une succession d'images déroutantes, et ce qu'il vit sur son visage cet après-midi-là, c'était de la peur. Il resta auprès d'elle une demi-heure, le temps de s'accoutumer aux rythmes du personnel. Le repas du soir venait d'être servi et il régnait une sorte de calme, ponctué par les sons de téléviseurs rivaux s'échappant de quelques chambres. Les aides-soignantes et les infirmières avaient regagné leurs postes pour s'occuper de la paperasse en retard et avaler rapidement un morceau ou un liquide quelconque.

L'Homme Puzzle laissa Beate dans son lit, à contempler le plafond, et alla à la porte inspecter le couloir. La voie étant libre, il se dirigea d'un pas pressé vers la chambre de Bernhard Hummel en enfilant son manteau, comme s'il s'apprêtait à partir. Le vieil homme sommeillait sur son lit, ses pantoufles encore aux pieds. L'Homme Puzzle laissa la porte entrouverte, s'approcha du lit et tira à moitié le rideau pour se dissimuler à toute personne qui aurait pu avoir l'idée de jeter un coup d'œil dans la pièce.

Il se tint au-dessus de Hummel, qui ouvrit les yeux. Le vieillard jouissait dans ses derniers instants d'une sorte de lucidité.

— Je savais que vous viendriez, dit-il. Depuis la visite de Kraus, je le savais.

— Je suis désolé, répondit l'Homme Puzzle.

— Pas la peine. Je suis fatigué d'avoir peur.

Hummel referma les yeux et se mit à murmurer :

— Veuillez m'entendre en confession et m'accorder le pardon pour accomplir la volonté de Dieu. Moi, pauvre pécheur, je me repens de tous mes péchés devant le Seigneur. J'ai vécu comme si Dieu ne comptait pas, comme si c'était moi qui comptais le plus. Je n'ai pas honoré le nom du Seigneur comme je l'aurais dû. J'ai mal prié, mal adoré le Seigneur. Je n'ai pas laissé Son amour…

L'Homme Puzzle avait réfléchi au meilleur moyen de se débarrasser de Hummel. L'étouffer semblait la solution la plus facile, mais il savait qu'une mort de ce genre serait automatiquement considérée comme suspecte. Même une méthode relativement douce, comme presser un oreiller sur le visage de la victime, laissait des traces : yeux injectés de sang, bleus autour du nez et de la bouche, taux élevé de dioxyde de carbone dans le sang. Il fallait que le décès de Hummel semble naturel. Malheureusement pour lui, cela signifiait une mort pénible.

— Au nom de Notre Seigneur Jésus et sur Son ordre, je te pardonne tous tes péchés, récita l'Homme Puzzle par – dessus ce que Hummel continuait à chuchoter.

C'était Baulman qui avait eu l'idée. Le raisin qu'il avait apporté à Hummel se trouvait encore dans un bol près du lit. L'Homme Puzzle en avait aussi une grappe dans sa poche, au cas où le cadeau de Baulman aurait déjà été emporté, mais il n'en aurait pas besoin. Il saisit doucement la mâchoire inférieure du vieillard et la baissa, révélant l'intérieur de la bouche. Hummel rouvrit les yeux et l'Homme Puzzle secoua la tête.

— Non, dit-il.

Hummel referma les yeux.

— Au nom du Père, et du Fils et du Saint-Esprit…, poursuivit l'Homme Puzzle.

Il détacha trois gros grains de la grappe et les fit tomber dans la gorge de Hummel.

— Amen.

Les grains s'y logèrent parfaitement et le vieil homme

s'étouffa. L'Homme Puzzle pressa légèrement la pomme d'Adam de Hummel pour l'empêcher d'avaler. Des larmes roulaient sur les joues du vieillard, qui griffa brièvement la main gantée de l'Homme Puzzle et cracha des postillons. L'Homme Puzzle compta quelques secondes tandis que le corps de Hummel s'arquait violemment, puis il sentit l'odeur signalant sa mort. Cela avait pris moins de temps que prévu. L'Homme Puzzle était content. Il avait toujours eu de la sympathie pour Hummel, il n'aurait pas voulu le voir souffrir trop longtemps.

— Va en paix, conclut-il.

Il ouvrit le rideau, retourna à la porte et tendit l'oreille, n'entendit pas de voix, ni de bruits de pas. Il risqua un œil dans le couloir, ne vit que le dos d'une aide-soignante qui s'éloignait. Il sortit de la chambre, gagna le hall et appuya sur le bouton rouge pour ouvrir la porte.

Le réceptionniste leva les yeux de son bureau.

— Au revoir, monsieur le pasteur, dit-il.

— Au revoir, répondit Werner. Que Dieu vous bénisse.

59

Werner se tenait dans la salle de bains, le corps ruisselant après la douche. Il organisait ce soir-là dans la salle jouxtant l'église un souper en commun suivi d'une courte prière. Il ne voulait pas arriver là-bas avec l'odeur des Golden Hills collant encore à ses vêtements et à son corps.

Il restait mince et musclé malgré la cinquantaine. Il avait dans son sous-sol des haltères et un banc qu'il utilisait chaque matin. Il y avait une bonne salle de gym à la sortie de la ville, avec un meilleur choix de poids et d'appareils, mais il s'y rendait rarement, prenant soin de se changer avant d'y aller et de se doucher chez lui après.

Nu devant son miroir, il contemplait le corps glabre de l'Homme Puzzle. Amanda Winter l'avait désigné ainsi lorsque la police l'avait interrogée après la mort de sa mère, et Werner en avait été amusé quand il l'avait appris : dans une bourgade, peu de choses, et surtout pas les détails d'une enquête criminelle, peuvent rester longtemps secrètes. L'Homme Puzzle. Ça se tient, en un sens, songea-t-il en se regardant. Tout son torse était couvert de tatouages, ainsi que son ventre et ses cuisses. Cela avait commencé par une petite *Balkenkreuz*, l'emblème de la Wehrmarcht apposé sur les flancs des véhicules blindés et des avions allemands pendant la Seconde Guerre mondiale. C'était comme l'ombre de la croix pectorale qu'il portait parfois dans l'exercice de son sacerdoce. La *Balkenkreuz* l'avait toujours fasciné, plus encore que la croix gammée. Selon lui, le svastika avait été détourné par des ignorants – son dos s'ornait néanmoins du *Parteiadler* nazi, l'aigle stylisé surmontant le svastika –, alors que la *Balkenkreuz* était l'emblème des militaires. Il l'avait fait tatouer au centre de sa poitrine le jour de ses dix-huit ans, puis il avait ajouté d'autres croix au fil des années, créant des motifs qui s'emboîtaient, une sorte de quadrillage parsemé d'autres symboles, notamment les runes jumelles des SS, le *Wolfangel* de la 2e division blindée SS, et même l'épée et le marteau du strasserisme[1]. Il avait aussi agrémenté ces ornements de citations appropriées d'Adolf Hitler et d'autres nazis. La première, tatouée sur son dos, proclamait : « Il est donc nécessaire que l'individu en vienne enfin à comprendre que sa propre personne n'a aucune importance comparée à l'existence de la nation, que la position de l'individu dépend uniquement des intérêts de la nation dans son ensemble. » La seconde, inscrite sur son estomac : « Parallèlement à l'entraînement du corps, une lutte contre l'empoisonnement de l'âme doit être entreprise. » Le tout avait été réalisé par le même tatoueur compréhensif de Bangor. C'était maintenant un vieil homme, qui n'avait jamais rien

1. Branche du nazisme dont les fondateurs, Otto et Gregor Strasser, furent éliminés par Hitler.

deviné de la vocation religieuse de Werner. Alors, oui, Werner était un Homme Puzzle, mais les pièces assemblées représentaient quelque chose de bien plus grand que lui.

À sa connaissance, la police inclinait plutôt à considérer comme un cauchemar la description par Amanda de l'homme aperçu à sa fenêtre, et Werner supposait qu'il en était effectivement un. Il ne savait toujours pas vraiment ce qui l'avait amené chez les Winter cette nuit-là, peut-être en partie le désir d'épargner à Earl Steiger de faire le boulot et le souci de réduire un peu les frais du même coup.

Une sorte de folie s'était emparée de lui alors qu'il approchait de la maison. Il voulait que Ruth Winter le voie comme il était vraiment, dans toute sa gloire, avant qu'elle meure. Il s'était déshabillé dans la voiture et s'était avancé dans l'obscurité. Découvrir Amanda dormant dans son lit avait sauvé Ruth car il avait craint, s'il pénétrait dans la maison, que l'enfant l'entende, prenne peur, le forçant à la liquider elle aussi. Il ne voulait pas tuer Amanda. Cela ne faisait en aucun cas partie du plan.

Il avait recouvré la raison après avoir longuement regardé la petite fille, ou peut-être avait-il seulement sombré dans une autre forme de folie. Il avait entendu la mer l'appeler par son nom. Elle parlait avec la voix de Bruno Perlman et il avait presque cru voir Perlman debout dans les vagues et lui faisant signe de le rejoindre. Le trou de son œil crevé était comme la porte conduisant au néant dans lequel Werner devrait finalement, inéluctablement, descendre.

Et il avait pensé que ce n'était peut-être pas la pire façon de mourir, tandis que Perlman prenait une forme

444

solide, que les vagues se brisaient sur lui, sa puanteur âcre parvenant même à supplanter l'odeur salée de l'air de la nuit. Werner avait senti la morsure glacée de l'eau quand il y avait pénétré. Que vienne l'oubli, avait-il pensé. Que les auteurs des horreurs du passé s'occupent des résidus de leurs péchés. J'ai veillé sur eux assez longtemps. Je connaîtrai la paix. Je me perdrai dans le noir et je dormirai.

Ce fut seulement lorsque les vagues s'étaient refermées au-dessus de sa tête qu'il avait réagi. De l'eau salée avait envahi sa bouche et son nez. Il avait ouvert les yeux et vu Perlman flotter devant lui, montrant les dents de rage au moment où il avait compris qu'il allait perdre sa proie.

Werner était remonté à la surface, l'organisme déjà au bord de l'état de choc. Il avait lutté pour regagner la plage, sans être sûr d'en avoir la force, battant furieusement des pieds pour échapper au courant, aux algues et aux mains qu'il sentait sur ses jambes, qui s'y étaient agrippées jusqu'à ce qu'enfin il atteigne le rivage en rampant et y reste étendu, sur le sable, tremblant de tout son corps. Il se souvenait à peine d'être retourné à sa voiture et, depuis, il se tenait à distance de l'eau.

Un seul souvenir de cette nuit-là demeurait clair et indiscutable : il avait veillé assez longtemps sur ces vieux Allemands, et la mort naturelle de ceux qui restaient encore en vie ne viendrait pas trop tôt.

Baulman posait toutefois problème. Werner n'était pas sûr qu'il garderait le silence si le Département de la Justice accentuait ses pressions sur lui. C'était pourtant un de ceux qu'il avait juré de protéger. En même temps, il avait aussi juré de protéger Hummel, mais dans son cas, le tuer avait été un acte charitable.

Pour Baulman, c'était différent. Werner devrait demander des instructions si on en venait là, et il était déjà presque certain de la réponse qu'il recevrait.

« Faites-le. »

Ce ne serait pas un acte charitable comme pour Hummel, mais ça n'en serait pas très éloigné. Baulman n'avait plus que sa chienne, et elle aussi était vieille. Werner leur ferait quitter ce monde ensemble.

Oran Wilde, lui, était déjà mort et enterré. Werner l'avait gardé en vie plus que de raison, mais il y avait été contraint. Il lui fallait du sang de l'adolescent pour semer le doute et abuser les enquêteurs, et il n'avait pas d'assez grandes connaissances en médecine légale pour être sûr qu'une analyse ne pouvait pas révéler si le garçon était mort ou vivant quand on avait prélevé son sang. Il avait donc gardé Oran enfermé dans sa cave et avait fait en sorte qu'il ne souffre pas dans ses derniers instants.

Werner se sécha, mit une chemise et un pantalon propres, attacha son col d'ecclésiastique. Il se peignait quand la sonnette retentit. Lorsqu'il ouvrit la porte, il découvrit le détective, Charlie Parker.

La première réaction de Parker en voyant le pasteur Werner fut de penser que Soames se trompait : il n'était pas gay. Il semblait plutôt asexué – quoique, dans un premier temps, Parker n'aurait su expliquer d'où lui venait cette impression. Par la suite, au fil de leur conversation, il conclurait que Werner avait détourné ses pulsions sexuelles à la fois des hommes et des femmes pour les canaliser dans son système de croyances. Il avait croisé plusieurs fois le pasteur en ville, mais ils ne s'étaient encore jamais adressé la parole. Comme la plupart des habitants de Boreas, l'ecclésiastique semblait se contenter de laisser Parker tranquille.

Werner fit de son mieux pour cacher sa stupeur. La menace que représentait Parker, et que Steiger avait soulignée, s'abattait maintenant sur lui.

— Pasteur Werner ? Je suis…

— Je sais qui vous êtes.

La réponse avait été plus sèche que Werner ne l'avait voulu, et il s'efforça de modérer son impact en ajoutant :

— Excusez-moi. Nous avons un repas de soupe suivi de prières, ce soir, et j'étais sur le point de partir.

Le détective jeta un coup d'œil à sa montre.

— C'est à 18 heures, non ?

— En effet.

— Il n'est pas encore 17 heures et je ne vous retiendrai pas longtemps. J'ai seulement quelques questions à vous poser.

— Quel genre de questions ?

— Sur la ville, et sur votre père.

— Vous parlez comme un policier.

— Les vieilles habitudes ont la vie dure.

— Vous menez une enquête, monsieur Parker ?

Werner avait prononcé ces mots sur un ton détaché, mais il vit la lumière changer dans les yeux du détective. *Fais attention avec celui-là*, pensa-t-il. *Fais très attention.*

— D'une certaine façon, répondit Parker. J'essaie de comprendre ce qui est arrivé ici – à Ruth Winter, peut-être aussi à Bruno Perlman. J'y ai été mêlé, au moins en ce qui concerne Ruth Winter, alors, mon intérêt est autant personnel que professionnel.

— Mais personne ne vous a engagé ?

— Non. Là, c'est sur mon compte.

— En ce cas, votre temps est de l'argent, argua le pasteur. Je peux vous accorder une demi-heure, ensuite je devrai vous abandonner. Entrez, entrez.

Il s'écarta et accueillit le chasseur dans son foyer.

60

En sortant de sa réunion au Département de la Justice, sur Pennsylvania Avenue, Marie Demers vit Toller se précipiter vers elle dans le couloir : Thomas Engel, détenu au Metropolitan Correctionnal Center, établissement pénitentiaire de Manhattan, venait d'être transféré au Lower Manhattan Hospital à la suite de ce qui semblait être une crise cardiaque.

La réunion qu'elle venait de quitter avait été convoquée pour discuter de cinq cas de crimes de guerre à divers stades d'investigation, notamment celui d'Engel. Étaient présents le directeur de la section Droits de l'homme et Poursuites spéciales, deux directeurs adjoints et deux autres magistrats enquêteurs. Demers avait examiné avec eux, en détail, ses entretiens avec Marcus Baulman et Isha Winter, et relaté sa conversation avec l'inspecteur Gordon Walsh, de la Brigade criminelle de la police de l'État du Maine. Elle avait exposé les éléments qu'elle possédait sur les morts de Bruno Perlman, de Ruth Winter et des Tedesco, en Floride, ainsi que ce qu'on savait – ou soupçonnait – sur le meurtrier de Ruth, Earl Steiger. Elle avait également mentionné l'hypothèse de Walsh selon laquelle le massacre de la famille Wilde et la disparition du fils pouvaient avoir un lien avec tout le reste.

— Pouvez-vous nous offrir une conclusion ? lui avait demandé un des directeurs adjoints.

— Quelqu'un ment. Et je pense que c'est peut-être Engel.

— Que voulez-vous faire de lui ?

— Il nous a assez fait perdre notre temps. Mettons-le dans le prochain vol pour l'Allemagne et laissons les Allemands trouver un endroit où le caser.

— Le cas d'Engel reste problématique pour eux. Nous leur avons communiqué tout ce que nous avions sur lui, mais ils estiment toujours que ce n'est pas suffisant pour le juger.

— Nous accepterons qu'il soit expulsé, ils le savent.

— Mais ils ne veulent pas de lui, pas encore. Vous savez quel point de vue ils ont sur ces choses. Ils pensent que s'il n'y a pas de procès ils prêteront le flanc aux accusations de soutien de l'État à des criminels, et ils ont déjà assez de problèmes comme ça avec Fuhrmann. Est-ce que vous ne pourriez pas voir Engel une dernière fois, à tout hasard ?

Seigneur ! avait pensé Demers. *Les Allemands et leur optique... Ils sont obsédés par les apparences et la procédure, ils veulent à tout prix garder les mains propres, alors que leur langue et leurs propos sont émaillés de références désinvoltes à la merde, aux excréments.* Lors d'un voyage à Berlin, elle avait entendu un avocat allemand parler d'elle dans son dos en l'appelant la *Klugscheisser* : la chieuse intelligente. Toller, qui les fréquentait plus régulièrement qu'elle, et qui était à moitié juif, estimait que la majorité des Allemands n'avaient jamais vu ou rencontré un Juif dans leur propre pays, et que, lorsqu'il se rendait là-bas, il faisait l'objet d'une curiosité précautionneuse : ils le considéraient comme une sorte de fossile vivant. La plupart des Juifs allemands n'étaient plus. Ils étaient devenus une abstraction. Les Allemands ne pouvaient les penser qu'en leur attribuant une mentalité de victime.

Elle avait pris une inspiration pour se calmer. Elle était épuisée et furieuse, ce qui ne conduisait pas à prendre des décisions judicieuses. Interroger Engel une dernière fois était une idée recevable, mais elle n'avait aucune envie de le revoir. Il l'écœurait. Il jouait avec eux. Il était prêt à tout pour obtenir un sursis. Ses avocats essayaient maintenant de faire valoir que sa date de naissance était inexacte sur certains documents et qu'il était mineur quand il était entré dans les SS. Cela sentait la tentative ultime, désespérée, mais en 2003, dans l'affaire Johann Breyer, soupçonné d'avoir été gardien à Auschwitz, le tribunal avait jugé qu'un individu enrôlé dans les SS alors qu'il était mineur ne pouvait être tenu pour légalement responsable de ses actes. Une énième tactique dilatoire qui ne ferait qu'assécher les ressources en temps et en argent des parties concernées : les siennes et celles d'Engel. Plus il restait aux États-Unis, plus il avait de chances d'y mourir.

— Entendu, avait-elle répondu. Je lui parlerai demain.

— Y a-t-il autre chose que nous devrions savoir ? lui avait demandé le second directeur adjoint.

— Simplement ceci : les archives des services de l'immigration indiquent que Baulman est entré aux États-Unis en venant d'Argentine avec un autre exilé,

Bernhard Hummel. J'ai cherché son nom dans nos banques de données et j'ai noté les mêmes irrégularités dans ses documents que pour Baulman. Hummel vit dans le Maine, pas très loin de chez Baulman. Toller a téléphoné chez Hummel, personne n'a répondu. J'ai tout de suite envoyé une lettre lui demandant de nous appeler pour fixer la date d'un entretien.

— Vous êtes sûre qu'il est encore en vie ?

— Nous n'avons aucune trace d'un éventuel décès.

— Interrogez Engel à son sujet. Voyez ce qu'il vous répondra.

— D'accord. Merci.

Et maintenant Toller lui apprenait qu'Engel était dans un lit d'hôpital ! Lorsqu'elle lui demanda dans quel état était ce vieux salaud, il lui répondit qu'Engel était conscient mais qu'il avait tout le côté gauche paralysé.

— Nyman gueule comme un putois, ajouta Toller.

Barry Nyman dirigeait l'équipe juridique d'Engel. Il s'évertuait à convaincre Demers qu'il le défendait par principe, mais si c'était vrai, c'était un principe avec une belle série de chiffres avant la mention de la monnaie utilisée. C'était un autre aspect de l'affaire qui la tracassait. Nyman ne travaillait pas pour rien – ses affirmations, il pouvait se les carrer dans le train – et les ressources financières d'Engel étaient limitées, et pourtant, Nyman continuait à toucher des honoraires : peut-être en liquide, très certainement en dessous-de-table, mais il était forcément payé. Demers supposait toutefois que les fonds commençaient à s'épuiser, sinon Nyman aurait tenté d'obtenir pour son client une audience de la Cour suprême.

Nyman avait vainement plaidé qu'Engel devait être autorisé à rester chez lui en attendant son expulsion. Engel avait subi ces dernières années une série de crises cardiaques mineures et Nyman avait essayé de convaincre le juge fédéral que, vu cet état de santé, il était risqué de le maintenir en détention – probablement pour que, une fois Engel revenu dans son propre lit, un médecin expert puisse affirmer que l'en sortir à nouveau ne pourrait que lui être fatal. Le juge n'avait pas été de cet avis, mais Demers savait que Nyman s'efforçait sans doute déjà de faire annuler cette décision compte tenu de l'hospitalisation d'Engel – à supposer que le juge ne l'ait pas déjà fait lui-même. Suivrait une demande de libération conditionnelle, qui serait vraisemblablement accordée.

— Je vais là-bas, dit Demers.

— Maintenant ? s'étonna Toller.

— Oui, maintenant. S'il te plaît, réserve-moi une place sur Delta Shuttle. Je passerai chez moi en chemin pour mettre quelques affaires dans un sac.

61

Werner ne proposa rien à boire à son visiteur, et c'était aussi bien comme ça. Parker sentait que son unique rein avait probablement traité assez de liquides pour la journée. Ils avaient pris place dans un coin du séjour-salle à manger transformé en bureau, Werner dans un vieux fauteuil relax près de sa table de travail, Parker sur une chaise de salle à manger. Un crucifix était accroché au mur derrière le pasteur : un christ en bronze sur du bois sombre incliné.

— J'aimerais que vous me parliez de votre père, commença Parker. Il a connu une sorte de chemin de Damas, je crois.

— L'expression est tout à fait pertinente. Mon père militait dans les milieux anti-interventionnistes avant Pearl Harbor. Il n'était pas le seul. Beaucoup de gens pensaient que les États-Unis ne devaient pas s'impliquer dans une autre guerre en Europe.

— Je crois savoir que votre père était plus qu'anti-interventionniste : c'était un dirigeant du Bund.

Werner haussa les épaules.

— Vous me demandez une leçon d'histoire, monsieur Parker ? Je peux vous en donner une, même si elle sera nécessairement brève. Une communauté allemande vit à Boreas depuis le siècle dernier. Pendant – et après – la Première Guerre mondiale, cette communauté, comme toutes les communautés allemandes aux États-Unis, a été la cible de soupçons et de haine. Musique allemande interdite, livres en langue allemande brûlés. En 1918, un mineur allemand, Robert Prager, a été lynché par la foule à Collinsville, dans l'Illinois. Après cet événement, les Germano-Américains se sont repliés sur eux-mêmes, en position défensive, non sans justification.

« Et puis après la Seconde Guerre, une autre vague d'immigrants est arrivée ici, dont mon père. Des femmes et des hommes intelligents, dont certains s'étaient battus contre les communistes dans les rues de Berlin, et qui ne voulaient pas de la nouvelle Allemagne : un pays humilié, abîmé, instable.

— Combien d'entre eux étaient des nazis ? demanda Parker.

Werner sourit.

— Un bon nombre, j'imagine !

Parker sourit lui aussi, par politesse.

— Votre père en faisait partie ?

— Non. Mais il était plein de colère et d'amertume. Lorsque Hitler a accédé au pouvoir, en 1933, mon père s'est réjoui. Il était alors citoyen américain, membre fondateur des Amis de la Nouvelle Allemagne, association qui s'est transformée plus tard en Bund germano-américain. Mais le Bund ne s'est jamais vraiment implanté dans le Maine – la communauté allemande y était trop peu nombreuse – et par ailleurs mon père était de plus en plus embarrassé par les activités du Bund. Lui, il ne cherchait pas à endoctriner la jeunesse avec la propagande nazie, il ne défilait pas dans les rues en chemise brune et bottes militaires. Il se félicitait de la renaissance de l'Allemagne, il était furieux du boycott juif des produits allemands – pourquoi ne l'aurait-il pas été en tant que pasteur d'une communauté allemande ? – et il souhaitait que son pays d'adoption reste neutre, parce qu'il ne voulait pas le voir entrer en conflit avec le pays où il était né. De telles opinions n'étaient pas déraisonnables, à l'époque.

— Est-ce qu'il n'a pas projeté des films de propagande dans la salle paroissiale ?

— Je vois que vous avez fait vos recherches…

— C'est l'un des avantages d'être un membre estimé de la Société d'histoire du Maine, et d'avoir des amis à l'université Maine Sud. Ils m'ont envoyé par mail tout ce qu'ils avaient sur lui.

— J'espère que tout n'est pas négatif. Oui, il a projeté des films de propagande allemande à des groupes de sympathisants, dans le Maine et le New Hampshire, notamment *Campaign in Poland*, *Victory in the West*, et *Feuertaufe*, autrement dit *Baptême du feu*. Je connais ces titres parce que j'ai trouvé les films originaux dans mon sous-sol il y a des années. Je les ai remis aux Archives nationales, je ne voyais pas ce que je pouvais en faire d'autre. J'avais conscience qu'ils étaient très rares. Répréhensibles, maintenant, mais rares.

— Pourquoi les avait-il montrés ?

— En partie parce qu'il voulait croire qu'ils disaient la vérité, je pense, mais aussi parce qu'il était soumis aux pressions du Bund. Le Bund devenait extrémiste, il avait commencé à infiltrer les associations culturelles et les églises allemandes. Les Germano-Américains rechignaient toutefois à le critiquer. Beaucoup se rappelaient les persécutions dont ils avaient été victimes pendant la Première Guerre mondiale et pensaient qu'ils devaient rester unis. Mon père, pasteur et dirigeant d'une communauté, était profondément partagé. Mais en 1938 les opinions antinazies – et par extension anti-Bund – sont devenues si fortes que la plupart des Germano-Américains ont jugé qu'ils ne pouvaient que rejeter le Bund. Mon père s'est franchement déclaré pour ce rejet. Il s'est fait des ennemis, mais il ne l'a jamais regretté.

« Après la guerre, quand l'étendue des atrocités nazies est devenue évidente, il a voulu réparer. Il a envoyé des textes au Comité citoyen pour l'aide aux personnes déplacées, il a travaillé sur le sujet avec la Fédération mondiale luthérienne et pressé les élus de soutenir les efforts de Truman pour loger les réfugiés. En 1950, lorsque la deuxième loi sur les personnes déplacées est entrée en vigueur, il participait activement à la recherche de parrains pour les immigrés allemands, sans toutefois faire de distinction puisqu'il militait avec autant de ferveur pour d'autres races et ethnies.

— Il a trouvé un parrain pour Isha Winter, n'est-ce pas ?

— Je l'ignorais.

— C'est ce qu'elle m'a dit.

— Il est certain qu'il a écrit de nombreuses lettres de soutien pour des personnes déplacées et qu'il leur est venu en aide à leur arrivée ici. Je ne suis pas surpris d'entendre qu'elle en faisait partie, même si je ne savais rien de son passé avant que les récents événements malheureux l'aient mis en lumière. Mais je n'aurais jamais pensé que le cas d'Isha Winter posait particulièrement problème à l'administration américaine. Elle était l'unique survivante d'un camp de concentration expérimental. La décision de la laisser entrer aux États-Unis n'a pas dû être bien difficile à prendre.

— Votre père a-t-il commis des erreurs ?

— En quel sens ?

— A-t-il parrainé ou aidé des criminels de guerre ?

— Je ne peux vous répondre. S'il l'a fait, c'était à son insu. Pourquoi cette question ?

— Parce que deux Germano-Américains du Nord-Est, Engel et Fuhrmann, ont fait l'actualité ces derniers temps. Ça ne vous a sûrement pas échappé. Fuhrmann a été extradé et Engel attend son expulsion, tous deux pour des crimes qu'ils auraient commis pendant la guerre. Le Département de la Justice pense qu'il pourrait y en avoir d'autres qui se cachent dans cet État. Il a chargé une magistrate nommée Marie Demers d'enquêter.

— Vous êtes très bien informé.

— Je vous l'ai dit, je m'intéresse à cette affaire. Est-ce qu'Engel et Fuhrmann pourraient faire partie de ceux que votre père a aidés ?

— Je ne peux pas répondre à votre question, monsieur Parker. Je ne connais pas les noms de tous les hommes et de toutes les femmes auxquels mon père a porté secours, principalement parce qu'il y en a eu des centaines. Je sais seulement avec quel dévouement il a œuvré pour expier les péchés d'autres Allemands. Et je sens que vous cherchez à souiller son héritage, ce que je trouve inacceptable. Je pense que nous en avons terminé, maintenant.

Werner se leva et Parker fit de même.

— C'est une question sensible, ajouta l'ecclésiastique. Vous devez le comprendre.

— Des gens meurent, monsieur le pasteur. Vous devez le comprendre.

Werner ne discuta pas, il souhaitait avant tout que le détective sorte de chez lui. Il avait besoin d'espace pour réfléchir. Il raccompagna le visiteur.

— Je vois que vous portez une croix, dit-il en indiquant la croix de pèlerin que Parker avait au cou.

Pour éviter que son visiteur parte fâché, il était prêt à faire des concessions.

— Elle m'apporte un certain réconfort.

— Alors, vous avez la foi ?

— Non.

Werner parut dérouté.

— Pourquoi la porter si vous ne croyez pas ?

— Ça n'était pas votre question, souligna Parker. Vous m'avez demandé si j'ai la foi. C'est non. La foi est une croyance fondée sur une conviction religieuse, pas sur des preuves. Disons que la nature de mes convictions a changé, récemment. La foi n'est plus pour moi une nécessité absolue.

— Si c'est vrai, je n'aimerais pas être à votre place. Moi, je n'ai pas besoin de preuves, en tout cas pas pour ce que je crois maintenant grâce à ma foi. Si j'avais des preuves, je n'aurais plus besoin de la foi, et c'est la foi qui me soutient. D'après mon expérience, les gens disent qu'ils veulent une preuve, mais la dernière que Dieu leur a donnée, ils l'ont clouée à un poteau.

Ils se serrèrent la main et Parker partit. Werner retourna à son bureau et éteignit la lampe. Il allait falloir déplacer le corps d'Oran Wilde.

Il y avait pas mal de gens au repas de Werner et tous restèrent pour les courtes prières. Alors que le pasteur commençait à dire au revoir, il remarqua qu'un embouteillage s'était formé à la porte de la salle et il s'approcha pour voir ce qui se passait.

Le détective était là, distribuant des cartes de visite, et Werner l'entendit dire :

— Je m'appelle Charlie Parker. Je suis détective privé. J'ai découvert le corps de Ruth Winter dans la Green Heron Bay. Si vous savez quelque chose qui pourrait m'aider dans mon enquête, n'importe quoi, appelez-moi, s'il vous plaît, ou prenez contact avec l'inspecteur Walsh au...

Werner fit demi-tour.

62

Demers se retrouva au chevet d'Engel. Comme prévu, le juge était revenu sur sa décision et avait accordé une liberté sous caution. Nyman avait fait de nouveau appel contre l'expulsion de son client en invoquant des raisons de santé. À tout le moins, cette expulsion serait maintenant retardée. La femme et les filles d'Engel avaient quitté le Maine pour se rendre à Manhattan et leur arrivée était imminente. Demers disposait de peu de temps.

Engel avait l'œil gauche à demi clos et la mâchoire inférieure pendante. Son visage faisait penser à une formation rocheuse qui se serait effondrée d'un côté. Son œil droit pivota en direction de la magistrate.

— Comment vous sentez-vous, monsieur Engel ? demanda-t-elle.

Bien que le vieillard eût du mal à articuler, il ne fut pas trop difficile pour Demers de distinguer les mots qu'il prononçait :

— Vous vous en foutez bien.

— J'ai parlé à Isha Winter, poursuivit-elle. Elle nie que Baulman et Kraus soient le même homme. Vous m'avez menti.

— M'en fiche. Rentre chez moi. À Augusta. Z'avez perdu.

Il pue, pensa-t-elle. *Il empeste le vomi, la corruption et les vieux péchés. Il a pris part à des crimes indicibles et il s'apprête à échapper à la loi.*

Elle se pencha sur lui. Au départ, elle avait l'intention de l'interroger sur Hummel, mais elle savait maintenant qu'elle ne tirerait rien de lui.

— Je me suis entretenue avec vos médecins, chuchota-t-elle. Vous êtes mourant. Attendez-vous à un nouvel infarctus dans les douze heures qui viennent. Si ça ne vous tue pas, ça vous laissera dans un état végétatif, qui ne devrait pas durer trop longtemps. Vous ne reverrez jamais votre maison, espèce de salopard. C'est vous qui avez perdu.

Les hurlements de rage d'Engel la poursuivirent dans le couloir jusqu'à ce que les portes de l'ascenseur se referment et les réduisent au silence.

Werner se rendit chez Theodora Hummel le lendemain afin de lui présenter ses condoléances pour
la mort de son père. C'était une femme au physique
assez ingrat qui ne s'était jamais mariée, et qui était
le seul enfant de Hummel. Plusieurs de ses amis et
collègues de travail se trouvaient avec elle dans la
maison familiale quand Werner arriva. Elle parut surprise de le voir. Si son père avait fait partie des fidèles
du pasteur, elle-même n'avait pas mis les pieds dans
son église – ni dans aucune autre – depuis des années.
Après l'avoir présenté à ses amis, elle lui proposa un
verre. Il participa ensuite vaillamment à l'évocation de
l'odieux vieil homme qu'avait été le père de Theodora,
sans aller toutefois jusqu'à raconter des anecdotes
pour amuser les personnes présentes, car même si
– malgré son passé – Bernhard Hummel avait été un
sacré personnage, la plupart de ses traits d'esprits et
de ses blagues avaient été faits aux dépens des autres
et sous-tendus par une cruauté des plus mesquines.

Les amis partirent les uns après les autres, jusqu'à
ce que Werner et Theodora restent seuls. En l'aidant
à ranger, il constata qu'elle avait fait beaucoup de

travaux dans la maison depuis que son père avait été envoyé aux Golden Hills. La cuisine, autrefois sombre et oppressante, aux éléments en chêne tachés à en devenir presque noirs, avait été agrandie et modernisée. De même, la salle de séjour était moins sinistre que dans son souvenir. Les changements étaient toutefois étrangement dépourvus de caractère et Werner eut l'impression de s'être égaré dans les pages d'un catalogue de meubles design, de piètre qualité de surcroît. Ce n'était pas que Theodora Hummel eût mauvais goût, elle semblait plutôt n'avoir aucun goût personnel.

Finalement, il retourna s'asseoir sur sa chaise et attendit qu'elle le rejoigne. Installés sur des sièges inconfortables, ils faisaient tous deux semblant de célébrer la mémoire d'un homme qui, en réalité, ne manquerait à personne. Il était temps de faire tomber les masques.

— Ce doit être dur pour vous, de vivre ici entourée par tant de souvenirs de votre père, dit Werner.

Il n'avait pas cherché à déguiser son sarcasme. Pour autant qu'il pouvait en juger, il ne restait aucune trace de Bernhard Hummel dans la maison – à moins que le rez-de-chaussée ne fût un subterfuge pour abuser les non-initiés, et que Theodora n'eût fait de l'étage une sorte de mausolée prêt à recevoir les cendres de son père.

— Qu'est-ce que vous voulez, monsieur le pasteur ?

— Vous demander ce que vous saviez du passé de votre père.

— J'en savais suffisamment.

— Suffisamment ?

— Pour ne pas en parler – ni à lui, ni aux autres.

Apparemment, on ne jouerait pas la comédie, pensa Werner. *Tant mieux*.

— Vous souhaitez que je célèbre le service funèbre, je présume ?

— C'est ce que mon père aurait voulu, j'en suis certaine.

— Il faut être prudent dans ces moments-là. Nous remettons une âme à son créateur. Pour certains, cela nécessite de dresser le bilan en toute honnêteté. Si nous ne pouvons pas médire des morts, nous ne pouvons pas non plus blanchir leurs fautes. Mais peut-être qu'en l'occurrence, les reconnaître discrètement entre nous peut suffire.

— Mon père était un criminel de guerre nazi.

— On peut le dire.

— Et votre père l'a aidé à se bâtir un foyer aux États-Unis.

— Mon père, tout comme le vôtre, a commis des erreurs dans sa vie.

— Mais aider le vôtre n'en faisait pas partie ?

— Je ne ferai aucun commentaire.

— Je pensais que nous étions en train de reconnaître des péchés.

— Oui : les péchés de Bernhard Hummel. Nous n'avons pas à nous préoccuper de ceux des autres.

Theodora humecta ses lèvres. Elles étaient trop grandes pour sa figure, la lèvre inférieure en particulier, qui pendait, alourdie de sang sombre, telle une limace.

— J'ai une réputation à protéger, fit-elle valoir.

— J'ai entendu dire que vous allez devenir la directrice de votre école. Félicitations.

— J'ai travaillé dur pour ça.

— J'en suis sûr.

Elle se leva et sortit de la cuisine, revint avec une enveloppe qu'elle tendit à Werner. Adressée à Bernhard Hummel, elle contenait une lettre à en-tête du Département de la Justice et émanant de la section Droits de l'homme et Poursuites spéciales, Pennsylvania Avenue, Washington. Werner la lut. Le Département souhaitait avoir un entretien avec Bernhard Hummel à propos d'éventuelles irrégularités dans ses documents originels d'immigration, et lui conseillait de prendre contact avec la section pour fixer une date et un lieu. La lettre était signée par Marie Demers.

— Quand l'avez-vous reçue ? demanda le pasteur.

— Ce matin.

— Timing fâcheux – pour le Département de la Justice, j'entends.

— Mon père n'était plus en contact avec Thomas Engel depuis des années. Ils s'étaient brouillés pour une question d'argent et mon père refusait de le revoir.

— Quelqu'un vous a-t-il appelée pour vous prévenir qu'Engel pourrait parler ?

— Ambros Riese. Mon père et lui étaient proches. Riese déteste Engel.

— Vous avez vu les informations, aujourd'hui ?

— Non.

— Thomas Engel est mort tôt ce matin, apparemment d'une crise cardiaque.

— Dois-je faire semblant d'être désolée ?

— Pas pour moi, ni même pour lui. Je doute qu'il l'aurait souhaité.

Werner replia la lettre, la remit dans l'enveloppe et la rendit à Theodora.

— Votre père souffrait de démence sénile dans ses dernières années, énonça prudemment le pasteur.

466

— C'est exact.

— Parfois, ces malades ne savent pas à qui ils parlent, ou ils parlent du passé comme si c'était le présent. Était-ce le cas pour votre père ?

— Oui.

— Était-il imprudent ?

— Il avait des tendances paranoïdes, avant même d'entrer aux Golden Hills, répondit Theodora. Je crois que sa démence sénile a renforcé cette paranoïa, mais j'ai fait de mon mieux pour éviter qu'il parle inconsidérément. Je lui ai enfoncé dans la tête les conséquences possibles, et je crois qu'il avait peur de parler à des gens qu'il ne connaissait pas.

— Les enquêteurs du Département de la Justice vous solliciteront peut-être à nouveau quand ils auront appris son décès.

— Je ne vois pas en quoi je pourrais les aider.

— Votre père n'avait pas gardé des archives, ou de vieux documents, qui pourraient les intéresser ?

— J'ai jeté des caisses de vieilleries quand il est parti pour les Golden Hills. Je crois même ne pas avoir regardé ce qu'elles contenaient. Ce qui reste, je peux le brûler ce soir dans la cheminée. Je trouve qu'il fait un peu froid.

Werner se leva. Il était satisfait.

— Je crois qu'on peut dire que la mort de votre père est un soulagement. C'est affreux de vivre dans une telle souffrance.

Theodora se leva également. Elle était aussi grande que le pasteur et pouvait le regarder dans les yeux. Elle lui apporta son manteau, l'aida à l'enfiler.

— La police enquête à la maison de retraite sur la mort de mon père, annonça-t-elle.

— Vraiment ?

— Il y aura une autopsie. Je crois que c'est la procédure habituelle. Il n'y a pas à s'inquiéter, de toute façon, sa mort est accidentelle.

— Oui, il s'est étouffé, je crois.

— En mangeant du raisin, précisa Theodora. C'est le seul détail bizarre.

— Bizarre ? En quoi ?

Elle sourit.

— Mon père n'aimait pas le raisin.

Ce soir-là, Marcus Baulman se servit un grand cognac pour fêter la nouvelle et il le but en regardant un match de la Bundesliga sur son ordinateur. Hummel était mort et Engel aussi. S'il avait été croyant, cela l'aurait peut-être incité à réciter les grâces. Au lieu de quoi, il regarda le Bayern de Munich enfoncer Kaiserslautern et se félicita d'avoir désormais la quasi-certitude de finir ses jours aux États-Unis. Pourtant, comme c'est souvent le cas pour ceux qui réussissent à échapper au châtiment pour un crime qu'ils ont vraiment commis, son soulagement était tempéré par sa rage envers ses persécuteurs. Baulman avait mené une vie irréprochable après la guerre. Il avait été un mari aimant, un bon citoyen. Il payait ses impôts. Il donnait de son temps et de son argent à des œuvres charitables. Les chiens du Département de la Justice ne flairaient quand même sur lui que le sang versé soixante-dix ans plus tôt. Pour eux, les actes commis pendant la guerre le définissaient. Mais s'il était le monstre qu'ils prétendaient, pourquoi n'avait-il pas continué à tuer après la guerre ? Il n'avait pas un seul instant songé à faire du mal à un enfant depuis la fin du conflit. Cette pensée même lui répugnait. La guerre l'avait transformé, mais pas totalement, pas définitivement. À cause des circonstances, certains aspects de sa personnalité avaient métastasé en des formes étranges et l'homme qui avait voulu devenir vétérinaire en était venu à euthanasier des enfants. De même, on avait dit que le côté pieux de Klaus Barbie l'aurait peut-être conduit à devenir prêtre si la guerre n'avait pas éclaté. Baulman n'était pas Reynard Kraus : Kraus avait disparu au moment de la capitulation, avec tout ce qu'il représentait et tous les péchés qu'il avait commis.

Marcus Baulman était un homme irréprochable.

L'inspecteur Gordon Walsh arriva aux Golden Hills un peu après 20 heures, quand un grand nombre des résidents dormaient déjà. Marie Demers l'avait appelé deux heures plus tôt pour lui demander un service. Il aurait pu se renseigner par téléphone, mais il préférait régler ce genre de questions en se déplaçant. De plus, il avait adoré les films de guerre quand il était enfant et l'idée de faire la chasse aux nazis le séduisait. Il déclina son identité dans l'interphone, montra son insigne à l'aide-soignant de service et demanda à voir le registre des visiteurs pour le jour de la mort de Hummel. Après avoir parcouru la liste de noms, il voulut savoir si l'établissement possédait une photocopieuse et s'il pouvait s'en servir. On le conduisit dans un petit bureau où il photocopia les pages pertinentes. Aucun des noms ne signifiait quoi que ce soit pour lui, mais ils diraient peut-être quelque chose à Demers.

Walsh était sur le point de repartir quand une idée lui vint.

Il retourna voir l'aide-soignant, qui s'était déjà replongé dans ses mots croisés.

— Tous les visiteurs doivent signer le registre ? lui demanda-t-il.

— En général, on ne le demande pas aux médecins qui viennent régulièrement, répondit l'homme. Les prêtres et les pasteurs non plus, je pense, quand on les connaît. En gros, si vous venez ici depuis un bout de temps et qu'on vous fait confiance, on laisse tomber le registre.

— Vous savez qui était de service à l'accueil ce jour-là ?

— Je peux regarder...

L'aide-soignant revint avec trois noms, dont un correspondait à une personne qui travaillait aux Golden Hills en ce moment même. Walsh lui parla, puis il appela les deux autres du hall avec son portable. Quand il eut terminé, il avait ajouté quatre noms à la liste des visiteurs.

64

Il y avait de la lumière dans la maison du détective, mais Werner ne vit pas trace de Parker. Maintenant qu'Engel et Hummel étaient morts, que Theodora se révélait digne de son père par son instinct de conservation, le pasteur estimait que ses amis et lui-même étaient hors de danger. Si Baulman continuait à le préoccuper, la mort d'Engel avait fait reculer la menace pesant sur le vieil homme. Bien sûr, on pouvait dénicher d'autres incohérences dans les documents de Baulman si l'on creusait assez profond, mais il faudrait du temps pour construire un dossier exploitable contre lui, à supposer qu'on puisse y parvenir. Ils avaient encore des alliés en Allemagne, les derniers vertiges du Kameradenwerk, et on *égarait* facilement des dossiers, même en cet âge de l'informatique à tous les étages. Ce serait moins difficile que de se débarrasser de Baulman, d'autant que le Département de la Justice le serrait toujours de près. Si l'on en venait là, il trouverait un moyen d'éliminer Baulman qui n'attirerait pas trop l'attention. Autrefois, il aurait été difficile de le liquider parce que Baulman était leur comptable, leur Geldscheisser, alors que maintenant les fonds se réduisaient à de la petite monnaie et que l'importance de Baulman pour eux avait disparu en même temps que l'argent.

Il ne restait que le détective. Sa présence prolongée à Boreas était regrettable et sa visite avait profondément perturbé Werner. Au point qu'il avait décidé de ne pas déplacer le corps d'Oran Wilde. Trop risqué. Peut-être que lorsque toute cette histoire serait finie...

Le pasteur savait qu'il devrait sans doute tuer le détective. Non parce que Parker s'obstinerait à enquêter, car cela ne le mènerait pas forcément à eux. La vraie raison, c'était que Parker semblait bénéficier d'une sorte de chance. Elle découlait de sa persévérance, supposait Werner. C'était quoi, déjà, cette vieille citation de Woody Allen ? Tenter le coup, c'est déjà 75 % du succès. Eh bien, Parker tentait toujours le coup, et une fois lancé il n'arrêtait plus. Si un homme a la patience d'attendre assez longtemps, une partie du monde se révèle à lui, en particulier s'il sait au départ ce qu'il espère découvrir.

Werner devait toutefois aussi s'avouer qu'il avait *envie* de tuer Parker. Si Steiger avait été encore en vie, il aurait sans doute reconnu s'être trompé, au moins dans une certaine mesure, sur la véritable nature de Werner. Tuer ne lui procurait peut-être aucun plaisir, mais cet acte suscitait en lui le sentiment de répondre à une vocation qui dépassait de loin les prières hypocrites à un dieu en qui il avait de plus en plus de difficultés à croire.

Une silhouette émergeant de l'obscurité apparut au nord sur la plage. C'était le détective. Il portait un pantalon de survêtement et un vieux T-shirt sous un sweat à capuche ouvert. Werner avait entendu dire que Parker marchait tous les jours sur la plage dans le cadre de sa rééducation. Le pasteur regarda sa montre. Parker était-il un homme de routine ? Peut-être. En tout cas, Werner décida, pour plus de sûreté, d'accoler une marge de soixante minutes en plus et en moins à l'heure qu'il était.

Un jour ou deux, pensa-t-il. *J'attends un jour ou deux en espérant que le sort interviendra. Sinon, je le tue.*

Parker prit son petit déjeuner chez Olesens le lendemain matin avant d'entamer un porte-à-porte des boutiques et commerces de la rue principale. Quand il eut terminé, il remonta dans sa voiture et roula vers l'ouest pour se rendre dans la petite ville de Cawton, se gara au parking municipal et s'installa à une table près d'une fenêtre d'un Ma Baker's où le café était infect et où les viennoiseries réussissaient à l'être plus encore, mais d'où il avait vue sur une maison pimpante, avec des bacs à fleurs sur les appuis de fenêtre et une voiture dans l'allée.

Au bout d'une heure, un vieil homme apparut sur le seuil de la porte, tenant un braque de Weimar en laisse. Parker sortit du café et intercepta l'homme alors qu'il se dirigeait vers une voie piétonne se glissant entre deux bâtiments pour aboutir à une plage de galets.

— Monsieur Baulman ?

— Oui ?

Le chien chercha dans le comportement de son maître un indice sur la façon dont il devait se conduire envers le nouveau venu.

— Je m'appelle Charlie Parker. J'enquête sur la mort de Ruth Winter.

Baulman réagit à peine. Il s'attendait peut-être même à l'apparition de Parker tant il semblait impassible, et il n'eut aucune des réactions qu'on aurait pu anticiper dans une telle situation puisqu'il déclara seulement :

— Je ne peux pas vous aider.

Près de lui, le chien leva des yeux tristes vers l'inconnu qui avait interrompu la promenade rituelle du matin. Parker tendit à Baulman une carte de visite.

— Au cas où vous vous souviendriez de quelque chose...

Le vieillard prit la carte, la déchira et jeta les morceaux.

— Je vous le répète : je ne peux pas vous aider.

Parker regarda les deux moitiés de sa carte emportées par le vent.

— Je vous remercie du temps que vous m'avez accordé, dit-il.

Baulman reprit sa promenade. Le soleil commençait à se coucher. Parker regagna sa voiture et retourna attendre à Boreas.

66

Le déclin de Cambion s'accélérait. Il oscillait entre états conscients et inconscients, sans toujours être capable d'identifier la personne qui se trouvait dans la pièce, bien qu'il n'y eût qu'Edmund et la femme à prendre soin de lui. Il s'adressait à des gens qui n'étaient présents que sous forme de souvenirs et discutait avec des dieux qui n'avaient pas de nom. Il était la proie d'horribles tourments, les souffrances physiques et psychologiques se fondant jusqu'à devenir impossibles à distinguer les unes des autres, de sorte que, même bourré de morphine, il demeurait dans un royaume de douleur confuse.

Les seuls événements qui l'en tiraient se déroulaient loin dans le Nord, à Boreas. Durant les rares heures de la journée pendant lesquelles il était en partie conscient – Cambion était généralement plus lucide le matin –, il demandait à Edmund de lui montrer les journaux sur son ordinateur portable, avec des caractères tellement agrandis qu'une phrase ou deux seulement de l'article emplissaient l'écran. Lorsqu'il n'était plus capable de les déchiffrer, on lui lisait les nouvelles à voix haute, mais le temps imparti à cette lecture avait diminué à mesure que l'enquête ralentissait puis s'enlisait.

Cet après-midi-là, Edmund avait entendu Cambion – à demi éveillé, à demi endormi – parler à ses spectres. Cette fois, c'était à Earl Steiger.

« Tu as mal choisi ton bonhomme, Earl. Celui-là a le souffle de Dieu sur lui. Celui-là saigne par la paume des mains… »

Cambion était maintenant silencieux. La chambre se trouvait à l'arrière de la maison, au rez-de-chaussée. Elle n'avait qu'une seule fenêtre, dont Edmund avait condamné l'ouverture en la clouant. Comme la pièce n'était aérée que par une grille de ventilation placée dans un coin, elle puait, mais elle était relativement sûre.

Edmund voyait bien que Cambion avait déjà à moitié quitté ce monde, qu'il avait un pied dans l'au-delà. Ce ne serait plus long, maintenant. Assis près du lit de son maître, il lui tamponnait doucement le front avec un linge humide. Cambion ne mangeait plus et Edmund le forçait à boire de l'eau à laquelle il avait ajouté des protéines en poudre. Parfois, Cambion parvenait à la garder.

Edmund et la femme lui avaient posé un cathéter. Une alèse en plastique installée dans le lit facilitait sa toilette quand il s'était souillé et protégeait draps et matelas. C'était toujours Edmund qui le lavait, Edmund qui le nourrissait. La femme restait à distance et ne s'approchait que lorsque c'était absolument nécessaire. Sa haine pour Cambion ajoutait un polluant de plus à l'atmosphère de la pièce. Longtemps Edmund s'était demandé pourquoi elle avait même accepté de le recueillir. Au début, il avait pensé qu'elle avait tellement besoin d'argent qu'elle n'avait pu se résoudre à refuser, puis il avait découvert le plaisir qu'elle prenait à assister aux ultimes souffrances de Cambion, un plaisir rendu plus complexe encore par le souvenir de l'amour qu'elle lui avait autrefois porté. D'une certaine façon, elle partageait maintenant ses tourments.

Edmund ne disait jamais rien de tout cela. Il n'était pas muet, il avait simplement décidé de garder le silence, car aucun mot n'aurait pu décrire ce qu'il avait vu pendant les années passées auprès de Cambion. Si le géant n'avait pas tué pour lui, il avait regardé d'autres le faire – du moins jusqu'à ce qu'il se refuse même à ça, ces dernières années. Il amenait Cambion là où il avait besoin d'aller – une chambre luxueuse, un sous-sol tranquille, un garage désaffecté – et le laissait savourer ses plaisirs ou, plus tard, lorsque son état avait empiré, jouir par procuration des plaisirs d'autres hommes. Parfois, Edmund entendait quand même ce qui se passait et il avait fini par devenir un expert en casques antibruit, ce qui aidait. Il n'aimait cependant pas écouter de la musique pour ne pas entendre les cris de souffrance et d'agonie. Il trouvait que les mélodies étaient souillées parce qu'il n'ignorait rien de ce qu'elles servaient à couvrir. Lentement, sûrement, il s'était mis à parler de moins en moins, et avait fini par ne plus parler du tout. Il craignait, s'il s'y risquait, de n'émettre qu'un hurlement.

Pourtant, tout comme la femme qui se tenait à l'arrière-plan, attendant que cet homme meure, il avait une sorte d'amour pour Cambion, et une profonde loyauté. Il l'aimait parce qu'il était trop facile de le haïr. Il lui était loyal parce qu'il y avait trop à trahir.

Edmund utilisa le linge pour essuyer la bouche de Cambion. Lorsqu'il l'écarta des lèvres, le tissu était taché de sang et l'eau devint rose quand il le laissa tomber dans le bassin. Il prit un baume, s'en servit pour hydrater les lèvres sèches. À aucun moment le malade n'ouvrit les yeux.

Le colosse alla dans la salle de bains, jeta l'eau ensanglantée dans le lavabo, remplit le bassin. Il avait mal aux yeux. Il souffrait de lagophtalmie, paralysie faciale partielle empêchant les paupières de se fermer et privant l'œil d'une hydratation efficace. Il renversa la tête en arrière et se mit des gouttes dans les yeux. Il venait de retrouver une vision nette quand il entendit un bruit à la porte de devant de la maison, le grincement d'une poignée qu'on essayait de tourner.

Il reposa le bassin, dégaina son pistolet et passa dans le vestibule, éclairé par une seule ampoule. Il s'immobilisa, regarda la porte. La poignée ne bougeait pas. Pourtant, il était sûr de la nature du grincement qu'il avait entendu.

Cambion poussa alors un cri d'alarme.

Edmund se rua dans la chambre. Cambion avait les yeux ouverts et sa main décharnée indiquait la fenêtre.

— Que... quelque chose, là, bredouilla-t-il. Quelque chose de mauvais...

Edmund s'approcha des doubles rideaux avec précaution, les écarta d'un côté. Cela ne lui donna qu'une vue partielle mais suffisante.

Un visage lui renvoyait son regard. Un visage qui faisait penser à un morceau de fruit grisâtre que la décomposition avait rendu presque blanc, impression renforcée par les rides autour de la bouche et aux bords des orbites vides. Puis le visage disparut et Edmund aurait peut-être commencé à douter de ce qu'il avait vu s'il n'y avait eu la suite.

Le bout incandescent d'une cigarette apparut brièvement dans le jardin de la maison d'à côté, vide et condamnée par des planches. Sa pelouse était devenue un carré de mauvaises herbes jonché de détritus, au milieu duquel un homme se tenait. À la lueur de la cigarette, Edmund aperçut une chevelure terne et clairsemée, une chemise blanche boutonnée jusqu'au col. Le Collectionneur, le moissonneur d'âmes. Il les avait trouvés – le Collectionneur et les enveloppes vides qui l'accompagnaient.

Edmund ressentit de la peur.

Cambion l'appela, et, quand le géant regarda son maître, il vit sa propre frayeur reflétée dans les yeux de Cambion, mais aussi une conscience plus claire que depuis des mois, le dernier flamboiement d'une chandelle avant que sa flamme s'éteigne à jamais. Cambion savait qui était – et ce qui était – là, dehors.

— Le téléphone, dit-il. Je veux que tu composes un numéro pour moi et que tu me mettes sur haut-parleur.

Un portable jetable bon marché était posé sur la table de chevet. Il ne l'avait utilisé que pour joindre Steiger, mais maintenant celui-ci était mort. Cambion réussit à extirper le numéro de sa mémoire. Il ne changeait jamais et peu de gens le connaissaient.

Louis répondit à la deuxième sonnerie.

— Qui est à l'appareil ?

— Un mort, annonça Cambion. Vous me reconnaissez ?

— Oui. Je vous reconnais.

— Le Collectionneur m'a retrouvé.

— C'est bien.

Cambion eut une quinte de toux et Edmund mit un moment à reconnaître un fantôme de rire.

— C'est vous qui m'avez livré à lui ?

— J'ai essayé, mais vous vous êtes sorti de la nasse. Apparemment, lui n'avait pas renoncé.

— Il est d'une ténacité presque admirable.

Cambion avait la bouche sèche, il fit signe qu'on lui donne à boire. Edmund lui glissa entre les lèvres la paille fichée dans une bouteille en plastique et pressa pour faire monter l'eau.

— Vous m'appelez pour me faire vos adieux ? demanda Louis. Si c'est le cas, considérez que c'est fait.

— Je vous appelle pour vous faire un cadeau, rectifia Cambion.

— Rien de ce que vous pouvez avoir ne m'intéresse.

— J'ai des informations.

Après un silence, Louis laissa tomber :

— Steiger. Il faisait partie de vos tueurs.

— Bravo. Mais il n'était pas qu'un de mes hommes, il était le dernier.

— Et Charlie Parker l'a enterré.

— Non, c'est Dieu qui l'a enterré.

— Vous croyez en Dieu ? s'étonna Louis.

— Je sens Sa présence. Je me tiens à la croisée des mondes. J'attends Son jugement.

— Vous délirez.

— Non, je propose un marché.

— À moi ?

— À Dieu. Je Lui demande d'estimer la valeur d'une âme – la mienne.

— Dans votre cas, on parle de petite monnaie.

— Ce n'est pas à vous d'en juger.

— Comme ça, vous essayez de gagner votre salut ? Vous vous faites des illusions.

— Non, je suis parfaitement lucide. Voici mon

cadeau d'adieu : Earl Steiger a été embauché par un pasteur nommé Werner pour éliminer Ruth Winter, Lenny et Pegi Tedesco. Ce n'était pas la première fois que Werner avait recours à lui. Werner est un être dépravé. Un fanatique.

— Pourquoi Werner a engagé Steiger ?

— Je ne le lui ai pas demandé. Je le fais rarement. Steiger m'a parlé un peu de lui. Werner est un néonazi, mais ceux qu'il protège sont des vrais de vrai.

— C'est Werner qui a massacré la famille Wilde ?

— Oui, d'après Steiger. Il a aussi enlevé Oran, le fils, qui doit être mort, maintenant. C'est Werner qui a torturé Perlman avant qu'il tombe à l'eau. Il tue pour protéger.

— Vous avez des preuves ? Sans preuves…

Cambion eut à nouveau un ricanement haché.

— Maintenant, vous savez où chercher. Les preuves, vous devrez les trouver vous-même. Adieu, Louis. Vous avez eu raison de décliner mon offre d'embauche. Je crois que vous auriez fini par m'exciter.

— Vous ne vous en tirerez pas comme ça. Vous imaginez pouvoir échapper à la damnation avec un coup de fil ?…

— Pas à la damnation, juste à une des formes de la damnation, corrigea Cambion.

Il adressa un signe de tête à Edmund, qui mit fin à la communication. La lumière déclinait déjà dans les yeux du mourant, remplacée par une terreur absolue de l'obscurité finale. Il fixait du regard les doubles rideaux, comme s'il pouvait voir au travers ce qui l'attendait de l'autre côté de la fenêtre. Edmund entendit un crissement, comme des ongles griffant la vitre, et du vestibule lui parvint à nouveau le bruit de la poignée de la porte qu'on essayait de tourner. Quelque part en haut, la femme poussa un cri. Peut-être étaient-ils déjà dans la maison.

— Il reste de l'argent dans le sac, murmura Cambion.

Son regard se posa brièvement sur une serviette en cuir brun posée sur le dessus de l'armoire.

— Des bijoux aussi, je crois, et quelques pièces d'or suisses. Prends-les.

Doucement, Edmund tira l'oreiller de dessous la tête de Cambion. Les yeux du vieil homme, perdus dans sa chair déformée, se posèrent sur lui.

— Je te suis reconnaissant. Pour tout ce que tu as fait.

Edmund plaça l'oreiller sur le visage de son maître et l'y maintint jusqu'à ce qu'il cesse de se débattre. Puis il alla prendre la serviette, en fouilla l'intérieur et ses doigts trouvèrent la bourse en tissu contenant les pièces d'or. Il en prit deux, les posa sur les yeux de Cambion.

La femme était descendue. Assise par terre dans le couloir, recroquevillée sur elle-même, totalement figée, elle avait le visage tourné vers l'escalier. Edmund entendit bouger au-dessus de sa tête. Il passa devant la femme pour aller à la porte d'entrée, eut un moment d'hésitation puis l'ouvrit.

Le Collectionneur se trouvait sur le seuil. À la place de sa cigarette, il tenait maintenant dans sa main droite un couteau à parer. Edmund, qui avait encore son arme à la main, la laissa tomber et leva le bras. Des formes passèrent à leur tour devant la femme, des spectres avec des trous en guise d'yeux. Les Hommes Creux convergèrent vers Cambion.

Le Collectionneur renifla l'air et dénuda ses dents jaunes dans un accès de rage.

— Je le voulais vivant !

Edmund prononça son premier mot depuis des années :

— Dommage.

Et le Collectionneur se jeta sur lui, la mince lame courbe s'enfonça encore et encore dans le corps du colosse, qui n'avait jamais connu une telle souffrance. Lorsque, enfin, la colère du Collectionneur s'apaisa, il recula d'un pas, la main rouge de sang jusqu'au poignet. Il ne jeta qu'un bref regard à Edmund, qui s'était écroulé par terre et dont un reste de vie s'écoulait, mais il prit quand même la peine de lui adresser ces derniers mots :

— Ça ne suffisait pas d'avoir refusé d'entendre. Ça ne suffisait pas de n'avoir rien fait. Tu aurais dû savoir que nous viendrions aussi pour toi.

Edmund frissonna et le flot de sang commença à se tarir tandis qu'il mourait. Par-dessus son cadavre, le Collectionneur regarda la femme, à présent roulée en boule dans le couloir. On n'entendait plus de bruit au premier étage. Ils étaient seuls dans la maison. Elle porta les yeux sur le couteau du Collectionneur mais elle ne l'implora pas, ne cria pas. Elle était trop hébétée pour ça.

Le Collectionneur essuya son couteau à la veste jaune vif d'Edmund, à présent maculée d'écarlate, le remit dans la gaine accrochée à sa ceinture. Il ramassa la serviette et en examina le contenu, prit une des pièces suisses en or et la glissa dans une poche de son manteau. Cela suffirait pour sa collection. Il ne voulait rien d'autre de Cambion, ni de qui que ce fût d'autre dans cette maison. Il jeta la serviette à la femme et sortit.

67

Parker se tenait près de la mer, quasi hypnotisé par les vagues, perdu dans leur rythme, avec la lune ascendante pour témoin. Bien qu'il eût longtemps habité près des marais littoraux de Scarborough et qu'il eût fini par aimer leur complexe filigrane argenté, il comprenait pourquoi ceux qui vivaient près de la mer étaient désorientés quand ils ne la voyaient plus et ne l'entendaient plus.

Il avait réussi à marcher plus loin que les fois précédentes. Du moins en avait-il l'impression car son sac de cailloux avait disparu et il avait dû estimer la distance au juger. Il avait encore progressé, et c'était tout ce qui comptait, même si la douleur dans son flanc disait le contraire. Un écouteur blanc était fiché dans son oreille droite, l'autre pendait sur son épaule.

Il n'entendit les pas sur le sable mou que lorsque l'homme fut presque sur lui. Il se retourna lentement, les bras écartés, tel le Christ attendant d'être emmené. Werner se tenait devant lui. Il avait troqué ses vêtements ecclésiastiques pour un jean taché de peinture et un pull ample, des baskets blanches si vieilles qu'elles étaient devenues grises. *Le tout bon à jeter*, pensa

Parker. Werner s'en débarrasserait quand il aurait fini. Le pistolet, dans sa main droite, avait des reflets bleus au clair de lune.

— Monsieur le pasteur.

— Vous ne semblez pas surpris.

— Je savais que quelqu'un viendrait, finalement. Vous ou un autre – ça ne fait aucune différence. Maintenant que nous sommes là, je suis content que ce soit vous. En même temps, Steiger est mort et vous n'aviez sans doute plus personne à qui demander de l'aide.

Werner paraissait intrigué.

— Je vous ai observé un moment, dit-il. Vous étiez comme une statue au bord de la mer.

— Je n'avais pas conscience de l'aimer autant.

— Ce sera bientôt la marée haute. Elle effacera toute trace de vous.

— Vous comptez là-dessus ? Vous n'avez pas appris la leçon de l'erreur commise avec Perlman ?

— Je ne suis pas venu pour répondre à vos questions, monsieur Parker. On ne voit ça qu'au cinéma. Je suis ici pour vous tuer.

— Dommage. J'avais beaucoup de questions.

Werner leva son arme et lentement, tristement presque, Parker serra les poings. Il entendit la détonation à l'instant même où le côté gauche de la tête du pasteur explosait dans une gerbe de sang, d'os et de chair. Il n'y avait quasiment pas de vent et, l'obscurité mise à part, le coup avait probablement été plutôt facile. Parker regrettait seulement que Werner n'ait pas voulu parler. Il l'avait vu dans ses yeux, il l'avait su dès qu'il s'était retourné.

Passant une main sous son pull, il coupa la communication de son portable, défit l'écouteur et le micro miniature qui y était attaché. Louis sortit des dunes au sud. Il avait déjà démonté la carabine et tenait l'étui de sa main droite. Quelques instants plus tard, Angel – qui avait filé Werner pendant une grande partie de la journée – fit descendre leur voiture de son perchoir au-dessus de la baie.

Parker enjamba le corps du pasteur, qui teignait le sable en rouge, pour les rejoindre : il ne fallait pas qu'ils laissent des empreintes de pas sur la plage, même avec la marée montante. Il allait devoir appeler la police, et son histoire ne tiendrait que si seules les traces de Werner et les siennes étaient visibles.

— J'espérais que tu pourrais tirer pour blesser seulement, dit-il à Louis.

— Comme te l'a expliqué ce gars, on ne voit ça qu'au cinéma.

— Bon, tant pis. De toute façon, il ne nous aurait rien dit.

— Qu'est-ce que tu voulais savoir ?

— Ce que tout le monde veut toujours savoir : pourquoi.

— Louis et moi, on peut aller fouiller chez lui, suggéra Angel.

— Non. Vous ne sauriez pas quoi chercher, et il vous faudrait plus de temps que je ne peux vous en accorder. Partez. Ne traversez pas la ville. Roulez vers le nord, puis obliquez vers le sud-ouest. Ne vous arrêtez pas.

— Qu'est-ce que tu raconteras aux flics quand tu les préviendras ? demanda Louis à Parker.

— Tout, sauf l'identité de celui qui a tiré.

— Walsh saura.

— Tu as laissé des aveux écrits ?

— Ouais, j'ai tracé mon nom dans le sable et j'ai laissé ma carte sous une pierre.

— Alors, laisse Walsh penser ce qu'il veut.

Parker remit à Angel le téléphone jetable, Louis fit de même avec le sien. Les deux appareils n'avaient plus d'utilité pour eux.

— Tu vas devenir très apprécié, dans le coin, commenta Angel.

— Ça ira, répondit Parker. Je m'en vais, de toute façon.

Il téléphona de la véranda de la maison et retourna attendre près du corps de Werner l'arrivée de la première voiture. La balle avait déformé le visage du pasteur, qui ne ressemblait plus à l'homme qui, la veille encore, avait servi de la soupe à ses fidèles et récité des prières avec eux. En même temps, il n'avait jamais vraiment été cet homme.

Stynes fut la première à s'approcher, suivie de près par Preston. La mer léchait déjà les pieds de Werner. Elles regardèrent fixement le cadavre, puis Stynes ordonna à Parker de lever les bras pour que Preston le fouille. Il n'avait pas d'arme sur lui, pas un instant il n'avait douté de Louis et Angel. Preston alla prendre dans sa voiture une feuille de plastique pour préserver d'éventuels indices sur le corps du pasteur.

— Expliquez-moi ce qui s'est passé, demanda Stynes.

Parker le fit, du moins en grande partie.

— Et vous voulez me faire croire que vous savez pas qui a tiré ?! dit-elle quand il eut terminé.

— Je n'en ai aucune idée.

— Vous avez décidé de servir d'appât et vous l'avez piégé.

Ignorant la remarque, Parker demanda :

— Vous avez fait garder sa maison ?

— Répondez-moi.

— Je vous ai dit tout ce que je sais. Je répète : vous avez fait garder sa maison ?

— Oui, on a posté un agent là-bas. Vous nous prenez pour des amateurs ?

— Il faudra utiliser un radar à pénétration de sol.

— Pourquoi ?

— Je crois qu'Oran Wilde est enterré là-bas.

— Werner vous l'a dit ?

— Disons que c'est une supposition éclairée.

Le visage de Stynes s'empourpra.

— Vous n'avez peut-être pas pressé la détente, mais c'est vous qui avez fait tuer cet homme.

Parker se pencha vers elle et répliqua :

— Même si c'était vrai, vous saviez ce que je faisais et vous m'avez laissé me transformer en appât.

Stynes prit ses menottes et demanda à Parker de se retourner.

— Vous êtes en état d'arrestation, déclara-t-elle. Vous avez le droit de garder le silence. Tout ce que vous direz pourra être retenu contre vous...

Il regarda la mer, inspira l'air salé. Il avait mal au côté mais il s'en fichait. Il se demanda si sa conversation avec Baulman avait été le coup d'aiguillon final qui avait décidé Werner à s'en prendre à lui. Toute cette histoire pour Baulman ? Ruth Winter, Bruno Perlman, Oran Wilde et sa famille, Lenny et Pegi Tedesco avaient tous été supprimés pour protéger un vieux criminel de guerre qui aurait fort bien pu mourir avant d'être puni pour ses péchés ?

Une autre voiture arriva, puis une ambulance. Bientôt

débarqueraient la police de l'État du Maine, les fédéraux, et la vraie partie de rigolade pourrait alors commencer... Parker allait avoir deux ou trois journées difficiles. Aucune importance, il pourrait sentir l'odeur de la mer.

68

On l'enferma dans une des cellules de détention situées au fond du poste de police de Boreas. Elles étaient propres, dévolues le plus souvent aux chauffeurs en état d'ivresse et aux étudiants qui se lâchaient un peu trop pendant les mois d'été. Parker ferma les yeux et essaya d'imaginer un scénario qui expliquerait tous les meurtres de façon satisfaisante. Il ne cessait de revenir à Lubsko. C'était forcément le point commun, et cependant la mort de Ruth Winter ne s'insérait pas facilement dans la suite des événements. Bien qu'elle fût liée à Lubsko par sa mère, son meurtre semblait absurde. Il demeurait convaincu que Perlman avait révélé à Ruth quelque chose qui avait incité Steiger à la faire disparaître, mais quoi ?

Gordon Walsh fit son apparition deux heures plus tard, traînant à sa remorque Tyler et Welbecke, les deux inspectrices de Belfast. Parker connaissait Tyler de vue et Welbecke de réputation, essentiellement parce qu'elle était l'une des rares personnes capables d'inspirer à Walsh la crainte de Dieu.

La police de Boreas n'avait qu'une salle d'interrogatoire qui, comme dans beaucoup de petites villes – et dans quelques grandes –, servait aussi à entreposer des cartons de paperasse, des chaises cassées qu'on pouvait encore réparer. La salle ne disposant pas du matériel adéquat, Walsh et Tyler utilisèrent tous deux leurs téléphones pour enregistrer l'interrogatoire. Tyler parut surprise lorsque Parker renonça à son droit de se faire assister par un avocat, mais pas Walsh. Ils n'avaient pas grand-chose contre Parker : un type s'était fait descendre dans la Green Heron Bay avec une carabine de forte puissance, mais à moins d'avoir le don d'ubiquité, le privé n'avait pas pressé la détente. D'un autre côté, ils n'avaient que les déclarations de Parker sur ce qui avait été dit dans les minutes précédant la mort de Werner. Un pasteur luthérien, membre respecté de sa communauté, venait d'être assassiné et Parker avait été le seul témoin du meurtre. Walsh décida que, pour le moment, Parker n'avait pas besoin de savoir que Werner s'était rendu aux Golden Hills juste avant que meure en s'étouffant, apparemment, un certain Bernhard Hummel, autre vieillard soupçonné de crimes de guerre.

Alors Walsh se montra peu bavard, laissant Tyler et Welbecke poser l'essentiel des questions. Il s'était déjà retrouvé dans ce genre de situation avec Parker. C'était en passe de devenir une regrettable habitude et il savait déjà ce qu'il allait entendre : la vérité, mais pas toute la vérité, et peut-être même rien qui ressemble à la vérité. Il se renversa en arrière et, tout en se préparant à repérer les mensonges et les omissions, laissa les deux inspectrices faire semblant de mener l'interrogatoire.

Après avoir écouté l'échange pendant une heure et vu Welbecke frôler l'anévrisme au moins une fois, il parvint à deux conclusions. Premièrement, Parker mentait quand il déclarait qu'il n'était pas sûr que ce serait Werner qui mordrait à l'appât, même s'il le soupçonnait. Sans pouvoir dire exactement pourquoi, Walsh était convaincu que Parker avait été prévenu. La seconde conclusion reposait sur le fait que le privé reconnaissait qu'il avait délibérément provoqué Werner et Baulman, mais qu'il prétendait ne pas avoir eu d'arme sur lui lorsque Werner était venu sur la plage pour le tuer. Parker ne cherchait pas à mourir en martyr et il n'était pas idiot. Werner avait été dans le viseur de la carabine dès qu'il s'était avancé sur la plage et Walsh pensait savoir qui tenait cette carabine. Malgré ses dénégations, Parker le savait aussi…

— Pourquoi vous avez conseillé au sergent Stynes de chercher le corps d'Oran Wilde chez Werner avec un radar pénétrant ? demanda alors Tyler.

— Simple hypothèse.

— Reposant sur quoi ?

Par-dessus son épaule, Parker lança un regard vers l'endroit où Walsh était assis.

— Sur la conviction que le massacre de la famille Wilde et la disparition du fils étaient une diversion, un moyen de détourner l'attention de la noyade de Bruno Perlman et de la ville de Boreas.

Parker attendit pour voir si son explication amènerait l'inspecteur à intervenir, mais celui-ci resta silencieux.

— Et avant de recevoir une balle dans la tête, Werner n'a rien dit qui allait dans ce sens ? insista Tyler.

— Je vous le répète, il n'était pas d'humeur bavarde. Mais faites examiner son arme : vous découvrirez sûrement qu'elle correspond aux balles utilisées pour exécuter les Wilde.

— Bref, vous affirmez qu'il était venu pour vous assassiner et qu'il a été abattu avant ?

— Exactement.

— Pourquoi ?

— Ça, on ne le saura jamais, je crois.

— Vous semblez croire que le mystère de sa mort est destiné à rester inexpliqué...

Commentaire de Welbecke. Parker dut admettre qu'elle maniait joliment le sarcasme.

— Comme il était venu pour me faire la peau, vous comprendrez que j'éprouve une sympathie naturelle pour son meurtrier, ou sa meurtrière, et que je lui souhaite un avenir couronné de réussite...

Tyler revint sur les mêmes questions pour la forme, même si Walsh sentait qu'elle espérait encore faire trébucher Parker sur les détails de la mort de Werner. Il admirait la ténacité de sa collègue, mais Parker ne ferait aucun faux pas. Personne dans la pièce n'acceptait l'idée qu'il puisse ignorer l'identité du meurtrier du pasteur, et en même temps chacun des trois policiers était convaincu que l'exécution de Werner n'avait été qu'un ultime recours. Cela ne la justifiait en rien, et ils avaient conscience d'avoir plus de chances d'inculper Parker de complicité dans le lever et le coucher du soleil que de l'impliquer dans le coup de feu.

Tyler en avait presque terminé quand on frappa à la porte. Walsh alla ouvrir et Parker aperçut une petite femme brune en tailleur gris et au visage grave. Il supposa que c'était un agent fédéral, ou peut-être un enquêteur du Département de la Justice. Elle n'aurait pas proclamé davantage son appartenance aux organismes gouvernementaux si elle avait porté sur la figure le sceau présidentiel. Les traits de cette femme lui paraissaient vaguement familiers et il se demanda si leurs chemins s'étaient déjà croisés auparavant. Walsh sortit pour lui parler et, à son retour, il murmura dans l'oreille de Tyler quelques mots qui l'incitèrent à mettre immédiatement fin à l'interrogatoire. Elle remercia Parker, bien que son ton manquât de sincérité, et laissa le dernier mot à Welbecke :

— Un de ces jours, votre chance tournera, assena l'inspectrice à Parker.

— Je saurai que c'est arrivé quand on commencera à sortir ensemble, répliqua-t-il.

Tyler entraîna sa collègue à l'extérieur avant qu'elle se jette sur le détective, toutes griffes dehors. Walsh récupéra son portable et arrêta l'enregistrement.

— Franchement ! On blague avec les rencards[1], maintenant ?

— Ça m'a échappé, prétendit Parker.

— C'est ça, marmonna l'inspecteur en rempochant son téléphone. Là, maintenant, j'ai comme une envie de vous donner à bouffer à Welbecke et de la laisser vous ronger les os, après ce qui s'est passé sur la plage.

— Je vois pas de quoi vous voulez parler.

— Épargnez-moi vos salades. Quand ils finiront par vous tomber dessus, rappelez-vous que c'est *vous* qui les avez attirés.

— On a terminé ? Parce que j'aimerais bien partir, si c'est possible.

— Vous bougez pas. C'était que l'échauffement, le meilleur est à venir.

Walsh fit entrer la femme en tailleur, elle prit place

---

1. Les blagues sur les rencards constituent aux États-Unis une catégorie de plaisanteries des plus courantes.

en face de Parker et demanda à l'inspecteur s'il souhaitait rester.

— Non, j'en ai assez entendu comme ça. Je vais rentrer dormir un peu.

Il était déjà à la porte lorsque Parker le rappela :

— Walsh ?

— Quoi encore ?

Parker avait envie de lui parler du coup de téléphone de Cambion à Louis, de la confirmation que Werner n'était pas seulement derrière le massacre des Wilde mais aussi impliqué dans les meurtres de Perlman et des Tedesco. Lui livrer cette information aurait toutefois affaibli ses dénégations antérieures et donné à Walsh la certitude qu'elles étaient fausses.

— Werner connaissait les Wilde, il ne les a pas choisis au hasard. Il connaissait la famille. Il les a tués et il a enterré Oran quelque part.

Walsh hocha la tête.

— On a trouvé un anneau fixé à un mur de sa cave, dit-il. Rien dans la maison, mais on commencera à fouiller le jardin dès qu'il fera jour.

Marie Demers se présenta et, en entendant son nom, Parker comprit qui elle était. Il l'avait vue dans les reportages télévisés sur Engel et Fuhrmann. Elle n'avait pas apporté de matériel d'enregistrement plus sophistiqué qu'un bloc-notes et un crayon. Pendant les deux heures qui suivirent, Parker lui relata en détail tout ce qui s'était produit depuis son arrivée à Boreas, y compris ses rencontres avec Ruth et Amanda Winter, ses conversations avec la vieille Isha, avec le pasteur Werner et, pour finir, avec Marcus Baulman. Il omit uniquement ce qui concernait Angel et Louis, sa fille

496

Sam et les questions qu'il se posait sur elle. Lorsqu'il eut terminé, il était au bord de l'épuisement mais il éprouvait aussi une certaine satisfaction. C'était la première fois qu'il réussissait à forger une version cohérente des événements et à la formuler à voix haute, à la fois pour quelqu'un d'autre et pour lui-même. Cela lui permit de repérer les endroits où ça sonnait creux.

— Je ne crois pas que le père de Werner ait connu une quelconque conversion pendant ou après la guerre, déclara-t-il à Demers. Je pense qu'il a utilisé sa position dans la communauté pour introduire des criminels de guerre aux États-Unis en les faisant passer pour des immigrants ou des personnes déplacées. À sa mort, son fils s'est chargé de les protéger. Bruno Perlman a découvert la vérité d'une manière ou d'une autre. Comme elle concernait Lubsko, il a pris contact avec les Winter. Werner l'a appris et tout s'est déclenché.

Parker était resté trop longtemps assis, il avait l'impression qu'on lui enfonçait une lance dans le flanc. Il avait envie de s'étendre et de dormir.

— Ce que je ne comprends pas, ajouta-t-il quand même, c'est pourquoi Ruth Winter a été prise pour cible, et pas Isha. En tant que survivante des camps, c'était elle qui détenait des informations dangereuses, même si elle ignorait les avoir en sa possession.

— Perlman a peut-être pensé qu'elle était trop vieille pour faire quoi que ce soit, suggéra Demers, et pour la même raison Werner ne la percevait pas comme une menace.

Maintenant qu'il avait pris conscience de son désir de se reposer, Parker se sentait submergé de fatigue. Il n'arrivait plus à penser clairement, il parvenait à peine à garder les yeux ouverts.

— Oui, ça doit être ça, convint-il. J'aimerais dormir, maintenant.

— Une dernière question…

— Je vous écoute.

— Vous avez piégé Werner ?

Parker puisa dans ses dernières réserves d'énergie et regarda la magistrate par-dessus la table : cette femme si petite, si convenable… si menaçante.

— Je le voulais vivant, dit-il.

— Vous ne répondez pas à ma question.

— Si. Je viens de le faire. Je n'ai rien à ajouter, je suis vanné.

Il se leva en faisant tomber sa chaise.

— Vous savez où me trouver.

— En effet, répondit Demers (cette fois, la menace était audible). Dormez bien, monsieur Parker.

Il la laissa devant ses feuilles de bloc couvertes de notes griffonnées au crayon. Preston le reconduisit en voiture dans la Green Heron Bay et Parker somnola pendant tout le trajet.

À son réveil, le lendemain matin, il ne se rappelait plus comment il avait réussi à se traîner de la voiture à son lit. Par la fenêtre de sa cuisine, il vit des nuages gris annonçant la pluie. Comme Werner l'avait prédit, la marée avait effacé de la plage toute trace de sa présence. Là-bas dans les dunes, une équipe de la police scientifique cherchait les traces d'un tireur qu'elle ne trouverait jamais.

Parker se fit du café, mit le reste de ses affaires dans deux caisses et se prépara à quitter enfin Boreas.

69

L'un des points les plus utiles de la condition de mortel, pour un enquêteur, c'est que les morts ne reviennent pas soulever d'objections. Ils n'ont droit à aucune vie privée, si l'on peut dire. À midi, ce jour-là, les inspecteurs expédiés à Boreas avaient obtenu les relevés téléphoniques de Werner, ainsi qu'une partie, pas la totalité, de ses relevés bancaires. Parker reçut le coup de téléphone alors qu'il portait les caisses à sa voiture en se félicitant de n'avoir plus grand-chose à emporter. Il y a une limite à ce qu'une Mustang peut contenir tout en gardant une bonne tenue de route et, en outre, soulever ces caisses lui faisait un mal de chien.

— Alors, vous nous quittez ? demanda Walsh dans l'appareil.

Parker jeta un coup d'œil sur sa gauche. Un des agents de Stynes était assis dans une voiture banalisée garée sur la route, au-dessus des dunes, et surveillait la maison.

— Je m'apprêtais à vous faire mes adieux.

— Je n'en doute pas. Nous allons arrêter Baulman.

— Pour quel motif ?

— Apparemment, il a paniqué quand vous êtes allé

le provoquer, hier. Il a appelé Werner de son fixe. Fatale imprudence : Demers a reconnu le numéro. On va lui demander la raison de ce coup de fil, et aussi pourquoi il a versé en liquide près de vingt mille dollars en trois semaines sur l'un des comptes de Werner.

— La protection coûte cher, de nos jours.

— Sauf que certains l'ont gratis… L'équipe de la scientifique est encore dans les dunes ?

D'après ce que Parker pouvait voir, le quadrillage de la zone touchait à sa fin.

— Ils ont presque fini. Je ne pense pas qu'ils aient oublié de retourner un seul grain de sable.

— Vous auriez pu leur épargner cette peine, fit observer Walsh.

— Vous voulez que je me répète ? Il commençait à faire noir, je n'ai rien vu. J'ai juste entendu la détonation et je me suis jeté par terre.

— Quel dommage, hein ?

— Ouais.

— Il y a quelque chose que je ne vous ai pas dit, hier soir, avoua l'inspecteur. Werner est passé dans une maison de retraite, les Golden Hills, un peu avant qu'un résident nommé Bernhard Hummel y meure étouffé en mangeant du raisin. Hummel connaissait Baulman, ils avaient immigré ensemble aux États-Unis. Hummel souffrait de démence sénile et il fallait le nourrir à la petite cuillère.

— Werner aura eu peur qu'il lâche un nom.

— En tout cas, s'il accomplissait l'œuvre de quelqu'un, c'était pas celle de Dieu. Et Marcus Baulman avait aussi rendu visite à Hummel, avant Werner.

— Alors, Baulman a donné l'alerte et Werner est allé faire le boulot, conclut Parker.

500

— On va l'interroger là-dessus, et sur tout le reste.

— Et la fouille chez Werner ?

— On a commencé, on n'a rien pour le moment. Pour le flingue, c'est pas sûr à cent pour cent, mais apparemment, ce serait celui qui a servi à dégommer les Wilde. Y en a encore qui s'obstinent à croire que Werner était le complice et le protecteur d'Oran. Ils la fermeront quand on trouvera le corps chez le pasteur. À propos, on connaît maintenant le lien entre Werner et le gamin : Oran avait gagné un concours de dissertation organisé par les Églises luthériennes du Nord-Est. Werner était l'un des membres du jury, on a une photo de lui remettant à Oran un diplôme et un chèque. Le môme a gagné cent dollars, ça lui a coûté la vie de ses parents, de ses sœurs et la sienne…

— Vous êtes où ?

— Devant le poste de police de Boreas, je prends l'air.

— Il y a une librairie du nom d'Olesens dans le centre, avec un parking derrière. Je vous y retrouve dans un quart d'heure.

— Pourquoi ?

— Bon Dieu, Walsh, faites ce que je vous dis, d'accord ?!

Par un hasard malheureux, Marcus Baulman ouvrait sa porte d'entrée pour promener son chien au moment précis où deux voitures banalisées se garaient devant sa maison. Il ne reconnut pas les deux femmes qui descendirent du premier véhicule, mais il les soupçonna d'être de la police. Lorsque Marie Demers sortit du second, il eut la certitude qu'elles venaient pour lui. Werner était mort, et comment savoir ce que les policiers avaient découvert sur lui-même – sur tous les autres ?

Il fit un brusque pas en arrière, referma la porte. Lotte, prête pour sa promenade, parut déroutée. Il lui tapota la tête. Elle lui manquerait. Il la poussa dans la salle de séjour et ferma la porte. Il ne voulait pas que la police panique et fasse du mal à sa chienne.

Il y eut un tintement de sonnette, suivi de trois coups énergiques frappés à la porte. Une voix féminine qui ne lui était pas familière l'appela par son nom, puis la femme se présenta comme inspectrice, mais Baulman se dirigeait déjà vers l'escalier. Lotte se mit à aboyer et il aperçut une ombre qui passait devant la fenêtre de la cuisine pour gagner l'arrière de la maison. Baulman était dans sa chambre quand il entendit la vitre de la porte de derrière se briser, et il serrait déjà la crosse de son pistolet quand les premiers pas retentirent dans l'escalier. Il sentit un goût d'huile dans sa bouche lorsqu'il pressa la détente.

Walsh attendait Parker sur le parking. Il n'était pas venu en voiture, le poste de police de Boreas était proche. Le détective privé se gara près de lui et descendit de sa Mustang.

— Est-ce que j'ai besoin d'arranger les choses avec Stynes et Demers avant de partir ? demanda-t-il.

— Non, je leur annoncerai votre départ. Elles auront le cœur brisé, c'est sûr.

— C'est au sujet d'Oran Wilde…

— Allez-y.

— Louis vous a dit que Steiger travaillait peut-être pour un nommé Cambion, commença Parker. Cambion est mort, maintenant. Il a été tué dans une maison de Queens avant-hier. C'est dans les journaux, quoiqu'on ne l'ait pas encore officiellement identifié, ni l'homme qui est mort avec lui. La femme à qui la maison appartient est dans un état catatonique. Avant de mourir, Cambion a confirmé que Werner a non seulement assassiné les Wilde mais qu'il a aussi enfoncé un couteau dans l'œil de Perlman et ordonné à Earl Steiger de faire disparaître Ruth Winter et les Tedesco…

Si Walsh avait déjà obtenu ces informations par Ross, il n'en laissa rien paraître.

— Cambion a parlé à qui ? voulut savoir l'inspecteur.

— Je ne peux pas…

— Merde à la fin ! À qui ? À vous ? À Louis ?

— Peu importe.

— Vous savez quoi ? Vous avez raison : aucune importance. Vous avez piégé Werner, vous, Louis et l'autre fils de pute. Vous l'avez attiré dans une embuscade et vous l'avez descendu !

— Il n'était pas venu sur la plage pour se rendre, argua Parker.

— Il aurait fallu qu'on lui en laisse le temps !

— Il a assassiné des enfants, Walsh. Il a gardé Oran Wilde en vie assez longtemps pour se servir de lui, puis il l'a liquidé, lui aussi.

— Peut-être que si vous aviez laissé Werner en vie, on aurait pu l'interroger nous-mêmes.

Parker s'adossa à sa voiture, le visage impassible. Il savait qu'il s'était mis en danger en parlant à Walsh du coup de téléphone de Cambion. L'inspecteur pouvait l'arrêter pour complicité de meurtre. Bien sûr, Parker nierait lui avoir dit quoi que ce soit, et Walsh le savait, mais au tribunal la parole d'un inspecteur vaudrait plus que la sienne, et une condamnation pour complicité l'enverrait en prison pour trois ans. La sentence pour conspiration en vue de commettre un meurtre était, elle, de vingt-cinq ans à perpétuité.

— Jusqu'ici, j'ai fermé les yeux, dit Walsh. Mais là, c'est plus pareil.

— Vraiment ?

— C'est un meurtre ! Regardez-vous ! Qu'est-ce qui vous est arrivé, nom de Dieu ?

Le visage sans expression du privé lui renvoya son regard.

— J'ai perdu la vie, répondit Parker. Et je l'ai retrouvée.

— C'est pas…, commença Walsh.

— Vous avez apprécié le repas, inspecteur ?

— Quoi ?!

— Le repas, à Augusta… ça vous a plu ?

Le ton de Parker n'était pas triomphal, seulement attristé.

Et le flic comprit. Après avoir montré à Louis et Angel le cadavre de Steiger, il avait mangé et bu avec eux. Il était complice. Il s'était mis dans cette situation lui-même, progressivement, depuis qu'il avait commencé à coopérer avec Ross, mais Ross ne le protégerait pas. S'en prendre à Parker, et par extension à Angel et Louis, reviendrait à ruiner sa propre carrière. Et pour quoi ? Pour un tueur d'enfants ?

La colère de Walsh commença à refluer pour être remplacée par une sensation de vertige, d'un monde tournoyant qui lui donnait la nausée. Il croyait au bien, à la morale, mais l'homme qui se tenait devant lui y croyait aussi, et Walsh se découvrait incapable d'équilibrer les deux perspectives. Était-ce ainsi que les choses devaient se passer ? Pour éradiquer un peu de mal, fallait-il sacrifier quelque chose de sa propre rectitude ? Il avait cru qu'il pouvait frayer avec de tels hommes et garder néanmoins une distance morale. Il s'était trompé.

Son téléphone sonna dans sa poche. Il répondit, écouta et dit simplement « J'arrive » avant de mettre fin à la communication.

— Baulman est mort, annonça-t-il. Il s'est tiré une balle dans la tête avant qu'on puisse l'arrêter.

Il regarda fixement son portable, comme s'il attendait un autre appel qui pourrait tout expliquer.

— Je rentre chez moi, dit Parker. Il est temps.

Les Fulci avait fait du bon boulot pendant les quelques jours dont ils disposaient. Ils avaient décloué le contreplaqué remplaçant la vitre brisée de la porte de la cuisine et posé une nouvelle plaque de verre. Ils avaient bouché les trous faits dans les murs par les balles et les plombs et avaient repeint la pièce. Son bureau avait une nouvelle porte. Ils avaient même acheté du lait, du pain, du café, et mis un pack de six bières Shipyard Export dans le frigo. Deux bouteilles de vin attendaient Parker sur le comptoir de la cuisine. Un mot signé des deux frères lui souhaitait un bon retour et l'avisait qu'il leur restait une ou deux petites choses à finir dans la maison et qu'ils reviendraient quand ça l'arrangerait.

Et là, dans ce lieu où il avait failli mourir, le foyer qu'il avait partagé avec Rachel et Sam, il se sentit soudain submergé d'émotions : rage, gratitude, culpabilité, regrets. Il s'assit dans son fauteuil de bureau, enfouit son visage dans ses mains et demeura un long moment immobile.

70

Le jardin de Werner fut passé au radar afin de détecter des anomalies dans le sol. Guidés par les indications de l'appareil, les techniciens creusèrent trois trous mais ne trouvèrent qu'une vieille bâche et des ossements animaux. Le lendemain, ils remarquèrent le tas de compost. Werner avait construit une structure de compostage en bois qu'il avait installée au fond de son jardin, sous un bosquet. De peur que la chaleur dégagée n'endommage le matériel, ils décidèrent de procéder à un forage exploratoire après avoir déplacé le compost.

Ils découvrirent le corps d'Oran Wilde enfoui moins d'un mètre sous terre.

Parfois, les convictions découlent d'un travail de police méticuleux, de milliers d'heures d'effort accumulées. Parfois, un témoin se manifeste. Parfois, un suspect passe aux aveux.

Parfois, on a un coup de chance.

Une semaine après la mort de Werner, une lettre arriva à l'ancienne adresse de Bruno Perlman, expédiée par une société de domiciliation sise à trois kilomètres de chez lui, et l'avisant que son contrat de deux mois allait expirer. Elle lui proposait une location d'un an en ne payant que pour six mois s'il souhaitait prolonger. Un juge autorisa la police à ouvrir la boîte postale, dans laquelle elle trouva des documents concernant feu Bernhard Hummel, de son vrai nom Ugo Hoch, ancien gardien au camp de concentration de Lubsko, ainsi qu'un autre habitant du Maine, Ambros Riese, en qui Perlman pensait avoir identifié Anselm Trommler, Obersturmbannführer et ingénieur au camp de Mittelbau-Dora. Perlman semblait ne pas avoir été un mythomane, finalement, bien qu'on ne comprît pas très bien dans un premier temps comment il avait trouvé ces hommes. Il apparut par la suite qu'il avait eu recours à la méthode d'investigation la plus élémentaire : après l'arrestation d'Engel, il avait consulté les registres électoraux pour dresser la liste des Germano-Américains habitant le Maine et ayant à peu près le même âge qu'Engel. Il avait ensuite entrepris de les photographier à leur insu et de comparer ses clichés avec les photos disponibles d'hommes et de femmes qui avaient appartenu au personnel de Lubsko, en utilisant un logiciel de vieillissement du visage.

La boîte contenait aussi deux photocopies d'excellente qualité de photos qui ne provenaient pas de documents d'identité officiels du parti nazi et n'avaient pas été prises non plus par Perlman lui-même. L'une montrait une jeune femme de profil, le visage presque entièrement masqué par ses cheveux blonds, le bras gauche levé pour tirer au pistolet. Elle était entourée d'un petit groupe d'officiers et de soldats SS. On ne voyait pas clairement sur quoi elle tirait, mais, après agrandissement, deux formes sur le sol, à sa droite, se révélèrent être des cadavres d'hommes nus.

Sur la seconde photo, une autre femme se tenait devant un tableau noir et indiquait avec une craie serrée dans sa main droite une phrase qui y avait été écrite. Ses cheveux blonds étaient noués en chignon. Devant elle étaient alignées deux rangées d'adolescents, les uns debout, les autres agenouillés. La phrase inscrite au tableau disait : *Der Jahrgang 1938, Klassenlehrer Fraulein Gorski*. C'était une photo de lycéens dans leur salle de classe avec leur professeur, Isha Gorski, future Isha Winter, à l'école juive privée Bierhoff d'Aix-la-Chapelle. Au dos, Perlman avait écrit les noms de chacun des élèves et des camps où ils avaient été envoyés.

Aucun n'avait survécu à la guerre.

Marie Demers passa chez Charlie Parker alors qu'elle se rendait à l'héliport de Portland pour prendre son vol de retour à Washington. Interrogé chez lui, Ambros Riese avait nié connaître Anselm Trommler. Mais la magistrate avait mis la main sur un formulaire de réquisition de main-d'œuvre à Mittelbau-Dora qui portait la signature de Trommler, ainsi que sur des photos et des documents retraçant son voyage d'Allemagne en Argentine puis aux États-Unis, au cours duquel Trommler était devenu Riese. La photo figurant sur ses documents officiels du parti nazi était presque identique – avec un visage un peu moins charnu – à celle de son formulaire d'immigration. Il y avait assez de preuves, estimait Demers, pour lancer une procédure de dénaturalisation et d'expulsion contre lui, à supposer qu'il reste en vie assez longtemps.

Tout cela avait été expliqué à un Riese assis dans son fauteuil, l'oxygène de son respirateur sifflant autour de lui, tandis que son fils lui conseillait de ne rien dire avant qu'ils aient engagé un avocat et que sa belle-fille le regardait fixement, silencieuse et pétrifiée.

Et puis juste au moment où Demers et Toller s'apprêtaient à partir, Riese avait avoué. Non parce qu'il avait honte, ni parce qu'il se sentait coupable, ni même pour connaître enfin un étrange soulagement. Il l'avait fait, sembla-t-il à Demers, par fierté.

Le détective privé intéressait Demers. Elle ne demandait pas mieux que de discuter avec lui des détails de l'affaire et de ce qui avait été découvert dans la boîte postale de Perlman. L'essentiel allait être révélé dans la presse, de toute façon.

— Vous n'avez rien trouvé sur Baulman ? s'enquit Parker.

— Non, uniquement Riese, Hummel et les photos. Nous cherchons encore à identifier l'autre femme, mais nous pensons qu'il s'agit presque certainement de Magda Probst, la femme de l'Obersturmbannführer Lothar Probst, le commandant du camp expérimental de Lubsko.

Demers tira de son sac un classeur et lui montra une photo.

— C'est lui, à droite, précisa-t-elle.

Mais Parker ne regardait pas la photo de la femme entourée de SS. Il regardait la photo d'Isha Gorski.

Il venait de comprendre.

V

« [Nous] les poursuivrons jusqu'aux confins de la terre pour les remettre aux mains de leurs accusateurs, de façon que justice soit rendue. »

Déclaration des trois puissances alliées sur les atrocités.
Conférence de Moscou, le 30 octobre 1943, document signé par Roosevelt, Churchill et Staline

71

Il n'avait pas prévu de retourner aussi tôt dans le Nord. Il le faisait cependant avec une certaine tranquillité d'esprit, et une sorte d'assurance. À défaut de preuves – de preuves recevables par un tribunal –, il avait une certitude. Peut-être aurait-il dû en parler immédiatement à Demers, mais c'est une chose d'avoir foi en ses convictions, c'en est une autre d'encourager les autres à les partager. Et il s'accrochait fermement à une autre vérité : il n'y a pas une seule forme de justice, il y en a pléthore.

Isha Winter mit un moment à répondre au coup de sonnette. Il pensait qu'elle avait peut-être observé son arrivée par une fenêtre d'en haut car il avait vu une ombre bouger derrière le carreau. Elle semblait rechigner à le faire entrer, comme si elle savait déjà pourquoi il était là. Assis en face d'elle dans le séjour, avec le soleil lançant ses rais de lumière par l'écartement entre les doubles rideaux, Parker avait l'impression d'être un messager venu annoncer un décès.

— Vous étiez présent quand le pasteur a été tué, lui dit-elle.

— Exact.

— Les policiers sont passés chez moi. Ils m'ont parlé de lui, de Marcus Baulman, du garçon enfoui dans le jardin…

Parker garda le silence. Il se renversa contre le dossier de son siège et la regarda, écoutant à peine les mots qui sortaient de ses lèvres, graines noires qui tombaient par terre, se glissaient entre les lattes du plancher pour germer, vénéneuses, dans le noir qui se trouvait en dessous, jusqu'à ce qu'enfin le bruit devienne silence. Il balaya à nouveau la pièce du regard : le vieux bois, le plancher taché, le plafond bas. Cela lui faisait penser à la tanière d'un animal, un refuge pour échapper aux chasseurs.

— Pourquoi êtes-vous venu ? demanda-t-elle.

— Parce que vous n'êtes pas qui vous prétendez être.

— Je suis qui, alors ?

— Je n'en suis pas certain, mais en tout cas, vous n'êtes pas Isha Gorski. Je pense que vous lui ressembliez sans doute un peu quand vous étiez jeune, assez pour vous faire passer pour elle aux yeux de ceux qui ne la connaissaient que par des photos. Comme vous, elle avait des cheveux blonds. Vous avez peut-être eu recours à la chirurgie esthétique, mais la supercherie a surtout marché parce que tous ceux qui avaient été proches d'Isha étaient morts. Si je devais émettre une hypothèse, je dirais que vous étiez autrefois Magda Probst, qui calmait les enfants quand on les conduisait à la mort, au bout d'une des aiguilles de Reynard Kraus. Comme vous, elle était gauchère. J'ai vu une photo d'elle tirant au pistolet. Isha Gorski, elle, écrivait de la main droite. J'ai aussi vu une photo d'elle mais elle ne tenait qu'un morceau de craie, entourée d'enfants qui ne savaient pas qu'ils étaient déjà morts.

« Je crois que vous avez fait équipe avec Kraus, Udo Hoch et Thomas Engel pour échapper à la justice, et j'essaie encore de déterminer quel rôle votre mari, Lothar, a joué dans ce qui s'est passé. Il avait peut-être assez de noblesse d'âme pour se sacrifier afin que vous puissiez vous enfuir, mais je pense plutôt que vous l'avez tué, vos complices et vous. J'ai lu des choses sur lui. Il était beaucoup plus âgé que vous, il boitait. Il n'aurait été qu'un fardeau, à supposer qu'il accepte de s'impliquer dans la supercherie. Son corps était moins gravement brûlé que celui d'Isha – parce que c'est elle qui s'est retrouvée dans le lit de votre mari, finalement, et j'imagine qu'elle n'était déjà plus que chair calcinée avant même qu'on l'y mette – et la confirmation de l'identité de Lothar Probst a probablement conduit à présumer celle du corps retrouvé dans la maison avec lui : double suicide de la femme et du mari, alors que les Russes étaient aux portes du camp. De toute façon, personne n'irait regarder de trop près deux corps noircis dans une maison éventrée, pas avec une Allemagne au bord de l'effondrement, et des kyrielles de morts et de mourants pour occuper les Alliés, pas avec une seule courageuse survivante racontant comment elle s'était cachée dans une fosse commune pendant que les gardiens SS cherchaient à effacer les preuves de leurs meurtres, et que le commandant du camp et sa femme mettaient ensemble fin à leur vie. Je ne sais toujours pas pourquoi vous n'avez pas fui avec les autres. Peut-être étiez-vous malade, ou blessée ; peut-être saviez-vous simplement que vous éviteriez des tas de problèmes si l'on croyait Magda Probst morte et Isha Gorski vivante. Les Alliés n'inscrivaient pas de morts sur la liste des personnes recherchées.

« Bien sûr, pour que votre histoire tienne debout, vous deviez vous faire passer pour juive. Ça ne vous dérangeait pas, d'ailleurs. Vous n'étiez pas antisémite, votre mari non plus. C'est pour cette raison qu'on vous avait choisis pour Lubsko. Vous n'étiez que des mercenaires, au fond. Je soupçonne cependant que vous espériez que la supercherie ne serait que temporaire, que vous attendiez le bon moment pour vous emparer de l'argent et disparaître – parce que c'était ça l'essentiel, non ? L'argent. Ces malheureux qui croyaient vous acheter leur survie vous ont révélé les cachettes où ils avaient mis à l'abri les objets de valeur qu'ils avaient pu sauver, et je parie que vers la fin ces informations ne sont pas toutes remontées à Berlin…

« Mais à cause de l'histoire que vous aviez créée pour vous-même – L'Unique Survivante, le Dernier Témoin de Lubsko –, vous vous êtes retrouvée coincée pour longtemps avec l'identité d'Isha. Ça a toutefois bien marché : quel meilleur endroit où se cacher que parmi ceux que vous aviez voulu exterminer, avec un nouveau mari qui était juif de naissance mais ne pratiquait pas ? J'ai appris que Werner s'était fait tatouer au creux des reins une citation de Goebbels. Il avait beaucoup de tatouages, mais je pense que celui-là avait une signification particulière pour lui : « Plus le mensonge est gros et plus les gens y croient »… Vous étiez un sacrément gros mensonge. Votre vie n'était que mensonge.

La femme qui se faisait appeler Isha Winter demeurait parfaitement immobile. Elle avait encore des yeux vifs et Parker se rappela avoir lu quelque part que les yeux ne vieillissent pas. Ils ne croissent pas, ils ne changent pas. Il se demanda si c'était vrai. En apparence, Isha Winter était une vieille femme, une Juive qui avait souffert et survécu, mais sa vraie nature, sa quintessence, se trouvait dans ses yeux. Sa bouche était figée sur l'ombre d'un sourire, comme si elle écoutait une histoire racontée par un enfant.

— Je m'interroge aussi sur les autres gardiens, poursuivit Parker. Certains d'entre eux devaient être de bons Allemands, loyaux envers leur pays, qui n'auraient jamais accepté de tremper dans ce que vous projetiez de faire, et c'est là que sont intervenus Engel et Hoch : une paire de tueurs prêts à assassiner leurs camarades contre argent et protection une fois la guerre terminée. Kraus était différent : il savait manier les chiffres et, selon Demers, il s'occupait d'une bonne partie de la paperasse du camp. Je me suis d'abord demandé si vous n'aviez pas couché avec lui, mais je pense maintenant que non : vous ne vous êtes pas mis ensemble après la guerre, vous avez chacun épousé quelqu'un d'autre. L'arrangement était purement financier, et tant mieux. Qu'est-ce que vous avez fait ? Vous vous êtes réparti les cachettes que vous aviez extorquées aux déportés de Lubsko ou vous vous êtes simplement fait confiance ?

La femme assise devant lui ne répondit pas.

— Bref, ils se sont enfuis, vous êtes restée en Europe et les biens volés aux Juifs ont payé les papiers de tout le monde, et ensuite le voyage aux États-Unis, avec l'aide du père de Werner. À sa mort, le fils a hérité la tâche de veiller sur vous tous. Je suis sûr que vous avez grassement rémunéré les Werner au début, mais je doute qu'il reste grand-chose du magot maintenant. Baulman, ou Kraus – je ne sais pas comment vous l'appelez entre vous –, a peut-être même dépensé les derniers fonds pour couvrir les honoraires de Steiger – vingt mille dollars, ce n'est pas trop contre trois meurtres, surtout pour un tueur de la qualité de Steiger, bien qu'il n'ait probablement pas été à son summum quand il est mort – et vous avez aussi eu la chance que le pasteur Werner soit un fanatique. Ce type d'homme travaille pour quasiment rien.

« Ce qui nous amène à la raison pour laquelle vous avez engagé Steiger et à ce qui a poussé Werner à tremper ses mains dans le sang : Bruno Perlman. Ayant découvert que des membres de sa famille étaient morts à Lubsko, il s'était senti investi d'une mission. Il voulait tout découvrir sur ce camp, ce qui l'a finalement conduit à parler au seul témoin resté en vie : Isha Gorski, devenue Isha Winter. Je ne crois pas qu'il soupçonnait alors quoi que ce soit, je pense qu'il cherchait seulement à en savoir plus. Mais c'était un homme perspicace, et il a remarqué la même chose que moi, comme le prouvent les deux photos retrouvées dans sa boîte postale, l'une d'Isha Gorski, l'autre de Magda Probst. Plus il les regardait, plus il était convaincu que la femme qui disait avoir survécu à Lubsko n'était pas ce qu'elle prétendait être.

« Perlman était aussi un fanatique, à sa manière, et un égocentrique. Il ne faisait pas confiance aux autorités et il tenait, je pense, à pouvoir s'attribuer le mérite d'avoir révélé la vérité. Il n'avait qu'un seul ami, Lenny Tedesco, et c'est à lui qu'il a parlé. Puis il a commis la première de ses erreurs : il a appelé votre fille. Je ne sais pas pourquoi – il me fait l'effet d'avoir été un homme solitaire, et il avait peut-être l'impression qu'on le soupçonnait après sa visite chez vous –, en tout cas, il a pris contact avec elle et il s'est en partie confié à elle. Le peu qu'il lui a dit a pris racine, parce que, tout au fond d'elle, votre fille savait que c'était vrai. Elle vous a confrontée aux propos de Perlman et elle a vu dans vos yeux ce que j'y vois en ce moment. Il y a peut-être eu des menaces, des mots lâchés dans un accès de colère. Finalement, Ruth est partie en emmenant votre petite-fille, après vous avoir signifié qu'elle ne voulait plus rien avoir à faire avec vous. Il a fallu ensuite qu'elle décide de ce qu'elle ferait de l'information fournie par Perlman. Est-ce qu'elle l'a trahi à ce moment-là ? Est-ce qu'elle vous a prévenue qu'il venait et qu'il pensait avoir des preuves contre vous ? Avez-vous, à votre tour, alerté Werner, qui s'est débrouillé pour convaincre Perlman de le rencontrer tandis que Steiger s'occupait des Tedesco en Floride ?

Le sourire ne vacillait pas et la vieille femme demeurait immobile. Parker avait l'impression de parler à un simulacre d'être humain, une contrefaçon imparfaite.

C'est probablement ce qu'elle est, supposa-t-il.

— Quel qu'ait été l'enchaînement des événements, vous avez pris la décision de sacrifier votre fille. Vous avez peut-être subi des pressions de la part de Werner ou de Kraus, mais en définitive le choix vous revenait, parce que c'était toujours vous qui aviez le dernier mot. Vous avez consenti au meurtre de Ruth, à une condition toutefois : qu'aucun mal ne soit fait à votre petite-fille. Votre fille vous avait déçue, mais vous ne vouliez pas perdre Amanda à cause de Ruth. Vous savez, maintenant que j'y pense, vous avez peut-être fait tuer le père d'Amanda, il y a quelques années. Werner aurait arrangé ça si vous le lui aviez demandé, ou il s'en serait même chargé personnellement. Alex Goyer ne devait pas être un bon père de toute façon : un minable délinquant, un homme qui battait les femmes. Il avait failli faire perdre à Ruth l'enfant qu'elle portait, vous me l'avez dit vous-même. Vous avez livré votre propre fille au couteau, alors je ne crois pas que vous auriez hésité à faire assassiner son compagnon.

Parker commençait à avoir la bouche sèche. La lumière du soleil avait quitté la fenêtre, comme si elle avait honte. Il avait envie de quitter cette maison, et la présence de cette femme. Juste encore un peu, s'exhorta-t-il. Quelques minutes de plus.

Enfin elle parla.

— Tout ça à partir d'une photo ?! Même si c'était vrai, ce que je nie – je regarde la télé, monsieur Parker, je sais qu'on peut cacher des micros sur soi, des appareils enregistreurs –, qui croirait à une telle histoire ?

— Je ne vous enregistre pas, répondit Parker.

Il souleva son T-shirt, montra ensuite que son portable était coupé et qu'il avait enlevé la batterie.

— Je m'en fiche, dit-elle. Ce n'est qu'un tas de mensonges, une machination. Et même si c'était vrai, comment le prouver ? Pas avec la photo d'une femme dans une salle de classe. Pas avec des histoires inventées de toutes pièces.

— Nous verrons.

— Peut-être. Je ne peux pas vous empêcher de les prévenir. Eh bien, qu'ils regardent ! Qu'ils entament des recherches qui leur prendront des années ! Je serai morte depuis longtemps quand elles aboutiront. Je suis au-delà du soir de ma vie, et les ténèbres se referment sur moi.

— Vous n'avez pas peur ?

— De quoi ?

— De ce qui vous attend dans l'obscurité ?

— De Dieu ?

Elle s'esclaffa puis porta aussitôt une main à sa bouche pour la cacher. Un geste de petite fille, curieusement, que Parker trouva repoussant.

— Savez-vous combien de prisonniers ont appelé Dieu dans les camps de Lubsko, de Birkenau, de Dachau ? demanda-t-elle. Pouvez-vous imaginer ces voix criant ensemble, implorant grâce, quémandant un secours, la fin de leurs souffrances, l'anéantissement de leurs tortionnaires ? Et savez-vous combien d'entre eux ont obtenu une réponse ? Dites-le-moi. Donnez-moi un chiffre. Non ? Alors, je vais le faire pour vous : aucun. Il n'y a pas eu de réponse. Il n'y a pas eu de pitié. Qu'est-ce que cela peut nous faire penser de Dieu ? Soit qu'Il n'existe pas, soit qu'Il s'est détourné de Sa création et qu'Il ne veut pas écouter ses cris. Qu'avons-nous à craindre d'un être pareil, s'il existe ? Comment pourrait-Il nous regarder dans les yeux et nous condamner ?

« Je ne crois pas en Dieu, en aucun dieu. Je ne crois pas en un autre monde. Je fermerai les yeux et je cesserai d'exister, et les lois, la justice n'auront plus aucun sens pour moi. Partez, maintenant, monsieur Parker. Quelle que soit la satisfaction que vous désirez, les réponses que vous cherchez, vous ne les trouverez pas ici.

Il se leva. Il avait obtenu ce qu'il voulait : pas des aveux mais une confirmation. Isha Winter lui avait donné suffisamment. Il avait scruté son visage en l'écoutant et il avait vu la vérité s'y refléter.

Parker n'ajouta rien en partant, il ne regarda même pas par-dessus son épaule. De sa voiture, il appela Demers et lui parla de la femme qui inscrivait des adresses sur des enveloppes de la main gauche, mais qui, des années plus tôt, avait écrit sur un tableau noir en tenant la craie de la main droite. Que Demers en fasse ce qu'elle voulait, lui, il avait d'autres tâches à accomplir, et l'horrible vieille femme avait raison : elle était hors de portée de Demers, hors de portée de toute loi écrite, de toute justice humaine.

Mais il n'y avait pas que cette justice.

72

Parker retourna à la maison de Scarborough. À la nuit tombée, il se versa un verre de vin rouge puis il alla s'asseoir dans la véranda et attendit. Il dut s'assoupir à un moment et, lorsqu'il se réveilla, le verre était tombé par terre et sa fille morte le regardait de derrière un vieux chêne. C'était son chant qui l'avait tiré du sommeil. Il ne pouvait voir le visage abîmé de Jennifer, laquelle, comme toujours, s'efforçait de le cacher en tournant la tête et en laissant ses longs cheveux recouvrir sa figure ravagée.

Il n'avait plus peur d'elle. Il comprenait en partie ce qu'elle était et il savait qu'elle l'aimait assez pour passer d'un monde à l'autre afin d'être plus près de lui. Il songea à ce que Werner lui avait dit : qu'il ne voulait pas connaître la vérité sur ce qu'il y avait après la mort, qu'il ne cherchait pas une preuve d'une autre vie. Il se rappela la conviction de la femme qui portait le masque d'Isha Winter : les lois et la justice ne pourraient l'atteindre à temps dans ce monde, et le reste n'était que sommeil.

Parker connaissait la vérité et elle n'était pas si terrible, pas pour lui. Pour certains, la difficulté serait peut-être de rester impliqués dans ce monde après une telle révélation, mais cela ne constituait pas un obstacle pour le détective. Il y avait du travail à faire ici.

— Bonsoir, Jennifer, dit-il.

bonsoir

La voix était moins un murmure que le souvenir d'un murmure, et semblait provenir de si près qu'il pouvait presque sentir les mots comme un souffle froid sur sa peau, bien que sa fille morte demeurât derrière l'arbre.

— Depuis combien de temps es-tu là ?

un petit moment

— Tu es seule ?

oui

L'autre, cette entité composée de vestiges de souffrances et de colère qui prenait la forme de sa femme morte, n'était pas avec sa fille cette fois.

tu resteras ici ?

— Quelque temps.

tant mieux

— Ça te plaît, ici ?

ça te plaît à toi ?

— Oui.

Il lui sourit et prolongea son sourire le plus longtemps qu'il pût avant de le laisser s'effacer.

— Jennifer, qu'est-ce que tu peux me dire de Sam ?

rien

— Elle est spéciale, je le sais, maintenant.

je ne peux pas te répondre

— Pourquoi ?

je ne suis pas censée le faire

— Qui t'a dit ça ?

Sam

524

— Tu dois faire ce qu'elle te dit ?

oui

— Tu as peur de Sam ?

Une pause puis :

oui

— Jennifer, est-ce que Sam…

arrête, papa, s'il te plaît, il faut que tu arrêtes

Et il obéit, parce qu'il percevait de la terreur dans la voix de sa fille, et aussi une sorte de respect admiratif, l'étonnement qu'on peut éprouver lorsqu'on est contraint de se confronter à une force de la nature capable de causer de terribles dégâts : une tempête, une tornade, un tsunami. Parker prit une profonde inspiration.

— Il y a quelque chose que je veux que tu fasses pour moi, Jennifer.

qu'est-ce que c'est ?

Il le lui expliqua et elle comprit. Parker se baissa pour ramasser le verre et, quand il releva la tête, sa fille avait disparu. Il mit le verre dans l'évier de la cuisine, puis alla à la cabane qui servait de remise derrière la maison et en ouvrit la porte. Il prit à l'intérieur une pelle, alla à un endroit du jardin proche de celui où s'était tenue sa fille et commença à creuser. Le sol était dur, l'effort douloureux, mais ce qu'il voulait n'était pas enfoui profondément. Le fer de la pelle heurta un objet solide après qu'il eut creusé une cinquantaine de centimètres, et peu de temps après il mit au jour une boîte en plastique hermétique.

À l'intérieur, il y avait un paquet rectangulaire protégé par un sac à fermeture à glissière soigneusement fermé. Parker reboucha le trou, porta la boîte dans la maison. Il l'ouvrit près de l'évier pour ne pas répandre de la terre partout, sortit de la pièce et posa le sac sur son bureau. Il se fit un café, ouvrit le sac, prit la liasse de papiers qu'il contenait.

À la lueur de l'écran de son ordinateur, il commença à lire une liste de noms.

Isha Winter n'avait rien avalé depuis la visite du détective privé. Elle n'avait pas non plus fermé l'œil. Elle n'avait pas peur de lui, ni de cette garce de Demers, non, elle était folle de rage contre eux. Si seulement Werner avait réussi à tuer Parker ! Si seulement sa *blöde Fotze* de fille l'avait évité !

Maintenant, Isha se retrouvait seule, sans personne pour l'aider. Même l'ignoble Riese n'était plus là, lui qui n'aurait jamais cherché à imiter Engel, à acheter sa liberté en trahissant les autres. Riese était capable d'endurer ses souffrances en silence. Les contacts entre lui et elle avaient toujours été limités, mais elle avait su par Baulman que Riese avait peu de regrets. S'il avait pu, il aurait porté son uniforme SS le jour du défilé des anciens combattants à Bangor et injurié ceux qui y auraient trouvé à redire.

La lettre du Département de la Justice était arrivée, Demers ne tarderait pas à suivre. Elle lui poserait d'autres questions et Isha nierait en bloc. La recherche de preuves commencerait. Elle se demanda combien de temps s'écoulerait avant qu'il y ait une fuite dans la presse ou à la télévision. Isha aimait sortir de chez elle, être saluée dans les magasins, jouer au bridge et au loto au foyer des seniors. Elle ne voulait pas devenir un paria dans sa communauté. Pourtant, si c'était le pire qu'on pouvait lui faire, eh bien, qu'on la persécute. Elle avait chez elle assez de livres qu'elle n'avait pas lus pour tenir au moins une dizaine d'années, et elle serait morte avant de les avoir épuisés. *Fick euch !*

Isha. Isha, Isha, Isha…

En un sens, elle avait pris possession d'Isha Gorski en se glissant dans sa peau et en s'appropriant son passé. Elle avait tous les droits sur son identité. Elle l'avait faite sienne au fil des ans. La plupart du temps, elle n'avait même plus conscience d'être celle qui se cachait. Elle s'était mariée en tant qu'Isha Gorski, mais elle avait fait l'amour et était devenue mère en tant qu'Isha Winter. Elle avait longtemps cru qu'elle ne pouvait pas avoir d'enfant – elle ne le désirait même pas – et puis, à la quarantaine, elle avait donné naissance à Ruth. Ce n'était pas aussi miraculeux que Sarah donnant un fils à Abraham dans ses années crépusculaires, mais presque.

Et elle avait eu de l'affection pour Ruth, à sa façon, bien que ce fût David, son mari, qui aimât sincèrement leur fille. Si Isha avait éprouvé des sentiments plus profonds pour Ruth, les choses auraient peut-être tourné autrement. Curieux que Ruth, elle aussi, n'ait été mère que tardivement, et qu'Isha ait aimé sa petite-fille plus que sa fille. C'était peut-être parce que David n'avait pas vécu assez longtemps pour être un élément important de la vie d'Amanda, et la petite était devenue une enfant de grand-mère, à l'image d'un personnage de conte folklorique. Tout le monde le disait.

Elle avait aussi aimé David. Le détective avait raison : même dans son ancienne vie, elle n'avait pas eu de haine particulière pour les Juifs. Elle en avait épousé un parce que c'était ce que la vraie Isha aurait fait et elle avait été surprise de son affection – et de son désir – pour David Winter. Elle savait que Riese la méprisait à cause de ça et qu'il considérait son imposture comme la plus abjecte des dégradations pour une femme aryenne, mais il gardait cette opinion pour lui parce que les richesses extorquées à Lubsko qu'Isha avait récupérées après la guerre avaient payé son émigration en Amérique du Sud puis aux États-Unis et l'avaient protégé ainsi que les autres. Lorsque les Juifs étaient venus rôder autour de Riese, au début des années 1960, cherchant des dossiers relatifs à Mittelbau-Dora et Anselm Trommler, les pots-de-vin qu'elle avait versés avaient fait disparaître les documents pertinents de la Bundesarchiv. Kraus, en revanche, avait eu une opinion plus positive, voire romantique, d'Isha, dont il pensait qu'elle s'était sacrifiée pour ses camarades. « Ce qu'un homme donne d'héroïsme sur le champ de bataille, une femme en donne autant par une persévérance et un sacrifice sans fin », lui avait-il dit un jour, citant l'une des maximes de Hitler, et oubliant commodément qu'Isha avait elle aussi du sang sur les mains puisqu'elle avait conduit les enfants de Lubsko à l'infirmerie avant d'aider Kraus à leur injecter une substance mortelle. Bien sûr, elle l'avait fait discrètement : tuer était un travail d'homme, et bien qu'elle eût euthanasié des handicapés physiques et mentaux à Grafeneck, on considérait que ce n'était pas le rôle d'une femme de prendre part à ces liquidations, même quand il s'agissait de Juifs et autres ennemis de l'État.

Et Axel Werner ? Werner l'avait adorée.

Elle eut soudain froid, comme si la température de la pièce avait chuté en quelques secondes. Elle resserra les couvertures autour d'elle, mais rien n'y fit. Bon sang, elle avait devoir remonter le chauffage, et pour ça il fallait qu'elle se lève, puisque le boîtier de commande se trouvait sur sa coiffeuse. Elle prit son peignoir et l'enfila avant de sortir du lit. Le froid lui glaça les pieds quand elle passa devant la fenêtre. Les doubles rideaux étaient ouverts, elle les fermait rarement. Elle ne dormait jamais plus tard que 6 heures du matin, de toute façon. Elle aimait que la lumière du matin inonde sa chambre, elle aimait regarder la plage et la mer. La marée était montante et elle pouvait voir les vagues s'élever et se désintégrer.

Ce fut alors seulement qu'elle remarqua que la porte de sa chambre était entrouverte. Elle la fermait toujours avant de se coucher parce qu'elle grinçait s'il y avait du vent, et Isha avait le sommeil léger. Elle s'interrogeait encore sur cette bizarrerie lorsqu'elle entendit des bruits de pas dans le couloir. Des pas légers, qui lui rappelèrent Amanda courant en chaussettes dans la maison quand elle était petite.

— Qui est là ? cria-t-elle. J'ai un pistolet...

Isha entendit les pas descendre l'escalier, s'arrêter un instant comme pour l'inciter à suivre. Elle savait qu'elle aurait dû fermer sa porte à clef et appeler la police. Elle avait accroché à son cou un appareil permettant d'appeler des secours au cas où elle tomberait ou se trouverait mal. Si elle appuyait sur le bouton, une ambulance viendrait, et peut-être aussi la police.

Pourtant, elle ne s'en servit pas, et ne téléphona pas non plus. Un enfant invisible se mit à glousser et son rire ressemblait tellement à celui d'Amanda qu'Isha sortit dans le couloir. Se pouvait-il que sa petite-fille soit venue ? Il y avait peut-être eu un problème avec les Froberg et elle était venue se réfugier chez sa grand-mère...

— Amanda ? demanda-t-elle à l'obscurité.

Elle avança jusqu'à ce qu'elle puisse voir l'escalier et arriva juste à temps pour entrevoir une fillette qui s'élançait de la dernière marche et disparaissait par la porte d'entrée ouverte.

— Amanda ? répéta Isha. C'est toi ?

Elle se mit à descendre sans se soucier du froid, progressant moins de son propre gré que poussée par une force invisible qui avait pris le contrôle de ses membres et la pressait de continuer, d'aller dehors pour trouver l'enfant. Elle découvrit la fillette devant la grille, ses longs cheveux blonds flottant derrière elle, telle une forme nageant sous la mer, et puis l'enfant traversa la route et se dirigea vers la plage ; Isha la suivit, le gravier de l'allée écorchant ses pieds nus, l'air de la nuit lui donnant la chair de poule. Il n'y avait aucune voiture sur la chaussée et la lune ressemblait à une empreinte digitale brouillée derrière les nuages, comme la marque sur la création d'un dieu auquel elle ne croyait pas.

Après le macadam, les cailloux ; après les cailloux, le sable. Isha se retrouva sur la plage. La fille s'était arrêtée et faisait face à la mer. Isha baissa les yeux vers l'ombre pâle que projetait son corps et se rendit compte que la fille, elle, n'en avait pas. Isha aurait voulu faire demi-tour à présent, mais elle était clouée sur place. Et si la fille n'avait pas d'ombre, d'autres ombres bougeaient autour d'elle, projetées sur le sable par des êtres invisibles venant de la mer, se répandant comme de l'encre, s'approchant de plus en plus d'Isha, tendant les bras vers elle, la touchant : des dizaines puis des centaines de ces créatures – hommes, femmes, enfants, qui parvenaient à rendre leur absence palpable, telles des silhouettes découpées dans du carton. Elles l'entourèrent lorsque le sable la libéra et elle tomba à genoux. Elles l'appelèrent par son vrai nom, encore et encore, jusqu'à ce que leurs voix ne fassent plus qu'un avec le bruit de la mer, que l'eau froide atteigne ses genoux, puis ses orteils, mouillant sa chemise de nuit et son peignoir.

Et la fille se joignit à elles, et Isha put enfin voir le visage de l'enfant.

Isha Winter fut retrouvée des heures plus tard par le chauffeur d'un camion de lait dont les phares avaient soudainement pris dans leur faisceau une forme humaine. Elle était trempée, à peine consciente et n'arrêtait pas de frissonner. Il l'enveloppa dans son manteau, la porta dans sa cabine pour la garder au chaud en attendant l'arrivée de l'ambulance. Elle sombra dans l'inconscience sur le chemin de l'hôpital et ne se réveilla qu'une fois dans les jours qui suivirent. Elle demanda alors à voir non un rabbin mais un pasteur luthérien pour se confesser. Selon l'infirmière qui était présente, elle tremblait de peur.

Lorsque le pasteur arriva, Isha Winter était morte.

74

Quand Ross, l'agent spécial dirigeant sa propre section au sein du Bureau fédéral d'investigation, arriva au Maxwell's de Reade Street, le restaurant new-yorkais où il déjeunait habituellement le vendredi, on lui annonça que son invité l'attendait déjà. La nouvelle le contraria parce qu'il aimait lire le *New York Times* en mangeant, et elle le surprit parce qu'il n'attendait pas d'invité. Il se dit toutefois que si quelqu'un avait l'intention de le supprimer, ce ne serait pas au-dessus d'une trempette d'épinards à la crème. Aussi remercia-t-il le maître d'hôtel et le suivit-il jusqu'à sa table. En plus de son convive, une bouteille de vin l'attendait.

— Je vous ai pris du blanc, dit Parker. Comme on est vendredi et que vous commandez généralement du poisson...

Ross s'assit en face du détective privé. Ils ne s'étaient pas vus depuis quelque temps, mais Parker quittait rarement l'esprit de Ross. Ils n'étaient pas proches, ils n'étaient pas amis, et cependant l'agent fédéral pensait en savoir sur le détective plus que n'importe qui d'autre au monde.

— Vous allez mieux que je ne le pensais, constata Ross.

— Je me remets bien.

— Et j'ai vu que vous restiez actif. Vous avez enterré quelqu'un d'autre dans le sable, ces derniers temps ?

— C'était un acte de Dieu.

— Je suis sûr que la compagnie d'assurances de Steiger serait contente d'entendre ça.

Ross consulta le menu pour la forme : il prenait toujours du poisson le vendredi, comme le serveur l'avait indiqué à Parker. C'était un vestige de son éducation catholique, et, surtout, il aimait le poisson du Maxwell's.

— Vous déjeunez ? demanda-t-il à Parker.

— Non, je ne reste pas.

— Alors, qu'est-ce que je peux faire pour vous ?

Parker lui tendit une liasse de feuilles maintenues ensemble par une agrafe noire. L'agent lut la première et parut dérouté. Après qu'il eut parcouru les trois suivantes, l'expression de son visage laissa penser qu'il avait peut-être besoin de boire quelque chose de plus fort que du vin.

— Qu'est-ce que c'est que ce truc ?

— Un contrat, répondit Parker. Le FBI m'engage comme conseiller indépendant sur des affaires liées à votre bureau. En gros, vous me versez une provision. Libre à vous de modifier un peu les termes si ça vous chante, mais j'aimerais que vous soumettiez la version finale à mon avocate, Aimee Price, avant la signature. Je ne veux pas me faire entuber dans les paragraphes en petits caractères.

— Et pourquoi je vous engagerais ?

— Pour plusieurs raisons : parce que j'ai du travail en perspective et que je pourrai en faire une partie plus commodément en agitant votre drapeau. Parce que cet argent me sera utile : j'en ai marre de devoir taper les copains pour pouvoir me payer une bière. Parce que je me suis rendu compte que j'avais joué sans problème le rôle d'agneau sacrificiel à Boreas, comme je l'ai souvent fait pour vous, et que vous pourriez me rétribuer pour les risques que je prends. Oh, et finalement, pour ça aussi...

Il tendit à Ross deux autres feuilles. Une liste de noms dactylographiés suivis pour la plupart d'une somme d'argent.

— Cette liste provient d'un avion qui s'est écrasé dans une forêt du Grand Nord en 2001[1]. Je crois que vous savez de quoi il s'agit, mais au cas où vous ne seriez pas au courant, ce sont les noms de personnes compromises, des hommes et des femmes qui ont passé un marché avec le diable, si je puis dire. Soit ils sont corrompus, soit ils peuvent l'être. Ce sont des bombes à retardement qui attendent d'être utilisées contre vous – contre nous tous.

Ross lut la liste en passant un doigt sous chaque nom. À deux reprises, il murmura « Nom de Dieu ». Quand il eut terminé, il reposa les deux feuilles, côté imprimé sur la table.

— Certains noms ont été effacés, remarqua-t-il. C'est vous qui l'avez fait ?

— Ce sont des gens auxquels je m'intéresse personnellement. Pour le moment, ils ne vous concernent pas. Si je juge que vous devriez vous en occuper,

1. Voir *La Colère des anges* (chez le même éditeur).

je vous communiquerai l'information en temps utile. Considérez que cela fait partie de notre accord.

— Nous n'avons pas d'accord.

— Pas encore.

— Il y a d'autres feuilles ?

— Il y en a des tas.

— Je les aurai quand ?

— Mon premier chèque, je l'aurai quand ?

— Nom de Dieu.

— Vous l'avez déjà dit.

Un serveur s'approcha, Ross le renvoya d'un geste de la main.

— Je ne tiens pas une agence de placement.

Toute trace de bonne humeur disparut du visage de Parker.

— Écoutez-moi bien, Ross : vous chassez et vous m'avez utilisé comme appât quand ça vous arrangeait, mais, quels que soient les événements qui se préparent, j'y suis mêlé, et je serai là à la fin. Vous avez besoin de moi et je vous propose de coopérer.

— Et les autres feuilles ?

— Ces deux-là devraient suffire à vous occuper pour le moment. Je travaille sur cette liste, je vous donnerai d'autres noms à intervalles réguliers.

— Pas question. Je les veux tous – immédiatement.

— J'ai dit « coopérer », pas capituler.

— Je peux obtenir une injonction du tribunal. Je peux fouiller chez vous et mettre un bazar pas possible. Je peux vous foutre en taule !

— Et vous ne verrez pas un nom de plus, je vous le garantis. Allez, Ross, la provision que je vous demande, c'est ce que vous dépensez en un mois pour vos cartouches d'encre.

Ross regarda la liste, puis le contrat. Il se retint difficilement de mettre l'une dans sa main droite, l'autre dans sa main gauche, et de les soupeser.

— Je vous tiens au courant.

Parker se leva.

— Prenez contact avec Aimee… Oh, et je lui ai dit que vous vous occuperiez de ses honoraires. Bon déjeuner.

Ross le regarda s'éloigner. Quand le détective eut quitté le restaurant, l'agent fédéral prit son portable et composa un numéro. Epstein répondit à la seconde sonnerie.

— On a Parker, annonça Ross.

75

Christian Froberg sentit une odeur âcre de brûlé alors qu'il rafistolait une chaise dans son garage. Il sortit dans le jardin et découvrit Amanda devant le barbecue d'où s'élevait une colonne de fumée. Il ne cria pas, il ne fit pas d'histoires : il avait appris à faire attention avec Amanda, plus encore depuis les révélations sur le passé de sa grand-mère.

Il s'approcha lentement, vit des photos se racornir, des visages noircir dans les flammes. Des livres aussi, ainsi que des peluches qu'elle avait apportées en venant de chez elle – tous offerts par sa grand-mère. Les épaules de l'enfant étaient secouées de sanglots.

Froberg garda le silence et alla simplement se tenir à côté d'Amanda. Au bout d'un moment, il lui passa un bras autour des épaules et il la sentit s'appuyer contre lui.

Ensemble, ils regardèrent le passé brûler.

76

Sam vint passer le week-end chez son père. Parker retrouva Rachel à Concord le vendredi soir pour prendre l'enfant et promit de la ramener au même endroit le dimanche en fin d'après-midi. Il emmena Sam voir un film au Nickelodeon de Portland, manger du *prosciutto* sur du pain frotté d'ail, puis ils allèrent s'attabler autour d'une pizza au Corner Room. Ils firent ensuite une promenade sur le front de mer avant de rentrer en voiture à Scarborough. Sam se brossa les dents et attendit dans son lit que son père vienne l'embrasser. Lorsqu'il se pencha vers elle, elle le serra dans ses bras et murmura à son oreille :

— Il faut que tu arrêtes de poser des questions sur moi, papa.

Il se raidit, tenta de l'écarter pour voir son visage, mais elle lui serrait le cou comme un étau.

— Comment le sais-tu ?

— Jennifer me l'a dit. Elle me l'a dit après avoir amené les gens tristes à la dame, au bord de la mer.

Mon Dieu, mon Dieu...

— Tu peux voir Jennifer ?

— J'ai toujours pu la voir.

— Sam, je ne…

— Écoute-moi, papa. S'il te plaît. On peut pas en parler. On peut pas, c'est tout.

— Mais pourquoi ?

— Parce que c'est pas le moment, pas encore.

Il se rappela ce que Ruth Winter lui avait confié sur la plage de Boreas – « Je me dis quelquefois que nous ne sommes là que pour veiller sur nos enfants jusqu'à ce qu'ils soient capables de prendre soin d'eux-mêmes » – et il comprit.

Sam le lâcha, mais uniquement pour pouvoir le regarder, prendre son visage dans ses mains et observer sa réaction, et il pensa qu'il n'avait jamais plongé dans les yeux d'un être aussi beau et aussi ancien.

— Et parce qu'ils écoutent, ajouta-t-elle, d'un ton qui fit rater un battement au cœur de Parker. Ils écoutent *toujours*. Nous devons faire attention, papa, sinon ils entendront. Ils entendront et ils viendront.

Remerciements

Comme toujours, j'ai bénéficié de la bonne volonté et du savoir de nombreuses personnes pour paraître meilleur que je ne le suis en réalité. *La Traque du mal*, de Guy Walters, a été pour moi une source précieuse et un trésor d'anecdotes et de données statistiques. *Les Furies de Hitler. Comment les femmes allemandes ont participé à la Shoah* m'a ouvert une perspective fascinante sur les tueuses de l'ère nazie, et *Boomerang*, de Michael Lewis, m'a inspiré certaines opinions de Marie Demers sur le caractère national. *Les Années de persécution. L'Allemagne nazie et les Juifs*, de Saul Frieländer, a été un outil formidable pour vérifier mes informations. Le *United States Attorney Bulletin* (vol. 34, n° 1, janvier 2006), détaillant le travail de ce qui était alors le Bureau des enquêtes spéciales, m'a fourni une grande partie du contexte des différentes affaires et de la procédure évoquées dans ce livre. Je suis par ailleurs très reconnaissant à Eli Rosenbaum, directeur du service Stratégie et Politique des droits de l'homme à la section Droits de l'homme et Poursuites spéciales du Département de la Justice, d'avoir pris le temps de répondre à mes questions. Je tiens à souligner que tous les points de vue exprimés dans ce livre sont miens pour l'essentiel. Je ne veux pas rendre le travail de ce service plus difficile qu'il ne l'est déjà. Je remercie également le Dr Robert Drummond pour ses conseils sur les questions médicales, et Rachel Unterman pour avoir jeté un œil sur des points particuliers de l'ouvrage.

J'aurais été totalement perdu sans mon éditrice de Hodder & Stoughton, Sue Fletcher, et Emily Bestler, mon éditrice d'Atria Books/Emily Bestler Books, que je remercie toutes deux chaleureusement, ainsi que toute l'équipe d'Atria et de Simon & Schuster, notamment Judith Curr, Magen Reid, David Brown et Louise Burke, et l'équipe de Hodder et Hachette, en particulier Swati Gamble, Kerry Hood, Carolyn Mays, Lucy Hale, Breda Purdue, Jim Binchy, Ruth Stern et Frank Cronin. Darley Anderson et ses anges londoniens demeurent les meilleurs agents qu'on puisse souhaiter. Clair Lamb, collaboratrice sans égale, a été la voix de la raison et de l'amitié, et Madeira James et tous les autres de xuni.com m'ont branché sur le monde numérique en essayant de m'expliquer des concepts tels qu'Internet sans perdre leur calme. De son côté, Kate O'Hearn, auteur et bonne âme, s'est occupée des autorisations, ce qui paraît plus facile que ça ne l'est en réalité.

Enfin, tout mon amour et toute ma gratitude à ma compagne et consœur en écriture, Jennie Ridyard, ainsi qu'à Cameron et Alistair. Parce que, enfin, à quoi bon, sans vous tous ?

Composition et mise en pages
Nord Compo à Villeneuve-d'Ascq

Imprimé à Barcelone par:

BLACK PRINT

en août 2017

POCKET – 12, avenue d'Italie – 75627 Paris Cedex 13

Dépôt légal : septembre 2017
S27296/01